谨以此书献给以农为生的母亲

陕西出版资金资助项目

海外中国研究书系·日本学人唐代文史研究八人集

主编 李浩 〔日〕松原朗

作者简介

古川末喜，日本佐贺大学文化教育学部教授。日本中国学会会员，中国诗文研究会会员，中唐文学会会员。主要从事唐代文学思想与杜甫诗歌研究。代表著作有：《初唐的文学思想与韵律论》《杜甫农业诗研究——八世纪中国农事与生活之歌》。

译者简介

董璐，天津师范大学博士学位在读，现任教于延安大学外国语学院。研究方向为日本古典文学、和汉比较文学、诗歌翻译。

西北大学文学学科资助项目

杜甫农业诗研究

八世纪中国农事与生活之歌

〔日〕古川末喜　著

董璐　译

西北大学出版社

著作权合同登记号:陕版出图字 25－2018－212

图书在版编目(CIP)数据

杜甫农业诗研究:八世纪中国农事与生活之歌／(日)古川末喜著;董璐译. —西安:西北大学出版社,2018.10

(海外中国研究书系／李浩,松原朗主编. 日本学人唐代文史研究八人集)

ISBN 978-7-5604-4267-9

Ⅰ.①杜… Ⅱ.①古… ②董… Ⅲ.①杜诗—诗歌研究 Ⅳ.①I207.227.423

中国版本图书馆 CIP 数据核字(2018)第 228296 号

本书由日本知泉书馆、古川末喜授权出版

杜甫农业诗研究:八世纪中国农事与生活之歌

作　　者：	〔日〕古川末喜 著　董璐 译
出版发行：	西北大学出版社
地　　址：	西安市太白北路 229 号
邮　　编：	710069
电　　话：	029-88302590　88303593
经　　销：	全国新华书店
印　　刷：	陕西博文印务有限责任公司
开　　本：	787 毫米×1092 毫米　1／16
印　　张：	20.25
字　　数：	311 千字
版　　次：	2018 年 10 月第 1 版　2018 年 10 月第 1 次印刷
书　　号：	ISBN 978-7-5604-4267-9
定　　价：	85.00 元

如有印装质量问题,请与本社联系调换,电话 029－88302966。

《海外中国研究书系·日本学人唐代文史研究八人集》

学术顾问

〔日〕池田温　袁行霈　张岂之　王水照　莫砺锋　陈尚君　荣新江

组织工作委员会

主　任　〔日〕松原朗　吴振磊

委　员　李浩　马来　张萍　杨遇青　刘杰　赵杭　张渭涛
　　　　　谷鹏飞

日方联络人　张渭涛

编辑工作委员会

主　任　段建军

委　员　〔日〕松原朗　〔日〕妹尾达彦　〔日〕埋田重夫　〔日〕冈田充博
　　　　　〔日〕石见清裕　〔日〕丸桥充拓　〔日〕古川末喜　〔日〕金子修一
　　　　　段建军　谷鹏飞　高兵兵　张渭涛　刘建强　何惠昂　马若楠

主　编　李浩　〔日〕松原朗

副主编　高兵兵

总序一

记得四年前,老友松原朗教授将其新著《晚唐诗之摇篮——张籍·姚合·贾岛论》的书稿转我,嘱我推荐给西北大学出版社,希望唐诗故乡的中国学人能及时读到这部新著,并能给予全面的学术批评。我充分理解松原兄的诚挚愿望,彼时恰好我还在校内外的学术管理部门兼一点服务性的工作,也想给学校出版社多介绍一些好作品,于是"怂恿"松原兄把原来的计划稍微扩大,从翻译出版一位日本学者的一部作品,扩展到集中推出一批日本学者的最新研究成果。开始时,松原兄及其他日方学者并没有迅速回应,这其中既有对西北大学出版社和西北大学唐代文史研究团队的估量,也有对翻译力量、经费筹措等问题的担心。我很能理解朋友们的忧虑,毕竟,自我们与专修大学等日方学术机构和友朋合作以来,这是最大的一个项目。

出乎意料,等项目确定后,松原先生及其他相关作者表现出很高的学术热情和工作效率,他们自己和原书的日本出版方联系,主动放弃版权贸易中的版税,简化相关谈判手续,使得许多复杂的问题简单化。最后商定第一批推出的是以下八部著作:

《隋唐长安与东亚比较都城史》(妹尾达彦著,高兵兵、郭雪妮、黄海静译)

《中国古代皇帝祭祀研究》(金子修一著,徐璐、张子如译)

《唐代军事财政与礼制》(丸桥充拓著,张桦译)

《唐代的外交与墓志》(石见清裕著,王博译)

《杜甫农业诗研究——八世纪中国农事与生活之歌》(古川末喜著,董璐译)

《白居易研究——闲适的诗想》(埋田重夫著,王旭东译)

《晚唐诗之摇篮——张籍·姚合·贾岛论》(松原朗著,张渭涛译)

《唐代小说〈板桥三娘子〉考》(冈田充博著,独孤婵觉、吴月华译)

用中国学人的分类标准来看,前四部是属于史学类的,后四部是属于文学类的,第二部严格意义上说又不完全属于断代类的研究。故我们最初将丛书的名称模糊地称作"唐代文史研究八人集",也暗含对文史兼容实际的承认。最后确定为现在的名称,是因为在申报陕西省出版资金资助项目时使用了这个名称,故顺势以此命名。

依照松原先生的理解,他所选择并推荐给中国学界的是最能体现并代表当代日本学界富有日本特色的中国学研究成果,松原先生在与我几次邮件沟通中反复强调这一点,体现了他和他的日本同行的执着与认真,这一层意思松原兄在序中表达得更准确。当然,符合他这一标准的绝不止这八部著作,应该还有一大批,我熟悉的日本学界的许多朋友的著作也没有列入。按照初始计划,我们会与松原兄持续合作,推荐并翻译更多的日本中国学研究成果。

我们学界现在也开始倡导中国话语、中国风格和中国流派,看到日本同行已经捧出一系列能代表自己风格学派的成果,我们除了向他们表达学术敬意外,是否也应该省思自己的学术哲学和研究取向。毕竟,用自己的成果说话才是硬道理。

当下学术走出去的热情很高,而对境外学人相关研究成果的移译与介绍则稍显冷落。按照顾彬(Wolfgang Kubin,1945—)的解释,文学走出去相当于到别人家做客,主动权在他不在我;文学请进来,让友人宾至如归,则主动权在我不在他。我们能做的事,能做好的事,应尽量做充分、做扎实、做精深。方以学术史,法显求法译经,玄奘团队述译,严复不仅以译著《群己权界论》传世,更奠定"信、达、雅"的译事三原则。近代以来,中国重新走向开放,走向世界,实与大规模翻译、引进、介绍海外新思想、新理论、新学说密不可分。说"十月革命一声炮响,给我们送来了马克思主义",是一种谦逊的说法,其实是我们主动拥抱马克思主义,主动引进现代科学,翻译马克思主义原著和其他世界学术名著。这一文明交往的基本史实在当下不该被有意遗忘、无意误读。身处其间,以温故知新、继往开来为己任的当代学人,不知该说些什么?又该做些什么?

本丛书的翻译团队由两部分组成,一部分是由原书作者推荐的,另一部分是由出版社和高兵兵教授约请的。由于时间紧任务重,著者与译者分处境内外,天各一方,联系和对接未必都畅通,理解和翻译的错误在所难免,出版后恳请各方贤达不吝赐教,以便我们逐步完善。其中高兵兵教授此前曾组织翻译过两辑"日本长安学研究丛书",有组织能力,也有较丰富的翻译实践经验。张渭涛副教授既是译者,又身兼日方著者和中方出版者的信使,青鸟殷勤,旅途劳动,多次利用返乡的机会,做了大量的沟通工作。

按照葛兆光教授等学者的解释,长期以来,我们习惯于由朝贡体制型塑的认知模式,而忽略甚至漠视从周边看中华的视角,好在现在大家已经认识到通观与圆照方可认识事物,包括认识我们文化的重要性。这样,翻译并介绍周边受到汉文化深刻影响的国家和地区的汉学研究成果,就有了三重意义:一是有助于我们深入了解周边地区的汉文化观,二是从传播和接受的角度勾画原典文化散布播迁的轨迹,三是丰富了相关专题研究的学术史。

当前,"一带一路"合作倡议正如火如荼,其中最富启示性的思想,我以为是"文明互鉴"理论,即各种文化宜互学互鉴。学术成果的翻译介绍,就是在两种文化之间架设桥梁,充当使者。自古以来,我们的民族认为,架桥铺路于承担者是一种救赎的苦行,但于接受者则是一件无量的功德。对于中外文化的互译也应作如是观。

李 浩

2018 年 5 月 30 日

于西北大学长安校区寓所

总序二

日本的中国学,也就是对中国文化的研究,由来已久。即便是将中国学之意仅限定为"中国古典文献的接受、解释、说明之学",也已经有一千几百年的历史了。而且,日本处于中国历代王朝册封体制的外缘,始终与中国保持着一定的距离,因而能远离权威,相对自由。这使得日本的中国学,不论是在过去还是在近年,都被赋予了独特的性格。

在属于以往册封体制内的诸地域,是以忠实于中国文化、对其进行完全复制为价值标准的。而日本却不同,它对中国文化反而采取了选择性接受的方式,并积极对其加以改变。其中最典型的事例,就是日本的文字创制。平安时代(794—1192)初期,日本以汉字为基础创制了"平假名"和"片假名",它们都是纯粹表音的文字,日本人从此确立了不借助汉语和汉字就能直接用日语表达的方法。相较于世界各地昙花一现的种种化石文字,日本独有的这种假名文字,至今仍然具有旺盛的生命力。而且,《源氏物语》(约1008年成书)之所以能成为反映日本人审美价值观的决定性文学作品,就是因为它是使用平假名书写的。那么,如果从中国本位的角度看,无论是假名的创制,还是《源氏物语》的问世,都是对中国文化的一种脱离。也就是说,日本以脱离中国文化为反作用力,确立了自身文化的独特性。

日本虽然从广义上说是中国文化圈(汉字文化圈)的一员,却有独立的文化主张,而且日本人对此持肯定立场。这样的倾向并非始于明治维新后的近代,而是有着相当长的历史。近代以前的江户时代(1603—1867),虽然因江户幕府的政策,汉学(特别是朱子学)一度占据了学术主导地位,但在江户时代后期,由于国学(日本主义)和兰学(以荷兰语为媒介的西学)这两个强劲对手的崛起,汉学便失去了独尊之位。

但是,以上这些并不意味着日本人轻视中国文化。反而应该说,至少在20世纪初之前的漫长岁月里,日本人都一直在非常真挚地学习中国古典,不仅解读文字,也解读其中的精神。日本知识界真正远离中国古典,是在二战结束以后。

福泽谕吉(1835—1901,庆应义塾大学创始人)被认为是一位致力于西学、倡导"脱亚"、堪称日本现代化精神支柱的思想家,然而他在十几岁不到二十岁的这段时期,却是一直在白石照山的私塾里攻读汉文典籍的。他在《福翁自传》里写道:

> 岂止《论语》《孟子》,我研习了所有经书的经义。特别是(白石)先生喜欢的《诗经》和《书经》,常得先生讲授。此外诸如《蒙求》《世说》《左传》《战国策》《老子》《庄子》等,也经常听讲,后又自学《史记》、两《汉书》《晋书》《五代史》《元明史略》等史书。我最为得意的是《左传》,大多数书生仅读完十五卷中的三四卷便会放弃,而我则通读全书,且共计复读了十一遍,有趣之处都能背诵出来。

应该说,福泽谕吉并非摒弃中国文化而选择了西方文化,他是以从中国古典中学到的见识与洞察力作为药捻,而后才得以大成其思想的。在当时包括福泽谕吉在内的日本知识界人士看来,中国古典并非一大堆死知识,而是他们从中汲取人生所需智慧的活的"古典"。就这样,日本文化一边尝试无限接近中国文化,一边又试图从中国文化中脱离,形成了具有双向动力的内部结构。

由中国文化或中国统治权威中脱离的倾向,甚至在处于日本中国学核心位置的儒学中也有发生。江户时代,幕府将朱子学尊为官学,这也反映了朱子学在明清两代的权威性。不过,江户时代的两位代表性儒学家伊藤仁斋(1627—1705)和荻生徂徕(1666—1728)却例外,他们两人,前者提倡"古义",后者提倡"古文辞",都还原了儒学的本来面目,超越朱子学成为具有独创性的思想家。伊藤仁斋的《语孟字义》比戴震(1724—1777)《孟子字义疏证》的主张早了一个世纪。而荻生徂徕将道德思想从儒学中排除,认为圣人只是礼乐刑政等客观制度的设计者。荻生徂徕本来是出于对儒学的忠实,去探索儒学的真面目的,但结果几乎与儒学传统背道而驰。也就是说,荻生徂徕的儒学已经达到了非儒学的境地。荻生徂徕的这些主张,超越了儒学的界线,给当时整个思想领域都带来了巨大的冲击,致使江户后期的思想界,摆脱了朱子学的桎梏,并诱发了国学和兰学的兴起,呈现出百花齐放的态势。应该说,无须等待西方的冲击,近代日本就已经完成了它的内部准备。

上文说过,日本文化的内部,具有一边尝试无限接近中国文化,一边又试图从中国文化中脱离的双向动力。在这一点上,我们有必要认识到,看似舍弃中国文化而选择了西学的福泽谕吉,以及原本乃是中国文化忠实者后来却成了一位破天荒思想家的荻生徂徕,两位都是此种日本文化特征的体现者。

从宏观上看,日本属于中国文化圈,是不争的历史事实。因为从根本上说,日本受其地理条件所限,也不可能有机会与强大到足以与中国文化抗衡的其他先进文化发生接触。即便是印度的佛教,也是通过经中国文化过滤的汉译佛典,即作为中国文化的一部分而被接受的。但在这种状况下,日本没有被强大的中国文化同化,而得以贯彻其独自的文化体系,这几乎就是个奇迹。日本所处的特殊位置,与太阳引力作用下的地球不无相似之处。如果离太阳再近一些,就会像金星一样被灼热的太阳同化;而若是离太阳再远一些,就又会像火星那样成为一个冰冻的不毛之地。地球就是在趋向太阳的向心力与反方向的离心力的绝妙平衡之下,得以悬浮在太阳系中的一颗明珠。

如果以中国的视角重新审视的话,这样的日本文化反倒是显示中国文化普遍性及包容性的绝好例证,中国文化绝不是仅有忠实者顶礼膜拜、悉心呵护的单一僵死之物。日本的文化,从其具有脱离中国权威的反作用力这点来说,就算不是叛逆者,也无疑是个不忠者。但能够产出这样的不忠者,也是因为中国文化具备卓越的包容力与普遍性。也正是因为这一点,我们为了加深对中国文化的理解,将包括日本文化在内的多样性思考纳入视域,也会是一个有效的方法。

日本的中国学,绝非中国文化的忠实复制,也并不是像一个不了解中国文化的人初见新大陆般的、出于一片好奇心的结果。我们便是基于上述认识,想尽可能地提供一些新的见解和观点,所以策划了这套《日本学人唐代文史研究八人集》。书目选择的主要原则,并不是仅以学术水平为准绳的,而是优先考虑了具备日本独特视角的研究成果。广大读者如果对我们的主题设置、探讨方式等有一些微妙的不适应,我想说,那正是我们这套书的策划宗旨,希望大家理解这一点。此外,我还热切期待这套小小的丛书能为日中文化交流发挥出大大的作用。当然,也真诚期望得到各位专家、学者及广大读者的批评和指正。

松原朗

2018 年 4 月 8 日

目录

总序一 ·· 李　浩(1)

总序二 ·· 松原朗(4)

代凡例 ·· (1)

第一部　秦州期

第一章　秦州期杜甫的隐逸计划及其对农业的关注

第一节　离开长安 ·· (3)

第二节　不归故乡 ·· (6)

第三节　秦州之地 ·· (6)

第四节　西枝村与西谷 ·· (8)

第五节　东柯谷 ··· (12)

第六节　仇池山 ··· (17)

第七节　赤谷、太平寺 ······································· (19)

第八节　离开秦州 ··· (21)

第九节　结语 ··· (27)

第二章　杜甫与薤菜——以秦州期的隐逸为中心

第一节　绪论 ··· (30)

第二节　杜甫之前的薤菜诗 ··································· (31)

第三节　向杜佐求取薤菜的诗 ································· (33)

第四节　阮隐居所赠薤菜 ····································· (37)

第五节　与菜瓜、苍耳搭配的薤菜 ····························· (43)

I

第六节　唐诗和杜甫的薤菜诗 …………………………(44)

第七节　宋诗和杜甫的薤菜诗 …………………………(49)

第八节　结语 ……………………………………………(51)

第二部　成都期

第一章　浣花草堂的外在环境与地理景观

第一节　绪论 ……………………………………………(55)

第二节　成都城西 ………………………………………(56)

第三节　锦江之畔 ………………………………………(58)

第四节　浣花 ……………………………………………(60)

第五节　桥 ………………………………………………(62)

第六节　桥之感怀 ………………………………………(66)

第七节　"コ"字形蜿蜒流淌的锦江内侧 ………………(67)

第八节　浣花溪诸相 ……………………………………(69)

第九节　爱川 ……………………………………………(71)

第十节　西岭 ……………………………………………(72)

第十一节　知识分子阶层的邻居们 ……………………(74)

第十二节　农民阶层的邻居们 …………………………(78)

第十三节　村 ……………………………………………(80)

第十四节　近邻 …………………………………………(83)

第十五节　结语 …………………………………………(85)

第二章　农事和生活的歌者——浣花草堂时期的杜甫

第一节　绪论 ……………………………………………(88)

第二节　草堂的田园 ……………………………………(90)

第三节　耕于南亩 ………………………………………(92)

第四节　田园的所有形式 ………………………………(93)

第五节　隐逸诗三首 ……………………………………(94)

第六节　农月之务 ………………………………………(96)

第七节　关于"就列"之解 …………………………… (98)
第八节　种菜 ……………………………………… (100)
第九节　草堂周围的农业景观 ……………………… (104)
第十节　草堂外围的工作 …………………………… (106)
第十一节　结语 …………………………………… (110)

第三部　夔州期的农业生活

第一章　杜甫诗歌所咏夔州时期的瀼西宅

第一节　从成都到云安 ……………………………… (113)
第二节　从云安到夔州 ……………………………… (117)
第三节　瀼西的地理位置 …………………………… (120)
第四节　瀼、赤甲山、白盐山 ……………………… (122)
第五节　瀼西宅和白帝城 …………………………… (126)
第六节　有社祭，亦近市 …………………………… (130)
第七节　城内所见瀼西 ……………………………… (135)
第八节　结语 ……………………………………… (139)

第二章　支撑杜甫农业生活的用人和夔州时期的生活诗

第一节　绪论 ……………………………………… (142)
第二节　阿段 ……………………………………… (143)
第三节　信行 ……………………………………… (146)
第四节　伯夷、辛秀、信行 ………………………… (148)
第五节　阿段、阿稽 ………………………………… (150)
第六节　竖子阿段 …………………………………… (152)
第七节　鸡笼和围栏 ………………………………… (154)
第八节　良民和贱民 ………………………………… (156)
第九节　作为诗歌题材的用人 ……………………… (160)
第十节　结语 ……………………………………… (161)

第三章　生活底层之思绪——杜甫夔州瀼西宅

　　第一节　绪论 ································ (166)

　　第二节　全生、全身、全命 ······················ (166)

　　第三节　狎楚童 ································ (170)

　　第四节　听闻赋敛归来之声 ······················ (174)

　　第五节　捣衣之风景 ···························· (178)

　　第六节　结语 ·································· (181)

第四部　夔州期的农事

第一章　杜甫的橘子诗与橘园经营

　　第一节　绪论 ································ (185)

　　第二节　按照年代划分的橘子诗 ·················· (186)

　　第三节　成都时期的橘子诗作 ···················· (187)

　　第四节　瀼西草堂、春天的橘子 ·················· (191)

　　第五节　三寸黄橘 ······························ (193)

　　第六节　月亮与夜露中的橘子 ···················· (196)

　　第七节　收获前的橘园 ·························· (198)

　　第八节　东屯诗中的橘子 ························ (200)

　　第九节　橘子收获 ······························ (201)

　　第十节　转让橘园 ······························ (205)

　　第十一节　结语 ································ (209)

第二章　杜甫的蔬菜种植诗

　　第一节　绪论 ································ (211)

　　第二节　进入夔州及其农事计划 ·················· (212)

　　第三节　夔州第一年　夏天旱灾 ·················· (214)

　　第四节　夔州第一年　秋季的蔬菜 ················ (217)

第五节　夔州第一年　播种莴苣 …………………………（219）
第六节　夔州第二年　对农事的关注 ………………………（224）
第七节　夔州第二年　房屋周围的菜地 ……………………（227）
第八节　种植芜菁和牛耕 ……………………………………（231）
第九节　为卖而种的蔬菜 ……………………………………（235）
第十节　蔬菜种类 ……………………………………………（238）
第十一节　杜甫的蔬菜之爱 …………………………………（241）

第三章　杜甫的稻作经营诗

第一节　绪论 …………………………………………………（250）
第二节　稻作经营的场所——东屯 …………………………（250）
第三节　灌溉和除草的诗作 …………………………………（254）
第四节　除草之诗 ……………………………………………（261）
第五节　移居东屯 ……………………………………………（269）
第六节　关于检校 ……………………………………………（271）
第七节　卖米 …………………………………………………（279）
第八节　结语 …………………………………………………（284）

附录一　相关地图 ……………………………………………（286）
附录二　杜甫年表 ……………………………………………（288）
附录三　初次发表一览 ………………………………………（295）

后记 ……………………………………………………………（296）
译后记 …………………………………………………………（300）

代凡例

杜甫诗歌原文引自清朝仇兆鳌注《杜诗详注》全五册（中华书局，1979年第1版，1995年第4次印刷）。杜甫之诗题仅用括号标示。

诗题前四位数中，前两位大写汉字数字为仇注本（以下均简称为仇注本）之卷数，后两位阿拉伯数字表示此诗在该卷数内的排列顺序。

仇注本的编年方法批判性地继承了旧注本，大体上是妥当的。本书也基本沿用仇兆鳌的编年方法。因仇注本是按照诗歌的创作（及其背景）顺序进行排列的，只要读其卷数，就可知其创作时间和地点。另外，仇注本多被作为注释书和研究论著的底本使用，故此只要弄清楚一首诗在仇注本中的卷数以及在书中的排列顺序，便可方便地将之索引出来。

仇注本将各本中文字的异同进行了较为详细的标注，藉此便可一册在手，知晓其他各本的大体状况。由于诗歌中文字的异同既有单纯的误写，亦有因对诗句在解释上存在不同而产生的差异，如此一来，便大大拓展了杜诗注释的广度。当然，那些昔日难以读到的仇兆鳌文本，我们今日亦能容易读到了。

仇注本的注释极尽网罗和详细之能事。特别是杜甫使用的诗语，不仅收罗了杜甫以前各时代使用的例子，还详细追溯了这些诗语是如何被创造出来的。尤其需要注意那些与诗歌并无多大关联，却是该诗语初次出现在古典韵文中的用例。仇兆鳌并非单纯想通过例子和字面上的意思来解释这些诗语。似乎这一点经常被大家误解，亦被认为是仇注本的一个缺点。仇兆鳌并非要说明这些词语的意思，而是想通过自己的努力来展示这些词语的由来。

在详尽了解杜甫的基础上，仇兆鳌以一种全局式的视点对杜甫诗歌做出解释,这一点是极为妥帖的。他那诗意连绵的文章,有时候甚至就是一首诗。仇注本引用古人的众多注释,给人一种集旧注之大成的感觉,甚至让人觉得关于杜甫诗歌的注释,只要仇注本一册在手,便可万般周全了。其实这样讲也不为过,甚至可以这么说,没有仇注本,亦会对我们理解杜甫的诗歌造成困难。另外,最近几年佐藤浩一就仇注本进行了极为详尽的研究。

杜甫的诗集大体完成于北宋中期,即十一世纪中叶,现存代表性的宋刊注本出现于这之后一百五六十年的南宋中期。

关于诗歌文字之异同和存疑之处,依据需要适当参照了以下宋代版本系统中的文本,此处仅列出未参照仇注本的诸家文献。

◎王洙(王琪)《(宋本)杜工部集》二十卷(及其补遗一卷) 张元济续古逸丛书本使用的是1967年台湾学生书局影印本。另有王学泰先生较为简洁的校点本《杜工部集》(全二册,新世纪万有文库,辽宁教育出版社,1997年)卷末校勘记方便作为参考。

◎吴若本 作为吴若本的代用本,使用了《全唐诗》(扬州书局本)卷二一六至卷二三四。另有清代钱谦益《钱注杜诗》二十卷(上海古籍出版社,1979年)。之所以这样做,是因为通过对照钱谦益本,认为吴若本在全唐诗本中亦有所反映。

◎赵次公本 使用了林继中先生辑校《杜诗赵次公先后解辑校》,上海古籍出版社,1994年。

◎蔡梦弼《杜工部草堂诗笺》五十卷 使用了1971年台湾广文书局影印的古逸丛书所收覆麻沙本《杜工部草堂诗笺》四十卷以及中文出版社影印的《杜工部草堂诗笺补遗》十卷。

◎郭知达《杜工部诗集注(九家集注杜诗)》三十六卷 虽然1985年由故宫博物院以景印宋本《新刊校定集注杜诗》为题影印过,但本书使用了翻刻本的《杜诗引得》(《哈佛燕京学社引得》特刊十四,1966年)以及四库全书本。

◎王十朋(假托之名)《王状元集百家注编年杜陵诗史》三十二卷 中文版本影印了黄永武主编的《杜诗丛刊》所收。

◎黄希、黄鹤父子《黄氏补注杜诗》三十六卷　原题为《黄氏补千家集注杜工部诗史》。在本书中为方便起见,则使用了四库全书本。

◎另有无名氏的《分门集注杜工部诗》二十五卷　收录在四部丛刊初编中。

除以上列出的宋本系刊本之外,历代相关注释主要参照了以下作品。此处未列出的文献在正文中随文标注。另外,此处所列著作在正文中二次引用时只标注卷数,书名予以省略。

◎明代王嗣奭(1566—1648)《杜臆》(使用了曹树铭增校本,艺文印书馆印行,1971年)。

◎清代黄生(1622—?)《杜(工部)诗说》(中文出版社,1976年影印。另有其点校本,徐定祥点校《杜诗说》,黄山书社,1994年)。

◎清代浦起龙(1679—?)《读杜心解》(全三册,中华书局,1961年初版,1978年再版)。

◎清代杨伦(1747—1803)《杜诗镜铨》(上海古籍出版社,1988年)。

近代以后的传记以及译注主要参考了以下诸本:
◎陈贻焮《杜甫评传》(上海古籍出版社,1982—1988年)。
◎铃木虎雄《杜少陵诗集》(续国译汉文大成,国民文库刊行会,1928—1931年。使用了《杜甫全诗集》,日本图书中心,1978年再版)。
◎韩成武、张志民《杜甫诗全译》(河北人民出版社,1997年)。
◎张志烈主编《(今注本)杜诗全集》(天地出版社,1999年)。
◎李涛松、李翼云《全杜诗新译》(中国书店,2002年)。

第一部

秦州期

第一章

秦州期杜甫的隐逸计划及其对农业的关注

第一节　离开长安

公元759年7月,时年四十八岁的杜甫辞官踏上前往秦州的旅程。自此以后,他便再未踏上故乡洛阳和长安的土地。

华州司功参军是杜甫担任的最后一个实质性官职,关于其辞官缘由,有各种说法,其中较为普遍的观点认为杜甫是为了躲避长安一带的战乱和饥荒,另外,其对肃宗朝政的失望也被认为是原因所在。最近,亦有一些观点①从其他方面直接或间接表明,杜甫自身的性格因素、对家族的感情、担任华州司功参军期间战场上的形势也是导致其辞官的原因。这些看法应该都有道理。不过,从近侍性的官职左拾遗左迁至华州地方官,杜甫应该已清醒地意识到被肃宗皇帝疏远这一事实,自己已成无用之人。他亦清醒地意识到,这样一个小小官职,已不足以实现自己的政治理想。笔者认为,这或许是其辞官最为本质的缘由②。

无论如何,司功参军这样一个必须每日精确处理大量文件的实务性工作,对于像杜甫这样拥有远大理想、丰富想象力且纤细感性的诗人而言,想必也是极为辛苦的。如果换成白居易或元稹,不仅能够高效地处理好这些实务性工作,还可藉此创作优秀的诗歌。但是,先不说那些长篇的政治论

---

① 丁启阵《论杜甫华州弃官的原因》(载《杜甫研究学刊》2003年第4期)。
② 韩成武在《诗圣:忧患世界中的杜甫》(河北人民出版社,2000年8月)一书中亦强调以上观点。请参照该书第四章第一节,第97—100页。

述、情况分析和人才举荐工作①，对杜甫而言，单这项有些琐碎的文件处理工作就显得有些不大适合。

在辞去华州司功参军之后，杜甫并未一直留在长安。据他自己说，之所以离开，是因为没有足够的资金继续居住在京城长安。在其寄给友人高适和岑参的诗（〇八18 寄彭州高三十五使君适、虢州岑二十七长史参三十韵）中有如下的句子：

> 无钱居帝里，
> 尽室在边疆。

关于这里的"边疆"，仇兆鳌注释为东柯谷（下文叙述），但是广义上讲，此处应该是指秦州。安史之乱后，长安一带物价飞涨，谷物的价格甚至比以前高出百倍。依据《旧唐书》卷一九〇下《文苑传下·杜甫传》之记载，亦可断定杜甫离开长安是因为"谷价飞涨"。据此可知，杜甫离开长安是因为经济拮据。

秦州位于距长安约四百五十公里的地方②，途中必须翻越海拔两千多米的陇山。然而，杜甫一家穿行的却是经由临洮到河西走廊重镇凉州（武威）主干驿道的一段。杜甫在其诗（〇七19 秦州杂诗二十首）中所咏"州图领同谷，驿道出流沙。……年少临洮子，西来亦自夸"便指此事。

在唐代，一般每隔十六七公里会设置一驿，如《旧唐书》（卷四十三）所言，"凡三十里一驿，天下驿凡一千六百三十九"。又有《通典》（卷七）所云，该驿道"南诣荆襄，北至太原、范阳，西至蜀川、凉府，皆有店肆，以供商旅。远适数千里，不持寸刃"。驿道上还开设了商店和旅馆，比想象中方便和安全许多。但安史之乱前后，由于杨国忠的暴政，情况则变为"当路店肆多藏闭"（同上）了。杜甫途经秦州路之时，正值安史之乱后不久，这条主干

---

① 在左拾遗之诗中，杜甫推荐了岑参（二五03 为补遗荐岑参状）。人才举荐也是左拾遗的工作之一。另外，成都时期的（二五10 说旱）（二五01 为阆州王使君进论巴蜀安危表）和严武幕府时期的（二五11 东西两川说）情势分析和政论也很优秀。在当时的（〇六32 早秋苦热，堆案相仍）诗中，杜甫写道"束带发狂欲大叫，簿书何急来相仍"，堆积如山的大量文件使其近乎发狂。

② 这里所说到长安有八百多里，乃是依据唐代李吉甫《元和郡县图志》卷三九、唐代杜佑《通典》卷一七四、北宋乐史《太平寰宇记》卷一五〇。依据后晋刘昫《旧唐书》卷四十《地理志》，乃是七百八十里。

道似乎变得有些萧条破败。即便如此,一旦边境发生事变,作为在西域防卫方面具有重要意义的干道,此处依旧秩序井然,通过烽火依次将信息传回长安。

三年前的夏天,也就是长安陷落之前,关东一带陷入混乱,杜甫将家人安顿于白水,自己则踏上了北逃的旅程,途径彭州、华原、三川,避难于鄜州(二三22 送重表侄王砅评事使南海)(〇五26 彭衙行)。这次去往秦州的旅程与三年前不同,并非是因战乱而逃难,加上在秦州也只滞留了不到三个月时间,紧接着又从秦州去往同谷,经由同谷南下成都。所以此次去往秦州之旅,既无严寒,又无崇山峻岭的阻隔,相较三年前,并不算太艰辛。总体来看,可以确定无疑的是,杜甫一行此次是在相对较舒适的时节,未曾经历任何重大的事件,花了不到一个月的时间即抵达秦州。

藉此,笔者大致能推断出杜甫那首决意辞去华州司功参军之职的(〇七09 立秋后题)作于入秋时节,其在秦州所作之诗亦皆为秋,两者间不存在任何时间上的空白。另外,杜甫曾有回忆过陇山的"迟回度陇怯"(〇七19 秦州杂诗二十首)其一和"昨忆逾陇坂"(〇八31 青阳峡)等诗句,却不见有描述秦州行的诗篇(没有残存下来)。

杜甫为何会选择秦州,就其缘由亦有很多不同的揣测①。有人认为秦州只是通往成都的一个单纯的中转地,这可能是最不符合事实的一种观点。究其原因,或许因为杜甫到达秦州之后,在多首诗中表达过想要隐逸秦州的愿望,并且非常认真地实地寻访过几处隐逸的备选之地。毋宁说,对于隐逸的希冀,亦是其秦州诗的一个基调。

---

① 关于杜甫选择秦州的缘由,主要是围绕(〇七19 秦州杂诗二十首)其一中所言"满目悲生事,因人作远游"里提及的"因人"究竟所指何人展开。关于这一问题,有李白、杜佐、赞上人等各种不同说法。虽然亦有一些确凿的学说,但仍旧停留在推测层面。因此,杜甫为何选择秦州这一问题此处暂且不予讨论,仅就他为何辞去华州之官职这一问题展开论述。拙论围绕杜甫实际做出的抉择,考察了此种抉择对他的诗和生活究竟具有怎样的意义。

第二节　不归故乡

另一方面,杜甫辞去华州司功参军之时,或许一开始心中便未将返回故乡洛阳作为自己的选择。事实上,在担任华州司功参军期间,杜甫曾回故乡洛阳归省过一次,从冬到春,当时的洛阳一年前刚从叛军手中收复,经历战乱后的故乡满目疮痍。当他回到自己的故居陆浑庄时,竟发出了"他乡胜故乡"(○六46 得舍弟消息)这般残酷的感慨。

不仅如此,洛阳周边也情势危急,火药味弥漫。据说杜甫从洛阳返回长安途中,郭子仪等九节度使联军在相州包围战中大败,当时洛阳城民众惊慌失措,四散逃往山谷之中。溃败的节度使兵卒们在返回途中,所到村庄剽取夺掠,地方官员一时也难以阻止。"东京士民惊骇,散奔山谷。……诸节度各溃归本镇。士卒所过剽掠,吏不能止,旬日方定。"(见《资治通鉴》卷二二一"乾元二年三月")也就是说,如果杜甫归京再晚一些,他也定然会被卷入这场混乱之中。

与此同时,史思明得势并号称大燕皇帝,在其南下逼近洛阳之时,洛阳用一计策,城中官员皆西退入关内避难,百姓亦逃至城外以避贼军,一时间洛阳变为空城。据说史思明入洛阳城时,城中空空荡荡,他一无所获。"思明乘胜西攻郑州。光弼整众徐行,至洛阳……遂移牒留守韦陟使帅东京官属西入关,牒河南尹李若幽使帅吏民出城避贼,空其城。……庚寅,思明入洛阳,城空,无所得,畏光弼掎其后,不敢入宫,退屯白马寺南……"(见《资治通鉴》卷二二一"乾元二年九月")洛阳骚动之时,杜甫已在秦州,并且决定次月前往同谷。鉴于以上的原因,在目睹了洛阳周边混乱危险的情形之后,当杜甫决意辞去司功参军的时候,他便基本没有选择返回故乡洛阳的可能了。

第三节　秦州之地

对杜甫而言,辅佐天子以实现自己政治理想的道路破灭了,意识到自已被天子疏远,已是无用之人。在地理层面上杜甫亦希望能找寻一处远离国都的地方,一边和家人过着自足的生活,一边来打发余生①。在(〇七 19 秦州杂诗二十首)第二十首中,杜甫向以前的阁僚们表达了自己之所以选择此种生活的缘由。

> 唐尧真自圣,
> 野老复何知。
> 晒药能无妇,
> 应门亦有儿。
> 藏书闻禹穴,
> 读记忆仇池。
> 为报鸳行旧,
> 鹪鹩在一枝。

虽说诗中所言仇池并非秦州,但距离秦州西南不远,历史悠久,相传自古以来就被认为能够通往神仙居住的小有天。如后所述,杜甫在(〇七 19 秦州杂诗二十首)第十四首中曾写道"何时一茅屋,送老白云边",他期望能找寻一处无人知晓的地方供自己终老一生。另外,杜甫在写给自己最尊敬、最信任的两位友人的(〇八 19 寄岳州贾司马六丈、巴州严八使军两阁老五十韵)诗中说道:

> 古人称逝矣,
> 吾道卜终焉。
> 陇外翻投迹,
> 渔阳复控弦。

藉此可知,杜甫离开帝都的秦州之行,乃是为了寻求隐逸永驻之地。

从这个意义上讲,秦州对杜甫而言确实是一处再合适不过的场所。究

---

① 松原朗先生将杜甫这一时期对长安的感情分析为"恐怕杜甫此时即便对长安多有反感,仍然还是有些规避的,他从左拾遗被左迁为华州司功参军,继而被从华州司功参军的位子上免去官职,这些反感和规避,正是存在于身为官员所经历的挫折和这些表里的关系当中"(第28页);"……这些挫折成为杜甫的伤痕(心灵的外伤),这伤痕使他回避长安,如此考察是相对比较自然的"(第5页)(《杜甫的望乡意识——蜀中前期》,载《中国诗文论丛》第22集,2003年12月)。笔者是赞同松原朗意见的。

其缘由,乃是因为秦州(只要与吐蕃的军事状况不会恶化)是适合隐逸生活的理想之地。在进入秦州之前,杜甫的确担心和忧虑过,一如前文(〇七 19 秦州杂诗二十首)其一"迟回度陇怯,浩荡及关愁"所述那样。但另一方面,杜甫亦非常期待在秦州实现自己的隐逸理想。

秦州(曾一度改名为天水郡)属陇右道,距吐蕃边境不远,设有中都督府,是一处在渭水(渭河)上游开辟出的海拔一千多米的高原盆地,西通丝路,东下可抵长安,南下则可进入成都。自古便是交通要冲,商业发达,直到今日,秦州雕漆这门手艺依旧有名。杜甫在描写自己同赞上人一起找寻隐逸之地的诗中曾写道,"近闻西枝西,有谷杉桼(漆)稠……"(〇七 25 寄赞上人),由此可见,他也注意到了漆是当地有名的特产。

对杜甫而言,秦州是农作物的集散地,农业亦很发达,这点相当重要。秦州时至今日依然被称为"陇上江南",农林业发达。对于想在此地终老一生,过上隐逸生活的杜甫而言,有适合从事农业的土地,乃是其选择秦州的最基本条件。

但是,杜甫的心境总是摇摆不定。是否选择隐逸生活之外的道路,杜甫也有过迷茫。现实中朝政、军情、阁僚们的消息,还有那些悲惨的士兵和农民,都让他为之动情、愤慨、忧虑、悲伤。关于这一点,笔者已叙述很多。在此,仅对秦州期的杜甫进行一些其他角度的思考。

第四节　西枝村与西谷

虽说当时杜甫已有隐逸之心,但关于隐逸之地,他似乎还心中无底。杜甫也曾四下找寻过,却一直没有决定下来。

他曾在诗(〇七 24 西枝村寻置草堂地,夜宿赞公土室,二首)其一中描写过自己找寻隐逸之地的经历。从诗题可以看出,当时杜甫是与赞上人一起寻找隐逸之地的。

赞上人原是长安大云寺住持,受宰相房琯事件①连坐左迁至此。杜甫也因曾为房琯力争辩护而遭到左迁,因此杜甫对赞上人是有特别好感的②。两年前的春天,杜甫被软禁在长安的时候,就曾在赞上人的僧坊留宿过(〇四 28 大云寺赞公房,四首),当时就对上人颇为敬重。在同时期的秦州诗中,有一首名为(〇八 23 别赞上人),其中写道"赞公释门老,放逐来上国。……异县逢旧友,初欣写胸意"。对杜甫而言,赞上人是一位能够对其敞开心扉的难得的好友。

杜甫在夜宿上人僧坊的诗(〇七 22 宿赞公房)中写道"锡杖何来此,相逢成夜宿",以此表达自己对这次意外相逢的惊叹。或许就在夜宿僧坊之时,杜甫和赞上人诉说了自己想要寻觅一块土地隐逸于此的想法。二人相约一起寻找隐居之地应该就是夜宿上人僧坊时发生的。杜甫从赞上人那里得到相约的书信应是其后才发生的事情。

　　昨枉霞上作,
　　盛论岩中趣。
(〇七 24 西枝村寻置草堂地,夜宿赞公土室,二首)

从上诗可知,杜甫此时在西枝村找寻建造草堂的土地正是受到赞上人的相邀。

相互敬重的两个人携手深入山中,时而艰难跋涉,时而攀藤爬蔓,当登上山顶,看到万山巍峨之时,二人不禁啧啧赞叹。登上向阳的山岗,看到粗壮的藤条和老树,二人不舍离去,竟也吟起诗来,他们忘却了来时的目的,享受着探索本身的快乐。

　　怡然共携手,
　　恣意同远步。
　　扣萝涩先登,
　　陟巘眩反顾。

---

① 请参照谷口真由美《杜甫的社会批判诗与房琯事件》(载《日本中国学会报》第 53 集,2001 年)。

② 陈贻焮著《杜甫评传》上、中、下卷(上海古籍出版社,1982 年、1988 年、1988 年)。对杜甫诗歌的把握和整理很大程度上依据了陈氏的评传,特别是对杜甫隐逸之地的整理,陈氏的见解具有划时代意义,本章也是在其基础之上完成的。

> 要求阳冈暖，
> 苦陟阴岭泂。
> 惆怅老大藤，
> 沈吟屈蟠树。
> 卜居意未展，
> 杖策回且暮。

此行并未找到符合杜甫心意的隐逸之地，二人返回赞上人僧坊时已是日暮时分。但二人坚信此处一定有别致之地，于是约定次日拂晓前往西南方的另一处山谷看看。同题诗其二中所述如下：

> 幽寻岂一路，
> 远色有诸岭。
> 晨光稍朦胧，
> 更越西南顶。

但是在西枝村并未找到合适的隐居地。

上次登临山北时，杜甫似乎相当辛苦。毕竟已年近五十，腿脚不便，加上当时已是晚秋时节。在随后的（〇七 25 寄赞上人）诗中，杜甫表达了无论如何也希望能找到一处向阳之地的愿望。如果一座高山为东西向，南侧就该是向阳之地。如能找到这样的一处居所，那是再理想不过了，一旦找到，就可以马上购置土地、修筑茅舍了。杜甫的口气多少有些不服老，听上去更有些许辩解的意味。

> 一昨陪锡杖，
> 卜邻南山幽。
> 年侵腰脚衰，
> 未便阴崖秋。
> 重冈北面起，
> 竟日阳光留。
> 茅屋买兼土①，

---

① 在赵云旗先生的《唐代土地买卖研究》（中国财政经济出版社，2001 年）一书中，将当时个人庄园（田园）购入时所使用的词语归纳为"买""置""收""得""立""营"等六种（第 110—112 页）。杜甫所使用的是最易懂的"买"。

斯焉心所求。

(〇七 25 寄赞上人)

不仅如此,杜甫还打听到了比较理想的地方,那是一处位于西枝村以西山谷间的村落,据说那里杉树、漆树繁茂。虽然当时漆树鲜艳的红叶已然落尽,但树林里仍有温暖的阳光照射进来。即便是一块混杂了乱石、收成不佳的田地,对于期望过上简单隐逸生活的杜甫而言却也足够了。当如此情景浮现在杜甫脑海中时,他再也等不及漫长的霖雨结束,等不及久治不愈的牙痛康复,迫不及待地想要前去一探究竟。

近闻西枝西,

有谷杉漆稠。

亭午颇和暖,

石田又足收。

当期塞雨干,

宿昔齿疾瘳。

(同上)

他二人一同遍访当地名胜:

徘徊虎穴上,

面势龙泓头。

柴荆具茶茗,

径路通林丘。

与子成二老,

来往亦风流。

(同上)

事实上,这处位于西枝村以西的村落①,是杜甫仅次于西枝村的第二个隐居备选地。

这个位于西枝村西侧的谷村对杜甫而言可能有些意外,是个开辟过的村落。原因如前所述,在这个村里长有茂盛的秦州名产漆树。中国栽培漆

---

① 仇兆鳌注本中引用清代庐元昌之说,认为西枝村以西的谷村乃指同谷。陈贻焮在其评传中就此进行了详细的反驳。请参照陈氏评传第512—513页。

树的历史相当古老,从文献记载来看,《诗经》以后便多有出现。在《史记·货殖列传》中就提到了把漆林当作具有经济效益的林木进行经营的例子("陈、夏千亩漆……此其人皆与千户侯等",见《史记》卷一二九)。唐德宗年间,漆同竹子、木材、茶叶等曾一度亦要缴纳税费①。在《汉书·地理志》《唐六典》《通典·食货典》《元和郡县志》《新唐书·地理志》中分别记载了各地不同的地方特产和贡品,漆亦成为阔叶林地区最重要的贡品之一。虽然在秦州贡品中并未发现有关漆的记载,但一如前汉桓宽《盐铁论》卷一所述"陇蜀之丹漆旄羽",这里是将陇右与蜀地总括在一起记载的,藉此可知,从汉代开始,包括秦州在内的陇右地区已是漆的产地②。

如此看来,位于西枝村以西的谷村绝非人迹罕至之地,如若杜甫注意到这一点,兴许可以通过经营漆林来维持隐逸生活的日常开销。谷村就是这样一个已被稍加开垦的地方。一如他在诗中所言的"石田又足收",从此地农田的产量和经济价值来看,能够经营漆林也是促使杜甫将之列为第二个隐居备选地的重要原因。

另外,隐逸思想的代表人物庄子过去曾在周朝宋国一个叫蒙的地方担任过漆园的官员。当杜甫听闻这个位于西枝村以西的谷村长有茂密的漆树之时,想必庄子与漆园的故事,也是引发其对谷村隐居生活产生美好向往的要素。

第五节　东柯谷

除了西枝村和西谷之外,还有一处强烈吸引杜甫的地方,就是他在(○

---

①　关于此乃有不少记录。例如《新唐书》卷五十四《食货志四》:"初,德宗纳户部侍郎赵赞议,税天下茶、漆、竹、木,十取一,以为常平本钱。及出奉天,乃悼悔,下诏亟罢之。"

②　后魏贾思勰《齐民要术》卷五卷头"漆篇"记载了种植漆树的方法。在其卷首的目录中有"种漆"字样,但是在该篇中却未发现任何与植树方法有关的内容,只是记录了漆器的使用和保管方法。依据《齐民要术校释》第2版(缪启愉校释,农业出版社,1998年)第315、349页的说明,关于植树之法,贾思勰的原本中本该有所记录,今本或遗失。

〇七 19 秦州杂诗二十首)第十六首中所描述的东柯谷①。同族的杜佐已经迁居于此,过上了安定的隐居生活。(〇八 13 示侄佐)诗题下的原注就说"佐草堂在东柯谷"。

杜甫曾赞美被秀峰环绕的东柯谷是尚佳之地。晴时万里碧无云,暮时飞鸟相还巢。

> 东柯好崖谷,
> 不与众峰群。
> 落日邀双鸟,
> 晴天卷片云。
> （〇七 19 秦州杂诗二十首）其十六

对这个杜佐时常提及的远离俗世的佳谷良山,杜甫曾诙谐地写道,这水竹交相辉映的清幽之景,你莫要独占,也请分与我一些吧。虽然还未曾通知自己的孩子们,杜甫却已开始向往在这里一边挖草药维持生计,一边安然老去的生活了。

> 野人矜险绝,
> 水竹会平分②。
> 采药吾将老,
> 童儿未遣闻。

---

① 东柯这一地名在杜甫之前的时代是未曾见到过的,或许是因了杜甫的诗歌才广为世人所知。但是,宋代以来的注释家认为,东柯有杜甫祠,乃是杜甫的寓所,即其侄杜佐的草堂。李济阳在《杜甫陇右行踪三题》(载《草堂/杜甫研究学刊》1986 年第 1 期,第 63 页)中提到"而东柯故地在今甘肃天水县街子乡柳家河村(又名子美村),又在秦州城南五十里之外……"(李济阳《杜甫陇右诗中的地名方位示意图》,载《杜甫研究学刊》2003 年第 4 期,第 44—51 页与之基本相同。)李济阳认为杜甫是住在东柯谷的。当时是他在秦州的最后一段时间,如果杜甫离开秦州是在十月下旬,那么九十月的大部分时间他就是在东柯谷度过的。但是,出发前往同谷之前,他曾返回秦州城内(《杜甫在秦州的生活及其对创作的影响》,载《杜甫研究学刊》1997 年第 3 期)。亦有相反的观点认为杜甫并未居住在东柯谷。陈贻焮先生认为,杜甫描写东柯谷和杜佐草堂的诗作均是其通过想象创作出来的。笔者也赞同陈氏的观点,在拙论中,笔者是从杜甫如何将之作为隐居备选地这一角度来考察的。

② 此处依据仇注本"野人勿矜险绝,水竹会须平分,羡其可避世也"这一解释。没有采用明代王嗣奭"半水半竹,故云平分"的解释(见曹树铭增校《杜臆增校》卷三)。

(同上)其十六

从最后一句"童儿未遣闻"来看,此时的杜甫,已下定了隐逸的决心。清代黄生亦认为"末句即决计意"(《杜(工部)诗说》)①。上面的第十六首就描述了东柯谷的隐居风景。

虽然杜甫隐逸的决心在(〇七 19)其十六中表现得并不强烈,但(〇七 19)其十五中他却吐露了自己想要隐居东柯谷的想法。在(〇七 19)其十五的前半部分,杜甫描述了虽未实现隐居计划,但能在靠近吐蕃王朝边境的偏远之地秦州迎来秋天的心情。

> 未暇泛沧海,
> 悠悠兵马间。
> 塞门风落木,
> 客舍雨连山。

当时杜甫想到了先达阮籍,想到了庞公。庞德公曾携自己的妻子儿女一起隐居山中,靠采集草药共度余生。庞公的处世之法给杜甫以鼓励。面对早生的华发、斑白的两鬓,如若身居官场,则须每日拔除,梳整衣冠。仕途之道就是如此束缚了人们。对决意隐居东柯谷的杜甫而言,这些事情当下已经都不用再考虑了。

> 阮籍行多兴,
> 庞公隐不还。
> 东柯遂疏懒②,
> 体镊鬓毛斑。

(同上)其十五

从诗中所述,可以看出杜甫已经一点一点下定决心要隐居在东柯谷了。

但是在秦州隐居,绝非随口一提那么简单,当时当地,杜甫也有过动摇。

---

① 请参考本书凡例。
② 究竟此诗作于东柯谷,还是作于秦州城内,有不同看法。举其中代表性观点,如赵次公就认为"东柯遂疏懒"乃是"言遂得东柯谷之隐",这是前者之观点。仇兆鳌则认为"在秦而羡东柯也",这是后者之观点。

在接下来的《秦州杂诗》第十三首中,杜甫描写了东柯谷具体是一个怎样的地方,此诗并非从风景层面,而是从生活层面进行描写的。清代杨伦有对第三联的注释①,"二句见不惟山水幽胜,兼有谋生娱老之资"(《杜诗镜铨》卷六)。这东柯谷本是远离城内喧嚣的险峻崖谷(其十六),被紧紧环抱在山谷之间,是个只有几十户人家的村落。在第十三首的开头杜甫写道:

> 传道东柯谷,
> 深藏数十家。
>
> (〇七 19 秦州杂诗二十首)其十三

如此景象,与老子描述的小国寡民类似,风水也令人满意。入了村口,便有人家,藤藤蔓蔓掩映其间,感觉颇为深幽,河川亦流淌在竹林之中。

> 对门藤盖瓦,
> 映竹水穿沙。
>
> (同上)其十三

杜甫后来在成都营建的浣花草堂是茅草屋,东柯谷的却是瓦房。究竟是因为风土原因,还是东柯谷比浣花溪富裕,原因不得而知。对已经决意在此隐居的杜甫而言,他最关心的问题应该是这里适合种植什么样的农作物。

> 瘦地翻宜粟,
> 阳坡可种瓜。
>
> (同上)其十三

对任何一种作物的成长和收获而言,贫瘠的土地绝对是没有任何积极作用的。没有任何农书有过如此阐述。正如宋代赵次公所述"种粟当在肥地,而瘦地翻自宜粟,言东柯谷中之地无不好者"(《杜诗赵次公先后解辑校》乙帙卷之七②),可以解释为杜甫过于赞赏这块土地,以至认为即便贫瘠亦适合种植粟米。

所谓阳坡,是指朝南的斜坡。据说那里能种瓜果。元代王祯《农书》引

---

① 杨伦笺注《杜诗镜铨》(中国古典文学丛书)(上海古籍出版社,1988年)。
② 林继中辑校《杜诗赵次公先后解辑校》上、下册(上海古籍出版社,1994年)。

此部分说"种宜阳地,暖则易长,杜诗所谓'阳坡可种瓜'是也"(《百谷谱集之三·蓏属·甜瓜》)。依据同书所记,瓜类按照用途可大致分为水果类的"果瓜"和野菜类的"菜瓜"。王祯认为杜甫所说东柯谷的瓜类,应属"果瓜"类。与之相对,明代徐光客就王祯所言,引《农政全书》卷二七"树艺蓏部·白瓜条",认为杜甫所言之瓜,乃指白瓜(越瓜即冬瓜),应属"菜瓜"类。如此一来,究竟是菜瓜还是果瓜,便有截然不同的两种观点。无论如何,从农业角度来看,东柯谷的斜坡是可以种瓜的,也具备了隐居所需要的条件,这一点杜甫确认无疑。

关于种瓜这等事,原本就有无官无位的召平以种瓜谋生的故事(《史记》卷五十三),所以很容易让人联想到隐逸。杜甫此处言及种瓜,更为此诗酝酿出一种隐逸的气氛。

在诗的最后部分,杜甫用了桃花源的典故,似乎以此暗示自己不能实现隐居东柯谷的想法:

船人近相报,
但恐失桃花。

(同上)其十三

根据桃花源的故事,船人就是发现桃花源之人,他曾滞留桃花源,受到村民招待,并且亲自体验了桃花源的生活。对杜甫而言,杜佐应该算是引领他进入东柯谷这个桃花源的水上向导①。

"野人矜绝险"——在第十六首诗中,杜佐被称为"野人"。在(〇八14 佐还山后寄三首)其一中,杜甫曾写道"野客茅茨小",又将杜佐称为"野客"。在上述第十三首中,杜甫又依据《桃花源记》的故事,将杜佐称为"船人"。

以此来看,犹豫不决的杜甫是受了杜佐热情的邀请才前往东柯谷的。用(〇八13 示侄佐)中那句"君来慰眼前"来形容杜佐应该再合适不过。这

---

① 尚不见有论著认为这里的船人乃是杜佐。普遍认为乃是单纯操控船只之人。为何如此? 因为很多观点认为此诗乃是杜甫动身前往东柯谷时的诗作。比如,仇兆鳌就认为"十三章思游东柯谷也"。仇注引赵汸注曰:"嘱舟人相近即报。"但是,笔者与陈贻焮先生观点一致,认为杜甫乃是在秦州城内想象东柯谷而创作了这首诗。"近"字有靠近、附近、近来等各种解释,笔者此处取亲近之意。

与(〇八 14 佐还山后寄三首)其一所述"旧谙疏懒叔,须汝故相携"中那个被杜甫完全依赖的杜佐形象是一致的。

但是,杜甫最终还是没有选择这个最佳的备选之地。

第六节 仇池山

以上介绍过的东柯谷、西枝村以及西谷,杜甫都曾非常认真地考虑过将之作为隐逸之地。接下来介绍的仇池山,他仅在秦州期的诗歌里单纯吐露过隐逸于此的愿望。即便如此,作为体现这一时期杜甫对隐逸之处无比憧憬的代表,仇池山也是非常重要的。

杜甫用(〇七 19 秦州杂诗二十首)第十四首中的前六句介绍了仇池山的基本情况和具体位置。仇池山自古便是神仙居住的圣地之一,名气很大。相传不仅池中有神鱼,还能通往远在河南王屋山上的小有天。山顶有九十九泉,位于秦州西南,亦不算远。据第二十首中所言"读记忆仇池",仇兆鳌认为杜甫当是阅读了某古书之后才写下了对仇池的上述印象,以此他才将隐逸之念寄予此地。

> 万古仇池穴,
> 潜通小有天。
> 神鱼人不见,
> 福地语真传。
> 近接西南境,
> 长怀十九泉。
>
> (〇七 19 秦州杂诗二十首)其十四

在诗的结尾处,杜甫表达了想在此地结庐而居,度过晚年生活的愿望。

> 何时一茅屋,
> 送老白云边。
>
> (同上)其十四

另外,《秦州杂诗》第二十首亦表达了杜甫想要隐居仇池山的愿望。本书前文已列出全诗内容,此处仅引相关部分。

> 晒药能无妇,
> 应门幸有儿。
> 藏书闻禹穴①,
> 读记忆仇池。

如上所示,在中国隐居和在日本是不同的,不用抛却家族牵绊。与日本相反,中国重视的是辞官归隐后与家人或族人一起在乡野享受那份愉悦,所以杜甫这里描写与家人一起隐居也就理所当然。杜甫此处对妻儿的描写,能够唤起人们内心一种独特的亲近感和具体的形象。

这点暂且不论,杜甫被秦州西北禹穴藏书的传闻吸引,对仇池山心驰神往。他滞留秦州期间的诗中多次提及偏僻的仇池山。如前所述,以仇池山作为隐居之地多少让人觉得有点儿不够现实,但仔细考察杜甫离开秦州南下的行程,就会发现他对仇池山这个隐居备选地并非完全不满意。对此进行过详细考证的严耕望先生认为,杜甫的行程乃是"殆亦未及登临,只从山之东麓擦过"②,仅仅是通过仇池山附近而已。在杜甫决意离开秦州的时候,可能他也将仇池山在行程表里圈了出来。

究竟杜甫为何会对仇池山心生向往,在他的诗中并无任何说明。即便如此,思考一下仇池山的地理位置,在某种程度上是可以想象出原因的。严耕望先生在《唐代交通图考》第三卷《秦岭仇池区》附编《中古时代之仇池山——由典型坞堡到避世圣地》③中有详细论证。依严氏的考证,从汉代开始到唐宋期间,仇池山是史书中经常出现的著名地点。依据《水经注》卷二十"漾水"、《元和郡县志》卷二五、《新唐书》卷四十等史书的记载,仇池山乃是一处好似倒挂悬壶、落差很大的高台状天然堡垒,上有肥沃平坦的百顷良田,水资源丰沛,能产食盐,在唐代是一个拥有两万多人口,可以自

---

① 关于禹穴所在地,与其他旧说不同,笔者这里采用了李济阳先生之说——认为位于甘肃省永靖县炳灵寺。见前引《杜甫陇右行踪三题》第64页。
② 《唐代交通图考》第三卷(台北"中央研究院"历史语言研究所,1985年)第832页。
③ 上引书第853—861页。请参照该卷《秦岭仇池区》第二十二编第一节《仇池山区对外交通路线》,第二节《杜工部秦州入蜀行程》,第十三图《唐代仇池山区交通线·杜工部入蜀行程北段合图》。该书引用了有关仇池山的很多历史资料,本书就不再引用原文。仇池山如今也是富饶的农业产地,这一历史遗迹还是省级文物保护单位。

给自足的农业地区。加之史上有南北朝时的大批战乱难民避难于此,在仇池山隐居的愿望,杜甫应该考虑过其作为战略要害之坚固、农作物之丰富和史上有难民隐居于此之事这些实在的先例和有利条件。

第七节　赤谷、太平寺

对以上考察的西枝村、西谷、东柯村和仇池山这几个隐居地,杜甫的满意度多少存在一些差异。无论如何,杜甫都曾表达过想要隐居在上述地方的愿望。由此可见,杜甫的确是个犹豫之人。

接下来要介绍的赤谷和太平寺,杜甫并未直接描述过。作为隐居之地,能感受到杜甫也仔细考察过上述两地。

首先是(〇七 23 赤谷西崦人家)这首诗。如题所言,杜甫在诗中表达了自己向往着借宿在赤谷西边崦山人家的心情。事实上,在杜甫其他的诗歌里也曾出现过与赤谷有关的描写,在(〇八 26 赤谷)这首诗中,赤谷被描写成杜甫离开秦州,前往同谷之行的出发之地。这两首诗感情色彩完全不同,亦有可能不是相同之地。此处暂且按照仇兆鳌的注释,认为两诗所言乃是同一地方。从秦州出发,朝西南行进七里,便是赤谷,中有赤谷河流过①。诗曰:

> 跻险不自安,
> 出郊已清目。

如上所述,杜甫抵达之后,发现赤谷乃是:

> 溪回日气暖,
> 径转山田熟。

---

① 仇注引《大明一统志》卷三十五"鞏昌府"条目中记载"赤谷,在秦州西南七里,中有赤谷川"。在如今仇注的文本中,"七里"记作"七十里",这或许是仇注本的错缪。(〇八 26 赤谷)亦引相同条目,此处乃是正确的"七里"。依据七里和七十里的表述差异,部分注释书认为(〇七 23 赤谷西崦人家)中的赤谷是位于秦州西南七十里的赤谷,而(〇八 26 赤谷)中的赤谷,乃是位于秦州西南七里的赤谷,是两处不一样的地方。另,仇注亦引《大明一统志》中的记载"崦嵫山,在秦州西五十里",将"西崦"解释为崦嵫山,这在距离上存在矛盾。因此,这里单纯将"西崦"理解为"西山"。

此处要注意的是"山田熟"这一描写,对杜甫而言,如今正是五谷丰登的收获时节,这是他所关心的事情。赤谷虽位于山谷之中,却是一处富足之地。

更让人激动的是,此处还有隐者居住的茅草屋。

> 鸟雀依茅茨,
> 藩篱带松菊。

赤谷能让人联想到武陵桃花源的乌托邦世界,隐逸氛围颇为浓厚。杜甫迫不及待地就想住进眼前的茅草屋了。

> 如行武陵暮,
> 欲问桃花宿。

对于正在考虑隐逸的杜甫而言,赤谷的茅草屋着实让他羡慕不已。值得注意的是,杜甫对赤谷的农业生产也相当关注。

虽然杜甫停留秦州期间生过病,但是在身体条件允许的时候,他也曾花费精力遍访名胜古迹。在快要入秋的一天,杜甫造访了位于秦州郊外山中的太平寺。寺中有处小小泉眼,汩汩泉水从枯柳的根部涌出。有感于这股涌泉,杜甫作诗(〇七 26 太平寺泉眼)。在这首长达二十四句的诗作开头,他这样写道:

> 招提凭高冈,
> 疏散连草莽。
> 出泉枯柳根,
> 汲引岁月古。

(〇七 26 太平寺泉眼)

紧接着他又描述了这处涌泉所酝酿出的不可思议的氛围。在石多土少的山间,挖井是件相当不易的事情,由此,他暗自称颂这神奇的灵泉,更赞叹其水质之甘美:

> 山头到山下,
> 凿井不尽土。
> 取供十方僧,
> 香美胜牛乳。

另外,杜甫在诗中还描写了灵泉在不同状态下的情趣:寒风乍起,水波荡漾;水平如镜,倒映山景。在诗的结尾处,杜甫表达了自己想借这灵泉之水,在下游安家种药、引水灌溉的愿望。

> 何当宅下流,
> 余润通药圃。
> 三春湿黄精,
> 一食生毛羽。
>
> (同上)

黄精乃是草药之名,据说食之能够长生不老,羽化成仙。

如诗所叙,杜甫游太平寺后被那孔泉眼吸引,极尽文笔之能,从多方面加以赞叹。他想象着自己在泉水下游安家种草药,过上长生不老的隐居生活。由此可见,当时杜甫对于找寻隐居之地是颇为用心的。

第八节 离开秦州

到此为止,可以看出这一时期杜甫的隐逸之情颇为高涨,他一边构想着自己的隐居之地,一边实地走访了多处适合隐居的备选场所。但这些地方充其量都只是他隐逸计划的一部分。只要找到适合隐居的地方,杜甫准备随时隐居。如果在秦州找到适合隐居又无吐蕃入侵忧患的地方,杜甫大概就会买来住下,终其一生。如此一来,便不会有后来进入成都、营建浣花草堂等事了。

杜甫在秦州前后犹豫,始终没有找到合适的地方,加之吐蕃随时有入侵的可能,如此,杜甫渐渐有了决意离开的想法。其实从一开始,他就曾有过要离开秦州的预感。

在他刚刚抵达秦州的时候,还未到树木落叶时节,寒蝉嘶鸣之中,杜甫分明感受到秦州作为边境之城,局势有些不太稳定。对千辛万苦抵达秦州的杜甫而言,他似乎也感到秦州并不是一处能让自己安住的地方。在(〇七 19 秦州杂诗二十首)其四中,秋蝉依偎在行将飘落的树叶丛中,和着那些落单的归巢倦鸟,一起成为杜甫自身处境的最佳写照。

> 鼓角缘边郡,

  川原欲夜时。
  秋听殷地发，
  风散入云悲。
  抱叶寒蝉静，
  归来独鸟迟。
  万方声一概，
  吾道竟何之。
（〇七 19 秦州杂诗二十首）其四

  仇兆鳌认为此诗的情调，乃是单纯沉浸在人生普遍的悲伤感慨之中，而笔者比较认同杨伦所言"言本因避乱而来到此，仍无宁宇，亦更有何地可托足耶？"（卷六）

  在其后的（〇七 19 秦州杂诗二十首）其十八中，杜甫描述了秋天将尽，自己仍然未找寻到归宿的心情。

  地僻秋将尽，
  山高客未归。
  塞云多断续，
  边日少光辉。
  警急烽常报，
  传闻檄屡飞。
  西戎外甥国，
  何得迕天威。
（同上）其十八

  仇兆鳌将第二句的"客未归"注释为"乃自叹流离"。在这里，杜甫将自己未找寻到合适隐居地的焦躁感和吐蕃入侵边境的危机感相互联系，表现在诗歌当中。

  当初觉察到吐蕃入侵的不安情绪，成为他决意离开秦州的决定因素。
  此邦今尚武，
  何处且依仁。
（〇八 20 寄张十二山人彪三十韵）

  不仅如此，军队的鼓角已响彻城中，遮盖住一切自然的声响。吐蕃的军帐也已驻扎在秦州中都督府管辖域内的洮州附近。

> 鼓角凌天籁,
> 关山倚月轮。
> 官壕罗镇碛,
> 贼火近洮岷。
>
> （同上）

秋天过去了,必须开始为冬季做些准备,在这样的境况下,杜甫愈发下定决心要离开秦州。从当时的情形来看,可以说杜甫做出离开秦州的选择是正确的。原因在前面已有所提及,因为秦州当时是靠近吐蕃王朝边境的前线城市之一,在杜甫离开后的第三年,也就是宝应元年（762）,秦州就被吐蕃占领了①。杜甫的预感是准确的。如若当时没有离开,杜甫或许会遭遇不小的灾难。后因内乱,吐蕃的势力开始衰弱,而秦州再次成为大唐的版图,已是将近一百年后的大中三年（849）。

在离开秦州之前,杜甫曾留诗给自己心中亦师亦友的赞上人（〇八 23 别赞上人）。在诗的开头,杜甫将自己流浪的人生比作东流不回的大河,显得异常悲观。

> 百川日东流,
> 客去亦不息。
> 我生苦飘荡,
> 何时有终极。
>
> （〇八 23 别赞上人）

不仅如此,他还在诗中描述了自己离开秦州南下同谷的缘由,年关（虽然还有两个月）将至,他有些担心变冷的天气,同时也没有充足的干粮可供食用。

---

① 请参照《新唐书》卷四十《地理志四·陇右道》曰:"自禄山之乱,河右暨西平、武都、合川、怀道等郡皆没于吐蕃,宝应元年（762）又陷秦、渭、洮、临,广德元年（763）复陷河、兰、岷、郭,贞元三年（787）陷安西、北廷,陇右州县尽矣。大中（847—859）后,吐蕃微弱,秦、武二州渐复故地,置官守。"关于杜甫如何制定了自己离开秦州的计划,祁和晖、谭继和所写《杜甫携家入蜀原因考察》（载《杜甫研究学刊》1989 年第 3 期,第 42—56 页）一文很值得参考。

> 天长关塞寒，
> 岁暮饥冻逼。
> 野风吹征衣，
> 欲别向曛黑。

前面两句颇为难懂，此处参照赵次公的注释"其所以往同谷之情，将为岁暮之计，以救饥寒也"（上引书目，乙帙卷之九）。

为了不让家人陷入饥寒交迫的窘境，杜甫在述写准备离开秦州的诗中反复讲述了自己想要南下同谷的计划（在《乾元二年自秦州赴同谷县纪行十二首》①诗题下，杜甫做了注释）。

> 无食问乐土，
> 无衣思南州。

不仅如此，他还在诗中描述了即将前往的同谷即汉源一带②气候多么温和，食物多么充足。虽然对照日历已是初冬十月，但同谷依然秋高气爽，树叶也没有落下。栗亭这个地名听上去也是如此悦耳动听。除了良田，山芋、天然蜂蜜和冬笋也丰足无忧。

> 汉源十月交，
> 天气凉如秋。

---

① 这里依据《杜工部集》[《（宋本）杜工部集》卷三，以下称为王洙本]。在《九家集注杜诗》《补注杜诗》《全唐诗》和《杜诗详注》等很多文本中均附有这个题下原注。不仅如此，关于杜甫原注的观点，乃是依据了长谷部刚先生《围绕宋本杜工部集的诸问题——关于钱注杜诗与吴若本》（载《中国诗文论丛》第16集，1997年，第89—104页）。另外，亦可参考同氏《杜甫〈江南逢李龟年〉在唐代的流传》（载《中国文学研究》第29集，2003年12月，第105—116页）。长谷部氏认为《（宋本）杜工部集》的第一条注释均乃杜甫自注，此乃谢思炜之说，长谷在这里予以介绍和表示赞同。谢思炜的论文《〈宋本杜工部集〉注文考辨》收录在《唐宋诗词学论集》（"新清华文丛"，商务印书馆，2003年）第98—113页。另外，长谷部氏私下里亦为笔者提供了不少关于《全唐诗》本和吴若本关系的信息，在此以表感谢。

② 《旧唐书》卷四十《地理志》中记载："武德元年，置成州，领上禄、长道、潭水三县。……天宝元年，改为同谷郡。乾元元年，复为成州。"《新唐书》卷四十《地理志》记载曰："成州同谷郡，下。本汉阳郡，治上禄。"《文苑英华》卷八〇四于邵《汉源县令厅壁记》记载，"始上禄县，更名汉源"。根据这些，汉源（即上禄）就是同谷郡（即成州）的中心县城。也就是说，可以视同谷即汉源。

> 草木未黄落，
> 况闻山水幽。
> 栗亭名更佳，
> 下有良田畴。
> 充肠多薯蓣，
> 崖蜜亦易求。
> 密竹复冬笋，
> 清池可方舟。

（〇八 25 发秦州）

杜甫将自己的空想倾注到新的地方，这空想也一发而不可收，愈发强烈起来。与此同时，迄今为止他所憧憬过的其他隐逸之地都变得黯然失色。

在杜甫列举了同谷的诸多好处之后，紧接着还讲述了秦州在他心中失却魅力的缘由。

> 溪谷无异石，
> 塞田始微收。
> 岂复慰老夫，
> 惘然难久留。

与同谷相比，秦州溪谷的风景显得稀松平常①，塞田——这里指秦州边塞的山田，收成也极为不佳。但是从广义层面来看，秦州有西枝村的西谷，杜甫曾赞美道：

> 亭午颇和暖，
> 石田又足收。

另外，在秦州还有东柯谷，杜甫也曾赞颂那里的景色：

> 东柯好崖谷，
> 不与众峰群。

那里的田地也"瘦地翻宜粟，阳坡可种瓜"。不管是贫瘠的土地还是坡

---

① 李宇林先生《试论杜甫秦州诗中的生态环境美》（载《杜甫研究学刊》2002 年第 3 期，第 66—71 页）中，将植物、动物、自然环境和生态环境综合起来，分析了杜甫是如何极尽所能地描述秦州生态环境之美。

地,杜甫所见都是当地最好的一面。

对于杜甫这种前后矛盾的说法,该如何理解？感情丰富的诗人,往往是善变之人。仅因这些小小的问题,还不至于怀疑杜甫的真诚。无论如何,这都是诗人的真情实感。

另一方面,杜甫凭借美好回忆描写的同谷,事实上两年前曾经是肃宗皇帝巡幸凤翔的驻地,当时杜甫正担任左拾遗一职,他在诗里曾经提过此地。好友韦评事在前往同谷担任判官的时候,杜甫曾作壮行之诗相赠,以为鼓励。在(〇五 05 送韦十六评事充同谷郡防御判官)中,杜甫一度认为同谷是其他民族居住的荒凉的军事据点。

> 銮舆驻凤翔,
> 同谷为咽喉。
> ……
> 古色沙土裂,
> 积阴雪云稠。
> 羌父豪猪靴,
> 羌儿青兕裘。
> ……
> 古来无人境,
> 今代横戈矛。

诗中,杜甫以同情韦评事的口吻描绘了同谷干燥荒凉的情形。此时的杜甫或许没有想到,自己对同谷的认识会在两年后发生巨大变化,他大概也未曾想过日后会亲自踏上这块土地。

以上问题暂且论述到这里,从秦州到同谷的旅程并没有成就杜甫觅得隐逸之地的计划,因此接下来他便踏上继续寻找其他隐逸之地的旅程。

关于以上这点,通过杜甫前往同谷的记行诗(〇八 34 积草岭)"卜居尚百里,休驾投诸彦"就能知晓。

杜甫是在进入同谷之前写下此诗的。接着上面两句,杜甫继续描述了自己受同谷友人诚心相邀继而南行的情形。

> 邑有佳主人,
> 情如已会面。

> 来书语绝妙，
> 远客惊深眷。

　　在同谷，杜甫依旧未能实现自己的隐逸之梦。因此，他这才决定携了家眷，朝西南而下，进入成都。当时天气寒冷，已近年关。

　　到达成都，如若能找寻到理想的隐居之地，杜甫会立刻着手修建草堂，迄今为止的一切迷茫和犹豫便成为与之相对的事情了[①]。之所以有这样的可能，或许是因为杜甫曾一度将秦州和同谷的生活当作成都生活的预演。"在天子身边服侍和辅佐天子，期望实现理想的政治"，怀抱如此强烈愿望的杜甫，仅仅在一两年时间内，就体验到从左拾遗这样的侍臣左迁至地方官员，再到辞官，在地处边塞的异乡之地寻求隐逸之所而又遍寻无果的痛苦经历。他的人生如此急剧地变化着。最终，他在成都闲适的农村，实现了自己的隐逸生活。从辞官到隐逸的软着陆，秦州和同谷所经历的两次挫折也对他产生了重要的影响。

第九节　结语

　　或许笔者在本章太过强调杜甫的隐逸之志。为了自己的这一计划，杜甫下定决心辞官离开帝都，在他抵达秦州后还将之付诸行动，做足了心理上的准备，以上所有事实均被他写进自己的诗歌。由于在秦州停留时间较短，或许杜甫心中对成都草堂这一最终目标有所向往，所以秦州期很容易被理解为是一个转折点。对辞官的杜甫而言，秦州这段实际的经历，对思考他后半生的人生意义也具有重要价值。

　　对杜甫而言，秦州乃是思考其人生前后两段的分水岭，具有划时代意义。后来，当杜甫在夔州停留之时，他回忆起自己的人生经历，写了如下的诗歌：

---

① 拙论《浣花草堂时期杜甫对农业的歌咏》（载《中国读书人的政治和文学》，《林田慎之助博士古稀纪念论集》编集委员会编，创文社，东京，2002年10月，第282—309页）；另可参考《浣花草堂的外在环境与地理景观》（载《中唐文学会报》，好文出版，东京，第九号，2002年10月，第37—62页）。皆收录在该书第二部中。

> 自我登陇首，
> 十年经碧岑。
> 剑门来巫峡，
> 薄倚浩至今。
>
> （一九 10 上后园山脚）

杜甫的流浪生涯以翻越陇山也就是秦州之后为起点，到夔州为止，也就十年左右。

对杜甫而言，秦州之后在各地的生活，基本可以认为是秦州期生活样式、志向、思想、感情的某种延续和变化。笔者认为，在思考杜甫后半生的基本状况之时，靠秦州期就足够了。

在本章中，笔者仅就与杜甫生活密切相关的一小部分，也就是被他作为隐逸之地的一些侧面进行了介绍。这一时期，杜甫对隐逸和普通的隐者颇为上心，不仅与当地的隐者阮昉有所交流[（〇七 10 贻阮隐居）（〇八 16 秋日阮隐居致薤三十束）]，还留存了对嵇康、诸葛孔明、庞德公、陶渊明、贺知章、孟浩然等隐者①的评论（〇七 16 遣兴五首），关于这些内容笔者并未涉及。

另一点笔者想在本章强调的是，杜甫强烈的隐逸之志已经与他对农业的关注融为一体。在本章涉及杜甫隐逸内容之时，笔者亦都指出了他对农业表现出的关注。

陶渊明的例子自不用多言，一直以来，农业与隐逸就有一种难以剥离的关系。所谓隐逸，也有各种各样的模式，虽然亦存在那种与农业无关的市井式隐逸，但最为正统的方式应该是一边从事农业生产，一边过着隐逸生活。即便是六朝时期的大贵族谢灵运也不例外。作为大庄园经营者的谢灵运，他对农事和生产的关注丝毫不亚于普通农业劳作者。

但是杜甫稍有不同。对杜甫而言，正如在本章中所举诗歌（〇七 25 寄赞上人）中所言：

---

① 请参照拙论《唐代隐士群和隐居模式》（载《中国文学论》第二集/九州大学六号，1997 年 12 月，第 19—36 页）和《〈唐书·隐逸传〉与唐代的隐逸问题》（载《未名》第十六号，1998 年 3 月，第 27—53 页）。另外，全面论述杜甫隐逸思想的还有刘长东先生的《论杜甫的隐逸思想》（载《杜甫研究学刊》1994 年第 3 期，第 8、19—24 页）。

> 茅屋买兼土,
> 斯焉心所求。

购买一处不算豪华但附带土地的住所,这才是杜甫理想的隐逸生活方式。与王绩和孟浩然以回到家乡经营自己的庄园为生计不同,对于不能归乡,又没有足够资金购买房产的杜甫而言,这是唯一有可能实现他隐逸梦想的最为理想和便捷的方式。

此时的杜甫身处异地,自然无法从故乡的庄园获得收入,左拾遗和华州司功参军时期的积蓄也因为长时间客居秦州而日渐减少。对于如此境地的杜甫而言,能够拥有足够一家自足自给的几亩田地,能够种植草药用以维持生计的土地才是他所需要的。杜甫隐逸诗中所体现的对农业的关注,应该多少与他当时个人的处境有一些关系。

但是,无论身在秦州还是同谷,对于历经挫折的杜甫而言,两三个月后他的隐逸梦想竟然很快就实现了。在诸事不顺的乾元二年(759)行将结束的时候,他终于在成都浣花溪畔购入了一处带有土地的草堂。以往的杜甫研究者大都认为,对其而言,幸运之神的光顾是颇为偶然的事情。如笔者前述,正是有了先前在秦州和同谷时期的试验性错误,杜甫才能够在浣花溪顺利营建草堂。成都草堂的成功修建,可以说是真正的"事不过三"。同时,我们也能通过草堂营建的准备过程来重新定位杜甫的秦州期隐逸计划及其对农业的关注。

这也是本书为何要以杜甫的诗及其农业生活作为开端进行考察的原因所在。

第二章

杜甫与薤菜
——以秦州期的隐逸为中心

第一节　绪论

杜甫咏薤菜的诗歌共有三首。

第一首是他在秦州时向同族的杜佐求取薤菜之诗：

> 甚闻霜薤白，
>
> 重惠意如何。
>
> （〇八 14 佐还山后寄三首）其三

第二首同样作于秦州之时，是他从阮隐士处得到三十束薤菜，感慨所吟：

> 盈筐承露薤，
>
> 不待致书求。
>
> 束比青刍色，
>
> 圆齐玉箸头。
>
> （〇八 16 秋日阮隐居致薤三十束）

第三首是在夔州之时所咏，在瓜薤里加入野草苍耳，吃起来带点儿橘子的味道，比先前好吃许多。

> 加点瓜薤间，
>
> 依稀橘奴迹。
>
> （一九 19 驱竖子摘苍耳）

此处所举分别是杜甫向别人索要薤菜、从别人那里得到薤菜、自己亲自品尝薤菜的三首诗。

对于被人们冠以"诗圣""忧国诗人""人民诗人"称号的杜甫而言，薤菜是不足以维持其生活的小作物。但有一段时间,这小小的薤菜却成为他生活中不可缺少的重要之物。作为杜甫隐居生活的一个小片段,本章先行考察薤菜在杜甫诗歌中具有怎样的意义。

需要引起重视的是,在诗歌层面对薤菜进行描写,在杜甫之前和其后的时代有着明显的不同。继杜甫之后,很多诗歌对薤菜的描述因袭了杜甫的描写方法。以杜甫为分界点,前后不同时代对薤菜的描写方法亦有所不同,这一点在先前很多研究中都有所提及。以上引用的这些短小的薤菜之诗亦是明证。在本章中,笔者将从不同维度对具有划时代意义的杜甫诗歌从薤菜这个角度加以分析。

第二节 杜甫之前的薤菜诗

在杜甫之前,文学作品中如何描写薤菜,它又具有怎样的意象,与人们的生活具有怎样的联系,在进入本论之前,先就这一点进行概述。

在唐代和唐以前的诗歌中(《先秦汉魏晋南北朝诗》《全唐诗》),对薤菜的描写是固定的,只存在以下三种情况:第一,薤菜叶子上的露水,被称为"薤露"。因为容易消散,被认为是人生命运无常的意象,咏其诗均被认为是挽歌。在乐府中还被作为题目来使用,指人的死亡。第二,从薤菜的叶子联想到书法之体。在众多的例子当中,梁代庾肩吾《咏风诗》中描写的"扫坛聊动竹,吹薤欲成书"就是一例。第三种情况则是乐府《塘上行》所写"莫以鱼肉贱,弃捐葱与薤",此处是将薤菜作为与鱼肉相对的蔬菜类进行描写的,作者据说是魏文帝的甄皇后,或者是魏武帝。在杜甫之前的诗歌中,有关薤菜的描写只有以上三种,且大多是第一种挽歌意象。

接着我们来看赋。在赋中出现了"归隐之后,在故乡农园中栽培带了霜华的白色薤菜"的意象。西晋潘岳的《闲居赋》曾写道"绿葵含露,白薤负霜";在此基础上,南朝宋时期的谢灵运在其《山居赋》中写下了"绿葵春节以怀露,白薤感时而负霜"之句。

除了诗赋以外,还有一些与薤菜有关的传闻轶事。(以下与原文一同列出,出典较多的仅列出标准版。)

前汉龚遂在担任渤海太守时，对从事农业和养蚕的农民进行奖赏，他曾让每户人家种植一棵榆树、百株薤菜、五十株葱、一畦韭菜。

（龚遂）劝民务农桑，令口种一树榆、百本薤、五十本葱、一畦韭，家二母彘、五鸡。

(《汉书》卷八十九《循吏传》)

据说后汉庞参任汉阳郡太守时，上任之初就与郡人任棠会面。任棠将一根巨大的薤菜和一盆水放在门前，自己则抱着孙子躲在门后。主簿指责任棠倨傲无礼，庞参思虑良久，说："任棠之所以放一盆水，是希望我能为官清廉；拔来一根薤菜，则是希望我能铲除豪族势力；而在门口抱着孙儿，则是希望我能爱恤孤儿。"

拜参为汉阳太守。郡人任棠者，有奇节，隐居教授。参到，先候之，棠不与言，但以薤一大本、水一盂置户屏前，自抱孙儿伏于户下。主簿白以为倨。参思其微意良久，曰："棠是欲晓太守也。水者，欲吾清也。拔大本薤者，欲吾击强宗也。抱儿当户，欲吾开门恤孤也。"　(《后汉书》卷五十一《庞参传》)

三国时代的李孚在学生时期，曾尝试种植薤菜以为生计。自己郡中有人难耐饥饿前来求取，李孚却连一根也未曾给予，他自己也不食用，因此，李孚被时人认为是能够坚守自己意志的人物。

孚字子宪，钜鹿人也。兴平中，本郡人民饥困。孚为诸生，当种薤，欲以成计。有从索者，亦不与一茎，亦不自食，故时人谓能行意。

(《三国志·魏书》卷十五《贾逵传》引《魏略列传》)

《世说新语》中收录了与薤菜相关的以下两个故事。

首先是东晋桓温在宴席上发生的故事。席上有道菜乃是蒸好的薤菜（蒸薤），某个参军用筷子想要夹而食之，但是几次三番都未成功。此人并不放弃，终了，被同席之人取笑。

桓公坐有参军，椅烝薤（蒸薤）不时解，共食者又不助，而椅终不放，举坐皆笑。(《笺疏》：《御览》九百七十七引作猗，注云"音羁，筯取物也"。嘉锡案：猗为筯取物者……以此推之，则此所谓"猗烝薤不时解""猗终不放"者，谓以箸取薤不得，乃反复用箸，终不释手也。)(《世说新语·黜免》,括号内为余嘉锡撰,周祖谟、余淑宜整理,中华书局《世说新语笺疏》,第866页。)

另有东晋苏峻之乱时的故事。庾亮南逃并与陶侃会面,吃饭的时候,庾亮将白色的薤菜剩了下来。陶侃问其缘由,庾亮回答说,这白色的薤菜是可以种植的。

> 苏峻之乱,庾太尉南奔见陶公。陶公雅相赏重。陶性俭吝。及食,啖薤,庾因留白。陶问:"用此何为?"庾云:"故可种。"
>
> 《世说新语·俭啬》

除此之外,《太平广记》中还收录了传说中务光剪食薤菜以入冷水的故事。

> 且古言服薤者,唯商时务光。故道家说云:"务光剪薤,以入清冷之渊。"
>
> (南宋罗愿《尔雅翼》卷五"释草",另《太平广记》卷八十五)

除了农事和本草学的相关内容,以上所举均是杜甫之前不同史料中与薤菜有关的故事,主要反映了人们的生活与薤菜之间的关系。

第三节 向杜佐求取薤菜的诗

本节探讨杜甫与薤菜的关系。759年,杜甫四十八岁,这年秋天,他做出了自己人生中最为重大的一个决定,离开长安,来到秦州。

首先来看杜甫的(〇八 14 佐还山后寄三首)诗,此诗乃是杜甫记叙向已经隐居秦州的同族杜佐求取薤菜之事,是三首连作的五言律诗。先来看其中的第一首:

> 几道泉浇圃,
> 交横落慢坡。
> 葳蕤秋叶少,
> 隐映野云多。
> 隔沼连香芰,
> 通林带女萝。

> 甚闻霜薤白,
>
> 重惠意如何。
>
> （〇八 14 佐还山后寄三首）其三

诗题中提到的佐是杜甫同族,比他小一辈,名叫杜佐①。在（〇八 13 示侄佐）中,杜甫将自己与杜佐的关系比作阮籍和其侄阮咸,如下所述:

> 嗣宗诸子侄,
>
> 早觉仲容贤。

诗的意思是说,如果我是阮籍的话,佐儿,你身为隐者,所具有的高尚德行便可以与阮咸相当了。

另外,杜佐归山这首诗题,是指杜佐看望秦州城里的杜甫之后,返回自己隐居的东柯谷。

> 多病秋风落,
>
> 君来慰眼前。

在（〇八 13 示侄佐）这首诗的原注中就有"佐之草堂在东柯谷"之记录,通过诗开头几句所写亦能知晓。

此时的杜甫,直接从杜佐那里打听了许多东柯谷田园生活的情形。

> 自闻茅屋趣,
>
> 只想竹林眠。

如其在诗中所述,杜甫已经流露出想要在东柯谷独自静居的想法。

通过（〇七 19 秦州杂诗二十首）第十六首诗便不难想象,想到叔父曾

---

① 据《唐五代人物传记资料综合索引》(傅璇琮等编撰,中华书局,1982年),关于杜佐,有杜繁之子、杜昱之子这两种说法。第一种杜繁之子杜佐之说,依据《旧唐书》卷一百六十三《杜元颖传》、卷一百七十七《杜审权传》,《新唐书》卷七十二上《宰相世系表二上》杜氏部记载,其人官至大理正,有子杜元颖和杜元绛。杜元绛有子杜审权。其子杜元颖、其孙杜审权均官至宰相。这与在秦州隐居的杜佐不符。第二种杜昱之子杜佐之说,依据《新唐书》卷七十二上《宰相世系表二上》襄阳杜氏部记载,杜佐乃是殿中侍御史杜昱之子,无官,亦无子。杜昱之子有继、信、礼、佐、梅等几人,这与杜甫所言"自己所有侄子当中,你(杜佐)是最优秀的一个"相符。仇注本中将上述二人混同起来,但钱谦益注《世系表》佐出襄阳杜氏,殿中侍御史昱之子"(《笺注杜诗》卷十),应该是正确无误的。由于杜甫也出自襄阳杜氏,所以才称呼同为襄阳杜氏一门的杜佐为侄。加之杜甫自己就是长子,其他年下兄弟的儿子还不太可能在秦州隐居生活,而当时杜甫的长子也才十岁左右,便更无其他可能了。

经在天子身边做官,如今却落难到此,杜佐当时必定满怀自豪地对叔父讲述了东柯谷安稳的隐居生活。

> 东柯好崖谷,
> ……
> 野人矜绝险,
> ……

以上就诗题内容予以简单说明,接下来进入诗歌内容。

此诗乃是杜甫想象杜佐居住的东柯谷所写。特别是首联,提到了东柯谷有充沛的活水可用来灌溉农田。杜佐居住的东柯谷应该是一处在山谷间开辟出来的农园,有旱地和水田等各式梯田,由于梯田落差较大,所以隆起的田埂看上去像是横起来的帷幕一般。山间的涌水流入位置较高的水田,继而从四处流淌到位置较低的田里。对于这样的风景,杜甫写道:

> 几道泉浇圃,
> 交横落幔坡。①

滋润了稻田的活水仿佛要冲破篱笆一般,像微小的瀑布从田里流下来。面对同样的景观,杜甫在(〇八 13 示侄佐)中描写道:

> 满谷山云起,
> 侵篱润水悬。

在颔联中,杜甫描写了农园周边山谷的情形。业已深秋,树木都已落叶,天空云舒云卷,因此林间也是忽明忽暗,农园的作物也仿佛掩映在这明暗的阴影之中,杜甫描述道:

> 葳蕤秋叶少,
> 隐映野云多。

在接下来的颈联中,杜甫描述了临近杜佐农园的池塘和树林,以此暗示出一派丰饶的景象:

> 隔沼连香芰,

---

① 关于此诗的第二句,南宋以来有很多不同的解释,在文字版本方面也有不同。除了王洙本的"落慢坡"以外,还有"落蔓坡""幔落坡"等不同版本。在版本上,本章中采用了仇注本的"落幔坡"(这与王状元本、郭知达本和草堂诗笺本是一致的),而在意思层面,并不局限于某本,在此暂按照所用文本进行解释。

　　　　通林带女萝。

　　在尾联中，杜甫不仅描述了杜佐农园中白色的薤菜渐渐地成熟，同时还探问杜佐，不知是否能送自己一些。

　　　　甚闻霜薤白，
　　　　重惠意如何。

　　这里所谓的"重惠意"，在连作的第二首诗中曾经提及，杜甫希望杜佐能送自己一束黄粱。以上是此诗的全部解释。

　　如前所示，杜甫此处提到的"霜薤白"，乃是运用了西晋潘岳描写自己第二次隐居生活时所写《闲居赋》中的"白薤负霜"（《文选》十六卷）之典故。潘岳在自己隐居的庄园中栽培了很多蔬菜，当中亦有薤菜。在《闲居赋》中，他这样写道：

　　　　菜则葱韭蒜芋，青笋紫姜，堇荠甘旨，蓼荽芬芳，蘘荷依阴，时藿向阳，绿葵含露，白薤负霜。

　　南北朝时期刘宋的谢灵运在所作《山居赋》中亦沿用了潘岳的"白薤负霜"（前文）之典。

　　《山居赋》乃是谢灵运描绘自己隐居始宁庄园生活的作品，他在农园里亦种植了很多蔬菜，也曾就薤菜写过如下的诗：

　　　　绿葵眷节以怀露，
　　　　白薤感时而负霜。

　　　　　　　　　　（《宋书》卷六十七《谢灵运传》）

　　杜佐所在的黄土高原地区、潘岳所在的黄河下游地区和谢灵运所在的江南地区，虽然栽培之地各有不同，但薤菜的培育应该不存在太大的地域差异。需要注意的是，此处所举杜佐、潘岳和谢灵运的例子，他们三位都是在各自的隐居之地种植了薤菜。

　　从前文介绍的前汉龚遂的故事应该能够看出，薤菜是居家菜园重要的作物。作为渤海太守,龚遂曾对种植薤菜的农民进行奖励①。六世纪中叶贾思勰的《齐民要术》中亦单列一项记叙了薤菜的栽培。因此,杜佐在秦州的农园里大量种植薤菜也就一点儿不奇怪了。

杜甫所言"霜薤白",可以将"薤白"合为一个名词看待。因为薤白本来就特指薤菜的鳞状茎(就是所谓的薤菜)。在《齐民要术》中就介绍了"薤白蒸"的制作方法(同书卷九第八十七"素食"篇)。薤白除了可以食用,亦可用于中医②。但是,在这首诗中,杜甫向杜佐所求的薤菜,绝非仅仅是指鳞状茎的部分。因为在他另一首咏薤菜的诗中,曾描述得到带有茎叶的薤菜。无论如何,杜甫在这首诗中所描述的薤菜,绝非传统意义上的薤露意象,应该是被作为食材使用的薤菜。从杜甫开始,薤菜的食材意象开始被使用在诗作中。

第四节　阮隐居所赠薤菜

下面所举的一首乃是描述杜甫意外得到阮隐居所赠薤菜,表达其感激之情的五言律诗(〇八 16 秋日阮隐居致薤三十束)。我们先来看这首诗。

隐者柴门内,
畦蔬绕舍秋。
盈筐承露薤,

---

① 关于薤菜的栽培,在中国最古老的农书——前汉氾胜之《氾胜之书》中就有所记载:又种薤十根,令周回瓮居瓜子外。至五月瓜熟,薤可拔卖之,与瓜相避。
这部分乃是依据了一直延续至今的《齐民要术》。关于《氾胜之书》,可参考《氾胜之书/中国最古老的农书》第 43 页(石声汉编·英译,冈岛秀夫、志田容子译,农村渔村文化协会,1986 年)。但是,该书这部分将"薤"翻译成日语时译成了"葱",该书卷末石声汉则英译为"scallion",这里本应该翻译为"薤菜"。顺便说一下,《(校订译注)齐民要术》上册(西山武一、熊代幸雄译,农林省农业综合研究所,上卷,1957 年)第 117 页的相关部分则是薤菜。另外本文在引用时,使用了《齐民要术校释》第二版(后魏贾思勰著,缪启愉校释,农业出版社,1998 年)。
② 《齐民要术》卷九第八十七"素食"篇中就介绍了"薤白蒸"(薤虫)的制作方法。关于蒸薤菜的通俗口语翻译,可参考《齐民要术/现存世界上最古老的料理书》(田中静一、小岛丽逸、太田泰弘编译,雄山阁,1997 年)第 26 页。

> 不待致书求。
> 束比青刍色，
> 圆齐玉箸头。
> 衰年关鬲冷，
> 味暖并无忧。

依据仇注本所引"原注"的内容"隐居，名昉，秦州人也"，赠送薤菜给杜甫的阮隐居应该就是当地一个叫阮昉的隐者①。这里要强调的是，精心种植薤菜的也是一名隐者。

杜甫被阮隐居作为隐者的高洁人格吸引，为颂扬其人格，特作诗（〇七 10 贻阮隐居）②。据此，便可知晓阮隐居农园的大概位置。

> 寻我草径微，
> 褰裳踏寒雨。

如果此诗如实反映了真实情况，那么阮隐居所居之地应该距离杜甫所在的城内不远，冒雨步行即可前往。但仅凭一首诗，是不足以将之视为事实的。不过，通过此诗，我们大概能够知晓阮隐居的居所距离杜甫不算

---

① 仇注曰："原注隐居，名昉，秦州人也。"这个"原注"应该不是杜甫的自注。以王洙本为中心，王状元本、郭知达本、四部丛刊本、草堂诗笺本、黄鹤补注本、钱注本中均没有此条。黄鹤的补注本中曰："鹤曰，公以乾元二年夏至秦州，有《贻阮隐居》诗云'塞上得阮生'，则阮乃秦州人。"《集千家注杜工部诗集》本（〇八 16 秋日阮隐居致薤三十束）的题下注说"鹤曰，阮隐居，名昉"（卷五）。把这两个注释合起来看，就与仇注所言之"原注"相近。仇注的这个"原注"则依据不详。

② 在闻一多《少陵先生交游考略》一文中，与阮隐居有关的诗共举出三首。除了该诗以外，还有其他两首：（〇七 10 贻阮隐居）和（一三 41 绝句四首）其一。在后者即绝句中有"松高拟对阮生论"。将这句中"阮生"理解为"阮隐居"便是原因所在。确实，可以推测，在黄鹤补注本中，阮生恐怕就是指阮隐居（仇注也引用了）。但是，以王洙本（卷十三）为代表，郭知达本等宋刊本和钱注本中均记录为"朱阮剑外相知也"，并且认为这就是"原注"。如果那个原注正确的话，阮隐居和阮生应该指不同的人。虽然仇注本并未引用这里的"原注"，但是依旧认为此处应该指不同之人，并且注释道："朱老、阮生俱成都人也。"考虑到这些，笔者在这里亦认为"阮生"和"阮隐居"指不同之人。顺便说一下，《唐五代人交往诗索引》并未将（一三 41 绝句四首）视作与阮隐居有关的诗作。但是，在（〇七 10 贻阮隐居）的题下有（名）"昉"的原注，以王洙本（卷三）为代表，这一点在诸本中均存在，这里的原注可以视为是杜甫的自注。通过以上考察，可以认为阮隐居就是阮昉。

太远。

另外，据说阮隐居也曾有过搬家的计划：

> 更议居远村，
>
> 避喧甘猛虎。
>
> 足明箕颍客，
>
> 荣贵如粪土。

如诗所述，对阮隐居而言，即便搬到一处有猛虎出没的荒郊野岭也可以，他曾计划搬到一处远离城市的村里，曾与杜甫共同商议过此事，这一计划应该是想要避开城市的喧嚣。对于阮隐居的这一计划，杜甫称其为看破荣华富贵的真正隐者。从此事亦可想象，阮隐居的农园距离杜甫所在的城内相对较近。陈贻焮亦认为阮昉和杜甫一样，是居住在城里的，只不过阮隐居住在城墙根下，因此，杜甫才能时常与之往来①。

在本诗的开头部分，即首联，杜甫首先描写了阮隐居菜地的情形。按照诗中所述，阮隐居的茅屋被菜田环绕，时值丰秋。

> 隐者柴门内，
>
> 畦蔬绕舍秋。

杜甫亦憧憬着这样的隐居生活。七八年后，在夔州瀼西，当他真正拥有属于自己的一块小园之时，在诗（一九03 园）中也描绘了与此相同的景观。

> 始为江山静，
>
> 终防市井喧。
>
> 畦蔬绕茅屋，
>
> 自足媚盘飧。

透过诗歌可以看出，杜甫对能够自给自足、满足自家用菜的隐者生活模式很是喜欢。

在接下来的颔联中，描述了得到满满一竹筐薤菜。他还特意强调说不

---

① 《杜甫评传》中卷（上海古籍出版社，1988 年）第 523 页。

是自己所求,而是阮隐居主动送来的①。

> 盈筐承露薤,
>
> 不待致书求。

此处值得注意的是"露薤"这个词语。以露和薤并用,无论是谁,都会立刻联想到薤上之露,虚幻无常,顷刻便会蒸发,意象完全就是挽歌当中的"薤露"(见前文)。但是,同样的组合,杜甫此处使用的露薤却无任何阴沉之感,应该是将其视为食材或者中草药来看待的。

在颈联中,杜甫将得到的薤菜比喻成青青的马草和玉制的筷子。

> 束比青刍色,
>
> 圆齐玉箸头。

从此联可以知晓,杜甫得到的是带有茎叶的薤菜。

另外,在唐末五代韩鄂的农书《四时纂要》②中,"春令·正月""二月"以及"秋令·七月""八月"四处分别有"种薤"的记录,由此可知,当时的薤菜种植一般是春秋两次。秋令八月记曰"此月下子,春末即生"。如此推算一下,杜甫吃到的应该是春天种植的薤菜。

---

① 士大夫阶层为了经济收入,亦会采取种植蔬菜这种比较方便的方式,这一点在盛唐时期杨颜(开元年间进士)《田家》一诗中就有描写:"时蔬利于鬻,才青摘已无。"(《全唐诗》卷一四五)《文苑英华》卷三一九中"才青"作"荼青"。

通过上面的诗歌我们亦能得知这种情况。卖掉就能赚钱的薤菜,阮隐居却单纯地送给自己,令杜甫非常感动,我们也能够理解。杜甫向杜佐索要过薤菜,但是在阮隐居这里,他没开口就得到了。此处采用了对照的写法。杜甫在受到别人照顾和恩惠的时候,常会在诗作中将之一一写下来,以此表达自己的谢意,称颂对方的恩情,所以,如果他得到杜佐的薤菜,就会在诗作中叙述当中经纬,这种可能性是很高的。从这一点来看,或许杜佐并未向杜甫送过薤菜。杜甫有时候会多少有点"不怀好意",严格地区分是非、善恶、好恶,在杜甫称赞自己喜好之物的同时,暗藏自己对厌恶之事的讽刺。夔州期的诗作(一九05 园官送菜)和(一九06 园人送瓜)乃是当中的典型,在这里举出杜佐和阮隐居的两首诗,在杜甫称赞阮隐居之外,笔者怀疑还存有杜甫对杜佐的指桑骂槐式的隐射。杜甫对待他人非常慎重,保持着一定的礼节,但是与此相对,对自己的孩子和同族之人则要求甚高,或许是因为这个原因,杜甫才会毫无顾忌地对杜佐进行讽刺。

② 《四时纂要:中国古农书、古岁时记的新资料》,山本书店,1961年影印(万历十八年朝鲜重刻本)。此处的解释,乃是使用了渡部武先生《四时纂要译注稿:中国古岁时记的研究二》(安田学园,1982年)和缪启愉选编《四时纂要选读》(农业出版社,1984年)。

另有同书"春令·二月"曰"二月、三月种。八月、九月种亦得。叶生即锄。锄不厌数,叶不用剪,剪则损白"。在"秋令·八月"中又提到"此月上旬耩,不耩则白短。勿剪叶,恐损白。旋要食者,别种之"。从上述的记录来看,薤菜的叶子一般是不用剪去的。因此杜甫得到的薤菜均带有绿油油的茎叶。

虽然现代的我们已经不再食用薤菜的茎叶部分,但是过去并不如此,《齐民要术》卷三第二十"种"中就对此有所记载:

叶不用剪。(原注:剪则损白。供常食者,别种。)九月、十月出卖。

以此可知,有专供食叶的薤菜①。

另外值得注意的是,今天我们食用的薤菜一般都是在初夏时节,但是《齐民要术》中记载的薤菜均在晚秋到初冬时节收获。杜甫在秦州停留,正是秋七月到九月这三个月,在时节上大致是吻合的。如果《齐民要术》中的这一记录是准确的,那么杜甫描述从杜佐处求取薤菜、从阮隐居处得到薤菜的诗作应该正好作于薤菜成熟收获的晚秋时节,也就是他准备离开秦州之前。

在尾联中,膈膜易发冷的杜甫记叙自己只要吃上薤菜,就不再担心病情,以此结束了整首诗。

衰年关鬲冷,
味暖并无忧。

"关鬲"这个词并不常见,在中医里是指称膈膜的术语。"鬲"字通"膈",所以关鬲和关膈是相同的。薤菜被认为对消化系统和呼吸系统有

---

① 在《药用蔬果》(戴荫芳等著,陈丰麟等摄影,台北:渡假出版社,1993年)中,药用部也是指全株(第103页)。

益,杜甫此处说自己食用薤菜便不觉膈膜发冷应该是有依据的①。

事实上,在秦州滞留期间,杜甫持续三年的热病并未治愈,并且反复发作。他在(〇八18 寄彭州高三十五使君适、虢州岑二十七长史参三十韵)中描写道:

> 三年犹疟疾,
>
> 一鬼不销亡。
>
> 隔日搜脂髓,
>
> 增寒抱雪霜。

杜甫饱含幽默地向自己的好友高适和岑参描述了自己的病情。在诗的原

---

① 在中医学相关文献中,"关鬲"和"关膈"意思是相同的。以王洙本为代表,宋刊本系文本中的王状元本、郭知达本、四部丛刊本、草堂诗笺本、黄鹤补注本以及钱注本中均是"关鬲",并无任何文字异同。但是元代王祯在《东鲁王氏农书·百谷谱集之四》"蔬"属"薤"目中引用杜甫的诗句,写作"关膈"。明代李时珍《本草纲目》卷二十六有关"薤"的条目亦同。另外,在四库全书本中,宋代祝穆《古今事文类聚》后集卷二十二《谷菜部》和宋代曾敏行《独醒杂志》卷九所引用的杜甫诗作也同此。因此,在杜甫的这首诗歌里,将之读作"关膈"也是正确的。历代注释本中,黄鹤补注本记载为:"唐曰:薤清暖益老人,故云。关,节也。鬲,胸也。"据此,关鬲就是指关节和胸部。

另一方面,薤白究竟对什么样的疾病有效,关于这一点,唐代陈藏器《本草拾遗》中就记载道:"调中,主久痢不差。腹内常恶者但多煮食之。"认为对消化系统疾病有效(《本草拾遗辑释》陈藏器撰,尚志钧辑释,安徽科学技术出版社,2003 年,第 449 页)。但是,这部分乃是引自宋代唐慎微《证类本草》卷二十八的记载,"今按陈藏器《本草》云:薤:调中,主久痢不差。腹内常恶者,但多煮食之"。另外,在后汉张仲景著《金匮要略·胸痹心痛短气病脉证并治第九》中,有"胸痹之病,喘息咳唾,胸背痛,短气,寸口脉沉而迟,关上小紧数,栝楼薤白白酒汤主之"的记载,认为薤白对呼吸系统疾病有效。虽然还不曾有任何记录明确言及薤白对杜甫所得膈膜寒冷的症状有效,但是因为横膈膜对呼吸系统和消化系统两方面均有影响,故有此说。

【补注】拙论发表后,日中传统医学研究专家真柳诚亦对笔者有所指点,纠正了笔者不全面的观点,这里记其要点:杜甫在诗作中使用了"关鬲"这个词语,表明杜甫具有一定的医学素养。"关鬲"最直接的意思是指横膈膜,鬲通格,汉代医学典籍《黄帝内经·灵枢》(脉度第十七)中亦有记叙,中国唐代和明代的医书中亦频繁使用过"关格"这个术语。杜甫之诗所言,应该就是所谓的"冷虚火",这是比较严重的状态,也就是说,横膈膜处阴阳之气交流受阻,上半身阳气高升,下半身阴气瘀寒。另外,横膈膜部分的气瘀,轻者会导致"消化不良"。如若如此,杜甫的"关鬲冷"症状,是用来表达消化不良和下半身寒症的。薤可以温补身体,具有健胃作用,这在传统的本草书中均有记载,与此处描述一致。在此记之,向真柳诚表示感谢。

注(很有可能是杜甫的自注)中也有"时患疟病"的记录(王洙本卷十八)。虽不曾听闻薤菜对疟疾有效,但在唐代孙思邈《备急千金要方》等医书中却对薤菜"除寒热"的功能多有记载。因为薤菜是温阳性食物,对于当时处在半病状态的杜甫而言,他应该是抱着治疗自己膈膜发冷这一愿望去求取薤菜来食用的。

在这里,需要引起注意的是,杜甫在诗中记叙了自己获取生活物资的过程,并且通过诗歌的方式进行回复。杜甫的很多名篇均是得到别人物质赠予后写下的答谢回信。这一现象在中唐以后逐渐流行起来,作为文人趣味的兴起,这种现象在宋代也非常流行①。杜甫起到的先驱性作用在此就不再赘述。

第五节　与菜瓜、苍耳搭配的薤菜

咏薤菜的第三首诗是八年后杜甫在夔州滞留时期所作,此时他已临近晚年,时值大历二年(767)秋②。

在这首诗中,杜甫描写了持续干旱导致蔬菜不足的时候,将瓜、薤菜加上苍耳一起食用,吃起来有点儿淡淡的橘子味。在这首(一九 19 驱竖子摘苍耳)诗中写道:

> 加点瓜薤间,
> 依稀橘奴迹。

此处仅是对苍耳食用方法的描写,并未将薤菜作为主题进行描写。此处的薤菜仅仅是作为配角悄然出现的。但是,即便如此,通过这首诗,我们亦能够知晓,杜甫不仅食用薤菜,而且采用了与瓜和苍耳一同搭配起来食用的新奇方法。

---

① 请参照合山究之《赠答诗作中所体现出的宋代文人趣味交游生活》(载《中国文学论集》第二号,1971 年)

② 大历二年乃是依据仇兆鳌《杜诗详注》。大历元年则依据《读杜心解》、《杜诗镜铨》、《杜甫年谱》(四川人民出版社,1958 年初版,1981 年再版)及《(今注本)杜诗全集》(天地出版社,1999 年)等。

在诗或赋中描写食用薤菜，杜甫的这首诗乃是第一首。除此之外，他还将琐碎的日常饮食生活特意以诗歌的方式进行叙写。杜甫似乎是有意用诗歌这种方式宣传和推广自己新奇而有趣的食用方法。在另外一首（一九 09 槐叶冷淘）中，杜甫还描写了做凉面的一种新方法。这种在饮食生活上倾注大量心血和创意的态度，在杜甫之前的诗歌中很少见，这种态度从中唐开始到宋代逐渐多了起来。

第六节　唐诗和杜甫的薤菜诗

那么，杜甫以后的唐代诗歌是如何描写薤菜的呢？

在《全唐诗》中搜寻包含"薤"字的诗题，结果只有杜甫的诗作。而诗中包含"薤"字的诗作共计六十来首，是六朝时代的四倍多。比起六朝之前的诗歌，唐诗中吟咏薤菜的诗歌数量增多是理所当然之事。如若仔细考察一下其中缘由，薤露作为挽歌系的代表，六朝之前占了大多数，而这一意象在唐诗中则少了一大半，不仅如此，在描写方式上也存在差异。除了薤露之外，也有使用后汉庞参"拔薤"（前述）和书法之体"金薤"这些意象的，而杜甫开创的薤菜诗意象，已经开始登上诗歌的舞台。以下就介绍一下这些诗歌。

在唐末罗隐的《南园题》中，对自己隐逸之地的情形进行了描写。在他的南园里亦种植有薤菜。

搏击路终迷，
南园且灌畦。
敢言逃俗态，
自是乐幽栖。
叶长春松阔，
科圆早薤齐。
雨沾虚槛冷，
雪压远山低。
竹好还成径，

> 桃夭亦有蹊。

杜甫的影响在此诗中显而易见,就不再赘述,诗中所言薤菜"科圆早薤齐"明显沿用了杜甫(〇八16 秋日阮隐居致薤三十束)中"束比青刍色,圆齐玉箸头"这句。

唐末五代诗人贯休的《怀邻叟》诗,单从题目设定来看,是在怀念自己的邻居老者,这一点很容易让人想到杜甫在成都草堂时创作的(〇九40 北邻)(〇九41 南邻)(〇九42 过南邻朱山人水亭)等反映隐逸生活的诗作。贯休诗中所使用的"白薤"这一词语以及藉此酝酿出的氛围应该是沿用了杜甫草堂诗的结果。

> 橘槔打水声嘎嘎,
> 紫芋白薤肥濛濛。
> 鸥鸭静游深竹里,
> 儿孙多在好花中。
>
> (《禅月集》卷三)

此诗中特别提到"白薤"之上堆放了"紫芋",是以杜甫的代表作之一(一九39 秋日夔府咏怀奉寄郑监李宾客一百韵)中那句"紫收岷岭芋,白种陆池莲"为基础创作的。

在晚唐李商隐的《访隐》诗中,到访深山之中隐者的居处,松花粉和薤菜被当作饭菜摆在了餐桌上。

> 路到层峰断,
> 门依老树开。
> 月从平楚转,
> 泉自上方来。
> 薤白罗朝馔,
> 松黄暖夜杯。
>
> (《李义山诗集》卷三)

作为隐逸生活的重要食材,想必此处薤菜这一意象也是沿用了杜甫。

另外还有一些诗歌,虽然诗语不曾有直接沿用杜甫的表现,但薤菜的文学意象却以杜甫诗歌为基石。白居易曾在故乡从事过一段时间的农业劳作,在《渭村退居,寄礼部崔侍郎、翰林钱舍人诗一百韵》一诗中,他曾描写了当时的情形。

> 隙地治场圃,
> 闲时粪土疆。
> 枳篱编刺夹,
> 薤垄擘科秧。

白居易在自家地里种植挖来的薤菜,这一场景似乎让人想起杜甫的诗歌。据说白居易也时常将薤菜作为食材和药材来使用。在他六十四岁所作《春寒》一诗中,记述了将薤菜用油酥翻炒并投到酒中食用的事。

但是,这是明代李时珍的解释。据《本草纲目》卷二十六记载,"白乐天诗云'酥暖薤白酒',谓以酥炒薤白,投酒中也"。另有其晚年结束斋戒时所作《二年三月五日斋毕开素当食偶吟赠妻弘农郡君》:

> 鲂鳞白如雪,
> 蒸炙加桂姜。
> 稻饭红似花,
> 调沃新酪浆。
> 佐以脯醢味,
> 间之椒薤芳。
> 老怜口尚美,
> 病喜鼻闻香。

因为在斋戒中要尽量吃素,开斋后便是酒肉,味足料满,搭配浓郁的五香作料,白居易在诗中心满意足地介绍了薤菜的食用方法,他的吃法与杜甫在夔州时候的食用方法完全不同。

除此之外,另有一些诗歌并不一定完全受到杜甫的影响,但隐逸的氛围却有相通之处。中唐李吉甫《九日小园独谣赠门下武相公》诗曰:

> 受露红兰晚,
> 迎霜白薤肥。

(《全唐诗》卷三一八)

与杜甫相同,李吉甫在这里也使用了潘岳和谢灵运赋中的意象。

另外,中唐王建《荒园》诗曰:

> 朝日满园霜,

> 牛冲篱落坏。
> 扫掠黄叶中,
> 时时一窠蕹。

(《王司马集》卷七)

晚唐唐彦谦《和陶渊明贫士诗七首》其二①曰:
> 我居在穷巷,
> 来往无华轩。
> 辛勤衣食物,
> 出此二亩园。
> 蕹菘郁朝露②,
> 桑柘浮春烟。

(《全唐诗》卷六七一)

在这些诗歌中,均描绘了在充满隐逸氛围的农园里种植蕹菜的情形。

下面所举的隐逸诗人于鹄在年代上比杜甫稍晚,是大历年间的诗人。他与杜甫是没有交流的。从二人的传记描述情况来看,于鹄阅读杜甫诗歌的可能性也很小。在他的《题邻居》中,同样描写了与隐逸邻居之间的质朴交流,这与充满虚伪的官场关系形成了对照。在他的小菜园里同样种植了蕹菜。

---

① 补注:拙论发表后,发现王兆鹏先生《唐彦谦四十首赝诗证伪》(载《中华文史论丛》第52辑,1993年12月)。依据此文,该诗乃出自《剡源戴先生文集》卷二十七,乃是元代戴表元(1244—1310)之诗,明人作伪,将之混于唐彦谦诗集中。此说应该是正确的。如此一来,本文中作为唐人作品所引用的《和陶渊明贫士诗七首》其二应该从叙述部分删除。但是即便如此,在杜甫蕹菜诗作对后世影响这一点上,论点是没有任何变更之处的。故此这里暂且列出最初的论文。

② 如果"蕹菘郁朝露"之句中的"蕹菘"组合是依据什么典故来创作的话,应该不是蕹菘,而是韭和菘之组合。《南齐书》卷四十一《周颙传》中就记载了"文惠太子问颙'菜食何味最胜',颙曰'春初早韭,秋末晚菘'",据此,使用韭菘的典故非常多(例如《全宋诗》中关于"菘韭"或者"韭菘"的词语就有二十二例)。如此一来,便会产生不同观点:1.唐彦谦用典错误。2.传本有异同。但是基于同时使用了"朝露"这个词语,便让人联想到潘岳《闲居赋》中所言"绿葵含露,白蕹负霜"。3.诗歌作者是将韭换成蕹来使用的,而且无论如何,实际上作者的二亩菜园中是种植了蕹菜的,如此考量比较自然。因此,笔者在这里采用上面第三种观点。当然,蕹和菘的组合在宋诗中也有几处。

> 僻巷邻家少，
> 茅檐喜并居。
> 蒸梨常共灶，
> 浇薤亦同渠。
> 传屐朝寻药，
> 分灯夜读书。
> 虽然在城市，
> 还得似樵渔。
>
> (《全唐诗》卷三一〇)

如若这首诗中描绘的自足平和的生活受到杜甫成都时期草堂诗的影响，事情就简单了。但是此处种薤应该与杜诗无关，相同纯属偶然。那么，对于此种情况，应该如何来看？隐逸诗、田园诗中描述的在农园里种植薤菜，并非完全继承了杜甫诗歌的衣钵。就算是农园中不起眼的小作物，也不是诗人们随意空想创造出来的。自《文选》以来，就有将传统诗歌意象进行鹦鹉学舌式反复使用的传统，显然，这里并非如此。在隐者的农园中，实际上已经开始种植薤菜，无论是杜甫还是于鹄，都在自己的诗中反映了以上实际的变化。(在前文中提过，唐末五代韩鄂的农书《四时纂要》记录了正月、二月、七月和八月种植薤菜之事，和韭菜、大蒜、葱、瓜、茄、莴苣等蔬菜一起，薤菜成为那个时代重要的蔬菜[①]。) 杜甫敏锐地感受到这一变化，将之表现在自己的诗作之中，也因此成为当时的先驱。后续诗人们或者是也发现了这一变化，或许是受到杜甫诗作的启发，抑或是杂糅了上述两种情况，最终在自己的诗作中亦描绘起薤菜来。于鹄的《题邻居》为我们思考这一问题提供了很好的启示。

[①] 笔者认为，这里并未有什么农学方面的根据。正如在本章中反复陈述过的那样，薤菜在唐代以前就开始出现在诗作中。之所以在唐代更加普及，乃是因为在唐诗中被更广泛地加以描写。对研究薤菜栽培史的农学专家而言，就能以此事实为依据，来证明从唐代开始薤菜被广泛种植。笔者所思考的另一个问题乃是薤菜与经济收入的关系。这一点正如已经介绍过的，在汉魏时期已经出现，后面所引宋代诗歌中亦有描写。唐代，中小地主出身的隐者多了起来，但并非六朝贵族那般的大地主。对这些比较贫穷的隐者而言，薤菜种植就成为经济收入的一个方面。不仅如此，隐者一般都在中医方面具有很高的造诣，必然知晓薤菜在中医方面的功效。

在唐诗中,除了杜甫创造出的薤菜意象以外,还有其他诗人创造了新的意象。比如白居易和刘禹锡就将湖北蕲春县所产竹子编织的席子比作薤叶。晚唐诗人对此比喻颇为欣赏,因为与本文主旨无关,此处就不再论述。

在杜甫之后,赋中的薤菜意象又是怎样的呢?在《全唐文》和《历代赋汇》中,并未发现任何创新,仅有晚唐李铎《秋露赋》中的"薤上流彩,林中湛液"和陆龟蒙《书帝草赋》中的"霜亦曾霑,潘令偏知白薤",这应该与唐代以后正统韵文由赋转诗有一定关系。

第七节　宋诗和杜甫的薤菜诗

下面来看宋诗。在绝对数量上,宋诗比唐诗有量的飞跃。薤菜的出现频率也有所增多。比如在《全宋诗》中查阅"薤"这个字,一共有三百多首。下面以诗题为线,举几例来看宋诗是如何继承杜甫开创的薤菜意象的。

梅尧臣《与蒋秘别二十六年、田棐二十年、罗拯十年始见之》:

> 安得有园庐,
> 宽闲近林泉。
> 养鱼数千头,
> 种薤三四廛。
> 余蔬皆称此,
> 嘉果植亦然。

(《宛陵先生集》卷十八)

这首诗中,作者描述自己得到一块带有农园的开阔隐居之地,想要种植不到十亩薤菜的愿望。

张耒《种薤》诗曰:

> 薤实菜中芝,
> 仙圣之所嗜。
> 轻身强骨干,
> 却老卫正气。

> 持钱易百本,
> 僻处多隙地。
> 雨余土壤滋,
> 栽植勤我隶。
>
> (《全宋诗》卷一一八一)

在认识到蘁菜对年迈的身体有好处之后,作者花钱买来蘁菜,让用人种植在农园里。这首诗应该是受到杜甫种菜诗(一五 50 种莴苣并序)(一九 21 暇日小园散病,将种秋菜,督勤耕牛,兼书触目)以及(一九 07 课伐木)序文"课隶人伯夷、辛秀、信行等,入谷斩阴木"的影响。

李彭《周明府国镇寄诗有招隐之意次韵以报之》诗曰:

> 绝壑平生深遁逃,
> 相期推毂敌英豪。
> 绿葵白蘁堪扶老,
> 黄帽青鞋非养高。
>
> (《日涉园集》卷八)

在诗中,作者记叙了有人举荐他做官,但被他拒绝,在李彭看来,只有能吃到新鲜冬葵和蘁菜的隐逸生活才能成全自己的人生。

范浚《课畦丁灌园》曰:

> 连筒隔竹度流泉,
> 约束畦丁灌小园。
> 拔蘁自须还种白,
> 刈葵辄莫苦伤根。
>
> (《范香溪先生文集》卷十)

作者让自己雇佣的专职田农在地里种植蘁菜,此诗借用杜甫(一〇 03 春水)诗中"连筒灌小园"、(一九 19 驱竖子摘苍耳)中"畦丁告劳苦"和(一九 05 园官送菜并序)中的"畦丁负笼至"等相关诗语,同时还使用了(〇三 18 示从孙济)中"刈葵莫放手,放手伤葵根"的典故。

陈造《山居十首》其一云:

> 山间有好事,
> 时肯问何如。

束送箸头薤，

鲜分匙面鱼。

（《江湖长翁集》卷十一）

诗中描述了作者将筷子大小的薤菜扎成束，赠予友人，在他心目中，这也是隐居生活的一大乐趣。此处直接使用了杜甫的诗语。

以上所举诸诗，薤菜作为关键的意象，或是隐者在园中栽培，或是被视为食材和药材，又或是别人赠送而得，除了沿用杜甫诗作语气的作品，还有借用杜诗鲜明意象之作。从以上诸诗来看，由杜甫创造的薤菜意象，可以说在宋代也被切实地继承了下来。

第八节　结语

对唐代（盛唐以后）诗人而言，他们所面对的文学规范首先是《文选》。在诗人们进行诗歌创作的时候，《文选》中的措辞和意象往往会在潜意识中发挥作用。就薤菜的意象来看，在《文选》中主要有以下两种：一是薤叶之上消散的露水意象（诗）；二是故乡庄园中种植的蔬菜"白薤"，在晚秋到初冬的霜降之日，形成了所谓的"霜薤"意象（赋）。

但是，在现存杜甫诗歌之中并未使用传统的"薤露"意象，第二类在赋中使用的"白薤负霜"意象杜甫是使用过的，只是两者之间存在不同。无论是潘岳还是谢灵运，将采薤置于归隐和归田之赋中，是一种被程式化的范畴。赋，原本就存在将同类事物如类书一般并列使用的叙述之法①。因此，潘岳和谢灵运在赋中所写的薤菜，只不过是各类蔬菜中的一种而已。薤菜之个性被埋没在赋的陈列式叙述当中。但在杜甫的诗中，薤菜不是点缀在自己故乡庄园中品目繁多的蔬菜之一，也不是相对之物。对杜甫而言，薤菜是唯一具有个性的存在。

另一个问题是后世诗人是如何看待杜甫创造出的薤菜意象的。如若

---

① 请参考拙论《初唐文学思想与韵律论》（知泉书馆，2003 年）第一编第一章《围绕赋的汉代文学论》。

将杜甫三首描写薤菜的诗歌放到一个整体的框架结构中来看,应该是如下的情形:

  一些普通的隐者拥有不太宽阔的庄园。这些多少还从事些农活的隐者在庄园中开辟出一小块地方用来种植薤菜。薤菜被当作食材和药材使用,隐者们在如何食用和服用这些薤菜上也花费了很多心思和精力。有朋友希望能得到一些薤菜,当然,也有人会将之主动送给朋友食用。于是,围绕薤菜产生的日常话题便成为诗歌的重要素材。

  从整体来看,毫无疑问,后世诗人茫然接受了杜甫诗歌创造的薤菜意象。在实际创作过程中,他们只截取杜甫诗歌意象的一小部分用在自己的诗中,杜诗好似舞台背景一般被引入创作当中,诗人们稍加变化,便能创造出更为丰富的意象。对于前人的接受,大家都有各自不同的方法。但是,不论创作出怎样的作品,杜甫诗歌意象都成为大家的共享之物。只要以中小地主自给自足庄园经济为基础的士大夫世界一直延续,那么,由杜甫创造出的薤菜意象就会反复在诗中被再创作。

  一个诗人,如何用语言创造一个事物意象,这一意象如何被后世诗人共享,继而消失。作为一个具体的例子,或许通过杜甫所创造的薤菜意象,我们便能窥探一二。

【补充说明】

  本篇完稿后,笔者阅读了闫艳《唐诗食品词语语言与文化之研究》("社科博士文库",巴蜀书社,2004 年 12 月)中关于薤的部分(第 109—112 页),从对《全唐诗》的检索来看,与笔者观点一致,均叙述了唐代薤菜被广泛栽培之事。另外,她还指出"薤膏在唐代被隐士们视为养生之物",这与本章中笔者的立论亦非常契合。只是该书中作为依据的资料乃是陶弘景和《洞冥记》等,这一点笔者不能理解。

第二部
成都期

第一章

浣花草堂的外在环境与地理景观

第一节 绪论

安史之乱爆发后的第四年,也就是乾元二年(759),这年杜甫四十八岁,七月,他辞去了左迁之职华州司功参军,携家人一同前往秦州,年末入川,在成都安顿下来。第二年是上元元年(760),这年春天,在一位强有力后援的帮助下,杜甫于成都锦江上游浣花溪购置了一块土地,营建草堂,与家人一起在草堂居住了不足六年,加上其间有两年多不在,算起来其实也就住了三年半。在这里,杜甫终于过上了自己后半生最为安定的隐逸生活。在草堂生活的第三年春天,他曾写诗表达自己对这段生活的感受。

> 万里清江上,
> 三年落日低。
> 畏人成小筑,
> 褊性合幽栖。

(一〇 68 畏人)

清代仇兆鳌的本子按照年代顺次排列诗作,杜甫成都时期的作品分布在卷九后半部分到卷十四的前半部分,共计约三百五十首。但一般意义上,杜甫草堂诗不包括其不在成都时的作品,所以说,真正的草堂诗也就二百几十首。

在浣花溪草堂,杜甫一边从事农业生产,一边过着隐逸生活,这些都成为草堂诗的创作背景,而作为背景地,浣花溪草堂如今已成为成都杜甫草堂博物馆。关于这一古迹,历代有不少的争论。依据唐人诗歌,争论一直持续到晚唐,到宋代才停歇。

在本章中,笔者尝试对杜甫诗歌中如何描写草堂之所在,从描写方法到杜甫流露出的情感,再到草堂对杜甫的意义等方面进行考察。因此,在对草堂进行地理意义上的考察时,尽量避免使用地方志等二手资料,努力通过杜甫的诗歌来考察。

第二节 成都城西

杜甫草堂位于成都市城西。这一点杜甫在自注中亦曾明确描述。那是广德元年(763)春天,杜甫从梓州方向归返成都途中之事。因有友人先行回到成都,在送别友人的诗作(一二36 送韦郎司直归成都)中,杜甫拜托其帮自己看看草堂的情况。诗曰:

> 为问南溪竹,
> 抽梢合过墙。

对此,杜甫自注曰:"余之草堂在成都西郭。"(王洙本卷十三)除此之外,还有其他诗歌也曾言及此事。此处略举上元元年之诗来看,那是杜甫修建草堂一年之后的作品。首先来看(〇九54 西郊):

> 时出碧鸡坊,
> 西郊向草堂。

此处的碧鸡坊,位于城内西南,出碧鸡坊穿过西郊就到草堂。由此可知,杜甫草堂位于成都以西的郊外。

另外,杜甫在草堂迎来初次梅雨时所作(〇九24 梅雨)一诗中,记叙了通往草堂的路线:

> 南京西浦道①,
> 四月熟黄梅。

---

① 依据王洙本卷十一,乃将仇注本中的"犀浦"改为"西浦"。除此之外,作"犀浦"的,乃有郭知达九家注本、钱谦益本、《全唐诗》本、赵次公本、《文苑英华》本等,以上诸本均有注曰"一作犀"。但是蔡梦弼草堂诗笺本和分门集注四部丛刊本、四库全书补注杜诗本、集千家注本等均作"犀浦"。关于这一点,赵次公注曰:"一本作犀浦,盖惑于今日成都蜀县之郫有犀浦镇,殊不思下有长江之句,则犀浦道无江。又有茅茨易湿之句,则指言所居。又有蛟龙盘涡之句,则言终日所见之江如此,岂是犀浦乎?"(丁帙卷之一)这个观点比较妥帖。

此处的南京乃指成都,因安史之乱,玄宗曾避难成都,其间三四年,成都就被称为南京。西浦道沿着成都西郊的河流,一路通向草堂。

在同时期的作品(〇九 22 堂成)中,杜甫表达了草堂落成时的喜悦之情和满足感。不仅如此,还讲明了草堂和成都的位置关系,诗曰:

背郭堂成荫白茅,

绿江路熟俯青郊。

草堂位于成都以西的郊外,站在高台上从草堂望去,沿河开辟的大道一路绵延至成都方向。

中途经历此处予以省略,在此作之后第四年,也就是广德二年(764)春天,杜甫经由梓州、阆州返回离开很久的成都草堂。在归途中,杜甫思虑草堂和自己未来的生活,以连作的形式描写了自己当时动摇不定的心情。在连作(一三 22 将赴成都草堂途中有作先寄严郑公五首)的第五首中,杜甫讲述了自己对生活的规划不太理想,但只要一想起自己爱用的护肘乌皮几,就还是想要返回草堂的心情。

锦官城西生事微,

乌皮几在还思归。

此处所言不是成都城西,而唤作锦官城西。锦官城旧址正好位于成都以南,也就是说,此处所指仍然是成都城西。

另外,第二年,也就是永泰元年(765),在描述行将离开草堂的诗作(一四 33 绝句三首)其二中,杜甫将草堂的位置描述为在石笋以西。

水槛温江口,

茅堂石笋西。

此处提到的石笋,乃是(一〇 34 石笋行)一诗中提到的石笋,其诗曰"君不见,益州城西门,陌上石笋双高蹲",在益州城西门,有一对状如竹笋的石头。依据《旧唐书·地理志》,益州乃是天宝元年(742)以前的地名,其后称蜀郡,至德二年(757)以后改名为成都府。自魏晋至宋齐梁诸朝,一直使用益州之名,杜甫此处乃是使用了益州这一旧称。总而言之,此处的"茅堂石笋西"也是指成都以西的郊外①。

第三节 锦江之畔

杜甫住在锦江之畔。在离开草堂后的诗作当中,他曾两次提及自己的草堂营建在锦江之畔。永泰元年(765)冬,杜甫顺长江而下,至云安,因病,不得已,在云安滞留。当时作(一四 58 怀锦水居止二首)。此处的锦水居止,乃指锦江草堂,从诗题本身来看,也是传达了草堂位于锦江之畔这样的信息。另有大历元年(766)暮春时节,同样作于云安的诗作(一四 67 杜鹃)曰:

我昔游锦城,

结庐锦水边。

有竹一顷余,

乔木上参天。

杜甫在此处更加明确地表明自己在锦江之畔营建了草堂。草堂周边植有一顷多的竹林和高大乔木,形成了一处五六万平方米左右的广阔园林,面积相当于五六个小学操场大小。

杜甫营建草堂的第二年年末,那位给予杜甫强有力支援的好友严武荣升为当地的长官,并于次年春开设了幕府。严武想把过着隐逸生活的杜甫招入自己的幕府,抱着这样的愿望,他曾写诗给杜甫,诗题曰《寄题杜拾遗锦江野亭》,通过诗题亦不难看出,杜甫是在锦江之畔营建了草堂。严武在诗中如此描写杜甫的隐居生活:

---

① 杜甫亦曾描写自己的草堂位于锦里和少城,抑或锦官城(锦城、锦官)中。除本文所举例子以外,还有如"锦里逢迎有主人"(一三 22 将赴成都草堂途中有作先寄严郑公五首)其二、"锦里残丹灶"(一三 31 赠王二十四侍御契四十韵)、"茅斋寄在少城隈"(一一 36 秋尽)、"晓看红湿处,花重锦官城"(一〇 02 春夜喜雨)等。严格意义上讲,草堂实际上修建在浣花溪附近,但是这里杜甫将自己的草堂称呼为成都草堂,即是说草堂位于成都。在范围上如此描述,杜甫有时乃是为了使自己的草堂与历史悠久的锦官城产生一些联系。草堂位于锦江上游浣花溪,下游乃是锦里、锦官城等地,这样更容易将二者的意象结合起来。

> 漫向江头把钓竿，
> 懒眠沙草爱风湍。

对此，杜甫在(一〇72 奉酬严公寄题野亭之作)的回复中写道：

> 懒性从来水竹居。
> ……
> 幽栖真钓锦江鱼。

三年后，严武溘然长逝，杜甫在夔州悼念严武的诗作中同样提到了垂钓之事：

> 时观锦水钓
>
> (一六02 八哀诗　赠左仆射郑国公严公武)

从以上交流和回忆的诗歌可以看出，杜甫当时非常享受草堂的悠闲生活。

> 门泊东吴万里船
>
> (一三41 绝句四首)其三

虽未出现锦江这个地名，但是从这句诗中便能想象出草堂面向锦江的情形。

下面的例子虽然没有直接提到草堂位于锦江，却是以此为前提创作的：

> 春前为送浣花村。
> ……
> 濯锦江边未满园。
>
> (〇九16 萧八明府实处觅桃栽)

> 故凭锦水将双泪，
> 好过瞿塘滟滪堆。
>
> (一〇24 所思)

> 别泪遥添锦水波
>
> (一三30 奉寄高常侍)

杜甫成都草堂位于成都城西方向、营建于锦江之畔已是人所共知的事实。因为笔者对先前的资料并不满意，而将这理所当然的事实通过杜甫的诗歌予以印证，那些能够成为原始资料的东西，往往就两三句诗或者一些史料,是不足以论证清楚的。笔者在此介绍的诗句,以后应该能够成为杜甫研究的基础性传记资料。

如先前所述,笔者想通过杜甫之口来复原他的日常生活。这一方法在其他诗人那里是不太可能实现的,也是不适合的。但是从进入成都前后到在锦江之畔营建草堂,这种方法对杜甫则是可以实现的,通过分析现存的诗歌就能做到。杜甫这种描述其日常生活的诗歌创作方法,正是这一时期才开始使用的。

第四节 浣花

杜甫住在锦江之畔,他将自己营建草堂的那一段区域称作浣花溪。他似乎对"浣花"这一词语颇为中意,除了"浣花溪",还在别的诗作中特意使用了诸如"浣花村""浣花老翁""浣花桥""浣花草堂""浣花竹"等不同的组合变化。诸如以下各例(〔〕所示乃是不同文本的内容):

浣花溪水水西头
〔浣花流水〕〔浣花之水〕

（〇九 14 卜居）

春前为送浣花村

（〇九 16 萧八明府实处觅桃栽）

江花未落还成都,
肯访浣花老翁无。
〔公来肯访浣花老〕〔携酒肯访浣花老〕

（一〇 59 入奏行赠西山检察使窦侍御）

当时浣花桥,
溪水才尺余。

（一一 13 溪涨）

成都乱罢气萧索,
浣花草堂亦何有。

（一一 39 从事行赠严二别驾）

　　　　我有浣花竹
　　　　　　　　　（一二44 送窦九归成都）
　　　　竹寒沙碧浣花溪
　　　（一三22 将赴成都草堂途中有作先寄严郑公五首）其三
　　　　浣花溪里花饶笑，
　　　　肯信吾兼吏隐名。
　　　　　　　　　（一四04 院中晚晴怀西郭茅舍）
　　　　洗药浣花溪
　　　　　　　　　　　（一四33 绝句三首）其二

　　"浣花"这一表述可以认为是杜甫首创。在韵文范围里，很难看到杜甫以前有过相同的例子。与之相对，到了杜甫时代，突然出现了九例，而且均是成都草堂时期的作品。不仅如此，纵观整个唐代韵文作品，"浣花"这个词语的使用，杜甫占据了三分之一多，足见他对这一词语的喜好程度。杜甫之后的时代，共有五处使用"浣花"的诗例。
　　○岑参诗题《早春陪崔中丞泛浣花溪宴》
　　《岑嘉州集》卷三（《文苑英华》卷二一五刊载此诗题为张谓作）
　　○杜家曾向此中住，为到浣花溪水头。
　　　　　　　张籍《送客游蜀》（《唐张司业诗集》卷六）
　　○今日西川无子美，诗风又起浣花村。
　　　　　　　章孝标《蜀中赠广上人》（《全唐诗》卷五○六）
　　○浣花溪里花多处，为忆先生在蜀时。
　　　　　　　雍陶①《经杜甫旧宅》（《文苑英华》卷三○七）
　　○浣花溪上堪惆怅，子美无情为发扬。
　　　　　　　郑谷《蜀中赏海棠》（《文苑英华》卷三二二）
　　将上述作品计算在内，基本占据了唐代"浣花"诗歌用例的一半以上。
　　由杜甫创造的"浣花"这一诗语，据说在中唐有薛涛用以作《浣花笺》，以此为契机，"浣花"这个词语在后来的散文中一般被当作地名使用。《旧

---

① 在《全唐诗》卷七七○中，诗题注该诗乃殷陶之作，这乃是明刊本《文苑英华》的错误，笔者沿用此说。这里依据了华文轩编《古典文学研究资料汇编·杜甫卷·上编·唐宋之部》第一册（中华书局，1982年）第21页。

唐书·文苑传·杜甫传》就记曰"甫于成都浣花里种竹植树,结庐枕江……"另有《唐才子传》卷六"薛涛"、卷十"韦庄"等条均引杜甫浣花为例予以记载。在《新唐书·叛臣列传》(卷二二四下)、《续通鉴·北宋纪》(卷二十一)、《明史·列传》(卷二六三)等作品中,浣花成为军事要地,《清史稿·地理志·四川》"成都府"条目则以正史为基准,记载了浣花这一地名。以上文献的相关章节,一般先记录浣花(溪)这一地名,而后叙述杜甫在此营建草堂。但实际情况应该是杜甫为此地起了如此风雅的名字"浣花",后世便将"浣花"当作固有名词来看待①。

第五节 桥

杜甫成都草堂位于万里桥以西。这一点可以从他(〇九28 狂夫)诗中得到明确答案。诗曰:

万里桥西一草堂,
百花潭水即沧浪。

另有杜甫离开成都南下逗留云安时写下怀念草堂之诗(一四58 怀锦水居止二首)其二曰:

---

① 杜甫曾称呼浣花溪为花溪,但仅有(一三31 赠王二十四侍御契四十韵)中"锦里残丹灶,花溪得钓纶"这一处。浣花溪和花溪,因为动词"浣"字,意思是有很大差别的。与浣花溪相对照,同样还有表达锦江之意的"濯锦江"。杜甫在这里基本上采取了同浣花溪同样的使用方法,也仅出现过一次,是在(〇九16 萧八明府实处觅桃栽)中,诗曰"濯锦江边未满园"。但是濯锦江(濯锦川、濯锦流、濯锦清江等)无论在杜甫之前还是其后,都有不少的用例,而且基本上全是与杜甫所用濯锦江毫无关系的例子。当然,严格意义上讲,浣花溪这个地点特指草堂附近,濯锦江则指更下游的地区。所以两个例子在数量上多少是有些差异的。即便撇开这些例子,杜甫对浣花这个诗语的喜爱,他对浣花溪这一诗歌意象产生的影响也是显而易见的。

> 万里桥西宅①,
> 百花潭北庄。

此句也明确描述了杜甫草堂位于万里桥西。

除此之外,杜甫有在草堂周边"原野"上远望风景之作(一〇 67 野望)曰:

> 西山白雪三城戍,
> 南浦清江万里桥。

此诗虽未明确表明草堂与万里桥的关系,但是所言"南浦",乃指浣花溪,这与(一四 11 遣闷奉呈严公二十韵)中"南江绕舍东"的"南江"、(一二 36 送韦郎司直归成都)中"为问南溪竹"的"南溪"、(一二 34 汉川王大录事宅作)中"南溪老病客"的"南溪"在用法上是一致的。另外,此处的"万里桥",让人联想到别离,故此可以推断乃是依据(《楚辞·九歌》)"送美人南浦"这一典故,所以诗中也使用了"南浦"这一表述。杜甫此处所见,乃是西山白雪、吐蕃防卫线的城寨、南浦(锦江)清川之上架设的万里桥。藉此,杜甫的思绪萦绕在这战事未平的乱世,怀念着远方不得不分离的弟兄们。

除了万里桥,在草堂附近的浣花溪上还有别的桥梁。浣花溪大部分河段是宽仅三四十公分的浅滩,能徒手在清澈的河底捡拾白色的石子,即便是马车,也能渡过。在这样的河面上,架起了一座桥梁。此桥具体叫什么不得而知,但是杜甫曾在诗作(一一 13 溪涨)中称之为"浣花桥",诗曰:

> 当时浣花桥,
> 溪水才尺余。
> 白石明可把,
> 水中有行车。

过此桥,不多时就到草堂了。

---

① 王洙本卷十三、钱谦益本卷十四,以及以此为基础的《全唐诗》本卷二二九、黄氏补注本杜诗本卷二十七等将"桥西"又作"桥南"。钱谦益本的插注中就有"当作西"之语。赵次公本丁帙卷之一中则曰:"桥西,旧本作桥南。非是。"蔡梦弼草堂诗笺本卷二十三曰:"西一作南。误也。"也就是说,"桥西"是正确的。郭知达九家注本卷二十七亦作"桥西"。王学泰简易王洙本简体字校点本《杜工部集》(全二册,新世纪万有文库,辽宁教育出版社,1997 年)在校勘中亦认为"桥西"正确(下册,卷十四)。

杜甫的外甥,时任成都司马的王十五,专程从成都城赶来草堂看望杜甫,还赠予了修建草堂的部分资金。藉此,杜甫便再无忧虑,对外甥表达了无限的感激,并将此事写进(〇九15 王十五司马弟出郭相访遗营草堂赀)一诗中,诗曰:

> 肯来寻一老,
> 愁破是今朝。
> 忧我营茅栋,
> 携钱过野桥。

此处提到的"野桥",走过便能到达草堂,从位置关系上来推断,此桥与杜甫所言浣花桥应该是同一座。

另有题外之事,距此四年后,久未归返成都的杜甫计划抛弃草堂,自阆州携家人一起沿长江南下。正要出发之时,严武再次就任成都之官,并多次写信要杜甫返回成都。于是杜甫改变了南下计划而返回成都。途中,他想象着早已荒芜的草堂光景,写信给严武。在前面举过的例子(一三22 将赴成都草堂途中有作先寄严郑公五首)其三中,杜甫这样写道:

> 书签药裹封蛛网,
> 野店山桥送马蹄。

自己的书信和药草上已经结了蛛网,到草堂来访我的客人见我不在,唯有那些"野店"和"山桥",仿佛在代我相送一般。此处的"野店"和"山桥",只要稍将文字予以替换,就变成"野桥"和"山店"。对于远在阆州的杜甫而言,此处代为送客之物变成了"野店"和"山桥",而这里的"山桥",应该就是指距离草堂不远的浣花桥。

另外,锦江上有一处较深的区域被称作"百花潭",深浅因季节而变化。面对春天涨水时节的浣花溪,杜甫曾描述过自己如孩童一般的惊讶和好奇之情。此时的浣花溪,因为春水上涨之故,水面亦涨到浣花桥边的路上。在诗(一四27 敝庐遣兴奉寄严公)中,杜甫描述了上述情形,诗曰:

> 野水平桥路,
> 春沙映竹村。

因为在诗题中使用了"敝庐"一词,所以此诗应作于草堂,"竹村"即指草堂周边的浣花村,此处的"桥"应该就是指架设在浣花溪上的那座。

如上所述,草堂周边架设的不知名桥梁,在杜甫的诗中变成了浣花桥、野桥、山桥、桥路等。或许此桥本有正式名称,但是杜甫在诗中特意使用了野桥、山桥等饱含野趣的称呼。对杜甫而言,这座桥应该是在情感上距离自己草堂隐逸生活最近的事物了。

除了上述诗歌以外,杜甫在草堂时期的作品中还多次出现对桥的描写。始建草堂的第一年冬天,杜甫赴成都办事,归途特意选择穿过城西南的碧鸡坊,沿西郊一路回到草堂。往西南行进不到四里,有座市桥。桥边种有柳树,沿着河道,弥漫着梅花的香气。在(〇九 54 西郊)中,杜甫这样写道:

> 时出碧鸡坊,
> 西郊向草堂。
> 市桥官柳细,
> 江路野梅香。

这条归途,与渡过成都城南万里桥向西而行的那条路截然不同。由此可知,通往草堂的道路有很多条,其中一条必须走过上述那座桥才能抵达。在同诗的后半部分,杜甫描写了回到家后的情形:

> 傍架齐书帙,
> 看题检药囊。
> 无人觉来往,
> 疏懒意何长。

杜甫此处突然写到察看装有草药的袋子,关于这一点,陈贻焮曾做出一番颇有意味的解释:杜甫为了维持生计,会不会是拿了药囊去城里卖药呢?(《杜诗评传》中卷,第661页)详情不得而知,此处应该是颇为偶然的事件。受到陈氏的启发,不妨再做进一步想象,或者当时杜甫也曾到成都城里书肆一逛。如此一来,此诗中出现药和书就很好理解了。以药和书形成对偶之句,也是常有之事。当然,唐代以前就出现了旧书店,即便无钱,亦可站着看书[①]。

---

① 此处乃是东汉洛阳王充的故事,在《后汉书》卷四十九《王充传》中有记载曰:"王充,字仲任,会稽上虞人也。……家贫无书,常游洛阳市肆,阅所卖书,一见辄能诵忆,遂博通众流百家之言。"

第六节　桥之感怀

除了前文介绍过的万里桥、浣花桥、野桥、山桥、市桥以外，在杜甫草堂时期的作品中还出现过官桥、星桥，鉴于此二桥与草堂的位置关系难以判断，故予以省略。即便如此，还是能够看出，杜甫对桥抱有一种特别的感怀。

在草堂的第二年春天，杜甫曾赴成都西南新津县修觉寺游历。后又再度游玩。在其第二次游玩的诗作（〇九 61 后游）中，曾这样描写：

　　寺忆新游处，
　　桥怜再渡时。
　　江山如有待，
　　花柳更无私。
　　野润烟光薄，
　　沙暄日色迟。
　　客愁全为减，
　　舍此（即修觉寺）复何之。

初访，杜甫满怀人生漂泊之感而归，第二次则是在风和日丽的春日到访，春天的景色仿佛在等候着诗人到来，顿觉颇为亲切，途中忧虑也一扫而光。风景引人入胜，在通往寺院的路上，要过一桥，藉此可以想象，渡过此桥，便由此岸世界进入彼岸世界，所以，再次过桥之时，杜甫乃是怀了一份特殊的心情。

桥也常出现在山水画中，一般具有划分俗界与仙界的功能。杜甫出任严武幕府之时，曾在成都一位名叫李固的人家中，看到过一幅名为《海上仙山图》（杨伦《杜诗镜铨》卷十一）的画作，并题诗三首。在（一四 22 观李固请司马弟山水图三首）的第三首中，他描绘了画中情形：

　　野桥分子细，
　　沙岸绕微茫。

杜甫在李固之弟的山水画中，亦捕捉到划分此岸与彼岸的桥之存在。

杜甫与归隐的关系比较复杂,时常在出仕、归隐与返乡之间摇摆。虽然在浣花溪畔营建了草堂,但并未将之当作永住之地。被风光优美的河畔风景和闲适的农村生活包围的草堂世界,成为慰藉杜甫受伤心灵和破碎理想的绝佳之地。浣花溪上的小桥,俨然成为划分眼前隐逸世界和对岸官场的视觉分隔物。在杜甫描写草堂周围这些桥梁的时候,想必其心底一定对桥抱有上述的特殊情感。

第七节 "コ"字形蜿蜒流淌的锦江内侧

通过杜甫草堂时期的诗歌,综合来看,草堂处在锦江西岸,正好位于锦江"コ"字形蜿蜒流淌的内侧。(〇九 14 卜居)一诗描写道:

浣花溪水水西头,

主人为卜林塘幽。

此处的西头是西侧之意,定居之处应该在浣花溪西侧。但是,因为锦江自西朝东而流,此处的西侧,当作上游来讲也是成立的[①]。草堂究竟位于浣花溪西侧还是东侧,仅凭此诗是难以断定的。仇兆鳌注引用了宋代赵次公"公之居在浣花溪水西岸江流曲处"的注释。林继中先生在《杜诗赵次公先后解辑校》丙帙卷之一中认为"公之居在水东岸之江流曲处",赵次公原注中也认为此处为东岸,也就是所谓的"锦江东岸说"。在此基础上,赵次公注更强调"其址既芜没,本朝吕汲公镇成都日,想像典刑于西岸佛舍,曰梵安寺之傍,为草堂焉"。也就是说,宋吕大防治成都时,杜甫草堂已不为人所知。吕大防依据旧本于锦江西岸佛堂求之,遂认定草堂旧址位于梵安寺之邻。林继中先生同书中收集赵次公注(〇九 29 田舍)部分,亦曰其位于东岸,"今成都土人谓之胡芦滩者,乃其处"。更有宋吕大防随意认定西岸佛寺即是杜甫草堂旧址,故此主张草堂"本非在西岸"(丙帙卷之一)。比杜甫晚三百多年,十二世纪中叶的赵次公"东岸说"非常具体而明确,似乎

[①] 见李谊所著《杜甫草堂诗注》(四川人民出版社,1982 年)第 5 页及张志烈主编《(今注本)杜诗全集》(全四册,天地出版社,1999 年)第 701 页等。

是有足够证据的。

但是,仔细分析杜甫诗歌,比起"东岸","西岸"似乎更符合常理。以下四首,均是营建草堂的第一年夏天到秋天,以草堂为背景描写其身边之事的作品。通过诗歌描述可以得知,蜿蜒流淌的锦江将整个村庄围绕,特别要注意的是,草堂正好位于锦江的弯曲部分(也就是浣花溪)。(〇九 29 田舍)诗曰:

> 田舍清江曲,
> 柴门古道旁。

(〇九 30 江村)诗曰:

> 清江一曲抱村流,
> 长夏江村事事幽。

清江乃指锦江,柴门是指杜甫草堂简易的大门。另有(〇九 32 野老)诗曰:

> 野老篱边江岸回,
> 柴门不正逐江开。
> (仇注:其柴门不正设者,为逐江面而开也。)

在(〇九 47 泛溪)中,景色则变为:

> 落景下高堂,
> 进舟泛回溪。

从上述诗作中所使用的清江之曲、抱村流、江岸回、回溪等描写来看,草堂及其所在的村子应该是位于锦江弯曲部分内侧。在营建草堂的第二年春天,杜甫写下了迎接访客的(〇九 63 客至),诗曰:

> 舍南舍北皆春水,
> 但见群鸥日日来。

草堂南北皆是河川。如果从方向为南北来考察,那么蜿蜒的弯曲部分就不该是"∪"或"∩"字形,而应该是"コ"或者反"コ"字形。此诗之后又三年之春,在诗作(一三 40 绝句六首)其一中,杜甫曾有如下描写:

> 日出篱东水,
> 云生舍北泥。

朝阳在草堂东侧的河面上升了起来,湿气在草堂北侧河滩的泥土里凝聚化云涌起。如果此处能够按照上面的方式来解释的话,应该是杜甫自己明确认定弯曲部是"コ"字形。同年秋,杜甫就任严武幕僚之时,作诗(一四 11 遣闷奉呈严公二十韵)曰:

> 西岭纡村北,
> 南江绕舍东。

此处的南江即指锦江,它蜿蜒从草堂东侧流淌而过。如与前揭之诗联系起来看,弯曲的方式也应该是"コ"字形。综合以上来看,自西向东蜿蜒流淌的锦江在途中形成一个"コ"字形的弯曲部分,杜甫草堂应该就位于这个弯曲部的内侧(西岸)。

第八节　浣花溪诸相

浣花溪周围自然景观富于变化,杜甫在歌咏草堂日常生活和心情的时候,将浣花溪所呈现的各式景观和不同风景在不同诗作中一一描写。在锦江蜿蜒流淌的那段区域,有深渊,有激流,有河洲,有沙有泥,汇集了渔家商贾之舟,穿梭往来,杜甫游览锦江的小舟也荡漾其间,捕鱼采莲,戏水玩耍,以此慰藉和愉悦身心。

首先来看深渊。如若河流蜿蜒流淌,一般会在弯曲部外侧形成深渊,内侧则是浅滩。藉此可以想象,浣花溪流经的那一段应有深渊。此渊即是百花潭。前面(〇九 28 狂夫)一诗中提到:

> 万里桥西一草堂,
> 百花潭水即沧浪。

另有杜甫离开草堂后所作(一四 58 怀锦水居止二首)其二中提到:

> 万里桥西宅,
> 百花潭北庄。

在以上两首诗中均有提到此潭。一般情况下,当河流自西朝东蜿蜒流淌的时候,如果途中有"コ"字形弯曲,在其下游当会有另外一处反"コ"字形弯曲,抑或形成一个缓和的曲线。也就是说,浣花溪是自西朝东呈"Z"形或"S"形流动,杜甫草堂被这样一个弯曲(东侧打开的弯曲)围绕,正好处于几个弯曲部形成的百花潭北侧。另有诗(〇九32 野老)中提到：
渔人网集澄潭下

此处的"澄潭"可能亦指百花潭。百花潭这一称呼也是由杜甫初次使用的，与浣花溪一样，杜甫是这一地名命名人的可能性很大。

除此之外，浣花溪上还有险滩和急流。这里使用了浣花溪，而非浣花江、浣花水这样的称呼，单从这一称呼就可以想象，此处是一个由险滩和急流构成的山谷式河川。这一点从替换"溪"字的"涧"和"湍"等字亦可看出。杜甫在营建草堂第五年夏天的诗作(一三41 绝句四首)其二中，描述了制作鱼梁的方法：

欲作鱼梁云覆湍，
因惊四月雨声寒。
清溪先有蛟龙窟，
竹石如山不敢安。

不仅如此，此诗还将浣花溪(的一段)描述为"湍"。第三句中提到的"清溪"，在同年秋所作(一四06 到村)一诗中则变成了"碧涧"，诗曰：

碧涧虽多雨，
秋沙先少泥。

次年春，杜甫将河边的竹子全部砍除。如此一来，视野和采光均有不小的改善。诗作(一四28 营屋)中记叙了此事：

萧萧见白日，
汹汹开奔湍。

这次使用了"奔湍"这个诗语。如此，不管是"湍"还是"涧"，都表明在浣花溪的一段区域里是有急流的。

除此之外，杜甫在诗歌中还对浣花溪上的渚、洲、浅濑、矶、泥、沙、石等进行了描写。关于这一点，虽然以下多有重复，且将主要诗作列举如下：

◎肠断江春欲尽头，杖藜徐步立芳洲。

(〇九62 绝句漫兴九首)其五

◎啭枝黄鸟近，泛渚白鸥轻。

(〇九64 遣兴二首)其一

◎朝来没沙尾，碧色动柴门。

(一〇03 春水)
◎芳菲缘岸圃,樵爨倚滩舟。
(一〇06 落日)
◎楸树馨香倚钓矶,斩新花蕊未应飞。
(一一06 三绝句)其一
◎得鱼已割鳞,采藕不洗泥。
(〇九47 泛溪)
◎碧涧虽多雨,秋沙先少泥。
(一四06 到村)
◎何日雨晴云出溪,白沙青石洗无泥。
(一一04 中丞严公雨中垂寄见忆一绝、奉答二绝)其二

第九节　爱川

　　事实上,杜甫是很喜欢河的。关于这一点,他曾自述曰"沧波老树性所爱"(一〇32 楠树为风雨所拔叹)。通过上述内容可以看出,杜甫不仅喜欢河流及其地理、地学上的自然景观,还更加喜欢河流因季节、气候、时间而产生的不同变化。如果说陶渊明爱酒、李白爱月、许浑爱水的话,那么草堂时期的杜甫则爱河。他在诗篇中大量描写河的形态,信手就能举出例子,比如澄江、苍江、长江、清江、清川、澄潭、碧涧、春水、春流、秋水、溪水、积水、江流、逐江、临江、临川、面水、隐江、点溪、江色、江深、江白等,杜甫使用不同的词语描绘了不同状态下河流的形态。河岸也是杜甫喜欢的地方,通过江边、江上、江干、江岸、江畔、江滨、浦上、溪边等词语,表现了河岸不同的状态。除了河流和河岸,眺望波浪的变化也为杜甫所喜爱。在草堂居住的第三年夏天,迎来一场盼望已久的大雨,于是在(一一12 大雨)这首诗中,杜甫描写了自己倚靠在坐具上观望逆江而起波浪的情形:

　　　　荒庭步鹳鹤,
　　　　隐几望波涛。

　　除此之外,杜甫还曾在诗中使用过沧波、江波、锦水之波、锦江之波、高

浪、巨浪、逐浪、簸浪、盘涡、拂波涛、映江波、三月桃花浪等各种词语。

　　杜甫如此喜欢波浪、河流以及河岸，是因为他对河流倾注了一种颇为特殊的情感。南流的河水，连接了故乡，仿佛乘着这河水亦能返乡。除此之外，诗作（〇九 14 卜居）曾曰"须向山阴（绍兴）上小舟"，乘着小船，沿此水路便能再游江南，仿佛实现了自己的隐逸理想。在（一三 29 破船）一诗中，杜甫曾言"平生江海心，宿昔具扁舟"。由此可见，他连船只都已经准备妥当。另有（一二 59 放船）一诗曰："直愁骑马滑，故作放舟回。……江流大自在，坐稳兴悠哉。"比起陆路，杜甫更喜欢悠闲自得的水路之旅。但是，仅仅依据上述诗歌是不能完全说明杜甫好水之性格的，虽非"智者乐水"，但杜甫似乎生来便有好水之性，如此便不得不说他是好川之人了。杜甫不仅拥有两艘船只，时常在船上垂钓游玩，他还在草堂专门修建了延伸出江外的栈桥。

　　在诗作（〇九 14 卜居）中，杜甫曾写下过这样的诗句：

　　　　更有澄江销客愁

　　对如此喜欢河流的杜甫而言，河流还具有化解旅途愁苦的功能。另在（一四 29 除草）一诗曰：

　　　　清晨步前林，

　　　　江色未散忧。

　　毒草荨麻蔓延丛生于路边，此时连河流也难以消却我的忧愁，让人变得焦躁。以居住在成都浣花溪河边为始，杜甫后来流转长江之上，泛舟至洞庭湖，往南溯至湘江，后客死途中。如此，杜甫的晚年生活多半是在水边或是水上度过的。后半生与河流关系密切，这似乎与杜甫喜欢河流的天性多少亦有关。

第十节　西岭

　　在草堂可以北望西岭。杜甫曾在诗（一四 11 遣闷奉呈严公二十韵）中描述过自己草堂的地理位置，诗曰：

　　　　西岭纡村北，

南江绕舍东。

由此我们可以得知,草堂所在的浣花村北面横亘着一座名为西岭的高山。事实上,这座西岭,在他的家中亦可望见。对于窗外的西岭风光,杜甫格外中意。在(一三41 绝句四首)其三中,杜甫写道:

窗含西岭千秋雪,

门泊东吴万里船。

这里的千秋雪,指堆积在山岭上长年不化的雪。西岭之上堆积着千年雪,这在王洙本卷三的原注(杜甫自注的可能性很大)中亦曾记载,曰"西山白雪四时不消"。另有某日,杜甫骑马来到原野上,在其远望风景的诗(一〇67 野望)中,亦描写了西岭(西山)上白雪堆积的情形。

西山白雪三城戍,

南浦清江万里桥。

以上诸诗均将流经草堂的浣花溪(锦江的一段)与西岭(西山)搭配在一起。杜甫在概观草堂的时候,不仅关注到浣花溪,同样也时常将西山纳入自己的视野当中。①

在离开浣花草堂后回忆昔日时光的诗作(一四58 怀锦水居止二首)其二中,杜甫曾写道:

雪岭界天白,

锦城曛日黄。

此处提到的雪岭和前面三个例子一样,应该也是指西岭(西山)。在后来回忆起浣花溪草堂的时候,雪岭也浮现在杜甫的脑海当中。由此可见,构成浣花草堂的地理景观并非只有锦江(浣花溪)一处。

营建草堂先告一段落,接下来探讨一下浣花溪以西的情形。某个秋日

---

① 广德元年(763)七月,吐蕃侵犯河西、陇右地区,当时杜甫非常担心,写下了(一二54 对雨)(一二62 警急)(一二63 王命)等诗,敲响了警钟。另外,在阆州作(二五01 为阆州王使君进论巴蜀安危表),以此呼吁需要提防吐蕃。结果,九月吐蕃进泾州,十月侵入长安,代宗逃亡陕州。七年间,大唐帝国长安曾两次落入异民族之手。十一月,杜甫在阆州得知了长安陷落的消息,作(一二68 巴山)(一二73 遣忧)。十二月,代宗回到长安,但是剑南松州、维州、堡州等均落入吐蕃之手。杜甫描述这些事情的诗作有(一二70 岁暮)。西岭在吐蕃战线上具有非常重要的军事意义,杜甫很早就知晓这一点。也就是说,杜甫在眺望西岭的时候,脑海中一定会闪过吐蕃。

的黄昏,杜甫泛舟浣花溪上,一路朝西而行。此时,杜甫望着眼前萧瑟的秋日光景,突然意识到自己的居所远离成都,非常偏僻。于是,他看到了西边山峰上堆积的白雪和云上横挂的细长彩虹。(〇九47 泛溪)诗曰:

> 远郊信荒僻,
> 秋色有余凄。
> 练练峰上雪,
> 纤纤云表霓。

此处的雪峰应该依然是指西岭。后来,杜甫去成都办事,在回来的路上,特意选择了从成都城向西返回草堂。当时,远方升起了盐井煮盐的烟气,在他居所的一隅,夕阳正落入西山之中,眼前风景被描写进(〇九48 出郭)一诗:

> 远烟盐井上,
> 斜景雪峰西。

这里提到的雪峰应该亦指西岭。在后来追忆草堂不足六年生活的自传风格连作诗(一四30 春日江村五首)其三中,杜甫曾这样描写道:

> 种竹交加翠,
> 栽桃烂熳红。
> 经心石镜月,
> 到面雪山风。

这里的雪山应该也是指西岭。回忆起来,六年前刚到成都的第二个月,杜甫就在草堂种植了竹子、桃花,开始专心建房。每当看到月亮,心中就会想起家人,惦念着他们的安危。慢慢地,西山的雪岭也变成他草堂生活的一部分。以此诗为始,在追忆草堂的诗中,杜甫多次对草堂进行了细致的描写。

第十一节 知识分子阶层的邻居们

杜甫草堂并非孤单地隐匿在浣花溪畔,而是处在一个村子当中,邻里当中,不仅有周边居住的农民,更有不少志同道合的士族阶层知识分子。

首先是北边的邻居,此人①原来是县官,后来辞官归隐,好竹爱诗酒,常信步造访杜甫草堂。在诗作(〇九 40 北邻)中,杜甫曾这样描写道:

> 明府岂辞满,
> 藏身方告劳。
> 青钱买野竹,
> 白帻岸江皋。
> 爱酒晋山简,
> 能诗何水曹。
> 时来访老疾,
> 步屧到蓬蒿。

另外,草堂南边还住着朱山人和斛斯融二位邻居。在朱山人宅地附近生长着郁郁葱葱、长短不一的竹林,杜甫造访朱山人之时未曾注意到。即便是喝完酒,因为离家很近,也常常和他变换场所继续把酒言欢。在诗作(〇九 42 过南邻朱山人水亭)中,杜甫曾这样写道:

> 相近竹参差,
> 相过人不知。
> ……
> 归客村非远,
> 残樽席更移。

另有(〇九 41 南邻)之诗,亦描写了杜甫造访朱山人的情形,虽然诗中杜甫使用了"锦里先生"这一称呼,但是通过颇具隐士风格的头巾,可以推知应该是指南邻朱山人了。

他二人整日乘舟游荡在涨水后的浣花溪上,直到日暮时分月亮升起,朱山人才将杜甫送至门外。其诗曰:

> 锦里先生乌角巾,
> 园收芋栗不全贫。

---

① 有观点认为此人乃王明府,这里不予采纳。仇兆鳌《杜诗详注》卷十三中引用了顾宸"南邻则朱山人,北邻则王明府,又斛斯校书亦草堂南邻"之注释。闻一多先生所著《少陵先生交游考略》(《闻一多全集》第六册,湖北人民出版社,1993 年,第 199 页)对此存疑,在"王潜"(即王明府)条目中列举了(〇九 40 北邻)这首诗。

> 惯看宾客儿童喜,
> 得食阶除鸟雀驯。
> 秋水才深四五尺,
> 野航恰受两三人。
> 白沙翠竹江村暮,
> 相对柴门月色新。

据说这位朱山人过着自给自足的生活,而另一位南邻则靠卖文为生,可以确定无疑的是,他也是位读书人。杜甫在营建草堂的第二年仲春时节,曾穿行浣花溪畔访花。(一〇 21 江畔独步寻花七绝句)其一曰:

> 走觅南邻爱酒伴,
> 经旬出饮独空床。

关于这位南邻好酒之友,杜甫曾自注曰"斛斯融吾酒徒"(王洙本卷十二)。杜甫前去拜访之时,这位邻居斛斯融已外出十日有余,似乎尚无归还的迹象,于是在诗(一〇 25 闻斛斯六官未归)中,他如下写道:

> 故人南郡去,
> 去索作碑钱。
> 本卖文为活,
> 翻令室倒悬。
> 荆扉深蔓草,
> 土锉冷疏烟。
> 老罢休无赖,
> 归来省醉眠。

因离家外出讨要碑文撰写费用而一直未归,即便家人陷入赤贫如洗的状态也不闻不问,这与向来重视家族的杜甫截然不同。对于这样的邻居,杜甫是想提一些意见的,由此可见,对杜甫而言,并未将此邻居之事当作他人之事来看待。其后,杜甫在梓州、阆州流浪了一年半有余,中间一直未曾回过成都草堂。如今,终于能够再返草堂,杜甫在途中一边想象着草堂的情形,一边作了如下的诗:

> 昔去为忧乱兵入,
> 今来已恐邻人非。

(一三 22 将赴成都草堂途中有作先寄严郑公五首)其五

杜甫在诗中担心自己昔日的邻居早已物是人非,除了北邻的原县知事和朱山人以外,想必他最担心的就是这位斛斯融了。杜甫的不安一诗成谶,当其回到草堂之时,邻居们早已物是人非了。

邻人亦已非,

野竹独修修。

(一三 29 破船)

此处并未点明邻居究竟是谁,应该是指斛斯融。是年秋,当杜甫再次造访斛斯融的宅院时,他已亡故,只余下妻子儿女一家老小到别处讨生计去了。诗(一四 17 过故斛斯校书庄二首)其一的题下原注(应该是杜甫自注)就曾写道"老儒(即斛斯融)艰难,病于庸蜀。叹其殁后,方授一官"(王洙本卷十三)。诗曰:

此老已云殁,

邻人嗟亦休。

……

妻子寄他食,

园林非昔游。

杜甫通过斛斯融的不幸看到了自己将来的不幸,他想自己将来死去,自己的妻子儿女也会像斛斯融的家人一样,面临同样的命运,因此悲叹不已。

除此之外,杜甫在诗中还描写了许多同邻居的交往之事。在诗(一四 30 春日江村五首)其四中,杜甫描写了同邻居们交换食物的经历,诗曰:

邻家送鱼鳖,

问我数能来。

另有春天寒食节时所作(一〇 10 寒食)曰:

田父要皆去,

邻家问不违。

依照当时的礼节,杜甫在接受邻居的馈赠之后是要还礼的(受农夫之邀参加春祭酒会之事在叙事诗《一一 02 遭田父泥饮美严中丞》中有描写到)。

另有邻居住得很近,连稚子都可以前去,于是夜里派家中小孩前去买酒:

> 邻人有美酒,
>
> 稚子也能赊。
>
> （〇九64 遣意二首）其二

杜甫出任成都幕府不在草堂期间,药草田里的草药便由邻居们随意采摘。

> 药许邻人劚,
>
> 书从稚子擎。
>
> （一四26 正月三日归溪上有作简院内诸公）

在以上诸诗中,均将邻人与稚子对仗,这一创作手法也表现出杜甫本人对邻居们的亲近友好之情。

第十二节　农民阶层的邻居们

前一节中言及的邻居大多同杜甫一样,属于士族阶层,除此之外,杜甫同农民阶层的邻居们亦有来往。在一个风和日丽的春日,县知事崔明府前来拜访草堂,杜甫曾作诗（〇九63 客至）表达自己意外的惊喜。在诗的最后部分他这样写道:

> 肯与邻翁相对饮,
>
> 隔篱呼取尽余杯。

杜甫向身为县知事的崔明府提议,如果您同意,我想隔着篱笆唤邻居农夫前来将这剩余的美酒一同分享。通过诗歌可以看出,当时杜甫在草堂过着平静的生活,精神状态亦比较乐观。邻居的鸡飞越低矮的篱垣来到草堂,杜甫将此情景描写在自己的诗歌之中:

> 江鹳巧当幽径浴,
>
> 邻鸡还过短墙来。
>
> （一〇54 王十七侍御抢许携酒至草堂奉寄此诗便请邀高三十五使君同到）

邻居家的鸡也与我亲近相好。通过诗中这般的描写，能够看出杜甫当时过着平和安定的草堂生活。正因为如此，当他从梓州、阆州方向返回久别的草堂之时，在途中所作（一三22 将赴成都草堂途中有作先寄严郑公五首）中表达了对邻里的关心。

方才所举诗中所提"邻翁"一语，乃是农民，这一点多少可以从杜甫使用"呼取"这个比较随意的词语推断出来。在唐及其以前的韵文和散文作品中，"呼取"的对象语均是小女孩、狗和马等下等之物，对同级或上级不常使用。另外，此处使用的"邻翁"同（一一02 遭田父泥饮美严中丞）中的"邻叟"意思是相同的。

草堂第三年春祭之时，杜甫曾一边欣赏着花柳，一边吹着东风信步在村中闲逛。受农夫之邀前往其家中饮酒。对农民略显粗鄙的劝酒之风，杜甫不曾有任何回避。他饱含热情地赞扬农民的真情和新任成都府尹（长官严武）的政策。在其诗中如此描述道：

> 田翁逼社日，
> 邀我尝春酒。
> 酒酣夸新尹，
> 畜眼未见有。
> ……
> 久客惜人情，
> 如何拒邻叟。
> 高声索果栗，
> 欲起时被肘。
> 指挥过无礼，
> 未觉村野丑。

杜甫在此诗中将"邻叟"替换为"田翁"，由此明确可知，其身份乃是真正的农民。真正的农民出现在诗歌当中，并且与士族阶层的诗人有直接的交流，这一时期的杜甫诗歌应该是开先河之作。从诗歌中描写农民的内容来看，他们应该是比较富裕的农民。

藉此，我们可以得知，被杜甫称为邻人的不仅有原县知事、朱山人和斛斯融等士族阶层，也有农民阶层的人物。杜甫的草堂生活也是在与上述人物较为密切的交往中构筑起来的。能够在自己的诗歌中频繁描写这些邻居,可见他们在杜甫精神生活中占据了相当大的比重。能够与这些毫无官场气息的近邻们往来,并将他们写进自己的诗作,不用提陶渊明,也可以看出这是隐者们的一份特权。当然,凭借浣花溪草堂这一物质媒介,杜甫才有可能实现自己所希望的上述生活,这一点无须赘言。

第十三节 村

此处的邻近之所在杜甫诗中被表述为"两三家"。按照字面意思,两三并非单单指二、三,而是用以表示稀少的概数。此处换作三、四或者四、五亦可①。在其诗(一〇 15 水槛遣心二首)其一中,就曾有如下的描写:

城中十万户,

此地两三家。

虽然诗中说当时成都有十万户,但是《旧唐书》《新唐书·地理志》均记载,安史之乱之前成都共有十六万九百五十户。另有(一〇 21 江畔独步寻花七绝句)其三同样写道:

江深竹静两三家,

多事红花映白花。

杜甫在诗中不仅使用"两三家"这样的说法,与之相对,还使用过"八九家"。这里的"八九家"并非指邻近之所,广义上讲,应该是指草堂及其周边的村落,也就是被杜甫称为江村的区域。在诗(〇九 25 为农)中,就曾写道:

锦里烟尘外,

江村八九家。

不管是上面的"两三家"还是"八九家",因为家户很少,便很容易就互相熟识起来。因此,杜甫在其(一〇 10 寒食)一诗中记叙道:

---

① 《通典》卷三《食货三·乡党》曰:"大唐令,诸户以百户为里,五里为乡,四家为邻,五家为保。每里置正一人(若山谷阻险,地远人稀之处,听随便量置),掌按比户口,课植农桑,检察非违,催驱赋役。"这是唐代村落的一个大致标准。

> 地偏相识尽，
> 鸡犬亦忘归。

一如前面举过的（〇九 30 江村）所言：

> 清江一曲抱村流，
> 长夏江村事事幽。

对杜甫而言，这处被浣花溪水环绕，不满十户人家的小村落事实上为其隔绝了世俗世界（官场），从而提供了这样一个空间，能够守护和营建一方隐逸世界（私密生活）。中国的隐者与日本不同，他们结婚成家，重视同家人的情与爱，同时享受着与名利毫无关系的真正的世俗关系。如前所述，杜甫享受着与邻里交往的乐趣，并将之描写进自己的诗歌中，其背景之一，便是藉由草堂酝酿出的隐逸生活情趣。官场和隐逸世界的分隔点便是浣花溪，过了桥，便意味着由官场进入了隐逸世界，关于桥的部分在先前已经讨论过了。

这样的村庄对杜甫而言是有别于外在世界的一种内里存在。因此，从都市回到自己的村庄，也便具有了特别的意味。正因为如此，杜甫才特意将自己从城里归返草堂之事描写在自己的诗作当中。

> 我游都市间，
> 晚憩必村墟。
>
> （一一 13 溪涨）

他还反复写道：

> 江村独归处，
> 寂寞养残生。
>
> （一一 17 奉济驿重送严公四韵）

不仅如此，杜甫甚至还在诗中直接将草堂所在的村落称为吾村：

> 吾村霭暝姿，
> 异舍鸡亦栖。
>
> （〇九 47 泛溪）

吾村暮色临近，隔壁人家的鸡群各归其巢，这样的村庄，不正是我应该归来的安居之所吗？杜甫一定如是思考过。对他而言，村落和草堂有时应该是一体的。

懒慢无堪不出村(仇注本:无堪,无可人意者),

呼儿日在掩柴门。

(〇九62 绝句漫兴九首)其六

懒惰的自己对他人而言若无任何有用之处,倒不如闭门不出,一直这样待着就好。此处所言不出村子,与闭上柴门待在草堂表达了相同的意思。即便在下面所举诗中,还是我的村庄,我的草堂,它们远离都市位于野外,少有良客来访。

野外贫家远,

村中好客稀。

(一〇53 范二员外邈、吴十侍御郁,特枉驾,阙展待,聊寄此作)

除此之外,在杜甫诗中,将村落和草堂作为一对相同意象使用的例子亦有很多,比如在草堂所作(一〇51 草堂即事)一诗中就写道:

荒村建子月,

独树老夫家。

另有描写成都副长官行军长史徐九带领属下数骑到访草堂的诗歌(一〇52 徐九少尹见过)曰:

晚景孤村僻,

行军数骑来。

不用赘言,上面列举的一系列诗句,从构成看,均是先进入村子,然后再到草堂。

除此之外,杜甫在诗中还描写过村庄的很多场景,包括前面举过的例子,村庄如实反映出杜甫的心情,时而孤独寂寞,时而忧愁,时而春光烂漫,时而摇身一变成为农业生产的场所,时而又变得祥和……其状态是多变的。以下就列举一下这些诗句。

在诗题中就有很多使用"村"的例子。比如(〇九52 村夜)(一四07 村雨)(一四06 到村)(〇九30 江村)(一四30 春日江村五首)等。来看诗句:

农务村村急 (一四30 春日江村五首)其一

村鼓时时急 (一〇69 屏迹三首)其二

村春雨外急　（〇九52 村夜）

白沙翠竹江村暮　（〇九41 南邻）

村晚惊风度　（一〇18 晚晴）

孤村春水生　（〇九64 遣意二首）其一

村花不扫除　（一三42 寄李十四员外布十二韵）

春沙映竹村　（一四27 敝庐遣兴奉寄严公）

村径逐门成　（一〇01 漫成二首）其一

堑北行椒却背村　（一三41 绝句四首）其一

第十四节　近邻

除了上面列举的各条关于"村"的例子之外，杜甫在诗中还使用过"邻里"和"四邻"等词语，这些包含了农民和士族的词语与"村"意思相同。下面所举（一一11 大雨）的例子，便是在旱灾之后迎来喜雨的诗作，曰：

> 四邻耒耜出，
>
> 何必吾家操。

此处的"四邻"在用法上与"村"是相同的。另有被迫流浪梓州之时，在怀念草堂所作的诗中，想象自己亲手种植的松树得到四邻的关爱和照看。其诗（一二37 寄题江外草堂）曰：

> 霜骨不堪长，
>
> 永为邻里怜。

此处的"邻里"和近邻意思相同，是他第一次在诗作中如此使用。在杜甫后来实际归返草堂抒发自己喜悦心情的长篇诗作（一三25 草堂）中，杜甫同样使用了"邻里"这一词语，诗曰：

> 旧犬喜我归，
>
> 低佪入衣裾。
>
> 邻里喜我归，
>
> 沽酒携胡芦。
>
> 大官喜我来，

>   遣骑问所须。
>   城郭喜我来，
>   宾客隘村墟。

这四句诗洋溢着杜甫回到草堂——那个自己安住之地和隐逸世界的喜悦之情，这份喜悦通过旧犬⟶邻里⟶成都大官旧友严武⟶成都城这些意象逐次扩展开。让杜甫拥有归属感的原本应该是邻里，但时隔十来个月再次回到成都，那份激动的心情已经逐渐超越了邻里这一界限。

杜甫曾将自己喜欢的村庄称为浣花村①。初建草堂那年，曾向当时的县令萧实求取过一百多株桃树苗木，此事在诗作（〇九16 萧八明府实处觅桃栽）中有过描述：

>   奉乞桃栽一百根，
>   春前为送浣花村。

此处提到的浣花村以南还有另外的村庄，那里有非常活泼的孩童。台风刮走了草堂的茅草屋顶，南村的孩童们当着杜甫之面，偷盗过屋顶的茅草。在诗作（一〇33 茅屋为秋风所破歌）中，杜甫将此村落称为南村：

>   南村群童欺我老无力，
>   忍能对面为盗贼。

藉此不难想象，浣花溪周围应该还分布着好几个村落。

杜甫曾在诗作当中多次提及草堂周边的地理环境非常荒僻。比如：

    幽栖地僻经过少　（〇九27 宾至）
    百年地僻柴门回　（一一09 严公仲夏枉驾草堂，兼携酒馔）
    晚景孤村僻　　　（一〇52 徐九少尹见过）
    远郊信荒僻　　　（〇九47 泛溪）
    卧病荒郊远　　　（一〇55 王竟携酒高亦同过）

但是，与杜甫主观上的认知不同，其实浣花村周边的缓坡上亦有村落，

---

① "浣花村"这一说法，杜甫乃是在这首诗作中初次使用。以笔者管见，在杜甫之前，并无使用"浣花村"这个词语的情况。杜甫以后才出现了几处，且都能看到杜甫的影响。最早的例子乃是本文中所举九世纪中叶章孝标之作《蜀中赠广上人》。当时正好是对杜甫评价很高的中唐时代，作者在诗中给予杜甫最高的赞美，他写道，如果你到蜀地去的话，就能在浣花村如杜甫那般掀起诗风。

河上还架有数座桥梁,不仅如此,如诗所言:

> 野店山桥送马蹄

(一三22 将赴成都草堂途中有作先寄严郑公五首)其三

在路边还有旅店。可见浣花村位于成都郊外相对开阔的农村地区。

通过以上分析可以看出,杜甫草堂并非孤立存在于地方社会之外,而是存在于他与士族阶层和农民阶层的密切往来之中,存在于被浣花溪包围、与外界隔绝的小小村落之中,藉此才孕育出如此的人际关系。杜甫将之多次描写在自己的诗作之中,在这种与地域社会形成的一体感中,他意识到自己能够在草堂安然过这样的隐逸生活,对于这样的一个世界,杜甫一定倍加爱惜。

第十五节　结语

通过自己大大小小的私人园林,中国士大夫构筑起一个远离官场和世俗、绝对自由的隐逸世界。营建园林这种隐逸世界的行为,六朝后期的大贵族谢灵运最为鲜明,以其为始,初唐、盛唐的达官贵人们营建了大规模的园林,到中唐白居易时代,形成了科举官僚们中等规模园林的典型。如王毅先生所言,园林的意义在于,它的存在是一个能够让人摆脱朝廷世俗权力压迫,从而保持个人精神自由的空间①,在这里,园林的规模和完成度暂时被抽象化了。在这样的情形下,园林可能仅仅只是一个小小的天井院落,却能够成为中国士大夫世界的一个构成部分。

在这样的潮流之中,作为个人营建园林的一个环节,我们才能够重新审视杜甫浣花草堂。杜甫的浣花草堂无论从规模还是从结构上而言,都是

---

① 将隐逸和园林作为中国士大夫文化体系且进行论述的,有王毅所著《园林与中国文化》(上海人民出版社,1990年),只是该书并没有提及浣花草堂。曹明纲所著《人境壶天——中国园林文化》(上海古籍出版社,1994年)一书以叙事性的风格,介绍了历代代表性的园林,不过,依然没有提及杜甫草堂。李浩所著《唐代园林别业考论》(修订版)(西北大学出版社,1998年)将唐代园林博搜网罗之后加以分类,从各种视点对其进行考察,对杜甫的浣花草堂有简单的介绍。

贫弱的，与白居易一万多平方米，拥有池塘、假山和亭台的完备庭园是无法相比的。但是，从杜甫营建草堂的热情、草堂在其精神层面中所占据的位置、草堂与其诗作之关系、草堂与其个人精神的存在方式来看，与白居易却有着相通之处。

笔者从外在环境和地理环境层面，对杜甫隐逸生活的舞台——草堂进行考察确认。杜甫在诗作中多次提到自己草堂（园林）的所在和周边的自然环境，这绝非偶然性的描写。虽然还不成系统，但是反复从不同角度对草堂进行描写，却也并不存在任何矛盾之处。如拙论所述，通过杜甫的诗作，我们能够在某种程度上还原杜甫的生活和草堂景观。藉此可知，那些诗作中的描写，绝非杜甫头脑中的随意想象，也不是被杜甫理想化之后的场景。笔者认为，这种创作诗歌的态度，在杜甫之前和之后的时代有着明显的区别。在杜甫之前，诗人们在描写园林或者实际的隐逸生活时，总充斥着虚构的成分。似乎这也是一种诗歌创作的态度。多数情况下，现实生活的描写变得暧昧起来，仿佛被面纱包裹着一般。当然，通过这种暧昧的描写，或许能够达成优美的诗歌境界，但杜诗对园林进行描写时，大都采取了一种写实的态度，这一点表现得非常明显。

如若拙论所考察的草堂所在及其地理景观方面的描写在杜甫成都期诗作中不复存在，究竟会变成什么模样？如若这样的描写大量消失，恐怕杜甫的草堂诗会因此缺乏具象性，变得索然无味。草堂诗所具有的写实性，正是其带给读者的一种有力冲击。就成都期诗作而言，草堂处在什么方位、具有怎样的景观，这些描写是必不可少的，也应该是杜甫最想在诗中描写的内容。自己最初营建的园林生活，在远离成都的什么地方，有什么样的河川流过，能看到怎样的景致，又有怎样的邻居们，一定是这些具象性的存在，激发了杜甫内心想要描写的冲动。

对诗人而言，营建园林是一方面，将其描写进自己的诗歌本身也很重要。园林里具体的农业生产和生活、园林中的情感和内心触发的精神生活被他们从不同角度、因时变化地反复描写。园林最初是被当作远离世俗和政治世界，守护个人自由世界的物理空间而营建的，但是，在园林中不光要独立地生活，更要通过创作园林之诗这种文学化的行为，达到拯救诗人的目的。诗人们完全知晓这一点，于是后来便演变成中国诗人的一个传统。

【补充说明】

侯廼慧所著《诗情与幽境——唐代文人的园林生活》(东大图书有限公司,1991年)一书,对唐代文人的园林及其与文学的关系从多方面进行了考察,在第二章《唐代重要文人园林》第二节《简朴亲切的生活园林——浣花草堂》中,列举了杜甫的浣花草堂(第100—112页)。其内容主要有:(一)自然景观与观景设计;(二)简朴的花木与建筑;(三)和乐活泼的动物园。拙论与其(一)中有关地理位置的考察部分有重复,但考察视点和所举诗句是不同的。

第二章

农事和生活的歌者
——浣花草堂时期的杜甫

第一节　绪论

　　杜甫的成都时期共约五年,乃是从唐上元元年(760)四十九岁时到永泰元年(765)春夏之交五十四岁时。其间杜甫并未一直住在草堂,曾有不到两年被迫旅居梓州,后来回到成都,又有半年出任幕府。

　　八世纪后半叶,威胁唐王朝的安史之乱暂时得到平息,迎来终结。在中国西南肥沃广阔的盆地一隅,战乱较少波及。杜甫五十九年人生当中,有三四年在这里的草堂度过。成都浣花草堂时期,杜甫究竟处在怎样的农业环境之中,他又如何从事农业生产,在杜甫的诗歌中,他如何描写自己的生活,本章就来详细探讨一下其中的具体细节。

　　759年,虚岁四十八的杜甫辞去华州司功参军一职(左拾遗的左迁之官),为了寻求安住之地,他西往秦州,南下同谷,不断变换着居所,是年年末,抵达成都。因携了妻儿兄弟、家仆一行共十余人,加上堆满家财和生活用具的车子,一路跋山涉水,克服重重困难,着实是一趟辛苦的旅程。他能抵达成都,其实是再幸运不过。抵达后,便暂时落脚在成都郊外浣花溪畔的草堂寺中。

　　在草堂寺寄居生活的第二年,也就是760年春,杜甫决定在草堂寺附近浣花溪蜿蜒流过形成巨大河湾的内侧修筑居所。居住面积最初有一亩来地,后来慢慢向周边扩充。在诗(一二 37 寄题江外草堂)中,杜甫写道:

　　　　　　诛茅初一亩,
　　　　　　广地方连延。

　　屋舍周围灌木丛生,还有一些未曾有人踏足的原生之地。包括这些区

第二部 成都期

域的话,杜甫在草堂获得的能够自由使用的土地面积也算宽阔。为初来乍到的杜甫提供土地并且援助其修建草堂的人,据说是当地的最高行政长官。关于这位援助者,有各种说法。时任成都府尹、剑南西川节度使的裴冕可能性很大。但是,杜甫开始营建草堂那年,裴冕已不再担任该职。是年三月,与杜甫交往不多的李若幽成为裴冕后任,但仅任职一年。次年(761)二月,崔光远(？—761)到任成都府尹、剑南西川节度使。崔光远十月被迫辞官,十一月去世。其任由蜀州刺史高适代行。其后严武继任,是年十二月正式上任成都府尹。

严武(726—765)与杜甫早年便是挚交,是最为理想的支援者。次年(762)正月,严武在成都开设幕府。是年(762)七月,严武被召回帝都,杜甫年少时的挚交高适继任其职。杜甫送严武归京,继而自己也离开成都,在外度过不到两年。约两年之后(764)的正月,严武被任命为剑南东西川节度使,二月于成都上任。受严武之邀,杜甫再返成都。虽然杜甫离开成都期间的详细情况不得而知,但在此期间任成都之长的应该是其友人高适。严武之所以再度执掌四川方面军事和行政官职,是因为西方边境正受到吐蕃的频繁侵犯。可惜严武在一年后(765年)的四月猝死,随后杜甫也离开了成都(其间经纬乃是杜甫传记中最大的谜团之一)。

杜甫在成都时期,地方长官频繁更迭,即便这样,他依旧能够维持草堂及其附属农园的生计,继续生活在成都。虽然杜甫本人并未就任任何官职,但毕竟曾是天子脚下的左拾遗①,所以受到成都地方官和实权者的特别关照,故此,维持草堂生计等诸多事宜才成为可能。加之他与(裴冕)、严武、高适等当地官员关系要好,这些对他在成都的生活影响不小。

离开成都之后,杜甫于五月抵达嘉州,后一路经过戎州、渝州、忠州前往云安。因病在云安逗留至次年,代宗大历元年(766)暮春,五十五岁的杜甫抵达长江三峡夔州。杜甫在夔州不仅从事蔬菜种植,还经营橘园和稻田,一共住了近两年。在夔州积蓄旅费后,杜甫又沿长江南下,在湖北、湖

---

① 关于自己成都时期左拾遗之官,杜甫自称为"从臣"。在(一三 07 巴西闻收京阙,送班司马入京二首)其二中,就有"先朝忝从臣"的描述。另外,这一时期,杜甫曾让农民们称呼自己为"拾遗",(一一 02 遭田父泥饮美严中丞)一诗中,有曰"今年大作社,拾遗能住否"之语。

南一带流离,两年后(770年)的冬天,杜甫客死他乡,成为不归之人。

第二节　草堂的田园

　　杜甫成都时期不仅写过很多与草堂有关的诗歌,还有与其拥有的田园有关的诗作。在他开始修建草堂的第一年冬天,曾作诗(〇九51 建都十二韵),在诗的结尾处这样写道:

　　穷冬客江剑,
　　随事有田园。
　　风断青蒲节,
　　霜埋翠竹根。

　　前年冬十二月,年关将至,杜甫抵达江剑,开始他客居成都的生活,上述诗中描述他在成都拥有了属于自己的田园。对此,明末王嗣奭解释为"必客居之所,有以田园相寄赠者"(《杜臆增校》卷五)。

　　杜甫其他诗能够证明其拥有田园。"观后《远游》诗'种药'语可证。""种药"之语乃是出自(一一58 远游)诗中所言"种药扶衰病,吟诗解叹嗟"。正如后述所言,杜甫是种植药草的。但仅通过王嗣奭所言杜甫种植药草就断定其在草堂拥有田园,这是不足为证的。

　　这一点暂且不论,单从杜甫诗中所言"随事有田园"这一简单的描写来看,除了所居草堂之外,杜甫是拥有田园的。不过,此处笔者使用了拥有这个词语,并不准确,严格来讲,田园应该是别人无偿借给杜甫的,以下主要就这一点展开论述。

　　顺便提一下,此处需要引起注意的是前面一诗的后半部分。因风折断的青蒲、被霜埋没的绿竹之根,这些意象象征着杜甫自己。他漂泊到成都,终于能够拥有自己的一片田园,这是多么幸运。但是,被风折断的青蒲、被霜摧残的绿竹之根就像是挫折一般,杜甫自身也流露出与之相似的老残心境。依据清代仇兆鳌所言,"虽有客舍田园,而对此风蒲、霜竹,不免衰老摧残矣",并不是拥有了田园就能够放手言欢。

　　在创作此诗的几个月前,也就是杜甫开始修筑草堂的那年初夏,他曾

创作过一首名为(〇九25 为农)的诗,依据诗题,乃是记叙从事农业生产之作。此诗是五言律诗,此处引其全文:

> 锦里烟尘外,
> 江村八九家。
> 圆荷浮小叶,
> 细麦落轻花。
> 卜宅从兹老,
> 为农去国赊。
> 远惭勾漏令,
> 不得问丹砂。

诗题所言"为农"一词,南宋赵次公引用汉代杨恽"长为农夫没此生矣"(《报孙会宗书》)以为注释。据此,便有"成为农民"一说。但是,又有杜甫其他诗歌为例,不管是歌咏左迁东海之滨郑虔的"为农山涧曲,卧病海云边"(〇八22 所思),还是后来描写身处夔州的自己"卧病识山鬼,为农知地形"(一九36 奉酬薛十二丈判官见赠),从中不难看出,此处应该是"从事农业"。无论是成为农民还是从事农业,在诗歌中均未具体写过究竟从事过何种农业生产。事实上,虽然言及农业,但是并未在诗中具体描写农事,这也是杜甫成都时期诗歌的一个重要特征。

在《为农》这首诗中,杜甫描写自己移居浣花村,在这个沿着小河的村中,计划正式从官场转入切切实实的农村生活。抑或可以理解为杜甫发出了如下的感慨:自己将一边从事农业,一边如此老去。所以,比起过上农村生活,毋宁说杜甫已经有了在此地正式开始隐居生活的思想准备。当然,能够远离硝烟弥漫的战乱之地,在这样一个安宁的地方居住下来,此诗亦流露出一种安定从容之感。但毕竟远离故土,作为一个外乡人,诗中也漂浮着一抹寂寥之情。对杜甫而言,在此一边从事农业生产一边安度晚年却也并非那般容易,他多少亦有所顾虑。按照王嗣奭所言,"四民之业,唯农在家。今且去国,似违农之常,而非我之愿"(卷四)。也就是说,去国离乡可能是诱发杜甫上述想法的起因。

第三节　耕于南亩

一年后的夏天,杜甫同妻子泛舟游玩。在船上能够看到自己的孩子们正在河边戏水玩耍,蝴蝶成群飞舞,一对莲花也开得正美。不仅如此,他们还带了茶水和甜美的甘蔗汁到船上来,面对眼前这份与家人一同度过的安闲时光,他切身觉得那些粗糙的陶器茶碗也丝毫不逊色于达官贵人家的玉制器皿。杜甫有诗(一〇22 进艇)描写了当时的场景,现将全文举列如下:

南京久客耕南亩,
北望伤神坐北窗。
昼引老妻乘小艇,
晴看稚子浴清江。
俱飞蛱蝶元相逐,
并蒂芙蓉本自双。
茗饮蔗浆携所有,
瓷罂无谢玉为缸。

此诗是杜甫在浣花溪畔营建草堂居住一年半左右时所作,在开头部分,他描写了当时的情形,长年旅居成都的自己,在自家的田地里躬耕为农。从事农业作为隐逸的代名词是常有之事,即便撇开这一点不提,单"耕南亩"这一措辞,某种程度上也反映了部分事实。但是,此处也未描写任何具体的农业生产。另需注意的是,依据王嗣奭所言"读起语,知非真快心之作"(卷四),此处隐逸的农耕生活并未消除杜甫内心的忧愁。

两年前,杜甫尚在秦州之时,曾计划隐居在那里,还非常努力地在西枝村的南山、西谷和东柯谷等地寻找适合隐居之地。例如在(〇七25 寄赞上人)一诗中就有如下的描述:

茅屋买兼土,
斯焉心所求。

按照诗意,乃是说自己在秦州寻找能够隐居并附带田园可以务农的地方,如今这一愿望在气候温暖的成都实现了。如此想来,虽然未能消除自己内心的忧愁，但总算能让人有些许的宽慰。

第四节　田园的所有形式

　　进入浣花草堂生活第三年的春天，因为去年冬天久未下雪，所以让人担心会发生旱灾。某日，只觉异常闷热，伴着轰鸣的雷声，下起了大雨，旱灾之患便一扫而光。这场雨将村落洗刷清爽，仿佛自己的顽疾也被治愈了，杜甫连药都忘记服用。有长篇五言古诗（一一12 大雨）描写了当时的情形：

> 西蜀冬不雪，
> 春农尚嗷嗷。

以此为开头，诗中写道：

> 敢辞茅苇漏，
> 已喜黍豆高。

　　一想到黍和豆在大雨过后茁壮生长，杜甫觉得自己草堂漏雨也不算是什么大事了。这样的措辞乃是从杜甫心底发出，这足以表明，性情中人杜甫确实因为这场大雨而感到非常高兴。"茅苇"和"黍豆"这两个词语乍一看非常普通，事实上在唐诗及唐以前时代的诗歌中却不曾出现，有可能是杜甫自己创造的词语（也有可能是当时的口语）。也就是说，这两个词语不是杜甫从前人作品中借用的，而是将眼前情景如实在诗中予以描写。至少在此诗当中，可以将其作为写实的描写来解读。

　　此处让人生疑的是，杜甫所言黍和豆，究竟是谁家之物。因为前一句讲杜甫家的茅屋，所以下句理应还是其家，但是没有确凿的证据。究竟此处是在描写杜甫自家的作物，还是对浣花溪整个村庄的农作物进行描写，让人不能明确分辨出。或许这也表明，在杜甫的意识当中，就没有明确将二者予以区分。

　　诗歌最后如是写道：

> 阴色静陇亩，
> 劝耕自官曹。

> 四邻耒耜出,
> 何必吾家操。

雨停了,官吏在村中呼吁农户们下地干活,为了响应官吏的号召,草堂周围的农户们都拿起农具去了田里。因此,杜甫便觉得自己没必要去田里了。也就是说,成都时期的杜甫,很可能是以托管的方式拥有农田,并且这些田地还附带了农夫。也就是说,农田并非杜甫所有,但是杜甫拥有田地的收获和收益。所以杜甫才在诗中歌咏了自己看到黍豆茁壮成长的喜悦之情,不管是自家的田地还是其他农户种植,两种解读方法似乎都行得通。这也是中国古典诗歌的特点,因为严格控制字数而带来内涵的丰富性和多种解读的可能性。

为了论述方便,此处先提出一个假设,假定浣花草堂是杜甫依从当地长官的裁定所得,并非可以自行处理的个人财产。不仅如此,配置农夫的农园也是附属于草堂。也就是说,杜甫无须直接参与农园的耕作,当然也无须参与小麦、黍米等谷物以及蔬菜等商品作物的经营管理,但是农园的收获和收益却归杜甫所有。自己仅需在菜园从事供家庭消费的小规模蔬菜种植。以上乃是预先的一个情况假设①。笔者认为,通过这样的情况假设,可以顺利理解杜甫的诗作。为了防止前后矛盾,我们在综合看待杜甫诗歌中分散使用的这些词语时,这个预先的假设也便自然浮现出来。虽然要证明这一点有些困难,但是通过对诗歌的进一步解读,从杜甫对农事和农作物的描写方法来看,我们能够充分理解这一点。

第五节　隐逸诗三首

是年晚春到初夏,五十一岁的杜甫曾创作了以隐逸为题的连作七言律诗(一○ 69 屏迹三首)。这三首诗均对隐逸生活的具体细节进行了描写,

---

① 除拙论所述几个理由之外,亦有如下两点可以考虑:1. 因为成都地方官更迭,草堂时期的杜甫也曾有过一段穷困潦倒、无法果腹的时期。2. 秦州时期,前面举过(○七 25 寄赞上人)诗中所言"茅屋买兼土",虽然夔州时期写有(二一 27 将别巫峡,赠南卿兄瀼西果园四十亩)之诗,但是成都时期杜甫并无买卖和赠予不动产的记录。

其中一首描写了对中国隐者而言不可或缺的酒。诗后半部分曰：

  年荒酒价乏，

  日并园蔬课。

  犹酌甘泉歌，

  歌长击樽破。

  诗中所写乃是因为当年收成（可能是小麦）不佳，以致无钱买酒，所以只能用甘泉之水代酒。杜甫去年曾亲自用黍酿酒。在其诗（〇九64 遣意二首）其一中有"衰年催酿黍"一句，这是对此年无酒钱的喟叹。藉此我们可以得知，杜甫在草堂中拥有供给自己生活来源的农园。至于在农园中种植小麦，其后的诗作"细麦落轻花"（〇九25 为农）、"江畔细麦复纤纤"（〇九62 绝句漫兴九首）其八等句足以为证。

  "日并园蔬课"这句似乎不好理解，赵次公所云"两句通义，盖以乏酒价之故，则并课园蔬卖之，以充沽值"（丙帙卷六）之解释可为参考。依据赵次公所云，酒钱乃是卖掉菜园中的蔬菜而获得，如果情况属实，可见当时收获了足以贩卖的蔬菜。在夔州时，除了卖菜，亦有卖米的可能，可见赵次公的解释是成立的。杜甫在浣花草堂种植蔬菜之事会在后面论及。当然，八世纪，蔬菜已经作为商品作物进行种植，也出现了售卖蔬菜的市场。

  在（一〇69 屏迹三首）其二中有如下两联：

  桑麻深雨露，

  燕雀半生成。

  村鼓时时急，

  渔舟个个轻。

  村鼓是指村中催促农民耕作的鼓声。明代徐光启《农政全书》卷三记，明洪武二十八年（1395）"又命天下，乡置一鼓，遇农月，晨鸣鼓，众皆会，及时力服田"，此书所记虽是明代，但是唐代浣花溪村的状况也应与之无异。急促敲击的村鼓和轻浮水面的渔舟，让人容易感受到草堂周围的农耕风光。杜甫（〇九22 堂成）诗中亦有"频来语燕定新巢"的描写，这亦让人容易想到上面诗作中所写的刚刚孵化出来正在成长的燕雀。但此处所写被雨露滋润的桑麻，是否为杜甫所有不好断言。以对偶来看，认为此处桑麻乃归杜甫所有是比较贴切的，但亦有可能是在描写一般意义上的农村风景。通过描写方法亦难以区分。如前所述,这里表现出的暧昧性乃是因为杜甫对农地的所有方式也比较模糊。

另外,在同诗(一〇 69 屏迹三首)其三中,开头两句如下:
晚起家何事,
无营地转幽。

早晨睡足懒觉而"晚起",这原本是隐者的特权。如若是仕宦之身,则必须早起穿着朝服出勤。因为本诗的主题是在描写隐逸生活的一个侧面,所以出现这样的词语也是理所当然。但是话说回来,此时应是农夫们忙于春耕的农忙时节,竟然没有任何可供计划之事,这一点非常奇怪,应该与杜甫不需要积极参与草堂附属农地事务有关。

如若要考察农事之外的其他事宜,去年的此时,杜甫反倒相当忙碌。在后面的论述中会提及(一〇 05 早起)一诗,杜甫在诗中写道"春来常早起,幽事颇相关"。五年后,杜甫在夔州承包经营稻田之时,他不仅担心稻田的引水问题,还勾勒了一幅水稻收获的图景。橘子园的经营也因为橘子的成熟和收获而忧喜参半。当时的杜甫看上去似乎充满了活力。即使这或有言过之处,至少有一点是确定无疑的,杜甫在完成自己分内农事的同时,常有丝丝忧愁掠过他的心头。虽然成都浣花草堂里是有农园的,杜甫却未曾实际经营过。面对被命运左右的隐逸之身,杜甫一边生活,一边从事着自己分内之农事,如果没有这些农园的工作,杜甫心中不会充满活力。或许正因如此,他才在诗的最后如此写道:
百年浑得醉,
一月不梳头。

此处呈现出杜甫放纵和懒惰的样子,无法将自己深埋在隐逸生活中,让人切身感受到杜甫当时内心的忧郁和满面的苦涩愁云。

第六节　农月之务

是年(762)七月,杜甫的多年好友,也是他成都时期最强有力的援助人严武被诏回京。此时回朝的严武完全有官至宰相的可能,杜甫一直将他送到绵州的奉济驿。让人意想不到的是,身为成都军阀、剑南兵马使的徐知道在七月十六日于成都发动叛乱,阻断了杜甫返回成都的路线。不得已,杜甫又过上了流离的生活。在梓州待了一年零九个月,在此期间亦将家人接到身边,在梓州另觅居所住了下来。杜甫曾一度计划不再返回成都,放弃浣花草堂,沿长江南下。故此,又将家人从梓州带到阆州,为出发做好准备。但是,764年二月,严武再次担任成都长官剑南东西川节度使,得知消息的杜甫一家迅速改变了沿江而下的计划,决定返回成都。虽然曾一度决定放弃草堂,但时隔一年多再次回到浣花草堂,杜甫还是很高兴的。在当时的很多诗作中,杜甫都表达了自己昂扬的心情,这些作品也是杜甫的名作。

依据(一三31 赠王二十四侍御契四十韵)一诗,是年(764)春,五十三岁的杜甫返回草堂,与一位名叫王契的人重拾故交,王契亦曾到访杜甫草堂。杜甫当时的招待非常朴素,所食乃是鲫鱼和煮莼菜,酒杯是柳树瘤樽,醉酒小憩在藤蔓之枕上(依据王嗣奭和仇兆鳌的解释)。其诗曰:

> 网聚粘圆鲫,
> 丝繁煮细莼。
> 长歌敲柳瘿,
> 小睡凭藤轮。

紧接着,诗中又言二人不得不在清晨会面,因为此时正是农忙时节,诗曰:

> 农月须知课,
> 田家敢忘勤。
> 浮生难去食,
> 良会惜清晨。

此处的"课",究竟是督促农夫们务农之义,还是为了与下句的"勤"形成对偶,表示致力之义,似乎两种解释都行得通。笔者在此处采纳后一种意思,但是,假定按照前者来理解,应该是指一边指挥农夫们劳作,一边管理经营着附属于草堂的农园,这似乎有点儿夸张。在杜甫成都时期的诗作中,未曾发现有经营庄园的迹象。如若有,也是借助农夫们的力量,从事小规模的自给自足的蔬菜种植,这一点在后面会有所论及。

"田家"是指农民,此处应该也包含了杜甫自己。知识分子阶层的隐士们过着农耕隐居的生活,在诗歌中常常自称为田家。民以食为天,农耕是社会不可缺失的部分,杜甫将自己也视为农民,在这样的农忙时节,他并未忘记勤勉躬耕。

从四年前的诗作《为农》和次年所作"南京久客耕南亩"的诗句可以看出,杜甫决意为农的想法进一步加深,但在诗中并没有任何具体细节的描写,这一点与先前所述是一致的。此处同样采用了一般意义上的书写方法。

但是,王嗣奭认为"公再归草堂,而未入幕府以前,本将躬耕。观其赠王侍御有'农月须知课,田家敢忘勤'语,可见盖欲以此为生理也"[《杜臆增校》卷六(一四 30 春日江村五首)其一注],另有"游兴已阑,时当农月,思为谋食计,公以力耕自任矣"[《杜臆增校》卷六(一三 31 赠王二十四侍御契四十韵)注],藉此可以认为,这一时期的杜甫乃是依靠从事农业来维持生计。

上面王嗣奭的解释稍微有些言过其实,的确,夔州时期的杜甫曾承包稻田、经营橘园,这些收入都被作为旅行的资助。但是从浣花草堂时期杜甫的诗歌中,却无法看出从事农业经营是其本人的主观意愿,毕竟草堂农园的所有权形态并未发生变化。成都时期,杜甫的"谋食之计"基本上依靠朋友的援助。在杜甫从阆州归返成都时所作诗歌(一三 22 将赴成都草堂途中有作先寄严郑公五首)其四当中,就明确写道"生理只凭黄阁老(即严武)"。

第七节　关于"就列"之解

此处想先就王嗣奭的另一个误解进行说明,是关于杜甫(一四 06 到村)一诗的误解。

时隔一年零九个月,杜甫再次回到草堂,忙于庭院草木的修剪整理,这时严武请其出任幕府,他无法拒绝。草堂诸事还未安顿妥帖,是年夏末,杜甫在严武的举荐之下成为节度参谋、检校工部员外郎(从六品上,赐绯鱼袋),成为成都幕僚之一员(关于任员外郎的时间,有各种不同说法)。这是杜甫辞去华州司功参军后时隔五年的新职。但是,由于和年轻幕僚们关系相处不佳,对于出任幕府也产生了一些厌倦之情,次年(765)正月初三,杜甫得到严武的许可,最终还是辞去了幕府之职,再次回到草堂。此诗正作于764年秋天,杜甫从幕府处获许短期的休假,暂时回到草堂,写下了这首诗。因此,这首诗不仅表达了杜甫回到草堂的喜悦之情,同时还夹杂了他对是否继续留在严武幕府的迷茫、南下长江的愿望、思乡之情和对草堂的留恋,此外,诗中还描写了自己一开始考虑到严武(知己)的人情颜面未能拒绝,最终依旧决定辞去幕府官职回到草堂的决心。开头两联予以省略,余诗如下:

> 老去参戎幕,
> 归来散马蹄。
> 稻粱须就列,
> 榛草即相迷。
> 蓄积思江汉,
> 疏顽惑町畦。
> 稍酬知己分,
> 还入故林栖。

杜甫在诗中描写了自己的迷茫,究竟是该出任幕府还是该回归草堂务农,以对偶的方式写成"稻粱须就列,榛草即相迷"一联。问题就在这一联。按照诗意,乃是说为了养家糊口的稻和粱,应该出任幕府,但是如此一来,草堂便要杂草丛生,荒芜下来,在这里,杜甫纠结于究竟该出仕还是该归农。但是,有关此联所述,王嗣奭解释为杜甫要回归草堂与农夫们一起结伴务农。"'稻粱须就列'谓须归耕与农夫为伍,而身不在家,'榛草即相迷',须费锄垦也。"(卷六)仇兆鳌也依据此说法,认为"欲谋稻粱,须身就农列,惜田间榛草日已荒迷耳"。二人均认为此处"就列"所指乃是就农夫之列,这一说法直到今天亦被部分沿袭下来。

此二人之说,对想要考察杜甫成都时期农业相关问题的笔者而言真是格外适合,但是,"就列"并无就农夫之列的意思。此处的"就列",乃是就位或就职之意,自古就在《论语》《墨子》和《后汉书》中有所使用。在韵文中,除了杜甫的这首,还能找出其他三个用例。此处省略题目,仅列诗句,庾信的"星汉就列",高适的"恩荣初就列",戴叔伦的"就列继三事",以上三例,均是就职之意。

南宋赵次公和清代浦起龙、杨伦等就认为是就职之意,乃是正解。其中最为明确的解释乃是浦起龙所言"'就列'谓谋食则身须供职,'相迷'谓离村则门径就荒"(《读杜心解》卷五之二)。

因此,包括王嗣奭和仇兆鳌,以及现今一些注解文本中所言杜甫回归草堂,为了生计从事农业的说法是错误的。

第八节 种菜

以上介绍了几首杜甫与农事有关的诗歌,可见成都时期杜甫的农事诗歌停留在一般意义的描述上,这一点与夔州时期的具体描述截然不同。

以上所述实际上没有涉及杜甫种菜的可能,接下来就杜甫与蔬菜的关系问题进行论述。虽说都是农作物,但是蔬菜种植和谷物种植却有着微妙的差异。

这种区别在《论语》中就已明确下来。《子路》篇中首先就记载了"樊迟,请学稼。子曰'吾不如老农'",紧接着又说樊迟"请学为圃,(子)曰'吾不如老圃'"。如此,"稼"和"圃"就被截然区分开来。"稼"乃是"禾秀实为稼"(《说文解字》卷七上"禾部"),是依从"禾"部构成的,因此指五谷或种植谷物。依据"圃乃菜园"(《诗经·齐风·东方未明》毛传)的记录,"圃"是指菜地。在唐代的均田制中,菜地也与种植谷物相区分。

另外,二者在劳动量上也有质的区别。753年春,杜甫被安史叛军软禁在长安,在他(〇四30 喜晴)一诗中,描写了男子要奔赴战场,女子表示能够胜任菜园工作的一丝乐观之情,其诗曰:

> 丈夫则带甲,
> 妇女终在家。
> 力难及黍稷,
> 得种菜与麻。

依据此诗所述,像种植黍稷等谷物类庄稼离开男子就比较困难,但是蔬菜与桑麻等即便是女子也可以从事。由此可知二者之别,或者可以认为,至少在杜甫这里,二者是有区别的。

　　谷物种植是组织性很强的重体力劳动,对于读书人而言,在院子里种植有些负荷过重。但是对那些自力更生的农民而言,就另当别论了。读书人即使自己拥有田地,依旧需要专职的农民来从事劳作。如此一来,就必然生出雇佣与被雇佣、地主与雇农(与农奴类似)的关系,也就出现榨取这一模式。另一方面,作为人们主食的谷物生产,是国家规定农民无法逃避的义务,也是国家财税收入的基本来源。但是,作为副食和商品作物的蔬菜种植就没有如此沉重的负担。在中唐以后的讽喻诗中,诗人揭露的苛捐重税,寄托同情的主要对象就是从事谷物生产的农民,菜农并不在列。因此,可以断定,面朝黄土汗流浃背的谷物劳作,当时的读书人是不可能亲力亲为的。即便是夔州时期身处农业生产一线的杜甫,也仅仅是从事水稻田的管理工作,拥有广阔水田,将农业生产写进自己诗歌的晚唐诗人陆龟蒙,也是这样一位庄园的经营者①。

　　与此相对,蔬菜种植充满了浓厚的隐逸之情,比如在诗文中成为诗语的"灌园",本意是指灌溉田地,却成为诗文中表现隐逸的代名词。

　　在此基础上,举杜甫描写摘菜的诗歌来看的话,有春天在草堂所作(○九 26 有客)一诗:

　　　　有客过茅宇,
　　　　呼儿正葛巾。
　　　　自锄稀菜甲,
　　　　小摘为情亲。

　　通过此诗可以看出,杜甫在抵达成都的次年春天,就已经开始种植蔬菜。只是他本人究竟参与了多少实际的劳作,这一点就不得而知了。有两种可能,一是杜甫监督用人们种植,一是与大家一起在田里劳作。一般而言,士大夫从事农业生产,特别是蔬菜种植,某种程度上多少总是会实际参与一些劳动。以杜甫为例,比起夔州时期,成都时期的杜甫身体还算健康,

---

① 关于陆龟蒙之庄园经营,北田英人有精彩论述,见《九世纪江南陆龟蒙的庄园》(《日野开三郎博士颂寿纪念论集:中国社会制度文化史诸问题》,中国书店,1987 年)。

在下文中亦会列举,杜甫还曾拿着斧头砍伐杂木。所以,这首诗中所写他同用人一起在菜地中劳作的可能性很高。

不管经营方式如何,通过以上描述可以看出,杜甫在成都时期是种植过蔬菜的。他的浣花溪草堂虽然拥有附属的农园,但杜甫在谷物种植方面却采取经营的形式,并未直接参与种植。他只是种植了几亩菜地,在诗中有关种菜的描写也仅有上举《有客》一处,亦非具体描写。藉此可以看出,杜甫成都时期并未参与太多的农事。将种菜当作纯粹的农事进行描写,还是离开成都抵达夔州后的事情,参见(一五 50 种莴苣并序)(一九 21 暇日小园散病,将种秋菜,督勤耕牛,兼书触目)。这也应该是中国韵文历史上最早详细描写蔬菜种植的用例了。

言归正传,回到(〇九 26 有客)一诗上来,因有客人到访草堂,杜甫亲自下地,适量采摘了一些蔬菜嫩叶,以为招待。关于这一点,赵次公"因有客,小摘其嫩者,为情意亲密也"可以说点明了采摘嫩菜这一行为的意义。卫氏无官,过着如隐者一般的生活,杜甫曾受到卫氏热情的招待,颇为感激。在诗(〇六 48 赠卫八处士)中,就有"夜雨剪春韭,新炊间黄粱"的描述。将亲手种植的蔬菜采摘来招待客人,这样的情景描写实则象征着质朴隐逸生活下饱含真心的招待,杜甫对此颇为倾心。

杜甫从梓州、阆州再次回到成都那年(764)夏天,曾作诗(一三 42 寄李十四员外布十二韵)邀请自己的好友李布来草堂养病[①]。

> 闷能过小径,
> 自为摘嘉蔬。
> 渚柳元幽僻,
> 村花不扫除。
> 宿阴繁素柰,

---

① 此乃下三峡后,大历三年或四年之作。大历三年乃是浦起龙之说,大历四年是依据赵次公本、草堂本以及以草堂本为据的清代朱鹤龄本(《杜工部诗集》康熙九年刊本景印,中文出版社,杜诗又丛所收)。但是,关于这首诗,王洙本、九家集注本、钱注本中均按照成都时期创作进行编年,对于朱鹤龄之说,仇兆鳌曾言"江陵以后若日日在舟中,安得有花柳、素柰、红蕖、冷竹诸佳胜"予以反驳,从诗意来看,应该是成都时期所作。如认为乃下三峡后作,则必须有与之相应的证据。

> 过雨乱红蕖。
> 寂寂夏先晚,
> 泠泠风有余。
> 江清心可莹,
> 竹冷发堪梳。

有柳有花,有白色的沙果,亦有莲花和竹子……即便是炎炎夏日,我的草堂也很舒适,杜甫极尽口舌之能赞美自己的草堂。作为对李布的特别招待,杜甫亲自采摘新鲜的蔬菜给他享用。杜甫饱含真心地招待自己多病的好友,采摘自家菜地的蔬菜以为招待只是其一。关于这一点,浦起龙亦曰"'自'字见亲爱之极"(卷五之四)。此处杜甫亲采之菜,与方才所引(〇九 26 有客)诗中所言,想必都是其亲自种植在浣花草堂菜地的蔬菜。

能够管窥草堂时期杜甫农事之诗歌基本就是上述所举。另外,杜甫还曾种植药材,这可以从:

> 近根开药圃
>
> (一〇 19 高楠)
>
> 种药扶衰病
>
> (一一 58 远游)
>
> 药条药甲润青青,
> 色过棕亭入草亭。
> 苗满空山惭取誉,
> 根居隙地怯成形。
>
> (一三 41 绝句四首)其四

等诗中得到答案①。与种菜相比,药材的种植和采集具备高雅隐逸行为的氛围,因此有稍微远离农事之感,故而不再多加论述。通过杜甫的诗作,应该能够得知,与其他描写药草种植的诗人相比,杜甫的描写非常具体,也更

---

① (一三 22 将赴成都草堂途中有作先寄严郑公五首)其四"常苦沙崩损药栏"一句中所言"药栏",依据其他唐诗的用例来看,乃是花田,不是草药地。另外,将花田设在河边,草药地则在楠木树下。其余与草药相关的事宜,在(〇九 54 西郊)一诗中,有"看题检药囊"、(一三 22 将赴成都草堂途中有作先寄严郑公五首)其三中有"书签药裹封蛛网",从诗作(一一 12 大雨)中"沉疴聚药饵"可知,杜甫自己亦曾服用。

贴近农事。

第九节　草堂周围的农业景观

在杜甫草堂、农园和庭院中，种植了各种各样的农作物和果树。部分果树和庭中之林，乃是由杜甫亲自指挥种植。描写这些景观的诗作，并不完全与农事相关，也很难区分这些描写是否属于浣花溪村中的景致。但是，通过这些诗歌，我们应该多少能够想象出杜甫草堂周边的农业环境和景观。前面已经列举过部分诗作，在此不厌其烦地再次列举如下：

桑、麦

　　舍西柔桑叶可拈，江畔细麦复纤纤。（〇九 62 绝句漫兴九首）其八

麻

　　青青屋东麻，散乱床上书。（一一 13 溪涨）

桑、麻

　　桑麻深雨露，燕雀半生成。（一〇 69 屏迹三首）其二

黍、豆

　　敢辞茅苇漏，已喜黍豆高。（一一 12 大雨）

蔗、芋

　　偶然存蔗芋，幸各对松筠。（一三 31 赠王二十四侍御契四十韵）

蔗

　　茗饮蔗浆携所有（一〇 22 进艇）

荷、麦

　　圆荷浮小叶，细麦落轻花。（〇九 25 为农）

蕖

　　风含翠筿娟娟净，雨裛红蕖冉冉香。（〇九 28 狂夫）

荷、芰

　　蛟龙引子过，荷芰逐花低。（一四 06 到村）

蓴

 网聚粘圆鲫,丝繁煮细蓴。　（一三 31 赠王二十四侍御契四十韵）

从以上诗作可以看出,草堂以西种植了桑树,以东种植了芝麻①,还种植有亚麻。地里还种植了黍、豆、甘蔗、芋等,河边是麦田,在水边可以采集到莲、芰和莼菜等植物。以果树类为中心进行描写的有如下的诗句:

桃

 奉乞桃栽一百根……濯锦江边未满园。　（〇九 16 萧八明府实处觅桃栽）

桃、李

 手种桃李非无主　（〇九 62 绝句漫兴九首）其二

桃

 高秋总馈贫人实,来岁还舒满眼花。　（一三 27 题桃树）

桃

 栽桃烂熳红　（一四 30 春日江村五首）其三

李、梅

 草堂少花今欲栽,不问绿李与黄梅。　（〇九 21 诣徐卿觅果栽）

枇杷

 枇杷对对香　（〇九 29 田舍）

笋、椒

 堂西长笋别开门,堑北行椒却背村。　（一三 41 绝句四首）其一

竹、椒

 竹皮寒旧翠,椒实雨新红。　（一四 11 遣闷奉呈严公二十韵）

梅

---

① "麻"是麻类的总称,亦指胡麻。此处乃取赵次公略显稀奇的说法:"苎麻,为布者。胡麻,为油者。苎自生至成皆青,胡始生则青,成则黄。六七月之交而色青青,胡麻也。"

南京西浦道,四月熟黄梅。 （〇九 24 梅雨）

梅

皂盖能忘折野梅 （一〇 54 王十七侍御抡许携酒至草堂……）

梅

梅熟许同朱老吃 （一三 41 绝句四首）其一

柰、蘱

宿阴繁素柰,过雨乱红蘱。 （一三 42 寄李十四员外布十二韵）

黍、橙

衰年催酿黍,细雨更移橙。 （〇九 64 遣意二首）其一

竹、橘

竹寒沙碧浣花溪,橘刺藤梢咫尺迷。 （一三 22 将赴成都草堂途中有作先寄严郑公五首）其三

芋、栗

锦里先生乌角巾,园收芋栗不全贫。 （〇九 41 南邻）

除了草堂小路上种植的五株桃树以外,另有种植了百余株的宽阔桃园。池塘北侧背着村落按列种植了山椒。草堂西侧长有竹笋,正好在山椒一侧。无论是在草堂,还是在从成都流淌而来的河岸上,都种植有梅树。除此之外,还种植了李子、枇杷、苹果、橙、橘等。另外,南侧邻居朱山人家的农园里还有芋田和栗园。

杜甫喜欢这些农作物和果树,并将其描写进自己的诗作中,对他而言,与其说它们是一般意义上的植物,不如称其为食材更为妥帖。杜甫之所以要将这些与人们生活密切相关的植物写进自己的诗作,是因为草堂时期的杜甫比较低调,身为一家之长,他要操心养家糊口等事宜,他认识到自己半农民的姿态,并以此为准则在浣花村度过自己的隐逸生活。

第十节 草堂外围的工作

从前节所举的众多例子,我们能够想象出,杜甫所居住的草堂,不单单

是宅地那一部分,还包含了周遭的各类作物、农园、果园和房前屋后的树林,是非常广阔的。这些虽然并不能称为农事,但是这一时期,杜甫在草堂外围也进行了很多的工作,这一点是应该被认可的。

下面就按照顺序依次介绍一下。

在草堂居住的第二年春天,杜甫每日都早起,需要他指挥的事情有很多。用石头加固溃掉的河堤,修剪繁茂的灌木,以便它们看上去更加整洁。因为这些工作,杜甫靠近河边的花田(参照本书第 103 页注①)也打理有方,屋舍周围常去散步的山冈也发生了变化,这一切都让杜甫感到非常高兴。杜甫将这些工作称为"幽事",并且写进自己的诗歌。

> 春来常早起,
> 幽事颇相关。
> 帖石防隤岸,
> 开林出远山。
> 一丘藏曲折,
> 缓步有跻攀。
>
> (一○ 05 早起)

在这首诗之后的第三年,杜甫从梓州方向返回成都时曾作五言绝句之连作,诗中描写了凿新井、挖新渠的工作。

> 凿井交棕叶,
> 开渠断竹根。
>
> (一三 40 绝句六首)其三

虽然自己喜欢的棕榈和竹子等植物成为修筑土木工程的绊脚石,但是对杜甫而言,能够一边作业一边与这些植物亲密接触,似乎是件非常令人愉快的事情。正如浦起龙所言"此述幽事,不是空景"(卷六之上),对于再次回到荒芜草堂的杜甫而言,凿井通渠是相当必要的。

不仅如此,在草堂居住第二年所作(一○ 20 恶树)一诗中,杜甫描述了拿着斧头将草堂周边小路上杂生的灌木丛通通砍去的情景。在此作中,杜甫将这些杂生的树木称为"恶树",可见其感情之外露,与前相比,能够看出杜甫情感波澜的起伏非常剧烈,这也颇有杜甫自己的风格,值得玩味。

> 独绕虚斋径,

常持小斧柯。
　　幽阴成颇杂，
　　恶木剪还多。

　　对草木表现出明显的喜好和厌恶，这种态度在杜甫草堂第六年的诗作（一四 29 除草）中表现更为明显。为了除去长在草堂道边的毒草，杜甫亲自扛着锄头，带着孩子们从清早到日落，忙碌了一整天。用船将那些连根拔起的毒草运到河中，以彻底断绝其再生。

　　草有害于人，……其多弥道周。
　　清晨步前林，……
　　荷锄先童稚，日入仍讨求。
　　转致水中央，岂无双钓舟。
　　顽根易滋蔓，敢使依旧丘。

　　据此可知，杜甫不仅将草堂周边的环境改善得非常舒适，还圈养了家禽，并到河中捕鱼。夔州时期的杜甫就曾在自家院中养过鸡。描写这一情形的诗作（一五 30 催宗文树鸡栅）（一八 16 缚鸡行）是其夔州期生活诗的重要作品。但是在浣花草堂杜甫并未养鸡，这里出现的鸡，依据诗作

　　吾村霭暝姿，
　　异舍鸡亦栖。
　　　　　　　　　　　（〇九 47 泛溪）
　　邻鸡还过短墙来
　　　（一〇 54 王十七侍御抡许携酒至草堂奉寄此诗便请邀高三十五使君同到）

所述，乃是其他邻居家中饲养之鸡。但是，杜甫曾经在草堂饲养过鹅和鸭，这一点在其诗作（一二 78 舍弟占归草堂检校，聊示此诗）中就有明确记叙。

　　熟知江路近，
　　频为草堂回。
　　鹅鸭宜长数，
　　柴荆莫浪开。
　　东林竹影薄，
　　腊月更须栽。

徐知道之乱后，杜甫长期滞留梓州，无法归返草堂，其间曾多次让自己的弟弟杜占前去照看草堂。当时，杜甫曾吩咐其弟（抑或是通过其弟委托的类似草堂管理员的人）常去清点鹅和鸭的数量，看看门窗是否敞开，如果草堂东侧的竹林有所减少，到年末了补种一些。王嗣奭曾言"草堂无人，安得鹅鸭"，钟氏引"草堂想有代为看守者"之言，认为杜甫草堂应该安排有打理人员或者是用人之类。引起笔者注意的，乃是杜甫不在草堂期间，他所关注的并非农作物，而是照顾家禽、草堂管理和房前屋后的竹林。这些暂且不论，此作一年之后，杜甫行将从梓州返回草堂之前，有诗写道：

    不教鹅鸭恼比邻

  （一三 22 将赴成都草堂途中有作先寄严郑公五首）其二

  这里乃是不希望自己饲养的鹅鸭骚扰到邻居们，给大家添麻烦。事实上，杜甫在（一二 31 舟前小鹅儿）一诗中就曾写到，自己是非常喜欢鸭子的。"鹅鸭"在实用的散文中经常使用，作为诗语却非常少见，到唐为止，也仅有四例，而杜甫上述的诗作就占了两例。不仅如此，在诗作中如此具体描写这些在农村饲养的鹅鸭等家禽，杜甫或许是头一个。这也是杜甫生活诗的一个特征。

  这一时期的杜甫，亦有描写在绵州大规模张网捕鱼场景的诗作（一一19 观打鱼歌）（一一20 又观打鱼）。下面所举（一三 41 绝句四首）其二的诗作中，杜甫则描写了在浣花溪亲自制作"鱼梁"①捕鱼的场景。但是当时不巧下起大雨，只能作罢。

    欲作鱼梁云复湍，
    因惊四月雨声寒。
    青溪先有蛟龙窟，
    竹石如山不敢安。

  赵次公认为"鱼梁，劈竹积石，横截中流以为聚鱼之区也"，由此可见，鱼梁是非常巨大的装置，故此，诗中所言"竹石如山"乃是事实。当然，这样巨大的装置绝非杜甫独自可以完成。在浣花溪期间，常须架设鱼梁。在杜

---

① 参照《中国渔业史研究》（《中村治兵卫著作集二》，刀木书房，1995年）第二章《唐代的渔法与渔具》。

甫草堂第一年的诗作之中,就描写了虽然偏僻却也悠闲自得的草堂周边风景,其诗曰"鸂鶒西日照,晒翅满渔梁"(○九 29 田舍)。到唐为止,在诗作中描写亲设渔梁的,以杜甫为始,仅有晚唐皮日休《太湖诗(明月湾)》一首,其余仅是描写渔村风光之作。如此,通过杜甫在草堂外围的这些作业,可以看出其作为生活派诗人的一些侧面(以后如若能够发现更多这样的侧面以填补空白,应该是非常有意义的)。除此之外,杜甫还曾在渔船上钓过鱼,这一点与其说是工作,不如说是饱含隐逸意味的一种行为,此处就予以省略,不再举例。

第十一节　结语

通过如上所述可以得知,从谷物、蔬菜、果树和药材的种植,到家禽饲养、河中捕鱼、住宅周围的土木和清扫作业,杜甫成都时期的草堂诗对其各个层面的工作进行了具体的描写。在这些诗作中,杜甫亲自上阵参与了各种各样的工作,并且将之描写在自己的诗作之中。

虽说弄清楚成都时期杜甫与农事的关系乃是小论的目的,但在对农事进行狭义层面考察时,直接的用语却出乎意料的少,从这一点出发,就有必要重新考察一下浣花溪草堂的所有形态。虽然诗中并非直接的农事描写,但笔者在此曾做出一个假定,假设这些表现乃是根植于草堂及其周边附属农田并不明确的所有形态之上(非个人所有,亦无须耕作,仅收获所得为杜甫家所有)。

杜甫四十八岁辞官,不得已在成都过上了真正意义上的隐居生活。对杜甫而言,马上就要过上经营农业的生活,这份感慨和即将为农之事,他必须在内心逐一予以承认,成都时期正是这样一个阶段。作为唐代唯一的农业诗人,其与农事的真正关联,则必须要等到夔州时期了。

不过,另一方面,浣花草堂时期的杜诗已描写了多彩的农业景观,虽然并非直接的农事,但为了生活,诗人也积极参与了各种各样的劳作。对当时的杜甫而言,比起从事农事,那些劳作更让他充满了活力。用"生活诗"这个词语来概括这些诗群,应该是妥帖的。这就是小论所得甚微的结论。

第三部

夔州期的农业生活

第一章

杜甫诗歌所咏夔州时期的瀼西宅

第一节　从成都到云安

　　八世纪后半叶，永泰元年春夏之交的五月①，五十四岁的杜甫携带家眷、书籍、生活用品②等乘船沿大江（岷江，即汶江）下至三峡。依据陈尚君先生之说，杜甫之所以要匆忙离开曾想终老一生的成都草堂，是因为要上京城赴任检校尚书工部员外郎一职③。但是，从成都出发，经由嘉州、戎州、渝州、忠州抵达云安，因当时病重，终于在云安卧床不起。从永泰元年（765）初秋至翌年——永泰二年暮春，杜甫迫不得已在云安滞留了十个多月。

---

　　①　永泰元年夏五月离开浣花草堂之说乃是依据闻一多《少陵先生年谱会笺》之说。但是，依据下面注③所提到的陈尚君说，如果杜甫在严武死前就离开了成都，那么，最迟必须是在三月暮春时节。可参考胡可先先生《唐以后杜甫研究的热点问题》（第三章《重要行踪》之"其三　离蜀为郎"）（载《杜甫研究学刊》2005 年第 3 期，第 11—30 页）。

　　②　之所以如此考察，是依据杜甫在夔州第二年所作（一九 39 秋日夔府咏怀……）一诗，诗中叙述了离开夔州的准备已经完成，诗曰"雄剑鸣开匣，群书满系船"，在次年（二一 31 大历三年春，白帝城放船出瞿塘峡。久居夔府，将适江陵，漂泊有诗，凡四十韵）一诗中，描写了下三峡险滩之时，因翻船导致行李失水的情形，曰"书史全倾挠，装囊半压濡"。

　　③　陈尚君先生之新说《杜甫为郎离蜀考》[载《复旦学报（社会科学版）》1984 年第 1 期]，《杜甫离蜀后之行止原因新考——〈杜甫为郎离蜀考〉续篇》（载《草堂/杜甫研究学刊》1985 年第 1 期）等。以上文章再录于《唐代文学丛考》第 268—278、288—305 页（中国社会科学出版社，1997 年）。这一新说，笔者乃是从齋藤茂书评《继承中国学之主流研究/陈尚君〈唐代文学丛考〉书评》（载《东方》208 号，1998 年 6 月，东方书店）一文获知。之后，这一新说又得到松原朗先生绵密细致的发展。可参照松原朗《杜甫夔州诗考绪论——围绕尚书郎就任》（载《中国文学研究》29，2003 年 12 月）一文。

按照通行的说法,杜甫滞留云安乃是从农历九月到次年晚春,约有半年多。但是,依据笔者读到的材料,杜甫在云安滞留应该将近十个月,实际只有八九个月。关于其抵达云安的时间,从宋代诸年谱到清代仇兆鳌的《杜工部年谱》,均记载为"秋至云安"。而到了近代,闻一多著《少陵先生年谱会笺》(1930年)则明确指出是在农历深秋九月。云安半年说至此发端,近现代的研究也多沿袭闻一多之说。

在此首先就杜甫云安滞留时期以为校检。

滞留云安乃从初秋开始,这一点读杜甫初冬所作(一四 54 别常征君)之首联就可得知。

> 儿扶犹杖策,
> 卧病一秋强。
> 白发少新洗,
> 寒衣宽总长。

诗题中所言常征君,乃是杜甫于云安所交之友,当时还未就官,不久,他便成为开州衙役,前往赴任。衙役的工作杂事颇多且俸禄很差,杜甫滞留云安第二年春末曾写诗寄给常征君,以此安慰他。

> 白水青山空复春,
> ……
> 万事纠纷犹绝粒,
> 一官羁绊实藏身。
> 开州入夏知凉冷,
> 不似云安毒热新。

(一四 73 寄常征君)

在写给常征君的第一首诗里,杜甫所言"卧病一秋强"中的"一秋",乃是整个秋天之意。除此之外,杜甫亦曾在别处使用过"一秋"这一表述,意思依旧是"整个秋天"。杜甫另有使用"一冬"的例子,表达了"整个冬天"的意思。藉此可知杜甫在云安卧病三月有余。由此一来,在云安滞留就是从初秋开始。但是,杜甫此处所用"一秋",按其字面意思解释为三个月是否合适,是否有其他作诗方面的制约,不由得让人生疑,以下就此进行探讨。

此诗是标准的五言律诗(下平声七阳韵之平起式),特别是存在问题的首联,乃是"平平平仄仄,仄仄仄平平",在平仄上是完美的律诗。"一秋(仄平)"中的"一(仄)"在第三个字上,此处的平仄关系比较舒缓,换作平声亦无问题。所以换成"三秋(平平)"也是可以的。因此可以断定,这里"一秋"的"一",并非是考虑平仄关系不得已而为之。也就是说,"一秋"这一表述,乃是杜甫依据整个诗的内容来决定的。按照上面的缘由,此处使用"一秋强"这样的表述,从字面上理解就比较妥帖。如此一来,杜甫在云安卧病在床的时间,也就是整个秋天的三个多月。再一推定,也就是农历初秋七月已经抵达云安。

　　如此,杜甫于初秋抵达云安,云安之前,则一直滞留在忠州。在忠州,杜甫寄居在龙兴寺中,当时有诗(一四48题忠州龙兴寺居所院壁)曰:

　　　　小市常争米,

　　　　孤城早闭门。

　　所谓争米,应该是指在大米的控制期,忠州市面上的米量很少。如此看来,此诗应作于稻米收获之前,初秋前后。

　　另外,杜甫在忠州时,曾作(一四47禹庙)咏临江县禹祠:

　　　　禹庙空山里,

　　　　秋风落日斜。

　　　　荒庭垂橘柚,

　　　　古屋画龙蛇。

　　　　云气嘘青壁,

　　　　江声走白沙。

　　按照诗意,的确是秋诗。但是仅凭"秋风"并不足以断定究竟是秋天的哪一个阶段。从"嘘青壁"这一表述来看,应该不太可能是晚秋时节。江水奔流,波涛澎湃,水量亦无减少,离晚秋尚早。在荒芜的禹庙中庭,暮色渐起,橘子累累,秋风吹过。据此推断,橘子还不曾染上黄色。可见,杜甫在初秋时节抵达云安这一事实,与前面忠州期的诗歌是一致的,如此联系起来就可以理解了。

　　其次,农历晚秋九月九日,杜甫亦身在云安,这一事实可从当时的诗题中得到确定答案。

诗作(一四 52 云安九日郑十八携酒陪诸公宴)曰:
>寒花开已尽,
>
>菊蕊独盈枝。

另有展现云安冬天的诗作(一四 62 十二月一日三首)其一曰:
>今朝腊月春意动,
>
>云安县前江可怜。

还有诗(一四 67 杜鹃),描写了在云安度岁直至晚春时节,诗曰:
>云安有杜鹃,
>
>……
>
>杜鹃暮春至,
>
>……
>
>今忽暮春间,
>
>值我病经年。

据此,从以上诸诗来看,以"卧病一秋强"中的"一秋"为线索,可以断定杜甫在云安乃是从农历秋天七、八、九月开始,经过冬十、十一、十二月,一直待到第二年春天的一、二、三月。不仅如此,因永泰元年十月乃是闰月,有大小十月之分(大月三十日,小月二十九日),总计近十个月。假设他是从七月下旬到三月中旬一直滞留云安的话,那么实际上至少应该有八个多月。

这意想不到的八九个月的长期滞留,究竟对杜甫造成了怎样的影响?依据仇兆鳌《杜诗详注》(后印本,1713 年)之编年,云安时期的诗作乃是从卷十四第五十二首(一四 52 云安九日郑十八携酒陪诸公宴)开始,直至卷末(一四 74 寄岑嘉州)为止,仅有二十三首。依据浦起龙《读杜心解》(1724—1725)之编年,共二十六首,杨伦《杜诗镜铨》(1752 年)与之大致相同。赵次公注本(1136—1148)之编年,却少至仅十九首。杜甫当时每月仅作诗二三首。也就是说,如此长时间滞留在云安城里,杜甫却只作了二十多首诗。这种情况自杜甫四十四岁初次获职以来是很少有的。从秦州经由同谷进入成都的那半年共作诗约九十首。包含阆州、梓州的滞留期间,其成都时期的五年半所作共计四百几十首。夔州期不足两年,共计四百多首。与上述相比,云安期八九个月所作仅二十来首,接近于沉默。

可以说,在杜甫传记史上,这八九个月也是一大空白,关于杜甫云安时期的定位问题,一直以来的杜甫研究均未曾涉及。从杜甫云安期间沉默的状态到夔州期间爆发式的创作,这巨大的反差背后,能够感受到似乎凝聚了杜甫某种情感之力。这种力量究竟从何而来虽不好下定论,云安和夔州期间是否遭遇了重大的变故,比如未能在规定时间内按时赴任检校工部员外郎之职,这一点是确定无疑的,抑或有可能是旅费已经花光。从其诗歌来看,云安期间还有过多次社交活动,其病也还不至于重到不能作诗,完全卧床不起的地步。或许是因为其他什么原因,云安期间的诗歌未被保存下来。无论为何,本章与论题主旨有所偏离,因此关于这一问题,暂且保留。

第二节　从云安到夔州

从云安出发,已经是永泰二年(766)晚春(是年十一月改元为大历。为方便起见,讨论整个夔州期时,都通用此大历年号)。离开云安那日清晨,还发生了一个小插曲。一直到昨晚还是晴朗的月夜,半夜却突然刮起大风下起大雨来。杜甫听着春日暴风雨的声音,想起自己马上就要出发,在船上一夜未眠。翌日清晨,虽然雨停了,但周围雾蒙蒙一片,四下里湿漉漉的。未能与王氏告别,杜甫所乘船只便一路朝夔州进发(一五 02 船下夔州郭宿雨湿不得上岸,别王十二判官)。

从云安到夔州走水路约一百六十里[①],杜甫一家所乘船只,想必一两日就抵达了。依据新旧《唐书·地理志》的记载,杜甫所抵达之夔州,属山南道,领奉节、云安、巫山、大昌四县。不仅如此,曾一度设有都督府(下),于

---

① 这一数值乃是依据《唐代交通图考》第四卷《山剑滇黔区》(台北"中央研究院"历史语言研究所,1986 年)篇二九"成都江陵间蜀江水陆道"第 1109 页之演算。在(一九 39 秋日夔府咏怀……)一诗的开头部分,有"绝塞乌蛮北,孤城白帝边。飘零仍百里,消渴已三年"的记述,在黄氏补注本的黄鹤题下注中写道:"诗云'飘零仍百里',谓云安至夔百三十里。今又自云安飘零至夔也。"这与严耕望先生的计算基本相同。

是，在三峡的小城中，便有了夔州都督府、夔州、奉节县这三处衙门①。无论在政治上还是在军事上，夔州都是地方重镇，因此唐时便已有相当规模的

---

① 依据《旧唐书·地理志》，都督府之设立，乃是从贞观十四年（640）至乾元元年（758），距离杜甫抵夔，已经是八年前之事。都督府废止后，恢复夔州建制，暂时使用过夔州防御使这一名称。[依据刘禹锡《刘梦得文集》卷二十七之《夔州刺史厅壁记》记载，"乾元初（758），复为州，偃节于有司，第以防御使为称"。]之后，广德二年（764），设"夔忠涪都防御使"（依据《新唐书·方镇年表》）。但是，《新唐书·地理志》"夔州"一项中并未就此详细记录，仅写道："夔州云安郡，下都督府。本信州巴东郡，武德二年更州名，天宝元年更郡名。"据此，可以认定的是，夔州云安郡的州名和郡名曾更换过，但一直都称都督府这一事实是不曾变化的。

据此，也就是说，杜甫身在夔州时，夔州都督府已经不存在了。但是，杜甫有文（二五02 为夔府柏都督谢上表），将柏茂琳称作夔州柏都督。（一九39 秋日夔府咏怀……）第三段被认为是杜甫自注的原注中有如下记载"都督柏中丞筵，梨园弟子李仙奴歌"（王洙本卷十五），依然使用了都督柏中丞这一称呼。据此，或许可以推断，杜甫身在夔州之时，曾暂时恢复过都督府建制。但是，在常衮所写《授柏贞节夔忠等州防御使制》（《文苑英华》卷四〇九）中，这位柏贞节乃是指柏茂琳。此制之中，正式授予柏茂琳的乃是"可使持节都督夔州诸军事、兼夔州刺史、依前兼御史中丞、充夔忠万归涪等州都防御使"。柏茂琳就任夔州之后，由杜甫代作上呈天子谢表（二五02 为夔府柏都督谢上表）。

除此之外，柏茂琳受任为防御使一事，杜甫亦曾在（一八23 奉送蜀州柏二别驾将中丞命赴江陵，起居卫尚书太夫人，因示从弟行军司马位）一诗中有如下描述："迁转五州防御使，起居八座太夫人。"

在被任命为非都督府的一般州衙的刺史时，会依照后魏、北齐的习惯，赐"有名无实"的虚职"使持节都督"（《旧唐书》卷四四《职官志》）。因此，在夔州并非都督府的情况下，常衮之制中提到的"可使持节都督夔州诸军事"亦不过是单纯的虚职而已。如此一来，杜甫在称呼柏茂琳（柏茂林）的时候，使用了比州衙刺史格调更高、更为古雅的都督这一称呼，实际上是杜甫以都督之名表示对刺史的尊称。（一二43 陪留后惠义寺饯嘉州崔都督赴州）一诗中，虽然当时的嘉州并非都督府，但是杜甫依旧将崔刺史称呼为崔都督。因此，虽然在杜甫的一部分传记作品当中有将柏茂琳称呼为夔州都督的情况，但是实际上正确的称呼应该是夔州刺史。

除此之外，在杜甫刚刚抵达夔州的时候，当时的刺史大人乃是王崟。王崟给予杜甫相当高的礼遇，故此夏天在其还都之时杜甫有作（一九18 奉送王信州崟北归）。继王崟之后就任夔州刺史的乃是崔卿（名不详）。但是当时崔卿身为江陵节度使，刺史之职乃是临时兼任，冬天就与柏茂琳交接，返回江陵（二〇56 上卿翁请修武侯庙遗像缺落，时崔卿权夔州）（二〇57 奉送崔二翁统节度镇军还江陵）。不管怎样，夔州时期的杜甫均曾受到当地官员很高的礼遇。虽然（一九18）（二〇56）（二〇57）三首诗均作于大历二年，但考虑应该将之改为大历元年才对。

人口,颇为繁华。

首先必须确认这些衙门的具体位置。按照以往的研究,认为衙门并不在梅溪河(西瀼水)西岸,而应位于如今子阳山(依据后面简锦松先生的考证,应该是赤甲山)和白帝山之间①,这一点后面亦会提及。在夔州上岸的杜甫,并未在梅溪河西岸办理进入夔州的手续,而是在位于赤甲山和白帝山之间的衙门里办完手续的,至此,杜甫的夔州时期终于拉开了序幕。

在大多数的编年文本中,(一五 01 移居夔州作)被认为是夔州时期的第一首作品。在仇注本中,夔州诗作主要从第十五卷到二十一卷,占了共计六卷半的分量。杜甫滞留夔州是从 766 年晚春时节一直到 768 年的正月中旬左右。假定其到达夔州是在晚春三月中旬,那么夔州时期共计二十二个月,也就是杜甫五十五岁到五十七岁之间。

夔州时期前后三年,实际只有一年零十个月,其间杜甫几易居所。其中细节虽不得而知,然依据各方之说,大多数观点认为②,乃是从客堂→草阁(江边阁)→西阁→赤甲→瀼西→东屯。暂且不论观点中所提及第一年从客堂→草阁(江边阁)→西阁→赤甲山方向的移居之说,单第二年晚春移居到瀼西,秋天移到东屯,这些信息基本是一致的。

杜甫移居瀼西之事,综合其许多诗作便能判定,更为确凿的证据从以下诗作亦能找到。在(一八 13 瀼西寒望)中,杜甫记述了移居瀼西的计划:

> 瞿唐春欲至,
>
> 定卜瀼西居。

不仅如此,事实上,当时还有五首连作之诗(一八 50 暮春题瀼西新赁草屋)。当时的瀼西居所是暂时租赁来的,考虑到这处居所还附有果园,不久后就被杜甫购买,如下四首诗可为据。大历二年秋,杜甫将此宅租赁给自己的女婿吴郎,其诗(二〇 22 简吴郎司法)曰:

---

① 下面简单归纳一下严耕望先生之说。夔州州衙与奉节县县衙不在一处,夔州州衙位于旧赤甲城,而非旧白帝城中。奉节县县衙大约位于赤甲城以西或西南四里之外。赤甲城与白帝城南北相连,位于白帝城之北,比白帝城要大。唐代的夔州城居民很多,闾阎蜿蜒延伸到山顶之上,因为赤甲城和白帝城相连,据此,住宅区和商业区也应该连为一体,并无二分。瞿塘驿则位于奉节县衙左侧附近。

② 参照王大椿、李江《杜甫夔州高斋历代考察述评》(载《杜甫研究学刊》,2005 年第 2 期,第 42—48 页)。

> 古堂本买藉疏豁,
> 借汝迁居停宴游。

是年晚秋有诗(二〇 37 小园)曰:

> 客病留因药,
> 春深买为花。

诗题中所言的小园,乃是在晚春时节买下的。关于这里的小园,如浦起龙所言,乃是"瀼西果园也","买者,买园,非买花也"(卷三之六)。这里的小园应该就指瀼西的那四十亩果园。不仅如此,关于果园附属于瀼西宅一事,可通过(二〇 38 寒雨朝行视园树)一诗中"柴门拥树向千株"这句获知。此处的"千株"乃是在使用"千橘"这一典故的基础上,指那近千株的橘子树。更确切的答案是次年正月杜甫将要离开夔州时,曾作诗(二一 27 将别巫峡,赠南卿兄瀼西果园四十亩)。此园究竟位于何处有各种不同的说法,但整体而言,上面通行之说该是合乎情理的。通过(一九 16 阻雨不得归瀼西甘林)便可得知,如不考虑一度移居东屯,将此宅租赁给吴郎,那么,在"瀼西宅"中居住的时间,便是从大历二年暮春到次年正月的不到十个月。

大历二年(767),五十六岁的杜甫开始在瀼西(东屯)种植蔬菜、稻田和打理橘园的工作。要弄清杜甫与农业相关的问题,首先必须搞清楚杜甫从事以上基础性农事的舞台,也就是瀼西的居所究竟位于何处,他在诗中又是如何描述这个舞台的。本部分的主要目的就是搞清这些问题。

第三节 瀼西的地理位置

关于瀼西宅的具体位置,自南宋以来,包括近年严耕望先生和诸多杜甫生平研究论著均认为应位于梅溪河(西瀼水)西岸。但是,近年简锦松先生《杜甫夔州诗现地研究》(台湾学生书局,1999 年)则提出了位于草堂河(东瀼水)西岸一说。草堂河自白帝山东北方向流淌而来,在瞿塘峡口和白帝山南端汇合流入长江。因此,瀼西宅究竟位于白帝山西侧还是东侧,便有了截然不同的说法。以下笔者从支持简氏之说的立场上予以讨论。

因为草堂河在白帝山南端汇入长江,故此,我们顺着这一点往回看,以此来说明一下杜甫瀼西宅的位置。草堂河绕白帝山东侧流过一半,便变成笔直的水路,左侧是子阳山(唐代曰赤甲山),右侧则是今天的赤甲山(唐代曰白盐山),草堂河的一部分便在这两山裹挟之中(关于唐代的赤甲山、白盐山,简氏亦有详细的考证①)。这一部分左岸是瀼西区,右岸是瀼东区。流过一段后,草堂河便转为">"形,杜甫的瀼西宅应该就位于这个弯曲部的左岸下方,正好是赤甲山东侧的山脚地带,在山南一侧。在这里,草堂河和石马河汇合了。这处汇合的区域,正好像一个"Y"形,在这个两河交汇的区域北岸,正是杜甫东屯的居所。也就是说,东屯位于瀼西宅北侧。

本书结尾处附有一个概略图,是从今天奉节一带的卫星照片(Google Maps Hybrid)中截取出来的地形轮廓(因为草堂河中没有水,应该是旱季),笔者在参考简氏著作(上面提到的那部)图例和照片的基础上,标注了地名。另外,关于唐代衙役的所在位置,则参考了严耕望先生的《唐代交通图考》第四卷(请参照本书第117页注①、第119页注①)。

因为简氏之观点本是一假说,至今并未被广泛认可②。但是,如果利用简氏之说能够正确解释杜甫诗作的话,那么也可以成为(间接地)证明其正确性的一份材料。简氏将史学性的文献考证和实地考察作为其研究重点,而拙论则与之不同,乃是将杜甫诗作中如何描述瀼西宅的位置及其周边环境作为考察重点进行论述的。但是,简氏业已言及的诗作,也请各位知晓。

---

① 与简锦松先生不同,蓝勇先生使用现存宋代画卷予以论证。请参考《宋〈蜀川胜概图〉考》(载《文物》1999年第4期,第54—58页)。

② 例如,在新近刊发的宋开玉先生的著作《杜诗释地》(山东大学文史哲研究院专刊,上海古籍出版社,2004年12月)的前言和卷末的"主要引用书目"中虽然引用了简锦松先生的著作,但在第455—456页"瀼"、第468页"瀼西草堂"、第478页"瀼"的说明中却并未提及简锦松之说,不仅如此,还进行了否定。

除此之外,依照管见,另有其他一些事例。谭文兴《东屯、瀼西及其他——读〈杜甫夔州诗现地研究〉》(载《杜甫研究学刊》2000年第4期)、谭文兴《(札记)夔府瀼西草堂在西瀼水之西》(载《文学遗产》2002年第6期,第78页)、谭光武《杜甫〈白盐山〉与〈晓望白帝城盐山〉中之白盐山所指不是一个地方》(载《杜甫研究学刊》2004年第3期)等就持反对意见。李江《谈杜甫夔州诗中的"赤甲白盐"》(载《杜甫研究学刊》2004年第3期)则持赞同意见。

第四节　瀼、赤甲山、白盐山

在杜甫的时代，流经瀼西宅附近的草堂河应该还没有固定名称①。长江有很多支流，三峡一带，人们将那些从险峻山谷中流淌而出注入长江的溪谷叫作"瀼"。这一事实通过杜甫自注（可能性较大）中记述的"江水横通山谷处，方人谓之瀼"亦可得知［王洙本卷十五关于（一九39 秋日夔府咏怀……）诗"市暨瀼西巅"一句的原注］。杜甫也沿袭了当地的叫法，将流经自己瀼西宅门前，汇入长江的河流称作"瀼"。

在比瀼西宅更靠内的东屯宅所作（一九36 奉酬薛十二丈判官见赠）一诗中，杜甫将汇入长江，犹如沧溟（海洋）一般的瀼水描述为：

东西两岸圻，

横水注沧溟。

诗中反复使用了"瀼"这个词语，但大多数是"瀼西"，另有如"瀼东""瀼滑"（别本曰"瀼阔"）及"瀼岸""瀼上"等。

"瀼"这个字其实也并不多见，比较生僻。在杜甫之前，言及夔州东西之瀼的，在四库全书电子版范围内，最早见于《水经注》，卷三三中有"白帝山城周回二百八十步，北缘马岭，接赤岬山，其间平处，南北相去八十五丈，东西七十丈。又东傍东瀼溪，即以为隍"的记载，这里提到的东瀼溪并非梅溪河，而是草堂河，关于这一点，依照马岭、赤岬山、白帝城的位置就可明判。东瀼溪实际上发挥了白帝城这个"隍"的护城河功能，因为当时正好是

---

① 以下是可供判断的材料。《水经注》所云"东瀼溪"，依照四库全书中的用例分布来看，作为固有名词被使用的例子似乎不太成熟。"东瀼水"这一说法也是直到宋代以后才出现。另一方面，四库全书中出现"西瀼（水、溪）"的，均是宋代以后的文献。在杜甫之后，有中唐刘禹锡《夔州刺史厅壁记》（《刘宾客文集》卷九）中的"初城于瀼西"和晚唐李贻孙《夔州都督府记》（《全蜀艺文志》卷三四）中的"州初在瀼西之平上"。只不过这里的"瀼西"均指梅溪河（西瀼水）西岸。依据刘不朽《山海经》与三峡——试释〈山海经〉中有关三峡古地理之记载》（载《中国三峡建设》2004 年第 2 期，中国长江三峡工程开发公司发行），三峡（长江）两岸有关瀼的河川有不下十条。另外，在云阳县和奉节县均有名为东瀼水的河流，在巴东县则有东瀼溪。

冬季枯水期,水位有所下降。

在唐以前的诗歌和《全唐诗》中,使用"瀼"这个字的地理相关名词共有十六首,其中杜甫就占据了十三首,还有一例,乃中唐刘禹锡《竹枝词》中的"瀼西春水縠纹生",另有咏唱九江的盛唐元结的两例。也就是说,在诗歌中初次咏唱夔州草堂河,杜甫乃是第一人,不仅如此,有关该河的大部分诗作均出自杜甫之手,"瀼"与杜甫诗歌有着非常密切的关系,一如浣花溪是杜甫成都草堂时期的代表性诗语那样,"瀼"乃是杜甫夔州时期诗作的一个代表词语。

关于草堂河两岸的区域,杜甫使用了瀼东和瀼西这样的说法。在其抵达夔州不久后的诗作(一五 27 夔州歌十绝句)其五中,就曾这样咏唱道:

> 瀼东瀼西一万家,
> 江北江南春冬花。

草堂河东西两岸遍布着一万户人家。依据《新唐书》卷四十及《地理志》记载,夔州治下奉节、云安、巫山、大昌四县共计一万五千六百二十户,人口七万五千(《通典》与《太平寰宇记》中的记载亦与此大同小异)。如此看来,草堂河两岸有万户人家似乎有点儿过多。显然,从诗歌创作的角度,多少有些夸张的成分,即便如此,想来杜甫一定是惊诧于此地人口,才在诗中做了如此的处理。

另有(一八 52 江雨有怀郑典设)一诗,乃是大历二年杜甫刚搬到瀼西时所作,在这首诗中,他亦曾使用东、西来表示草堂河两岸这一区域。

> 谷口子真正忆汝,
> 岸高瀼滑限西东。

在诗中,杜甫认为郑典设乃是汉代的清净隐士郑子真(长安谷口人)。因为降雨,草堂河涨水,位于瀼西的杜甫只能隔水遥望住在瀼东的郑子真。下句中提到的"瀼滑",王洙本以及其他版本中有传乃是"瀼阔"之异文。赵次公注本将此处特意改用为异文,更加强了与对岸的隔绝之感(戊帙卷之一)。

杜甫在其他诗作中亦曾描写过对岸的瀼东地区。瀼东后方矗立着如屏障一般的白盐山(今天的赤甲山),在杜甫搬到瀼西前的诗作(一五 53 白盐山)中,曾描述瀼东地区有民家千户。

> 白榜千家邑，
>
> 清秋万估船。

当然，此处的千家并非是实际数字，乃是要表达户数比较多。在涨水期的秋天，草堂河上停泊了各色商人的船只。草堂河挟于瀼西瀼东，在唐代就是繁华之地，人口众多，即便在涨水期，往来的船只仍然不少。如明代王嗣奭所言："绕（白盐）山而上，千家成邑。积水之中，万估船来。又蜀中一都会也。"（曹树铭《杜臆增校》卷十一）在杜甫的时代，此处就是繁华之地。就其背景而言，或许是因为夔州地处长江中游，乃是沟通长江上下游的重要区域，不仅如此，吴蜀两地的物资亦流通于此。在类似风物诗的连作（一五 27 夔州歌十绝句）第七首中，杜甫就曾描写道：

> 蜀麻吴盐自古通，
>
> 万斛之舟行若风。

在狭窄的区域聚集了如此众多的人口，家户们便不得不朝山上建房居住。关于这一情形，杜甫在（一五 27 夔州歌十绝句）其四（大历元年夏作）中写道：

> 赤甲白盐俱刺天，
>
> 闾阎缭绕接山巅。

一如仇兆鳌"言居人之密"这一注释，无论是瀼西的赤甲山还是瀼东的白盐山，在山体的斜坡上，密密麻麻的屋舍绵延修建到山巅之上。

或许如此的居住形式太过稀奇，不仅瀼西，在杜甫另外的诗作中亦曾两次描写过类似的场景。在（一五 49 赠李十丈别）一诗（大历元年秋）中，杜甫将那些鳞次栉比修建在绵延群山之上的房屋视为鸟兽之居：

> 峡人鸟兽居，
>
> 其室附层颠。
>
> 下临不测江，
>
> 中有万里船。

不仅如此，在诗作（一五 36 雨二首）其一中，杜甫有更为明确的描写，这些房屋像是树上的鸟巢一般：

> 殊俗状巢居，
>
> 层台俯风渚。

事实上,在杜甫先前的经历中,就有看到过类似在山地斜坡上搭建柱子居住的情况,当时就将之比拟为巢居。六年前,杜甫从秦州入成都时,途中曾作诗(〇九 06 五盘)以咏险峻的五盘山,诗中有曰"野人半巢居"。

　　另外,通过其诗(二〇 08 自瀼西荆扉且移居东屯茅屋四首)其一所述:

　　　　白盐危峤北,
　　　　赤甲古城东。

可以得知,在瀼西宅南侧即对岸的瀼东有高耸的白盐山,由前述亦可得知,赤甲山东侧的山麓地带,正是瀼西宅之北侧①,赤甲山向西绵延处则是险峻的悬崖,这一事实可以从(一九 07 课伐木)诗(大历二年夏作)得知:

　　　　虎穴连里闾,
　　　　堤防旧风俗。
　　　　泊舟沧江岸,
　　　　久客慎所触。
　　　　舍西崖峤壮,
　　　　雷雨蔚含蓄。

草木葱郁繁茂,雷雨之时,似乎有猛虎隐藏在其中。

　　如上,我们很容易从杜甫的诗作中得知瀼西宅和草堂河、瀼东区和瀼西区、白盐山和赤甲山的景致和所处位置。基于此,也正好能够说明草堂河西岸说是非常合理的。

---

①　与此类同的表述有五言律诗(一八 47 入宅三首)其一:"奔峭背赤甲,断崖当白盐。"以仇注为首,一般认为此诗作于搬到赤甲山后,当中亦描写了赤甲宅的情形。如果此诗描写了瀼西宅之所在的话,那么就将成为拙论一个极为合适的根据。以下是假定性的一个考察。……虽然此作的主语并未明示,此处应是对诗题之"入宅"新居的说明。仇兆鳌引清人顾宸《杜律注解》中"背赤甲之奔峭,当白盐之断崖",并注释为"以二山形势,明宅之向背"。乔迁之后的新居瀼溪宅正好以赤甲山倾斜而下的山势为背景,而眼前则是白盐山的悬崖断壁。如果瀼西宅位于梅溪河西岸的话,这首诗就很难解释了……如果将诗句按照描写赤甲宅来考察的话,显而易见,与瀼西宅之位置就没有任何关系了。

第五节　瀼西宅和白帝城

　　按照通行的说法,如果瀼西宅位于梅溪河一侧的话,那么白帝山(城)就应该在其东侧,稍稍有些远。如若依据简氏新近之说,认为其位于草堂河一侧的话,那么白帝山就应该位于西侧,相对较近,不仅可以经陆路抵达,亦在可视范围之内。但是,杜甫所咏白帝城似乎和夔州城——也就是衙门并非一地①。这一点,在杜甫自己的诗作(一五 27 夔州歌十绝句)其二中亦有明确提及,诗曰"白帝夔州各异城"。虽说如此,但是依据严耕望先生的考据,夔州城和白帝城应该是相连的,位于其北侧,并且比白帝城要大,是旧赤甲城之所在(参考本书第 119 注①)。当然,唐代的夔州城并不在梅溪河一侧。也就是说,白帝城很可能是旧都督府之所在地。杜甫滞留夔州期间,夔州都督府已经荒废,白帝城有可能是作为州府上一级的都督单位(防御使)存在的,仅仅发挥一部分的作用。杜甫住在白帝山之西阁,对白帝城非常关注,在其诗作中多次描述,而夔州城似乎并未引起他多大的注意。

　　大历二年冬,也就是杜甫离开成都沿三峡而下的第三年,虽然离开时间不算短了,但他依旧滞留在夔州。杜甫对自己当时的处境,是以隐居生活者这样的身份自居的,不仅如此,他亦努力将现实之荣辱作达观视,亦在努力忘却那些现实的是非曲直。在诗作(二〇 65 写怀二首)其一中,就做了如下的描述:

　　　　鄙夫到巫峡,
　　　　三岁如转烛。
　　　　全命甘留滞,
　　　　忘情任荣辱。
　　　　……

---

　　① 拙论发表后,简锦松先生赠送笔者《杜甫白帝城之现地研究》(《杜甫与唐宋诗学》,2003 年,里仁书局,第 139—167 页)之作,简氏认为白帝城和夔州城乃指同一地点。

> 编蓬石城东,
>
> 采药山北谷。
>
> ……
>
> 曲直吾不知,
>
> 负暄候樵牧。

虽然此处的石城不能确定指代何处,但是汉代旧赤甲城、六朝旧巴东城及唐代夔州城、白帝城等均位于梅溪河以东,也就是赤甲山、白帝山周边。不管这里的"石城东"指代何地,都应该位于草堂河方向,而非梅溪河一侧。据此,这首诗中所言"编蓬石城东"应该不是指白帝城以西,而应指其东侧简陋的瀼西宅里的生活①。

在杜甫同年秋所作(一九 39 秋日夔府咏怀奉寄郑监李宾客一百韵)诗的开头部分,将瀼西宅这一居所概括描述为:

---

① 杜甫夔州诗中另有以"石城"为题的其他两首作品。(二〇 64 观公孙大娘弟子舞剑器行)之诗写道:"临颍美人在白帝,妙舞此曲神扬扬。……金粟堆南木已拱,瞿唐石城草萧瑟。"此诗乃是描写临颍美人(题中公孙大娘弟子即诗序中的李十二娘)在白帝城表演舞剑。在这里,杜甫将地点写为"瞿塘石城"。以此可以知晓,瞿塘石城即白帝城。

另外,依据诗序,杜甫大历二年十月十九日所观李十二娘舞剑是在夔府别驾元持的家中。夔府别驾是都督府(下)的官名,仅次于身为长官的都督,乃是二把手。别驾之家宅,想必是位于衙门之内或者是其附近的某处。都督府衙应该位于白帝城,故此,别驾之宅亦应该位于白帝城。据此也可以认为瞿塘石城即白帝城。依据以上的考察,基本上可以断定同时期所作的(二〇 65 写怀二首)中所说的"石城"也是指白帝城。

顺便提一下,在(一九 39 秋日夔府咏怀……)第三段所写"南内开元曲,当时弟子传。法歌声变转,满座涕潺湲"的原注中有"都督柏中丞筵,(闻)梨园弟子李仙奴歌"(王洙本卷十五。"闻"字乃是其他版本所补)的记录。听闻梨园弟子歌声的地点,乃是夔州都督府长官柏茂琳所设宴席上。都督府所在白帝城中曾多次举办过这样的酒宴。

另外,在王洙本、《文苑英华》本中,乃是写作"夔府别驾",而在补注杜诗、郭知达本、仇注本中均写作"夔州别驾"。不仅如此,"别驾"这一官名亦存在于州内,位居刺史之下,是二把手。州之别驾居所,亦应位于衙内或是与之相邻的地方。依据上面严耕望先生的观点,州之衙内所在的夔州城应该位于旧赤甲城中。(亦有考古发掘报道称,应该位于白帝山和鸡公山之间的平地处。见新华网,2002 年 1 月 20 日。)举行舞剑的地方,乃是在州之别驾家宅中,也就是在赤甲城中。如若当时石城即赤甲城的话,那么(二〇 65 写怀二首)所言"编蓬石城东"所指应该就是草堂河方向,绝不会是梅溪河方向了。

> 绝塞乌蛮北,
>
> 孤城白帝边。

从下面这首诗中描述太阳落山的方位来看,瀼西宅应位于白帝城之东侧。杜甫母亲这边一位叫侍御四的亲戚,曾作为使者到过夔州,在其离开夔州之前,拜访了杜甫。作为送别,杜甫写下了这首(一九 33 巫峡敝庐奉赠侍御四舅别之沣朗):

> 江城秋日落,
>
> 山鬼闭门中。
>
> 行李淹吾舅,
>
> 诛茅问老翁。

头一句中的"江城",与(一五 08 上白帝城二首)其一中所言"江城含变态,一上一回新"的江城一样,均指白帝城(在杜甫的夔州诗作中一共出现过四次"江城",均可将之视为白帝城)。此时的瀼西宅,夕阳西下,能够看到所谓的江城——白帝城。如若瀼西宅位于梅溪河西岸的话,便不会有上述的景致了。据此也可断定瀼西宅位于白帝城以东。

不仅如此,通过月落的方向亦可断定瀼西宅之位置。大历二年八月十五(公历九月十二日),杜甫在瀼西宅中连续三晚看到了中秋的明月。(二〇 10 八月十五夜月二首)其一中,杜甫写道:

> 水路疑霜雪,
>
> 林栖见羽毛。

月光洒在草堂河上,非常明亮,就连树林中鸟的羽毛也能够分辨得颇为清楚。在其二诗中,月亮落到西面巫山峡(这里指瞿塘峡)中去了:

> 稍下巫山峡,
>
> 犹衔白帝城。
>
> 气沉全浦暗,
>
> 轮仄半楼明。

草堂河已暗了下来,但是白帝城还被月光笼罩着,楼阁的半边有明月相照。如上,月亮落到白帝城一侧,亦可以得知瀼西宅位于其东侧。如若杜甫居所位于梅溪河一侧的话,那么月亮是绝不会落到白帝城一方去的。

除此之外,在瀼西宅,能听见从白帝城传来的声响,这也证明瀼西宅距离白帝城很近。根据地图,两者间的距离不到三千米,在瀼西宅和白帝城之间,有直线形的草堂河流过,而且两岸是山,因此声音不容易扩散,比较容易传播。

在前面所举十五夜诗作其二的后半部分,白帝城巡逻士兵的锣声,也传到瀼西宅里来了。

刁斗皆催晓,
蟾蜍且自倾。
张弓倚残魄,
不独汉家营。

杜甫仿佛觉得这声响是要催促天亮一般,那些借了月光彻夜巡逻的白帝城的士兵,想必也很辛劳,杜甫对他们也寄予了慰藉之情。

第二天,也就是十六日的月夜,传来了笛子的声音,这更加勾起了杜甫的乡愁。(二〇 11 十六夜玩月)一诗中曰:

谷口樵归唱,
孤城笛起愁。

此处所言孤城,便是白帝城。在以白帝山西阁为背景所作(一七 23 秋兴八首)其二中,就有"夔府孤城落日斜"的描写,也就是说,夔州都督府的所在地正是白帝城。另外,在(一九 39 秋日夔府咏怀……)中,亦有"孤城白帝边"的描写。

在(二〇 13 晓望)一诗中,从白帝城传来的用以报时的打更声终于在早晨时停止了。在此诗中,杜甫将野生的鹿当作朋友,决心要过上隐者般的生活,心情有些消沉。

白帝更声尽,
阳台曙色分。
高峰寒上日,
叠岭宿霾云。
地坼江帆隐,
天清木叶闻。
荆扉对麋鹿,
应共尔为群。

一般均认为此乃东屯之作,如此,那么在瀼西宅听到的声音就应该是经由草堂河传到地处北边的东屯的。从地形上来考虑,是完全可能的。

下面这首(二〇49 夜二首)其二的诗作,依据仇注本之编年,乃是瀼西宅秋天之作。黄昏降临到白帝城,从那里传来胡笳的声音:

城郭悲笳暮,
村墟过翼稀。
……
暗树依岩落,
明河绕塞微。

在少有人来的瀼西宅村中,杜甫听到了悲伤的胡笳声。天空群星闪耀,银河在白帝城上流过。如此悲伤的胡笳声应该是不会传到梅溪河的。从白帝城到梅溪河,直线距离有四五千米,其间是滔滔长江。在同一时期的诗作(二〇02 秋野五首)其五中,杜甫曾写道:"大江(长江)秋易盛,空峡夜多闻。"各种各样的秋声萦绕在耳边。

以上通过与白帝城之间的关系,讨论了瀼西宅的具体位置。瀼西宅位于白帝城东侧,太阳和月亮均在白帝城一侧落下,从白帝城方向传来各式声响。这些事情杜甫在诗作中多次描述,藉此,能够断定瀼西宅位于草堂河边,而不可能位于梅溪河畔。

那么,瀼西之地,究竟是怎样的一个村庄?下一节就通过杜甫的诗作来探讨这个问题。

第六节　有社祭,亦近市

虽然杜甫在很多诗作中都提到瀼西是一处颇为偏僻之地,但实际上并非如此。前面亦曾详述,唐代的瀼西,多有人家,从某种程度上讲,亦颇繁盛。这一点从杜甫的诗句"瀼东瀼西一万家"(一五 27 夔州歌十绝句)其五、"白榜千家邑"(一五 53 白盐山)均可看出。

另外,瀼西宅与四下邻里亦比较接近,附近居民的生活气息也会感染到这里。以下均乃大历二年秋天的瀼西宅之作。月夜之中,能听到樵夫一

边唱着歌,一边踏上回家的路:

　　谷口樵归唱　(二〇 11 十六夜玩月)

还能听到当地少数民族的山歌:

　　蛮歌犯星起　(二〇 49 夜二首)其一

亦有农民纳税之后归家的声响:

　　赋敛夜深归　(二〇 49 夜二首)其二

不仅这些,杜甫在诗中还描写了自己与渔民为邻的生活:

　　俗异邻鲛室(一九 39 秋日夔府咏怀奉寄郑监李宾客一百韵)

在大历二年秋天的瀼西之作(一九 23 溪上)中,首联写道:

　　峡内淹留客,
　　溪边四五家。

这一时期,杜甫经常把长江称作"江",与此相对,草堂河则多被称作"溪"。比如:

　　嵯峨白帝城东西,
　　南有龙湫北虎溪。

　　　　　　　(一八 51 寄从孙崇简)

　　碧溪摇艇阔,
　　朱果烂枝繁。

　　　　　　　(一九 03 园)

　　食新先战士,
　　共少及溪老。

　　　　　　　(一九 06 园人送瓜)

　　东屯复瀼西,
　　一种住青溪。

(二〇 08 自瀼西荆扉且移居东屯茅屋四首)其二

如上,在前一句中将自己住在瀼西的情形描述为"峡内淹留客",紧接着下句就以"溪边四五家"来描写草堂河边瀼西宅附近的风景。以此句为依据,瀼西之地似乎很是寂寥,应该只是一个很小的村落。比如陈贻焮先生就认为"(瀼西)草堂所在的村子很小,只有四五户人家"(前载同书第1130 页)。

但是，这里并非是在描写瀼西宅所在村落之整体情形，考虑应该是在描写杜甫家附近，也就是杜甫宅院对面的四五户人家。事实上，"四五家"这一表述，从行政层面来看，也仅仅是一个平均数。"大唐令，诸户以百户为里，五里为乡，四家为邻，五家为保。每里置正一人。"（《通典》卷三"乡党"）如上记载，那么杜甫宅院附近的四五家应是其邻保，此诗传达了这一信息，也就是说这里描写的并非是瀼西宅附近之整体①。

在农村，每年要进行春秋两次的社祭活动，大历二年的春社，杜甫应该还不在瀼西。这一年的春社，是农历二月十八，而杜甫移居到瀼西乃是在暮春三月。但是，农历八月二十一日的秋社，杜甫则是在瀼西迎来的。对于农村而言，每年两次的社祭，是最热闹的日子。

在瀼西迎来的这次社祭，杜甫在连作的两首诗中进行了描写。（二〇〇九 社日两篇）其一曰：

> 报效神如在，
> 馨香旧不违。

参考仇注所言"报效言致祭之诚""馨香言祭品之洁"，应该是自古以来的做法，人们给神供奉祭品，虔诚地进行着祭祀和祈祷。紧接着，杜甫又写道：

> 南翁巴曲醉，
> 北雁塞声微。

---

① 诗句中所言"溪边四五家"中"四五"这一数字，究竟是否反映了当时的实际状况，有些不太好确定。下面通过平仄和使用情况进行一些探讨。此诗乃是下平声六麻韵仄起式五言律诗，第一联为"仄仄平平仄，平平仄仄平"的工整律句。"四五"这部分以仄仄进行处理是比较理想的。拗第三字成为平仄亦可。第四字最好是使用仄音。因为此处使用了数字，在从一到九的数字中，平声只有"三"这个数字，其余均为仄声。所以，"四五"这部分只要不是"……三"的形式，无论哪个数字都可以，自由度很高。与"四五"最接近的数值应该是三四、五六或者三五。在《全唐诗》中，如此的用例有数十例之多，从实际的例子来看，无论这里使用了哪个数字都不奇怪。依据以上分析，与其说这里是受制于诗句创作上的规则才使用了"四五"，不如说是杜甫在看到实际情形后将其写入自己的诗歌，这样似乎比较自然（不考虑诗歌中的虚构问题）。不仅如此，本文所述与行政上的平均数也保持一致。顺便提一下，"四五家"这样的用例，亦有如刘威《宿渔家》"竹屋清江上，风烟四五家"（《全唐诗》卷五六三）、张乔《台城》"云屯雉堞依然在，空绕渔樵四五家"（《全唐诗》卷六三九）。

尚想东方朔，
　　　　　诙谐割肉归。
从诗中可以得知，在热闹非凡的社日，杜甫也喝醉了酒。

　　尾联中，杜甫引用了汉代东方朔因为诙谐幽默，得到了天子犒赏酒肉的故事，这里应该不是表达杜甫怀念长安的情绪，而是他突然想到带肉回家给家人分享，这在顾家的杜甫身上，是完全有可能发生的。是年春，杜甫在城里的时候，受到了一个叫王十五的邻居的招待，当时杜甫作诗曰：
　　　　邻舍烦书札，
　　　　　肩舆强老翁。
　　　　病身虚俊味，
　　　　　何幸饫儿童。
因为自己身体不好，所以吃不了的东西就带回来给孩子们（这是依据南宋赵次公的解释）。

　　这点先暂且不论，回到（二〇 09 社日两篇）上来，在其二中，杜甫写道：
　　　　欢娱看绝塞，
　　　　　涕泪落秋风。
通过此处的"欢娱"二字，可以想象得到，瀼西村的秋社祭祀也是非常热闹的。只是杜甫在这样的热闹之中，想到曾经在朝廷参加过同样的祭祀活动，便为自己今日的落魄流下泪来。到诗的结尾处，他这样写道：
　　　　鸳鹭回金阙，
　　　　　谁怜病峡中。
杜甫想象着朝廷官吏们（鸳鹭）从天子居住的宫阙（金阙）返回的身影，只觉自己所在之地如此偏僻，便不由得悲伤起来。

　　如上，在瀼西宅所在的村子里，社祭盛大举行，杜甫不仅参与其中，还饮了酒，催生出各样的感慨来。

　　实际上，杜甫居住的瀼西宅并不算偏远之地，这一点从其距离市场很近就可得知。大历二年夏，杜甫曾在瀼西宅中用槐树的嫩叶做过一种较为独特的手工凉面。在（一九 09 槐叶冷淘）一诗中，就记叙了这种凉面的做法，并且表达了想在天子纳凉之夜献上这样一碗凉面的愿望。在诗的最开头，主要描写了将青青的槐叶榨汁，与从市场买来的新面粉混合搅拌在一

起,曰:

> 青青高槐叶,
> 采掇付中厨。
> 新面来近市,
> 汁滓宛相俱。

这里使用了"近市"这一表述,由此可知其居住地距离市场很近①。关于住宅距离市场很近的情形,与杜甫同时代的王锟在《请舍宅为观表》中,就曾说自己的宅子"异晏婴之近市,稍远嚣尘"(《册府元龟》卷八二二)。一般情况下,市场里灰尘多,比较嘈杂。昔时,晏子之家近市,景公曾劝晏子搬家,因为那里又潮湿又嘈杂。

其后,在杜甫晚秋时节从瀼西搬到东屯的诗作(二〇 08 自瀼西荆扉且移居东屯茅屋四首)其二中,对瀼西和东屯进行了比较。

> 市喧宜近利,
> 林僻此无蹊。

在王洙本卷十六的夹注中有"西居近市"的记载,西居指的就是瀼西宅。此乃杜甫自注的可能性也很高②。如此一来,亦可断定瀼西宅距离市场较近。

另外,在其(一九 39 秋日夔府咏怀……)第六段中,亦曾描写了瀼西宅的情形,曰:

> 甘子阴凉叶,
> 茅斋八九椽。
> 阵图沙北岸,
> 市暨瀼西巅。

关于这一点,在王洙本卷十五的夹注中亦有"八阵图、市暨,夔人语也"

---

① 《太平广记》卷三七四中,刘禹锡曾作为夔州刺史到当地赴任,《刘宾客嘉话录·逸文》中有云:"夔州西市,俯临江沙,下有诸葛亮八阵图。"藉此亦可知夔州有西市,八阵图之北位于白帝城之西,故此,这里的西市应该不是杜甫瀼西宅附近的市场。

② 此处的原注在仇注本中是不存在的。依据长谷部刚先生的论文《围绕〈宋本杜工部集〉的诸问题——附〈钱注杜诗〉与吴若本》(载《中国诗文论丛》第 16 集,1997 年,第 89—104 页)当中的内容,王洙本卷十五、十六相当于"第一本"(宋版甲本系,据汲古阁本补抄),故此,原注就是杜甫之自注。

的记载,应该也是杜甫的自注。但是,因为此联的意思不太通畅,除了上面的九个字之外,过去亦有很多附加的"原注"和"自注"。例如,《集千家注杜工部诗集》卷十四中就记载:"公自注,市暨,夔人语也。市井泊船处,谓之市暨。江水横通,止公处居,人谓之瀼。"(《四库全书荟要》本,2005年,吉林出版集团影印)推测这里的附加部分,应该并非是杜甫自注的原初模样。在仇注本中亦有如"原注,峡人目市井泊船处曰市暨",这应该是最容易理解的说明。但是,必须认识到,这是仇兆鳌式的整理和解释。当地因为存在冬季枯水期和涨水期,水位的落差比较大,码头的位置应该位于比较高的地方,在那里,形成了市场。虽然这里提到的"市暨"一词,意思不太明了,应该是指距离瀼西宅不远的地方因为人的聚集而形成的集市。

　　从以上分析可知,瀼西客观上并非远离人烟的荒凉之地,距离市场也不远,村里的祭祀活动也很隆重,在涨水期,船只的往来也颇为频繁,汉族与当地少数民族杂居在一起,可以说,瀼西这里飘浮着浓厚的烟火气息。除此之外,造访瀼西宅的客人亦不少,杜甫与士大夫阶层的社交活动不光发生在城里,在瀼西宅里亦屡有发生,这里就不再探讨了。问题的关键并不在瀼西客观上究竟是个怎样的地方,而应该把注意力集中到杜甫在诗中如何感受和描述瀼西。为了获得这样的信息,必须采取主客观相互结合的方法来分析,这才是行之有效的方法。

　　在最后一节,我们来看杜甫是如何从城内的角度来看待自己居住的这处瀼西宅的。

第七节　城内所见瀼西

　　大历三年晚春,虽然决定从城里迁居到瀼西,但那以后,杜甫还曾多次进城,参与了各式社交活动。大多数情况下,在参加完城中的社交活动后,杜甫都感觉筋疲力尽,想要赶快回到自己的瀼西宅中。

　　在瀼西度过夏天,迎来秋天,杜甫的病情也稍微好转了一些。因为种植秋菜需要用牛耕地,杜甫担当了监督工作。在下面这首(一九 21 暇日小园散病,将种秋菜,督勤耕牛,兼书触目)中,杜甫描写了自己当时的心情。

诗的开头这样写道：

> 不爱入州府，
> 畏人嫌我真。
> 及乎归茅宇，
> 旁舍未曾嗔。
> 老病忌拘束，
> 应接丧精神。
> 江村意自放，
> 林木心所欣。

城里的社交活动让杜甫身心疲惫，当回到被林木环绕的江村茅屋时，才得以放松休憩，情绪也得到了缓解。从他从城内回到瀼西这一情况来看，杜甫是将瀼西宅里的舒适与城内的紧张相互对照着来描述的。实际上与此类似的诗作还有其他几首。比如，（一九 20 甘林）就是一例，在这首诗的开头部分，如此写道：

> 舍舟越西冈，
> 入林解我衣。

这是杜甫从城中坐船回到瀼西的诗作。城里和瀼西虽然有陆路相通，但多是险峻的悬崖小道，途中似有猛虎出没。依据简锦松先生的分析，秋天一结束，水位就下降，冬天是没有行船的，这时也会依靠马匹来渡河。但是，在草堂河通船的涨水期，水路乃是最便利的。在（一九 20 甘林）这首诗中，杜甫就将自己乘船回到瀼西宅（橘子园）的心情和在城里的心境做了对比：

> 青乌适马性，
> 好鸟知人归。
> 晨光映远岫，
> 夕露见日稀。
> ……
> 经过倦俗态，
> 在野无所违。
> ……

第三部　夔州期的农业生活

> 喧静不同科,
> 出处各天机。

与城里的"俗态"和"喧"相比,瀼西乃是"适性""无所违""静"。

另外,(一九 04 归)一诗乃是描写从东边的城里返回西边瀼西的作品(请参考本书第 138 页注①)。诗曰:

> 束带还骑马,
> 东西却渡船。
> 林中才有地,
> 峡外绝无天。
> 虚白高人静,
> 喧卑俗累牵。

这里所说的"束带",乃是指进城之时的装束,等回到家中,便要解开这身装束。在这里,杜甫描写了朴素的瀼西宅才是适合人格高尚之士居住的地方。与之相对,城内则是被俗事烦扰,充斥着喧嚣的卑俗人世。

另外,(一九 16 阻雨不得归瀼西甘林)一诗作于同年七月中旬①。因为前几日的暴雨,河中水量突涨,船只也损坏了,船公无奈不得不丢弃破船,陆路也颇为湿滑,比较危险,因此当时想回瀼西也不能如愿。这时,杜甫只能羡慕那些在城中高空飞翔的鸟儿。

> 三伏适已过,
> 骄阳化为霖。
> 欲归瀼西宅,
> 阻此江浦深。
> 坏舟百板坼,
> 峻岸复万寻。
> 篙工初一弃,

---

① 第一句中三伏刚过。因为三伏之末伏是立秋后的第一个庚日,在大历二年就相当于是农历的七月十三日。那天按照阳历来算是 767 年的 8 月 13 日,在日本就是盂兰盆节的时候。另外,此诗一般只能解释为因为水路不通,简氏从当时下完暴雨后当地人觉得陆路亦很难走这一点得到启发,认为陆路和水路都不通畅(第 292—293 页)。笔者在此处也依从简氏的解释。

>恐泥劳寸心。
>伫立东城隅,
>怅望高飞禽。

虽然此处并无与城里的对照描写,但是对于身处城中的杜甫而言,现在急切盼望着回到瀼西宅和橘园中,他还想象着回到家中要做的事情:

>安得辄雨足,
>杖藜出岖嵚。
>条流数翠实,
>偃息归碧浔。
>拂拭乌皮几,
>喜闻樵牧音。
>令儿快搔背,
>脱我头上簪。

在这里,杜甫描写了自己回到家中想要取下头上的簪子,脱去礼服,好好休息,让孩童为自己挠挠背,在橘园散步,数数橘子,这也想做那也想做,各种愉快的事情浮现在他眼前。

如上所述,从杜甫的诗作中便可发现,叙述的基本模式就是从城内回到瀼西宅,束缚得到了解放,紧张得到了舒缓,喧哗归于静谧。按照这样的模式,(一九03 园)这首诗也可以进行同样的解读①。诗中,杜甫描写了某年夏天清晨,从城里坐船沿草堂河一路朝上回到瀼西宅的情形。

>仲夏流多水,
>清晨向小园。
>碧溪摇艇阔,

---

① 仇兆鳌依据《杜臆》,将(一九03 园)和(一九04 归)两首诗结合起来探讨,认为前者乃是从瀼西宅去园中,后者是从园子里回到瀼西宅。不仅如此,因为前者中有"畦蔬绕茅屋"这一句,故此推断除了瀼西宅以外,隔着瀼西溪水,还有另外的茅舍(陈贻焮先生也沿袭了仇注本。前引著作第1111页)。但是简锦松先生着眼于后者所言访问时穿的礼服"束带"和"骑马",认为后者乃是从城内乘船回到瀼西之作(第296页)。笔者也赞成简氏的观点。以此为据,亦可认为前者是早晨从城里返回瀼西宅的诗作。如此,就不用另行考虑还有别的茅舍存在之意义。亦有人认为如此一来就不用探讨茅舍存在之意义,认为此处就是东屯。

> 朱果烂枝繁。

此处所谓的碧溪乃指草堂河,在涨水期,它的水势也很大。因为是驾着小船,可能视野比较低的缘故,小小的草堂河也仿佛变成了一条大河,在诗的后半部分,诗人如下写道:

> 始为江山静,
> 终防市井喧。
> 畦蔬绕茅屋,
> 自足媚盘飧。

因为这瀼西之宅,才使我第一次感受到江山之静。其实当时搬到此处还没几个月,杜甫就已经表现出要逃避城内喧嚣的意味。这里,城内和瀼西宅依然是按照喧嚣和静谧的对比模式进行描写的。

如上介绍的那样,对杜甫而言,瀼西宅及其附近的田地、果园,包括瀼西宅所在的江村,是能够让其摆脱衣冠束缚的休憩之地,是能够归于真我之地,亦是能让自己心安的静谧之地。一想到这些,城中的杜甫就想早点儿回去,心情也变得欢快起来。

但是从另一角度来看,就像方才所引(一九 20 甘林)诗中所言"喧静不同科,出处各天机"那样,瀼西对于杜甫而言,乃是"出",即出仕或者做官的对立之"处",也就是归隐的世界。可以列举出很多杜甫将瀼西宅视为归隐之地的作品,一想到长安和故乡,身在瀼西的杜甫心情就变得失落起来。当孤独袭来,想到自己要在这里无为终老,他亦表现出无比的焦躁。关于这些,此处就不再专门论述。

第八节　结语

在夔州居住不到两年,杜甫过上了承包农田、打理橘园、养鸡种菜的生活。这些农业生活主要的场所就是瀼西宅。杜甫从事农业生产的场所究竟是怎样的地方,位于何处,在这里杜甫究竟有怎样的感慨,通过杜甫的诗歌来考证这些内容就是本部分的主要目的①。

长江支流流入三峡,其中较为狭小的河谷开阔地带,便是瀼西宅的所在。与之相对,成都的浣花溪草堂则位于广阔的成都平原,是在蜿蜒流淌的锦江流域。

成都浣花草堂整体是两层结构,不仅如此,还修有亭台和河边栈桥,附近有种植谷物的农园和菜地,还有栽植了草木的庭园和宽阔的树林,浣花草堂实际上具备了庄园宅地的规模,是一处宽阔的生活空间。

在成都浣花溪草堂,杜甫与周围邻居的交流,主要集中在以读书人为中心的士人阶层,虽然亦有与农民的交流,但是成都期所描写的农民主要是富裕的上层农民,他们的户籍为朝廷把控,从朝廷那里租借田地,担负着兵役之责。按照唐代的身份制度,这些人应该是与"贱民"相对的"良民"。

但是,瀼西宅附近的瀼东地区,因为地处对岸,民家也并不密集,而瀼西又比较狭小,周围的邻居相对距离很近,在瀼西宅,杜甫很容易感受到周围农民、樵夫和渔夫的生活气息,他一边与这些人交往,一边自己生活。在下节中会谈到,当时杜甫曾雇佣当地少数民族的贱民阶层当自己的用人,通过这样的方式接济他们的生活,并以此与他们保持极为密切的联系。

---

① 杜甫并非是为了描述瀼西宅这一场所而创作了诗歌,仅仅是偶尔在诗歌中将当地的情形进行一些地理层面的描写。小论从这些诗句片段之中探讨了瀼西宅的位置和实际情形,关于这一研究方法存在的问题,笔者想陈述一下自己的若干管见。

为何需要通过诗歌来确定居所的位置?以诗歌这样的韵文为研究对象,上述方法是否妥当?或许会有一些质疑之声。笔者管见,关于杜甫诗歌的研究,与人的研究不可分割(这一点,只要多读杜甫诗歌,就会觉察)。另外,作为读者,我们的兴趣不应仅仅停留在杜甫诗歌的文学世界中,还有必要对其存在方式和生活意义进行考察,这与欧美诗歌有很大不同。因为杜甫是将自身在具体状况中感受到的东西以具象的方式写入诗歌的,是决意以诗歌的方式生活的,这是他诗歌创作的态度。但是,从读者的角度来看,究竟是从语言学的角度去解读,还是从社会科学、自然科学的角度去解读,鉴赏的方法是无限的。不应该因为这样那样的制约,限制了我们对诗歌的鉴赏。每个人都是从自己的关注点、根据自己的理解去鉴赏一部作品的,只要能感受到愉悦就好。各种各样的解读,重叠起来,其实加深了人们对杜甫诗歌的理解,丰富了鉴赏内容。如果将杜甫诗歌从时代背景和传记等相关要素中剥离出来,反倒会收缩对其作品的理解幅度。那些被作品感动的读者,在读完作品后紧接着就应该会关心创造这些作品的作者和他们的生活、人生了,这是一个自然的过程。毕竟,人(译者按:作为读者的),感兴趣的依然应该是人(译者按:作者这个人)才对。

成都浣花草堂时期,杜甫与农民的接触并不多,与此相对,瀼西宅时期,杜甫所接触的乃是比良民阶层更为低级的贱民。考虑到居住空间以及周围环境在面积上的差异,杜甫与下层民众的接触乃是浣花草堂和瀼西宅生活最大的不同。

那么,这种差异究竟给予杜甫诗歌怎样的影响?这一问题会在下面论述,因为居住方式的变化,杜甫的诗歌较为真实地反映了社会的现实,也较为深刻地描绘了生活的原貌。这乃是夔州时期杜甫诗歌的成长,亦是升华,是发展。

在本章中,主要通过杜甫诗歌中的表述,对瀼西地区作为杜甫生活根基的瀼西宅周围的地理环境进行了考证。杜甫饱含深情,从不同角度、不同季节、不同时间段对当地具体的地理空间和景物进行了描写,这些极为贴切、感情丰富的描写,饱含了杜甫诗歌的力量,在这一章中,笔者对此进行了再度考证,以上便是对此进行的一些补充性说明。

第二章

支撑杜甫农业生活的用人和夔州时期的生活诗

第一节 绪论

杜甫流浪生涯终结之前的三四年是在长江三峡入口处的重镇夔州(奉节)度过的。

据说杜甫离开安居之地成都草堂,沿长江而下乃是受严武之举荐,授予其检校工部员外郎之职,此行乃是赴任(依据陈尚君之说)。大历元年(766),时年五十五岁的杜甫在暮春时节进入夔州。到大历三年春正月元宵节前后离开夔州为止,杜甫在夔州一共度过了不到两年的旅居生活。如此长时间的滞留,一方面是为了养病,一方面是为了积攒旅费。

在两年不到的时间里,杜甫共作诗四百多首。简单计算一下,平均每三天就有两首。在其一千四百余首诗作当中,如果考察其分量,夔州时期可谓是杜甫诗作的旺盛期。关于夔州时期的杜甫诗歌,人们很容易将注意力集中在杜甫七言律诗艺术完成期这一点上,事实上,在杜甫如此旺盛活跃的创作期内,完成的作品并不仅有七言律诗。这一期间,杜甫诗作中还有大量从日常生活中取材创作的生活诗。

这一期间的诗作大多是生活诗和农业诗,主要描写了杜甫在陌生的夔州与官员们的社交活动,带病之身所背负的家族生计,在自家宅院中养鸡采药、种植蔬菜,经营橘园和承包稻田等事宜。支撑杜甫上述农业生活的,主要是在当地私下雇佣的几位用人。本章主要要探明夔州时期支撑杜甫农业生活的用人究竟是些什么人,着眼点主要集中在杜甫对他们的赞赏上。另外,还尝试初步考察杜甫创作这些诗歌的意义。

第二节　阿段

为了从山上将涌泉之水引来,便连接了很多竹筒建成引水竹渠,利用这样的装置引水,杜甫抵达夔州后应该是第一次看到。

在长江三峡瞿塘峡附近,是没有水井的。在云安,为了确保用水,用人们绞尽脑汁。但是,抵达夔州之后,这里有非常方便的引水竹渠,彼此连接起来,形成了长长的导水装置。杜甫看到竹渠,非常高兴,顿时觉得在云安时用人们付出的辛劳非常可怜。在抵达夔州后所作(一五 05 引水)一诗中,杜甫对这个引水装置进行了如下的描写:

> 月峡瞿唐云作顶,
> 乱石峥嵘俗无井。
> 云安沽水奴仆悲,
> 鱼复移居心力省。
> 白帝城西万竹蟠,
> 接筒引水喉不干。
> 人生留滞生理难,
> 斗水何直百忧宽。

(一五 05 引水)

此诗第三句所言云安奴仆,乃是杜甫滞留云安时(最终因为病重之故,在当地滞留了八九个月之久)在当地雇佣的用人。此处应该不太可能描述别人家的奴仆外出买水,杜甫也不太可能描写与自己毫无关系的风景。如此一来,此诗当是杜甫对自己身边用人吐露私人感情最初的例子。

当然,在杜甫家族内部,原先应该是有一直跟随的管家一类用人的。在杜甫的诗作中,仆夫、僮仆、奴婢、(跑腿人)等出现过很多次。按照唐代的身份制度,这些人实质上应该称之为"家内奴隶"比较妥帖。但是杜甫并未将他们视为属于奴隶阶层的客观存在,对杜甫而言,这些家族内部的用人一直和自己家人生活在一起,就仿佛是空气一般,杜甫并未对他们的存在做任何特别的考虑,在诗作中也未曾有过描写。但是,抵达夔州之后,与这些家族内部的奴仆不同,在当地雇佣的用人开始大量出现在杜甫的生活和诗作之中。这一萌芽,也正好始于云安。

回到刚才的诗作中,在回顾云安情形的几点上,杜甫对用人们所抱有的"奴仆悲"、感情移入以及同情需要特别注意。但是,那些奴仆和杜甫究竟是怎样的关系,或者说,他们究竟是些什么人,在此处还看不出来。这里的奴仆们,基本上还看不出样貌和个性。可以说,对杜甫而言,云安时期的奴仆们还仅仅是身边的人,并未赋予他们个性,这些人,被作为一般意义上的奴仆忽略掉了。

夔州附近的竹制引水装置,蜿蜒搭建在山腰上,长的可达数百丈(一丈约三米,南宋鲁訔注)。或许是因为这样的长度,这些引水装置时常会损坏,导致不能再引水。实际上,杜甫也曾遇上过一两次这样的故障。

抵达夔州后第一年,某日黄昏时分,竹渠中渐渐没有了流水。到了晚上,村民竟然为了竹渠中残存的滴水争吵起来。对于罹患糖尿病的杜甫而言,这是一件比较棘手的大事,半夜时分,他口渴得厉害。正在这时,一个叫阿段的少年①用人爬到水源所在地的山顶,修好了竹渠。因为阿段,终于喝到了水,杜甫对此颇为感激。为此特作这首七言律诗:

山木苍苍落日曛,
竹竿袅袅细泉分。
郡人入夜争余沥,
竖子寻源独不闻。
病渴三更回白首,
传声一注湿青云。
曾惊陶侃胡奴异,

---

① 《通典》卷一八七《边防三·南蛮上》"獠"条目有言曰:"俗多不辨姓氏,又无名字,所生男女,长幼次第呼之。其丈夫称阿謩、阿段,妇人称阿夷、阿等之类,皆其语之次第称谓也。"獠族成年男子称"阿謩"(《魏书》《周书》《北史》中为阿謨)、"阿段",此处的"阿段"是否具有按照单独一个人这样区分个体姓名的功能,值得怀疑。但是,依据《通典》中所言"无名字,所生男女,长幼次第呼之"的描述,即便此处不是个体之名字,或者也可以认为是与之相当的一种称呼。由于獠族本身就没有个人之名字,故此杜甫也便按照阿段这样的称呼来叫他。藉此,本论中笔者将阿段、阿稽等按照称呼其个人之称谓予以考察。

怪尔常穿虎豹群。

（一五 06 示獠奴阿段）

诗的第四句，杜甫描写了少年阿段独自一人攀爬到山中涌泉所在的地方。对此写法，清初黄生曾探讨其中真意，说："大有鄙薄郡人之意。既不屑争余沥，又能冒险寻源。"另有清人浦起龙言"见他人争利眼前，此子远寻泉脉。所以表其绩也"（《读杜心解》卷四之二）。无论是黄生还是浦起龙，都赞赏了阿段的品行，认为杜甫乃是为了彰显其修理竹渠的行为，才创作了这首诗。

从诗意之整体来看，的确如此。从杜甫的语言中亦能感受到他对阿段的感情。末句"怪尔常穿虎豹群"中使用的这个"怪"字便是一例。"怪"是表示不可思议或者嗔怪之意，在杜甫诗歌中也有不少用例。比如（一九 05 园官送菜）一诗中提到的"园吏未足怪"便是表达嗔怪之意。但是如果此处按照嗔怪这一意思来解释的话，与全诗称赞阿段的主旨是相背离的。浦起龙将之解释为"七八赞之，亦诫之"，可谓很好把握了这个"怪"字的意思。七八句中使用了陶岘①的故事，结合起来看，陶岘的胡奴擅长游泳，最终却因蛟龙而死，阿段啊，你进山之时还是要小心一些为好。如此，这里的"怪"字，还应该包括引以为戒的意思，这与杜甫的心意才是最吻合的。

这首诗的题目是《示阿段》，一般诗题写作"示某某"的时候，杜甫究竟是如何来使用的呢？试着探讨一下杜甫的诗作，例如（〇三 18 示从孙济）和（〇八 13 示侄佐），基本上与此使用方法是一致的。大致上要么是给同族晚辈以训诫，要么是对眼前之人以赞赏。

当然，杜甫并未在诗作中直接表达自己的感谢之情。但是，通过以上的分析可以得知，从题目中的"示"这一表述、作诗以示阿段这一行为以及行文的字里行间，能够充分感受到杜甫对阿段的赞赏、感谢和呵护之情。从开头引用过的（一五 05 引水）一诗可以看出，云安时期杜甫诗歌中出现

---

① 由于诗中所提陶侃的故事，如若按照这样的方式来解读，意思是不能成立的，因此，此处依据仇兆鳌之附注，假定其为陶渊明之子孙，乃是与杜甫同时代的陶岘。陶岘的故事，在唐代袁郊《甘泽谣》中亦有出现。除此之外，陶岘说亦得到了浦起龙的赞同（卷四之二），施鸿保也表达了赞同之意（《读杜诗说》卷十五）。但是，杨伦（卷十二）和陈贻焮先生（《杜甫评传》下卷，第1085页）则持保留意见。

的奴仆们还不太具有个性,但是到了夔州时期,对这些用人,杜甫已经表露出飞跃式的个人亲密之情。将这些最下层的人物作为特定形象写入诗歌之中,这在当时也可谓是特例。

第三节　信行

引泉之竹渠又坏了。这次是由用人信行修理的。炎热的夏天,全然不顾往返四十多里的山路之险,信行出色地完成了修理竹渠的任务。杜甫感佩他认真的工作态度,作诗如下。此处引用全诗并附带译文:

汝性不茹荤,
清净仆夫内。
秉心识本源,
于事少凝滞。
云端水筒坼,
林表山石碎。
触热藉子修,
通流与厨会。
往来四十里,
荒险崖谷大。
日曛惊未餐,
貌赤愧相对。
浮瓜供老病,
裂饼尝所爱。
于斯答恭谨,
足以殊殿最。
讵要方士符,
何假将军盖。
行诸直如笔,
用意崎岖外。

第三部　夔州期的农业生活

（一五 29 信行远修水筒）

你生性不食荤，在用人中是一个很清静的男子，秉性很好，做起事情来也从不磨蹭。高山上用来引水的竹筒坏掉了，山坡上还发生了山石塌方，在炎热的天气里，你特意前去修理了竹筒，水流又重新流到了厨房里。你往返四十多里，山道险峻，悬崖高耸，溪谷深邃，已近黄昏，你还没有吃饭，这让我非常的惊讶。面对劳累一天满面通红的你，我真有些过意不去。浮在水中的菜瓜本来是用来给我治病的药，现在就分给你吧。还有我最喜欢吃的饼子，也给你分一些来吃。我想要好好赞扬一下你如此勤劳的工作态度，只要有你在，我们就不需要祈雨方士的令牌了，也不需要能够在地面上刺出泉水的将军的大刀。信行啊，你的正直秉性就如这笔直的毛笔一般，你内心的情谊仿佛是在这俗世之外。

与后面将要介绍的（一九 07 课伐木）一诗中"课隶人伯夷、辛秀、信行等，入谷斩阴木"所言"信行"是同一人，诗题中所言信行乃是杜甫的一个用人。

此诗虽然是为赞赏信行修理竹渠之功劳而作，但是诗歌内容并未仅仅停留在这一层面上，还赞赏了信行的人品和秉性。在开头的三四句"秉心识本源，于事少凝滞"中，杜甫紧紧抓住事件核心，称赞信行行事机敏之秉性。末尾的"行诸直如笔，用意崎岖外"一句，又赞扬了他正直的人格。可以说，虽然信行乃是一介用人，但是杜甫对其人品也进行过细致入微的观察。

不仅如此，作为感谢，杜甫送给他们珍贵的食物，这也是颇具杜甫个人特色的感谢方法。杜甫在诗中经常会描写食物，能够将治疗自己宿疾的瓜果分与这些用人，可见当中多少包含了杜甫自我牺牲的精神。仇兆鳌曾引明末清初申涵光"体恤下情如是，真仁者之用心"（《说杜》）之语，可见，仇、申二氏均从诗作当中感受到了杜甫饱含慈悲的深厚情谊。

值得注意的是，此诗中将社会底层用人的名字直接用到诗题中，这也应该是杜甫的首创。不仅如此，此诗通篇乃是为赞赏用人而作，甚至可以说，诗作乃是为了用人而作，能在诗中赞颂用人的人格和品行，这也是颇为罕见的。

第四节　伯夷、辛秀、信行

如今说起老虎,可谓是人们不常见到的稀有动物,但是在以前,老虎却是人们身边常见的动物。杜甫逗留夔州时期,老虎经常出没在人家附近。在杜甫的诗作中原本就常出现老虎,特别是夔州时期的作品中,有很多就描写了老虎在人们居住地附近出没的情形。此处出没的则应该是华南虎①。

来到夔州的第二年夏天,为了修缮损坏的防虎墙,杜甫给三个用人安排了修筑工作。每天一早出发,翻山越岭,从溪谷间砍伐四棵树木,然后将其搬运回来,杜甫将上述工作分配给三个用人。他们三个也非常老实地完成了这个工作。除此之外,还有类似砍伐竹子及修葺院墙、屋顶和墙壁的工作。天气炎热,但是用人们一边仔细聆听着杜甫给自己分配的任务,一边任劳任怨地出色完成了上述工作,杜甫对此非常感激,特作(一九07 课伐木)一首。

此诗附有一篇颇为难解的"序",另外,诗亦很长。笔者此处仅节选有关部分,诗序如下:

> 课隶人伯夷、辛秀、信行等,入谷斩阴木,人日四根止。维条伊枚,正直挺然。晨征暮返,委积庭内。我有藩篱,是缺是补,载伐篠簜,伊仗支持,则旅次于小安。……

诗曰:

> 长夏无所为,
> 客居课奴仆。
> 清晨饭其腹,
> 持斧入白谷。
> 青冥曾巅后,

---

① 上田信在《森林与绿色之中国史/生态学历史之尝试》(岩波书店,1999 年)一书中,列举了老虎栖息在人类附近的具体例子,可以作为参考(第192—193 页)。

> 十里斩阴木。
> 人肩四根已,
> 亭午下山麓。
> 尚闻丁丁声,
> 功课日各足。
> ……
> 尔曹轻执热,
> 为我忍烦促。
> 秋光近青岑,
> 季月当泛菊。
> 报之以微寒,
> 共给酒一斛。

通过诗歌可以看出,杜甫使用用人是非常注意节制的,藉此可以看出杜甫所具有的人道主义精神。"清晨饭其腹""人肩四根已,亭午下山麓"等句均是很好的体现。关于这一点,王嗣奭亦曰"见其用人之力,劳而有节"(《杜诗增校》卷七)。

此诗原是杜甫感谢用人们辛劳工作,彰显其功劳的作品。最为贴切表现这一点的,就是第九、十句,其意乃是"原本中午时分就可以下山的,但是仍然能听见从山中传来丁丁的伐木之声。一日的工作量已经完成,这是追加的部分,他们依然非常勤奋"。这一点,浦起龙曾曰"盖赞其仆之勤"(卷一之四),黄生则指出,"赴其事,见勤也"(卷二)。

在诗的末尾,杜甫写道:"秋天就要来了,马上就是饮用菊花酒的时节了,天气也要变凉了,作为感谢和回馈,给你们进上一斛酒。"此处乃是与用人们约定,等重阳节的时候,分享美酒来慰劳大家。

原本是描写分配工作给用人们的诗作,结尾处却描写了与用人们相约以酒相酬之事,这是非常有意思的。杨伦所评"末归功隶人"(《杜诗镜铨》卷十六)是很贴切的。关于这一点,王嗣奭认为:"犒劳仆人,世俗作套事(即外交辞令),公(即杜甫)却以此为实事,而入之于诗,具见真恳之意。"从这些地方就能看出杜甫对待仆人们的真诚态度。

犒劳仆人的"酒一斛"大约为一斗,在唐代应该是大升,约六十公升,以一升均分的话大概应该可以分到三十分多（如果是小升的话，应该也有其三分之一）。假如将这一数字按照诗歌中所言为实去理解的话，这个量对几位仆人而言似乎稍微多了一些。就此，王嗣奭认为："但三四人而给酒一斛，则犒之加厚，不止一醉，所以报其劳也。"依照王的解释，这里量多也表达了杜甫的感谢之情。

前汉时代的王褒，取自己与用人的劳动契约，写就了一篇含滑稽味道的《僮约》。当中就有描写用人不许喝酒的情节，内容如下：

　　奴但当饭豆饮水，不得嗜酒。欲饮美酒，唯得染唇渍口，不得
　　倾杯覆斗。

《艺文类聚》卷三五

这一戏文的表述的确非常幽默，但是，当时的劳动契约从本质上讲，其实是非常严格的。这一契约亦被《艺文类聚》和《初学记》所收，加之故事亦是以成都为背景，因此杜甫有可能知晓这一比较有名的文章。或许此处正是在知晓这一故事的情况下，杜甫才分给自己的奴仆"酒一斛"的。

另外，此诗序言中有"作诗示宗武诵"的表述。杜甫为何要特别让自己的二儿子宗武背诵该诗呢？杨伦推测乃是"殆欲知作客之甘苦"（卷十六）。但是，难道仅仅如此吗？与其说此诗是在描写异地为客的苦劳，不如说其中心乃是为了描写用人们认真工作的态度和杜甫对此给予的感谢。杜甫此处怕是想要让自己的儿子知晓最下层的民众中也有如此认真的人，通过自己与这些用人的交往和接触，对孩子进行言传身教的为人教育。

以上就是笔者从此诗中解读出的内容，与迄今为止介绍过的其他诗作一样，此诗亦将用人的名字写进作品中，同时详细描写了他们工作的情形，不仅如此，还对他们予以感谢和赞赏。前面已经提过好多次了，杜甫这样的行为在当时也是非常罕见的。

第五节　阿段、阿稽

大历元年春，刚抵达夔州的杜甫，生活状况不太如意。是年秋天到冬天，柏茂琳就任夔州地方长官，情况就有了很大好转。柏茂琳不仅命园官

给杜甫送来了当时供应不足的蔬菜,还将自己的月供拿出一部分资助杜甫。

大历二年春,杜甫开始了东屯的稻作经营,经过夏天的除草、灌溉等农活,终于迎来了秋季最后一次除草工作。对于水稻种植而言,常会伴有旱灾、水灾和虫灾等天灾,但是,是年在东屯的水稻种植没有经历上述灾害,顺利开展。如果一切顺利的话,杜甫便可以藉此为自己南下准备一部分旅费。秋日的收成就在眼前,杜甫在诗作中写道:"西成聚必散,不独陵我仓。"这时候,他已经开始遥想着秋天的丰收,思虑着以后的计划。可以想象杜甫此时对于稻作的期待。

但是,秋季最后的除草工作进行得并不彻底。农业管理的部分工作原本是由行官张望代为执行的,但是杜甫此时对其并不太信任,于是,特地派用人阿稽和阿段前往张望处察看。以此为契机,杜甫写下了(一九 15 秋,行官张望督促东渚耗稻向毕,清晨遣女奴阿稽竖子阿段往问)这首长篇的五言古诗。在诗作中间部分,他如此写道:

有生固蔓延,
静一资堤防。
督领不无人,
提携颇在纲。
荆扬风土暖,
肃肃候微霜。
尚恐主守疏,
用心未甚臧。
清朝遣婢仆,
寄语逾崇冈。

将此诗作为农业诗歌来考察,包含了很多有意思的事情。具体的分析在下一章中展开,此处仅就其中两点进行分析。

此诗与前面考察的诗歌一样,在诗题中出现了用人的名字。竖子阿段,就是指诗作(一五 06 示獠奴阿段)中的獠族少年阿段。虽然女奴阿稽仅在此诗中出现过，但是通过与阿夷、阿等这些称呼类似来考虑①，应该与阿段相同，乃是獠族的女性。行官张望则出现在比这首诗稍早的〈一五 14 行官张望补稻畦水归〉中。但是此处的张望、行官，具体究竟是怎样的人物就不得而知了（请参照本书第四部第三章第三节行官的注释）。无论如何，是将"婢仆"身份的阿段、阿稽与行官张望放在同一层面进行考察的。对此，杜甫并未有过任何的抵触。

如前所述，杜甫写此诗的动机，是因为对于最终的除草工作，他有些担心行官张望没有用心执行，这才吩咐阿段和阿稽前去察看。这二人绝非单纯的跑腿之人。张望是否认真执行最后的除草工作，乃是关乎杜甫旅程的重要问题。在杜甫眼中，阿段和阿稽是能够帮助自己察看张望工作最合适的人选。如此来看，比起行官张望，杜甫似乎更加信任当地异民族的两位"婢仆"。

黄生比较了这首诗和前面的〈一五 29 信行远修水筒〉，认为"《信行修水筒》诗，极其奖赏，此诗乃云'尚恐主守疏，用心未甚戚'，则二人之贤否见矣"（卷二）。黄生比较了用人信行和行官张望，得出了贤人信行和非贤之人张望的结论，将此结论用在阿稽、阿段与张望的关系对比上也应该是妥帖的。

如此，杜甫在自己的诗题中使用了社会最下层人们的名字，在给予他们信赖的同时，直接表达了对当差者的不信任，这种诗歌的写法，在当时也是一种特例。

第六节　竖子阿段

大历二年春，杜甫搬到了瀼西的草堂中，其后购置了果园。果园仅四十亩，位于瀼西宅的后方，杜甫从别处运来土壤，在园中不仅种植了橘子，还种植了梨、梅、杏、苹果等各种水果。

是年夏天，竖子阿段从瀼西宅的果园中采摘了苹果送来。多数情况

---

① 请参考本书第 144 页注①中所提到的"妇人称阿夷、阿等之类"。

下,杜甫都卧病在床,对其而言,伶俐少年阿段采摘来的苹果,的确让人喜出望外。于是,杜甫写下了(一九02 竖子至)这首五言律诗。

> 楂梨且缀碧,
> 梅杏半传黄。
> 小子幽园至,
> 轻笼熟柰香。
> 山风犹满把,
> 野露及新尝。
> 欹枕江湖客,
> 提携日月长。

诗题中所言竖子乃指獠族少年阿段。在前面所举(一五06 示獠奴阿段)中,就曾将阿段称呼为竖子,而(一九15 秋,行官张望督促东渚耗稻向毕,清晨遣女奴阿稽竖子阿段往问)中,亦将其称呼为竖子阿段。

回到诗作上来,尾联上句所言的"欹枕"在有些版本中乃是"欲寄"①,如此一来就变成"欲寄江湖客"了。也就是说,想把这些苹果作为送给远方客人的礼物。故此,结尾的一句也就可以解读为,如果提着苹果篮子前往的话,要花费好些时间。南宋赵次公所言"竖子所摘来之熟柰,正欲寄远,而道路长阻费时日也。此其所为恨也"(《杜诗赵次公先后解辑校》戊帙卷之三),便是对上述内容的解释。

但是,此处我不想作如是的解读。竖子阿段曾经爬上老虎出没的山岗,为杜甫引来泉水,这让杜甫非常感动,这次他又从果园拿来新鲜的水果,杜甫此诗乃是感激上述行为所作。不仅如此,对于多病的杜甫而言,此诗还表达了以后生活中都非常需要竖子帮助的期望。

接下来介绍一下明末清初金圣叹的解读。他从《竖子至》这个诗题出发,对杜甫的心理做出如下的解读:

> 盖先生欹枕江河,日望人至,乃今望者不至,而至者乃一竖子。心热人闻叩门声,不觉失口遽问,及至开看,自亦一笑。此竖

---

① 之所以有"欲寄江湖客"这句,乃是依据王洙本、钱注本、《全唐诗》本、九家集注本、草堂诗笺本等。"欹枕江湖客"则是依据四部丛刊本、王状元本、四库全书本之补注杜诗本和集千家注本等。

子至"至"字之妙也。

《才子杜诗解》卷之四(张国光校点,中州古籍,1986年)

金圣叹上述如戏剧场景般的解释,实乃贴切体察了杜甫之心理,是不错的鉴诗之作。

另一方面,清代黄生则与金圣叹持有针锋相对的观点,认为一开始就是杜甫要求竖子前去果园摘果。此时其他果子还未成熟,仅有苹果熟了。此说或者与事实最相符,但是如此一来,作为诗歌,很难传达感激之情。虽然此处金圣叹的解读未必是深度理解,但《竖子至》这一题目,则表现出杜甫的某种惊喜和感动,笔者是赞同这一观点的。故此,结尾处"提携"二字,应该是描述竖子和杜甫之间的关系。虽然"提携"可以表示相互关照和帮助,但是此处杜甫所要表明的,乃是自己对阿段单方面的感激以及对彼此合作关系的呼应。

这些暂且不论,这首轻快而可爱的五言律诗乃是杜甫为自己在当地雇佣的异民族少年所作,笔者所要确认的,仅仅是杜甫在这首诗中使用了将用人名字直接作为题目的方法。

第七节 鸡笼和围栏

以上介绍的诗作,杜甫在诗中使用了用人的唤名和他们各自的名字,不仅如此,他还描写了用人们工作时候的样子和人品,表达了自己感谢和慰劳的心情,同时还表达了自己对这些用人的信赖。除了这些诗作以外,其实还有一些诗,描写的是杜甫及其家人同这些用人在日常生活中的亲密接触,抑或是农业生产时共同的劳作体验等。

从杜甫抵达夔州第一年的那个春天开始,为了养病,他开始养鸡,到夏天的时候,连同母鸡小鸡,大概已经有五十多只了。一些鸡闯入居住的房屋,搞得家中一片狼藉,故此,杜甫必须做围栏和鸡笼来圈养它们。

首先要将青竹用火烧烤以杀青,使其变得强韧。用这些竹子将鸡进出院墙的小路封死,然后在靠近院墙的东侧空地上做了高高的围栏。除此之外,还用竹子编织了鸡笼,将它们圈养起来,以此防止它们四下乱飞。除了上述措施以外，因为围栏和鸡笼编得比较粗糙，有很大的缝隙，有些鸡从中逃了出来，故此，还要特别注意这些粗糙的漏洞。杜甫把这些琐碎的工作全部交由长子宗文完成，描写上述事宜的诗作就是（一五 30 催宗文树鸡栅）。因为此诗较长，故只引用相关部分。

>自春生成者，
>随母向百翻。
>驱赶制不禁，
>喧呼山腰宅。
>踏藉盘案翻，
>终日憎赤帻。
>课奴杀青竹，
>塞蹊使之隔。
>墙东有隙地，
>可以树高栅。
>织笼曹其内，
>令人不得掷。
>稀间苦突过，
>觜距还污席。

（一五 30 催宗文树鸡栅）

虽说宗文接受了父亲交代的修建鸡栅的任务，但是完成这件事情，当然并非全凭他一人，从诗中所言"课奴杀竹青"一句便可得知。此处所言之"奴"，应该就是上文出现过的阿段、信行、伯夷、辛秀等人吧。所以，宗文究竟是否参与了修建栅栏和编织鸡笼的工作，也有人提出过怀疑。如浦起龙所言："催宗文者，非必宗文自为之，但课奴而领其事也。"（卷一之四）又杨伦有言："树栅织笼，本奴仆之责。而课督之者，则宗文也。"（卷十三）宗文在上述工作中的参与度究竟有多少，实在不是一件容易确认的事情。

接着上面的引文，下面紧接着描述了杜甫避暑归来，询问孩子们工作进展的情况。

>避热时来归，
>问儿所为迹。

我宽蝼蚁遭,

彼免狐貉厄。

应宜各长幼,

自此均勍敌。

笼栅念有修,

近身见损益。

明明领处分,

一一当剖析。

（一五 30 催宗文树鸡栅）

通过字里行间很容易想象到,面对父亲杜甫的各种要求和训话,宗文和用人们打成一片,努力完成了修建围栏和编织鸡笼的工作。

在（二〇 02 秋野五首）其五中,有一句"儿童解蛮语,不必作参军"。在与这些用人密切接触的日常生活中,想必孩子们也多多少少能够理解阿段等獠族少年所使用的语言。

除此之外,（一九 19 驱竖子摘苍耳）和（二〇 03 课小竖……）等诗均将没有名字的用人以及分配给他们怎样的工作等内容写入题目之中。这些例子均显示出杜甫夔州时期的生活是依靠这些用人维持的,他与用人们也保持着非常紧密的关系。

第八节　良民和贱民

那么,接下来列举一下以上所探讨诗歌的特征。

首先,在杜甫的诗作中直接使用了在当地雇佣的异民族用人的唤名和个人的名字。另外,出于对这些用人工作的感叹,杜甫创作了上述诗歌,以此表达自己对他们的赞赏和感激（亦有献给这些用人的诗作）。不仅如此,杜甫还对他们的性格和人品等方面予以高度认可。最后,杜甫在诗作中还描写了自己和孩子们与这些用人一同劳作,抑或吩咐给他们一些工作的情形。

从这一系列的诗作可以看出,杜甫在搬到夔州,特别是瀼西之后,日常生活中与这些用人的距离是非常亲近的。杜甫深深知道,如果没有这些当地用人的工作,自己就无法养家糊口继续生活。不仅如此,这些用人的人品、性格、能力、工作情况和是否诚实等各个方面都会对杜甫的生活造成影响,这一点也是必须注意到的。同时,笔者还注意到,杜甫在诗作中亦描写过用人力量之大小以及所具有的实力。

对于上述这些用人,迄今为止单纯使用了"用人"这一称呼,那么,这些人究竟属于社会的哪个阶层呢?

在这里我们重新来看一下杜甫诗作中对这些用人的称呼。包含第二人称在内,对阿段使用了獠奴、竖子、尔、小子、奴人(一八 16 缚鸡行)、童儿(一九 19 摘苍耳)、小竖等。对于信行,则使用了仆夫、汝、子、行等。对伯夷、辛秀、信行等则使用了隶人、僮仆、人、尔曹。对阿稽则使用了女奴,与阿段并称为婢仆。除此之外,还有如奴、童、童儿等称呼。

以上这些称呼与唐诗中指代农民的词汇农父、农夫、耕夫、耕叟、田父、田翁、田叟、田家、老圃、老农、农人、野人……完全不同。故此,很明显,他们应该属于农民阶层之外。

因为唐代采用良民和贱民的身份制,因此,所有国民被分为良民和贱民两种身份。良民包括(天子在内的)官员到农民这些阶层,而贱民则分为私贱民和官贱民两类。在良民和贱民之间存在着诸如不能通婚等非常巨大而且严格的身份差异。本论文中所提到的所有用人,实际上均属贱民。如若再将之细化分类,私贱民中又包括私奴婢、部曲、客女等,其中男性为奴或部曲,女性则称为婢或客女。官贱民则分为太常音声人、杂户、工户、乐户、官户、官奴婢等。① 那么杜甫的用人应该归属于哪一类呢?勉强进行

---

① 本来可以依据滨口重国《唐王朝的贱人制度》(东洋史研究会,1966 年)这样的专著,但是对于门外汉的笔者而言,任务繁重,此处就按照入门级别的概说水平来探讨。本论中相关内容乃是依据《中国史》二(山川出版,1996 年)第 397—400 页中金子修一执笔的部分。[补:森安孝夫著《丝绸之路与唐帝国》(讲谈社,2007 年 2 月)第五章《读奴隶买卖文书》中有明确的叙述,奴隶的本质也容易理解。]另,金子氏亦有如下说明:"部曲和客女乃是与其姓名一起刊录在主人户籍之中的,具有一部分财产权,与私人奴婢相对,应该具有上级贱民的地位。"对于旅居在此的杜甫而言,雇用部曲和客女是困难的,而临时雇用当地私人奴婢对其才是比较现实的。但是,仅依据现有材料,是不好做出如此定论的。

划分的话,当属私贱民中的私奴婢的可能性较高,但具体情形不好推断。

另一方面,亦有观点认为以上用人应该属于"官丁"阶层。王嗣奭所言"伯夷、辛秀等称为隶人,似柏公拨官丁以充使令者"(卷七)就持此种观点。"官丁"的含义虽然不太明确,从字义推断,或许是指官奴婢这样的身份。但是,笔者认为应该不是"官丁"。

杜甫的用人应该不是属于夔州刺史柏茂琳差遣来的"官"的阶层,而是与杜甫私交甚好的这些仆人。因此,杜甫才产生了如前所述的私人感情(感谢、担心和称赞等)。

还有另一种说法,认为这些仆人大都是当地的彝族人。例如:"仆人除了已经提到的阿段和信行以外,还有伯夷和辛秀,以及女仆阿稽。这几人大都属于当地彝族,主要工作就是在瀼西果园里种菜,东屯的田地则让行官张望管理。"(《杜甫年谱》,四川省文史研究馆编,四川人民出版社,1958年初版,1981年第2版,第111页)但是此处并无任何根据,只是由阿段被称为獠奴这一点推测出来的结论。

依据川本芳昭的研究①,从与汉王朝的整体关系来看,四川省的獠族,乃是五胡十六国时期大量流入四川的,随着分布范围的扩大,曾一度动摇了当地汉王朝的统治,到南朝后半叶,汉族的统治逐渐恢复。唐时期基本上以统治者的胜利为主要局面,一部分区域在五代时期还曾出现过军事紧张局面。与杜甫同时代的《通典》卷一八七《边防三·南蛮上》"獠"条目中就有如下的记载:

其与华人杂居者,亦颇从赋役。然天性暴乱,旋致扰动。每岁命随近州镇,出兵讨之,获其生口,以充贱隶,谓之为压獠焉。后有商旅往来者,亦资以为货,公卿达于人庶之家,有獠口者多矣。

---

① 《中国六朝时期人的移动以及伴随发生的内外政治社会变化》[课题号码09610367,平成9年度—11年度科学研究费补助金·基础研究(c)(2)研究成果报告书,2000年3月]。虽然总题是以六朝为中心的,但是围绕四川地区獠族的研究,是从五胡十六国南北朝开始,一直持续到隋唐五代,到宋为止进行考察的。

补:拙论发表后,川本芳昭为我提供了佐竹靖彦在《唐宋变革的地域研究》(同朋舍,1990年)第Ⅳ部《四川地域的变革》的研究成果,谨此补充说明。

> 其种类滋蔓,保据岩壑,依林走险,若履平地,性又无知,殆同禽兽,诸夷之中最难以道义招怀也。

据此处所言"公卿达人庶之家,有獠口者多矣",应该能够理解杜甫家中亦有獠族用人,又据"依林走险,若履平地",则可想象阿段和信行攀登险峻山林修理竹筒的样子。不仅如此,通过这份史料还可以得知,杜甫对獠族仆人的感情,与官方编撰者记录中"同禽兽"的态度是完全不同的。

无论如何,本论中提及的用人们应该不属于农民阶层,而是属于社会底层的民众。

那么,除了夔州时期之外,杜甫是否还有过与这一类用人的亲密接触,是否亦曾将他们描写入自己的诗作中呢?乾元二年(759)末,杜甫返回成都,从第二年春天开始,他在浣花溪附近修建草堂。[〇九 14 卜居(浣花)]以后的诗作中,杜甫写了很多诗送给各处,以桃树苗木(〇九 16 萧八明府实处觅桃栽)为代表,还有绵竹(〇九 17 从韦二明府续处觅绵竹)、桤木(〇九 18 凭何十一少府邕觅桤木栽)、松树(〇九 19 凭韦少府班觅松树子栽)及李子、梅的苗木(〇九 21 诣徐卿觅果栽)。另外,在(〇九 22 堂成)中,杜甫有些得意地描写了在桤木和竹林中建成了自己的房屋。事实上,在杜甫修建草堂的时候,是需要几位帮手的,但是在此前后的诗作当中并未出现任何用人。① 通读《杜甫诗集》全卷,除了夔州时期以外,并未发现任何有关杜甫依靠用人生活的证据。

实际上,杜甫是在抵达夔州以后,才有机会第一次和这些社会底层的民众进行近距离接触的。成都草堂时期,杜甫过得乃是隐逸式的生活,虽然当时亦与无官无位的士大夫和农民有过接触,但是他们都属于良民阶层。例如,北邻乃是曾经的县令(〇九 40 北邻),南邻乃是朱山人(〇九 41 南邻),是士大夫。此外,(一〇 10 寒食)一诗中所言田父,乃是农民。杜甫曾与喝醉的田父有过接触,还将其写进自己的诗作(一一 02 遭田父泥饮美严中丞)中。此诗乃是能够确认的杜甫与农民接触的最初的例子。这里的农民,不是由诗人创造出来的理想化的田父形象,亦非为了营造隐逸田园

---

① 在同样是成都时期的作品中,有(一〇 05 早起)一诗中所写"僮仆来城市,瓶中得酒还",此处不能认为是描写了用人们工作时的状态。

诗之氛围而虚设的舞台装置。此处的农民,应该是均田制下的农民(良民),不是贱民。成都草堂与夔州时期,两者的不同在于夔州时期杜甫接触的民众不仅包括良民,亦有贱民阶层的人们。

第九节　作为诗歌题材的用人

实际上,在为作诗和写文章所编撰的类书中,是有"用人"这一条目的。具体有如《艺文类聚·人部》中所言"奴、婢、佣保",《初学记·人部》中的"奴婢",《白孔六贴》卷二〇中的"奴婢、仆隶"(《太平广记》卷二七五"僮仆/奴婢附",《太平御览》卷五〇〇中的"人事部/佣保、奴婢")等例子。可以说,这些例子证明,奴婢和僮仆等用人被大量写入诗歌中。但是,作为本章关注的问题,也就是杜甫诗作,却与上述例子不太相符。的确,上述例子所言之奴仆既有与主人密切接触者,亦有与之保持性爱关系的,当然,也有长期作为家中一员的家奴或者家仆。但是对杜甫而言,他的用人是在当地临时雇佣的,是一种社会化的、客观的雇佣关系。

为了方便比较,特举与杜甫相近的陶渊明和李白的例子来说明一下。在陶渊明的《归去来兮辞》的第二段,描写了回到故乡的情形:

　　　　僮仆欢迎,
　　　　稚子候门。
　　　　　　　　　　(《笺注陶渊明集》卷五)

李白的《南陵别儿童入京》一诗,描写了与姐姐平阳和弟弟伯禽分别时的情形:

　　　　呼童烹鸡酌白酒,
　　　　儿女嬉笑牵人衣。
　　　　　　　　　　《分类补注李太白诗》卷十五

两首诗歌中均同时描写了自己的孩子和仆人们。实际上,夔州之前的杜甫,亦有诗作(一四 66 水阁朝霁,奉简云安严明府)曰:

　　　　呼婢取酒壶,
　　　　续儿咏文选。

此处自己的孩子和用人是作为对仗出现的。将用人和孩子作为同列进行描写，本身就已经非常特别了。但是，此处所描写的家里的用人，从主人角度来看的话，其实是如空气一般的存在，毫无疑问，他们只是侍奉主人而已，是不会参与那些建鸡窝围栏的工作的，更不用说会得到杜甫的称赞和感谢了。

另外，依据梁昭明太子《陶渊明传》，陶氏在赴任彭泽县令的时候，曾留了一位用人给家中的孩子，在给孩子的信中，他写道：

　　汝旦夕之费，自给为难，今遣此力，助汝薪水之劳，此亦人子也，可善遇之。

《笺注陶渊明集》卷十

这也表现出陶渊明人性化的一面，是具有一定意义的。但是此处也仅仅是将用人作为用人使用，告诉孩子们不能太刻薄，要对用人抱有怜悯之情，仅此而已，与杜甫对用人们的称赞和感谢是有区别的。

以上，将杜甫夔州时期咏唱用人的诗作放置在诗歌历史中考察，抑或与杜甫自身并列来看，均可看出这些诗作是颇为特别的存在。

第十节　结语

那么，对于上述事实，我们又该如何来看待呢？最后，笔者想就杜甫诗作中出现用人这一事实进行如下三方面的叙述。

首先是诗题（或诗中）中使用了用人的唤名和他们个人的名字，这表明杜甫是将用人当作独立的个体来看待的。在此之前，用人是被埋没于贱民阶层中的。也就是说，在之前，诗人眼前的用人，并非个体存在，而是被当作贱民来看待的。到夔州时期之后，在杜甫的诗作中，结合这些用人对工作的诚恳、能动性和待人接物的表现，他们已经被当作一般用人看待。不仅如此，作为个体存在的用人，亦得到杜甫对他们品质的赞赏和信赖。

与之相关，此时，另一个处于社会底层的阶层——妓女的名字也出现在诗题中，这一现象可以和上述用人的情形归结到同一类型中。齋藤茂先生在《妓女和中国文人》（东方书店，2000年）第四章第一节《描写妓女的诗歌》中有如下所言：

> 将某个妓女作为具体例子来描写的创作态度变得明显起来。比如其中就有李白的代表作《赠段七娘》，在诗题中就出现了妓女的名字。（第109页）

> 南北朝时期……仅仅将妓女作为描写的对象，虽然注重妓女的歌舞和容姿，但是忽视了她们的个性和内在精神层面。但到了唐代，妓女被作为个体进行具体描写，并且被视为能够进行精神交流的对象。（第117—118页）

齋藤氏对唐代妓女在诗歌中的变化进行了考察，与用人的情形类似，可以说，将这种观点拿来放在杜甫夔州时期的诗作中一同进行考察也是妥帖的。不仅如此，如同氏所言："唐代是人性复活的时代，如此一来，我们便可将妓女作为具备人性的存在来看待。"（第119页）那么，我们将这里的妓女换成用人，似乎也是适合的。

不过，稍微考察妓女和用人的区别，便会发现，妓女是因为有性爱这种甘美的本能介入，才被一部分诗人作为独立的个体予以承认，关于这一点，似乎没有太大的异议。但是，无论是妓女还是用人，在诗歌描写这一小小的聚焦点上，却都反映了当时社会底层抬头这一大时代的暗潮。

第二点，这些咏唱用人的连作，可以反映出杜甫万物博爱的精神。此处所言博爱之精神，为了减少其内涵之泛化、模糊，应该包含佛教所言之慈爱①、儒教所言之爱民及民本思想和东亚的生命观，是一种对待生命个体无差别的仁爱之心。通俗些讲，无论是谁，在阅读杜甫作品时，都能从不同的视角，感受到杜甫面对万物的慈爱目光。

---

① 关于佛教式的慈爱，可参考黑川洋一之说。《杜甫研究》（创文社，1977/1984年）第二章，特别是第一节《杜甫的佛教侧面》。另外，黑川氏认为，依据（一五29 信行远修水筒）开头所写"汝性不茹荤，清净仆夫内"这句，用人信行似乎应该是佛教徒，信行这个名字也暗示了其佛教徒的身份。

【补注】对杜甫的博爱精神产生过影响的人，有其父亲一边的伯母，杜甫年少时期生母去世，其伯母可以说是养育杜甫的母亲。她去世后，杜甫亲自为其撰写了墓志，当中表达了自己对其养育之恩的感激。在墓志中，杜甫曾这样描写她的人品："周给不碍于亲疏，泛爱无择于良贱。"（二五17 唐故万年县君京兆杜氏墓志）对于她这种无论亲疏和良贱，都能够平等待人的博爱态度，杜甫给予了高度赞扬。

试举一例,在描写家中饲养之鸡的诗作(一八 16 缚鸡行)中,杜甫写道:

家中厌鸡食虫蚁,
不知鸡卖还遭烹。
虫鸡于人何厚薄,
吾叱奴人解其缚。

他在诗中对被鸡吃掉的虫子和被卖掉遭人食用的鸡寄予同情。另外,在种植稻米的诗作(一九 15 秋,行官张望督促东渚耗稻向毕,清晨遣女奴阿稽竖子阿段往问)中,对水田中的杂草,杜甫同样给予关注,写道:

上天无偏颇,
蒲稗各自长。

老天爷不仅对稻米关怀有加,对田中杂草亦赋予其生长的力量。在稻米收获的时节,架设了专供脱谷的场子,杜甫还曾担心因此会摧毁蚂蚁的巢穴,他写道:

筑场怜穴蚁,
拾穗许村童。

(二〇 31 暂往白帝复还东屯)

在诗中,杜甫甚至描写了让村里穷人家的孩子们捡拾落穗的情形。不仅如此,住在瀼西草堂的时候,有一位无依无靠的寡妇邻居曾偷过杜甫家的枣子:

堂前扑枣任西邻,
无食无儿一妇人。

(二〇 23 又呈吴郎)

可以说,杜甫在这里采取了睁一只眼闭一只眼的放任态度。通过以上分析可以看出,杜甫对小动物、杂草和弱者都给予了无差别的同情。那些用人也同样沐浴在杜甫如此慈爱的目光之中。夔州时期,面对艺人、船家、农村妇女、园人等下层人民,杜甫同样以慈爱之心待之。

第三点,描写用人的诗群可以看作是杜甫夔州时期"生活诗"的组成部分。按照这样的定位,可以发现夔州时期杜甫在诗歌创作上表现出新的态度。

如果翻阅杜甫大历元年以后的诗作，任何人都会发现，当中存在大量以日常生活为题材的作品。至于这些作品之意义，则是仁者见仁、智者见智了。

在宋代的生活诗歌产生之前，杜甫的生活诗已经存在了，这一学说最近几年已经逐渐确定下来。在诸多研究成果中，吕正惠先生在《杜诗与日常生活》的论文中详细探讨了生活诗歌的定义问题①。按照吕氏的分析，杜甫之前的盛唐诗歌，大部分描写的乃是送别、寄赠，抑或描写与人欢宴、游玩于寺庙、道馆、山水名胜、别业中，除此之外，还有描写自己怀才不遇之情和山林田园趣味之作，抑或是大沙漠、大草原之中那种不寻常的景观。这些诗作，正好与生活诗形成对比。提到日常生活诗，其主要特征有三点：日常的景物、日常的人情（特殊的感情记录）和近似于白话的词语。

杜甫那些描写用人的诗作，不是记录历史大事件，而是描写发生在身边的与自己有关的事情。可以说，这些诗作是生活诗的典型。不过，杜甫并没有像私小说作家那般陷入封闭之中，亦没有仅仅停留在自我的小满足

---

① 收录在《杜诗与日常生活》（吕正惠编《唐诗论文选集》，长安出版社，1985年，第285—289页）及吕正惠著《杜甫与六朝诗人》（大安出版社，1989年，第199—213页）中。他广泛猎取杜甫的生活诗，可见者不仅限于夔州时期的生活诗，更包括了从安史之乱之前到杜甫去世为止的诗作。另一方面，黑川洋一在《杜甫夔州诗考》中论道："……杜甫将如此细碎的事情作为诗歌题材进行创作，这在先前的诗作中是不存在的。即便是杜甫本人夔州期之前的诗作，也未曾发现。这首诗在题材方面也是具有划时代的新意的。"（第494页）"……杜甫夔州时期诗歌的存在，在文学史上也是非常珍贵的。原因在于，正是这些诗作的发展，才引发了宋诗之产生。"（《日本中国学会创立五十周年纪念论文集》，汲古书院，1998年10月，第496页）黑川氏就杜甫夔州时期诗作对宋诗产生的影响做了严密的论述。

除此以外，杜甫生活诗这一提法也是近年才出现的。比如，王达津《试论杜甫夔州诗》第七节的序言中就提到"描写夔州的生活，正代表了杜甫夔州诗的主要特色"（载《草堂》1984年第2期，第22页）。在这些成果当中，陈贻焮先生《杜甫评传》上、中、下卷（上海古籍出版社，1982年，1988年，1988年）中的观点发挥了很大作用。此书从杜甫的很多诗歌中挖掘了杜甫具体的生活，在长篇的杜甫传中，对其进行了栩栩如生的描写。笔者亦从此书中获益匪浅。葛晓音先生在同书下卷的跋文中高度评价了陈贻焮的评传，认为此作将杜甫生活的气息非常具体地提炼出来，将之作为分析的侧面进行了论述。陈贻焮自己亦对此做如下的陈述："……我认为这是老杜对诗歌艺术领域在表现日常生活上的另一种开拓，是很有意义的。"（下卷，第1215页）

上,他的诗作中流淌着古典的生命之水。如下所言,可为一说:

> 凡人所不能道、不敢道、不经道,甚至不屑道者,矢口而出之,而必不道人所常道。
>
> (王嗣奭《杜诗笺选》旧序)

此乃王嗣奭之言。可以说,杜甫使用人们作为主人公登上了诗的舞台,作为结果,乃是扩充了诗歌题材,开拓了新的诗歌世界。夔州时期是杜甫创作的旺盛期,亦可谓是其追求诗律,从而促成其七律诗歌艺术完成的时期。杜甫对于诗歌创作的执着,从这些方面可以体现出来。比起"人民诗人",笔者觉得"生活诗人"这个称号更加适合夔州时期的杜甫。当然,因为杜甫的生活诗乃是宋诗的先驱,因此具有重要意义。但是笔者这里所起"生活诗人"的称号,绝非是因为这层关系。不过,如果有人将杜甫夔州时期的生活诗和宋诗之间的影响关系进行研究,应该也是不错的。

在本章中,笔者主要指出以下几点,即:在杜甫夔州时期的生活诗中,存在一系列赞赏用人的组诗,论述的重点也主要集中在这一事实上,关于这一事实所具有的意义,笔者也初步阐述了自己的观点。八世纪后半叶,在偏远之地,在这位落魄诗人身上,为何会发生这些事情?这是历史的必然还是偶然?宋代以后的诗人们又是怎样的情形?可供思考的问题还有很多,亦有很多可以深度挖掘的课题,本章暂且告一段落,以此终结。

【补充说明】

拙论发表后,曾读到鲜于煌先生《三峡少数民族"獠人"和杜甫诗歌创作之波澜》(《民族文学研究》1998年第3期,第78—84页。另《复印报刊资料/J2/中国古代、近代文学研究》1998年第11期第177—183页所收)一文。当中所论杜甫在当地与"獠人"的关系、诗人怎样看待这些獠人的问题,与拙论所述重合部分很多。关注同样的现象,想要从中推导出什么东西,如何定位,不同的方式、角度就会得出不同的结论。如能将鲜氏之高论和拙论结合起来看,实乃荣幸。

第三章

生活底层之思绪
——杜甫夔州瀼西宅

第一节 绪论

之前从未论述过的杜甫诗歌之新意,可以从形式、遣词造句、思想、内容、主题、题材等各个方面来指出。从长安到秦州、成都、夔州,最后抵达两湖一带,随着杜甫居住之地的变化,其诗作也发生了变化。以下,小论就围绕杜甫晚年夔州时期的作品,特别是其移居瀼西宅后所作诗歌,来探讨那些杜甫之前的诗人不曾使用,由杜甫独创的诗歌语言。笔者将之主要浓缩在三点之中,以此来考察这些语言成立之可能。另外,虽然此处讨论的主要是瀼西,但也包括一部分往来东屯时期的作品①。

第二节 全生、全身、全命

大历二年(767)三月,五十六岁的杜甫离开白帝城,移居到草堂河西岸的瀼西居住。之后,杜甫在瀼西创作了很多具有浓厚隐逸风格的诗作。(一九42 秋峡)一诗的前半部分如下写道(仇氏依据鹤注所引,认为是东屯之作,此处持保留意见):

---

① 虽然杜甫在瀼西居住连十个月都不到,但其诗作中却存在草屋、草堂、草亭、茅栋、茅斋、茅屋、茅宇、诛茅、白屋、编蓬、古堂、高斋、(南轩、曾轩)等各式对居所的称呼。本书所使用的是瀼西宅和瀼西草屋这样的叫法。除此之外,因稻谷收割从瀼西搬迁到更为深僻的东屯,这是旧历晚秋九月的事情,到次年正月杜甫离开夔州之前的这四个多月内,他应该是往返于瀼西—东屯—城内的。

第三部　夔州期的农业生活

> 江涛万古峡，
>
> 肺气久衰翁。
>
> 不寐防巴虎，
>
> 全生狎楚童。

从四十多岁开始，杜甫就患上了肺病。如"高秋苏肺气"（一九41 秋清）所言，在瀼西宅的时候，他的肺病也是时好时坏，反反复复。另外，三峡地区多虎，一如"虎穴连里间，提防旧风俗"（一九07 课伐木）所言那样，老虎就生活在人们身边，实际上亦曾频繁出没在村中，因此，防范老虎乃是当地非常重要的事情。虎，也频繁出现在杜甫夔州时期的诗作中。

在诗的后半部分，瀼西宅门前有红叶飘落。未扫门前红叶乃是没有人造访之明证，隐约可以感觉出瀼西宅也是一处具有隐逸氛围的居所。

> 衣裳垂素发，
>
> 门巷落丹枫。
>
> 常怪商山老，
>
> 兼存翊赞功。

最后，八十多岁的商山隐士们出山而来，此处引用了汉高祖太子赞赏商山四皓的故事，杜甫在这里叙述了自己无论是体力还是气力，都比较羸弱。也就是说，此作乃是描写杜甫在瀼西宅过着隐者一般的孤寂生活，一边养病，一边与自己当时的生活处境进行着抗争。

但是，笔者在这里所要关注的乃是前半部分中"全生狎楚童"这一句。一如下面探讨的那样，"狎楚童"乃是指作者与当地砍柴或者拾薪的孩童有过亲密的接触。"全生"这一表述除了出现在这句以外，还有另外一处使用的例子。除此之外，还有使用如"全身""全命"这样的例子。下面，笔者拟从与以上词语相关的问题出发，通过老庄的生活哲学和杜甫当时的生活处境这两个方面来探讨这一句的含义。

首先来看"全生"。虽然原意是指保存自己的天性，但是对杜甫而言，除此之外还应包括能够以立生计、确保生活和性命这些更为实际的意味。这里的"全生"，与稍后诗作（二〇03 课小竖……）其二之中所言"薄俗防人面，全身学马蹄"之"全身"是同样的意思。杜甫这里所言学"马蹄"，乃指庄子《马蹄篇》。《马蹄篇》的主要思想，是表达了施加人为因素是耗缩万物生命的原因,应该废除人为而以无为自然的方式生存,这样才能成全生命。藉此,杜甫在这两句诗中,针对当地薄情的风俗,提出应该守身而废人为,那些人面兽心之人,应该按照自然本真的方式生存。

如此,在瀼西生活的杜甫,思想上完全依赖老庄无为自然之哲学,诗人所有、所学或者所欲学的庄子《马蹄篇》中亦曾这样写道:

> 故至德之世……当是时也……万物群生,连属其乡。禽兽成群,草木遂长……
>
> 夫至德之世,同与禽兽居,族与万物并,恶乎知君子小人哉!

在实现了无为自然的理想世界中,万物没有差别,与禽兽一同居住,人亦无君子和小人的差别。表达同样思想内容的还有《盗跖篇》:

> 神农之世,卧则居居,起则于于。民知其母,不知其父,与麋鹿共处,耕而食,织而衣,无有相害之心,此至德之隆也。

在神农的至德时代,民无欲,衣食自给自足,互不相害,与麋鹿这样的动物毫无差别地共同生活在一起。

除此之外,在是年春天所作(一八50 暮春题瀼西新赁草屋)一诗中,杜甫亦使用了"全生"这一表述。

> 养拙干戈际,
> 全生麋鹿群。

与麋鹿一同成群生活,这样的表述在是年晚秋之作(二〇13 晓望)中亦有出现:

> 荆扉对麋鹿,
> 应共尔为群。

在唐诗中,同麋鹿一起成群而居的表述,乃是隐逸、无官无位状态的代名词。这一点暂且不论,上句所言"全生麋鹿群"——也就是与麋鹿一般的禽兽群居,以此保全生命,这是杜甫学习前面所言《马蹄篇》《盗跖篇》的结果。在瀼西,杜甫还有描写与鸡一起居住的诗作(二〇05 向夕):

> 鹤下云汀近,
> 鸡栖草屋同。

这里的描写亦可以视为与禽兽一起群居的状态。但是,因为与鸡一同居住这种表述非常少,整体上呈现出一种自嘲的格调。

除此之外,"全生""全身"与"全命"是相同的。(二〇 65 写怀二首)其一诗云:

> 全命甘留滞,
>
> 忘情任荣辱。

这一时期,杜甫归乡的愿望没有实现,返京复官的希望也渺茫,在如此偏僻之地贫病交加,颇为零落,整个人被绝望和焦躁笼罩着。在自己儿子生日那天,杜甫写下了训诫他的诗句"熟精文选理"(一七 18 宗武生日)。"任荣辱"这一表述,杜甫应该是想到《文选》中嵇康的句子而创作的。

> 又读《庄》《老》,重增其放。故使荣进之心日颓,任实之情转笃。
>
> 《文选》卷四三《与山巨源绝交书》

以老庄无为自然的境界来看待自己如今的处境,将之视为命运并坦然接受,如此一来,便可忘却个人的好恶和喜怒哀乐之情,荣辱之差别亦消失了。杜甫在此诗中或许也是这么想的。

按照上面的分析和探讨,杜甫在瀼西所作"全生狎楚童"(一九 42)、"全身学马蹄"(二〇 03)、"全生麋鹿群"(一八 50)、"全命甘留滞"(二〇 65)等诗句所表现出的内容,乃是他学习《庄子》生活哲学的结果。依据无为自然的理念,能够接受现实,与小人禽兽和谐共处①以养我身,从而确保心态之平和,这是一种生存的方式。在中国,那些准备享受隐逸生活的士大夫,老庄思想中的无为自然、万物齐同、命运随顺是很好的精神依据,所以不是什么值得大书特书的事情。但是,对杜甫而言,却具备了与《马蹄篇》和《盗跖篇》颇为接近的生活实际。能够与缺乏善意的一部分当地人相好,能够与老虎、麋鹿、鸡等禽兽共同生活,抑或杜甫也感受到了这样的生

---

① 关于成都时期(〇九 30 江村)一诗,可参考加藤国安的观点,他认为此处"相亲相近水中鸥"之句,乃是"人和禽兽的界限消失了,所谓'相狎相近',神话乐园的画面瞬间便产生了"。另一方面,夔州时期,为了超越毫无喜悦之情的现实底层生活,作为杜甫精神依托的乃是《庄子·马蹄篇》和《盗跖篇》。或者可以认为,杜甫当时身处艰辛之中,亦有客观化和自嘲化的意味,这也想必是其现实解脱的方法。加藤氏的论文题目为《杜甫"物我合一"意境及其在诗歌中的表现——以成都时期〈江村〉诗为中心》[《爱媛大学教育学部纪要》第Ⅱ部(人文·社会科学)第二十五卷第一号,1992 年 9 月,第 1—12 页]。

活,对其而言,瀼西的生活的确就是那样。例如,在瀼西草屋所作《夏天》的诗序中,杜甫这样写道:

  为与虎近,混沦乎无良。宾客忧害马之徒,苟活为幸。

  自己的居住环境,受到老虎和无良之徒的侵害,即便如此,尚可小心翼翼地苟活着,杜甫不仅接受了这样的状态,而且感到了某种幸运。在这一点上,杜甫与那些仅仅口头表达隐逸愿望的诗人是不相同的。

  杜甫出于生活实际之需要,与那些当地之人接触,这也是他的生活状态。以下就此比较具体地进行论述。

第三节 狎楚童

  回到最开头讨论的诗作上来,"全生狎楚童"这一句中的"全生"在上面已经讨论过了,此处的"狎楚童"是不太好理解,仇注本引杨德周注曰"狎楚童谓樵采也"或许能提供线索。樵采是砍柴、拾薪之意。如此一来,这里的"楚童"应该是杜甫借用的词语,乃是楚之"樵童"之意。一般很少用"樵童",多称"樵夫"。但无论是"樵夫"还是"樵童",杜甫都使用过。因为杜甫曾经将夔州称作楚,因此,这里的"楚童"便可以理解为当地以砍柴为生的少年。当然,除了砍柴,少年们还从事一些其他的营生。在唐诗中,除了"樵童",还有诸如"渔童""渔儿""牧童""牧竖"等词语,均是用以称呼劳作的少年。

  砍柴、拾薪不仅是自家用,还可以卖掉以获得现金收入。不仅如此,还可以冲抵赋税。当然,从事如此生计的绝不仅仅是少年们。在夔州,因为男子都出去打仗了,因此,有很多已经过了花样年华的女性不能完婚。除此之外,当地还有一些比较特别的风俗(可能是少数民族),那就是男人居家而女子要外出砍柴,从事体力劳动,连盐井这样危险的工作都得完成。杜甫不禁对这些夔州妇女产生了同情,关于这一点,在其诗作(一五 17 负薪行)中便有如下的描写:

  夔州处女发半华,
  四十五十无夫家。

> 更遭丧乱嫁不售,
> 一生抱恨堪咨嗟。
> 土风坐男使女立,
> 应当门户女出入。
> 十犹八九负薪归,
> 卖薪得钱应供给。
> ……
> 筋力登危集市门,
> 死生射利兼盐井。

如若是单纯拾薪,女孩子也可以完成,但是说到砍柴,是需要挥动斧头斩断树枝的,这样的工作即使成年的女性也不能完成。一如诗中所言"筋力登危",在夔州这种山势险峻之地,一会儿是陡峭的斜坡,一会儿又需将枝条拉近以便使用斧子砍斫。(一四 11 遣闷奉呈严公二十韵)这首诗作于成都时期,诗中就描写了游手好闲的砍柴少年正用斧子砍伐杜甫草堂非常重要的灌木院墙。

> 藩篱生野径,
> 斤斧任樵童。

另外,所谓的"集市门",乃是将捡拾的薪柴挑到集市上去卖,城里的居民会买。在杜甫送别下荆州的朋友之作(一八 33 送王十六判官)中,就有"(君)买薪犹白帝"的描写。藉此,杜甫的诗歌为我们传递出这样的信息:当时的夔州,既有砍柴人,又有卖柴人,还有买柴人①。

杜甫在瀼西居住的时候,有樵童挑着柴火到其家中买卖。可以想象,杜甫很有可能从这些樵童手中买过柴火。"全生狎楚童"这句诗中所言,应

---

① 从事这类营生的人大都记录在《太平广记》中,从这一点可以推出是唐代之事,集中在这一阶段搜寻释例的话,主要有以下一些:"唐豫章民有熊慎者,其父以贩鱼为业。……后鬻薪于石头,穷苦至甚。"(卷一一八,《报应录》)"唐天祐初,有李甲,本常山人。逢岁饥馑,从家邢台西南山谷中,樵采鬻薪,以给朝夕。"(卷一五八,《刘氏耳目记》)"侯元者……山村之樵夫也……唯以鬻薪为事。唐乾符己亥岁,于县西北山中伐薪……"(卷二八七,《三水小牍》)"安陆人姓毛……尝游齐安,遂至豫章,恒弄蛇于市,以乞丐为事。……有卖薪者,自鄱阳来,宿黄倍山下。……乃至豫章观步门卖薪将尽……"(卷四五九,徐铉《稽神录》)。

该就是指这种为了生活与卖柴火的樵童近距离的接触。不仅如此,在这些樵童中亦有毫无信用的泼皮无赖,一如其在(一八 51 寄从孙崇简)中所写"牧竖樵童亦无赖"。原本与"狎楚童"相互对仗的是"防巴虎",也就是说,楚童之存在,这里是和巴虎放在对立面上予以看待的。对于杜甫而言,为了在这里生活下去,习惯与这些泼皮无赖相处也是有必要的。

对杜甫而言,需要"狎"的不仅有樵童。除了樵之外,亦需要同从事渔、牧的下层社会之人亲近接触,杜甫熟知渔樵、樵牧这样的词语(亦有在诗作中使用)。当然,这些人一来不是士大夫阶层,当然也不能归入律令制下良民之中的均田农民。农民是被束缚在土地上的,而这些人连土地都不拥有。从士族阶层的角度来看,他们不被土地束缚,拥有自由,因此连赋税的负担都没有。当然,农民当中也有从事渔、牧、樵等副业的情况,但不属于此处考察的问题,与之也有区别。诚如第三节中所述那样,夔州一带生活着有不少非汉族人,渔民中有很多都是獠族人①。以上事实从杜甫以下的诗作中就能看出,这也是夔州时期的作品。

夷歌负樵客 (一五 36 雨二首)其二
夷歌几处起渔樵 (一八 12 阁夜)
蛮歌犯星起 (二〇 49 夜二首)其一

此处的蛮歌和夷歌是同一含义,指当地少数民族獠族的山歌(民歌)。通过以上诗句,可以看出这些獠人乃是渔樵之民。

对于獠族用人阿段,在前面所举的例子中杜甫就曾有过"提携日月长"(一九 02 竖子至)这样的描写,表达了想要与之相"提携"的愿望。这里并不是"狎"。但是,杜甫所遇,绝非全是这些善良的獠人。能与阿段这样的用人保持如此亲密的关系,也颇为难得。在与这些獠人接触的过程中,杜甫亦曾有过如下的敷衍态度:

异俗吁可怪,
斯人难并居。
(二〇 51 戏作俳谐体遣闷二首)其一

---

① 关于獠,曾在本章第三节论述过。除此之外,另可参考祁和晖、谭继和先生所写《杜甫夔州诗中的巴蜀民族问题》(载《草堂》1984 年第 2 期。收于《巴蜀文化辨思集》,四川人民出版社,2004 年,第 225—249 页)。

按理说，杜甫这样的官位之身，在生活上本无须与这些阶层和少数民族杂居相处的，但是，如今在瀼西，杜甫却不得不过这样的生活，而且他还意识到自己当时的窘境，面对如此境况的变化，杜甫感叹不已。应该说，这份感叹不是悲叹，是咏叹。因此，面对这样的事实，杜甫多次将之描写在自己的诗作中。同时期的(二〇 06 天池)一诗中就如下描写了自己当时的状态：

九秋惊雁序，

万里狎渔翁。

这之后，杜甫对自己今后的人生或许已经有了某种预感，在即将离开夔州的诗作(二一 27 将别巫峡，赠南卿兄瀼西果园四十亩)中，杜甫如是写道：

残生逗江汉，

何处狎樵渔。

另外，在下夔州达江陵的诗作(二一 58 秋日荆南送石首薛明府辞满告别……三十韵)中，杜甫将自己的人生概括为：

十年婴药饵，

万里狎樵渔。

"狎樵渔"这样的表述，包含了樵童、渔翁、钓翁、钓童，在唐诗中时有使用。这当中，约有三分之一的例子是杜甫所咏，可以说，这也是杜诗的一个特征①。

举其他人一二例来看，如杜甫身边好友高适的《自淇涉黄河途中作十三首》其十一的诗作：

临水狎渔樵，

望山怀隐沦。

(《高常侍集》卷二)

中唐刘禹锡在《览董评事思归之什因以诗赠》中亦写过：

几年油幕佐征东，

---

① 关于杜甫所用"渔翁"这一诗语的特征，可参看安藤信广所论"渔翁、渔父"的相关内容(松本肇、后藤秋正编《诗语的意象/读唐诗》，东方书店，2000 年，第 303—323 页)。

却泛沧浪狎钓童。

(《刘梦得文集》卷四)

但是,这些诗人仅仅是将隐逸生活以比喻的方式进行描写,抑或是表达单纯的愿望,或者是因袭过去的用法,与之不同,杜甫有实际的生活体验。与其他诗人的隐逸诗和田园诗相比,杜诗能拔得头筹,原因就在于杜甫曾与底层人民有过实际接触,一起生活过,他的诗作是扎根在实际生活土壤中的。杜诗之所以不会让人产生空虚之感,原因或许就在这里。

第四节 听闻赋敛归来之声

大历二年秋,杜甫在(二〇 49 夜二首)诗中描写了从黄昏到拂晓,在浅睡中听见各种声响,表达了自己远离京城身在偏地的落魄心境。其一写道:

> 号山无定鹿,
> 落树有惊蝉。
> ……
> 蛮歌犯星起,
> 空觉在天边。

(王洙本作"重觉",仇注本等作"空觉")

杜甫所闻,有鹿之鸣叫、蝉落之声和当地少数民族的山歌。在其二中,杜甫写道:

> 城郭悲笳暮,
> 村墟过翼稀。
> 甲兵年数久,
> 赋敛夜深归。

(二〇 49 夜二首)其二

此处所闻,乃是交完赋税深夜归家的农民发出的嘈杂之声。如其一所言,在听闻当地少数民族的山歌后,顿觉自己身在天边。而在其二中,杜甫却听到了归宅农民发出的声响,由此可见,杜甫的居所距离农民是很近的。

依据(二〇 23 又呈吴郎)一诗,西邻所居,乃是一位没有院墙、生活困窘的妇人。

> 堂前扑枣任西邻,
> 　　　　　　　(王洙本作"甚",仇本作"任")
> 无食无儿一妇人。
> ……
> 已诉征求贫到骨,
> ……

通过诗中无男儿、被赋税折磨到敲骨吸髓的地步等描写来看,这位妇女应该是平民寡妇(或许是农妇)。另外,在(一九 39 秋日夔府咏怀……)一诗中,杜甫云"俗异邻鲛室",也就是说,邻居乃是渔民①。另外,同年秋,在另一首(一九 20 甘林)中,杜甫写自己从城里回到瀼西宅,在宅中过了一夜,次日:

> 明朝步邻里,
> 长老可以依。
> ……
> 相携行豆田
> ……

此处乃是与同村的长老携手前去察看豆田的情形。晚秋时节,杜甫曾临时从瀼西搬到东屯居住,在迁居之地东屯,杜甫更是与农民比邻而居。(二〇 30 从驿次草堂复至东屯二首)其二中就写道:

> 牧童斯在眼,
> 田父实为邻。

如此,在瀼西,杜甫乃是与非汉族杂居在一起,与农民亦近在咫尺。这

---

① 在(〇六 41 阌乡姜七少府设脍,戏赠长歌)中,有"饔人受鱼鲛人手"一句,这里杜甫乃是将鲛人作为渔夫之意来使用的。因此,这里的"鲛室"就应该解释为渔夫的家。而写作"俗异邻鲛室"的则仅有仇注本,宋本系均作"儿去看鱼筍"。仇注本想必是援引王洙本系中"一云'俗异邻鲛室'"这一说法。究其理由,乃是因为本段主要讲居室,故此不该有捕鱼入筍的情况,据说这句沿袭了左思《吴都赋》中鲛人在泉室内织绡这一说法(《文选》卷五"泉室潜织而卷绡")。此处虽引仇注,宋本系才是正确的。与本章主旨无关。

也与前两节所述成都草堂时期不同。在其"赋敛"之句中,如若杜甫是当地的地方官,那么他的居所应该位于衙门所在的城内,如此便只能听到农民们交完赋税归去的声响。但是此处正相反,农民们乃是返回杜甫居所附近,因此他才听到了大家赶路归来的声响。当然,此处也仅仅是将其听闻这一事实写入诗中而已。如果是一般的诗人,或许也会如此。

"赋敛"乃是先秦文献中就已惯用的表述。虽然如此,在韵文中还是稍显生硬。从现存韵文来看,杜甫之前应该无人在诗文中使用过。在《全唐诗》中共存十三例,最早使用的便是杜甫,占了十三例当中的四例,其余乃是韦应物、白居易、李涉、薛能、李频、杜荀鹤等人。使用这类词语者,大抵都是具有一定社会地位的诗人。(一五 08 上白帝城二首)其一作于大历元年,是杜甫抵达夔州不久后的作品,当中写道:

　　兵戈犹拥蜀,

　　赋敛强输秦。

(一六 03 夔府书怀四十韵)乃是大历元年秋之作品,第四段写道:

　　恐乖均赋敛,

　　不似问疮痍。

　　万里烦供给,

　　孤城最怨思。

(一九 20 甘林)是杜甫大历二年秋瀼西宅之作,诗曰:

　　时危赋敛数,

　　脱粟为尔挥。

以上几个例子均是站在农民苦于赋敛的立场来使用的。

大约五十年后,白居易四十八岁,亦来到三峡忠州。永泰元年,杜甫曾在忠州逗留。在忠州,杜甫受到了冷遇,他曾留诗"莫觅主人恩"(一四 48 题忠州龙兴寺所居院壁)。而白居易当时则是忠州之长,写下了《征秋税毕,题郡南亭》(《白居易笺校》卷十一)的诗作。作为一州之长,完成了最为重要的税收任务,白居易心中的石头总算落地了。

　　安可施政教,

　　尚不通语言。

　　且喜赋敛毕,

> 幸闻闾井安。
>
> 岂伊循良化，
>
> 赖此丰登年。

按照白居易之言，治下忠州民众可谓安泰。但是，这样的认识仅仅是为政者的感觉，底层的农民感受如何却不得而知。总之，他就不再过问，且认为民众都很安泰。此处白居易虽然使用了丰年这样的表述，但只是一种谦虚，对于善良的地方官白居易而言，或许也有自己的苦衷。被发配到如此荒蛮之地，言语不通，究竟如何感化当地的百姓，白氏也束手无策。

在这一点上，杜甫与白居易不同。他与农民比邻而居，如前所述，为了生活，必须与樵之少年接触，一如"儿童解蛮语"（二〇 02 秋野五首）这句诗所言，他的两个孩子甚至也学会了当地少数民族的语言。杜甫与白居易不同，与其说是思想不同，不如说是立场不同。

杜甫是想要取消赋敛制度的，但身为父母官，却必须去完成收取赋税的任务。国家赋予农民土地，以此使其安心，农民便要承担相应的赋税。所谓由官员来管理，这在当时也应该是毫无疑问的根本原则。为了能够让制度稳定地发挥作用，国家就必须营造和谐的社会环境，官员是不能够横征暴敛压榨百姓的，事情非常简单。但是，国家战乱不绝，因此只能将赋税的重担压在农民身上，更有甚者，官吏为了中饱私囊，便很容易将更为沉重的负担附加在农民身上。杜甫站在农民的角度，以一种低调的姿态审视着非常态的社会①。

回到（二〇 49 夜二首）组诗上来，杜甫在浅睡中听到各种声响，认为这是深夜从衙门归来的农民们发出的动静。不仅如此，他还特意将之与自己人生的悲哀联系到一起，写进自己的诗作中，这才是杜甫之所以为杜甫的地方，之所以能够如此，主要是因为他与农为邻。这也是当时一般士族阶

---

① 大历元年，柏茂琳出任夔州刺史。杜甫曾替其作表以呈天子。在（二五 02 为夔府柏都督谢上表）中，杜甫曾写道："伏扬陛下之圣德，爱惜陛下之百姓，先之以简易，闲之以乐业，均之以赋敛，终之以敦劝，然后毕禁将士之暴，弘洽主客之宜，示以刑典难犯之科，宽以困穷计无所出。哀今之人，庶古之道，内救茕独，外攘师寇。"这段话其实也表达了相同的见地。另外，赋役公正这一主张，本身就是政府公认之义，不少人也曾主张过，故此，就连"均赋"这样的词也成了熟语。

层诗人所不具备的一个特点。

第五节 捣衣之风景

下面所举诗作(二○ 15 暝),创作于大历二年秋天,是杜甫瀼西草屋时期的作品。仇注认为此是东屯之作,此处笔者不遵从其观点,具体细节不再赘言。在诗的前半部分,天色黄昏,牛羊鸟雀纷纷归巢,藉此引出了作者也在赶路回家这一场面。

　　日下四山阴,
　　山庭岚气侵。
　　牛羊归径险,
　　鸟雀聚枝深。

作为诗歌的套话,在描写归家赶路的时候,一般会引用《诗经·国风·王风》中"日之夕矣,羊牛下来"这句,比如在杜甫夔州时期的诗作(二○ 04 返照)中就写道"牛羊识僮仆,既夕应传呼",又有(二○ 14 日暮)中"牛羊下来久,各已闭柴门"等很多描写,或许这些均是当时的实际情形。后半部分,杜甫将视线转移到房中:

　　正枕当星剑,
　　收书动玉琴。
　　半扉开烛影,
　　欲掩见清砧。

整理枕头的时候手碰到了剑,收拾书册的时候手又碰上了琴。这些都是黑暗中可能发生的日常情景。明代王嗣奭曰:"亦常事也,但人道不及耳。"(曹树铭《杜臆增校》卷九)通过这些描写,亦能看出杜甫之风格。他选取了生活细节中有趣的动作,来表现如秋天落日一般突然袭来的黑暗,颇有意味。但是,笔者此处要关注的,是其中"清砧"一句。诗中这样描写:过了一会儿,门半开着,从中漏出了灯光。为了关门而起身,这时看到了砧板。王嗣奭认为这句不同寻常之处在于"清砧不曰闻,而曰见,亦妙"(同上),也就是说,此处不是"闻"打砧的声音,而是"见"之。①

男耕女织是中国传统农民的劳作方式。将布和衣服放置在石台(砧)上用木槌敲打,从而使布匹和衣服变柔软,这就是打砧,这是一件基本上由女性完成的工作。打砧的时候需要手拿沉重木槌,连续敲击数小时之久,是件很辛苦的差事。但是,这件由女性完成的工作在中国古典诗歌中却由男性歌咏,成为诱发他们诗情的一种诗之材料。女性的行为由男性来歌咏,这是一种扭曲的现象,事情的本质被隐藏,贯穿其中的是单方面的描写。中国古典诗歌的作者,其中有九成是读书人阶层的男性,因此,这种奇怪的现象其实在所难免。打砧这种劳动不管是在怎样的作品中,均被描写为只有在室外才能看到的光景,男性诗人无法与劳动妇女有任何内在的联系。

从女性的角度来看,打砧是件辛苦的工作,但是从诗人的角度来看,却是用来听闻的。因此,古代咏唱了很多如"听砧""闻砧"和"听捣衣"题材的作品。从读书人阶层的角度来看,打砧这样的工作应该是属于自身生活圈之外的下层阶级的一种存在。作为在富裕阶层中成长起来的诗人们,是无法看到打砧场面的,或许有很多诗人连砧板都没有触碰过。听砧多在夜晚,因此就有"暮砧""夜砧"这样的诗语。白天能够听到的,应该是女人们在从事织布的工作,抑或是白天和丈夫一同下地劳作,只有夜间才有时间进行打砧的工作。

作为传统的诗语,"砧"的意象往往被固定在冬天即将来临的深秋之夜,妇人们为旅途和边塞的丈夫预备冬衣。咏砧的诗很多,这里举被作为典型的李白之作《子夜吴歌》其三为例:

> 长安一片月,
> 万户捣衣声。
> 秋风吹不尽,
> 总是玉关情。

---

① 因为"见"包含有"听到"的意思,故此也有解释为"听清砧"的。例如黄生就曾引用洪方舟之说"见即闻也。砧以声著,不可言见"(《杜诗说》卷五)。此处,洪方舟应该是受"闻砧"这一固定观念之影响,没有解读出杜甫在此处所言"见砧"这一崭新表述的意图。

> 何日平胡虏,
>
> 良人罢远征。
>
> 《分类补注李太白诗》卷六

在这里,已经定型化的打砧意象,经由一流诗人李白之手,被完美浓缩在诗作之中。

杜甫有关"砧"的诗歌共有七首,四十八岁在秦州所作(〇七 35 捣衣砧)一诗中,就很明显地描写了自古以来打砧的意象。

> 亦知戍不返,
>
> 秋至拭清砧。
>
> 已近苦寒月,
>
> 况经长别心。
>
> 宁辞捣熨倦,
>
> 一寄塞垣深。
>
> 用尽闺中力,
>
> 君听空外音。

诗中描写为了守卫国境,丈夫今年冬天也不能归来,妻子思念着自己的丈夫,一个劲儿捶打着砧板,为其准备冬衣。杜甫这首诗亦可归到由男性诗人站在女性立场上创作的闺怨诗范畴中,而且这里也继承了传统诗题中听砧的意象。在第二句中,杜甫使用了"清砧"这一表述,动词"拭"的使用,使描写更为女性化,而且更具体。在第五、七句中,打砧被描写为一种十分辛苦的劳动,羸弱的女子已经用尽了力气,杜甫在诗中紧紧抓住了打砧作为一种体力劳动的本质。为何有如此多的女性在独守闺房,杜甫在听到砧声的时候,应该深刻体会到了这一现象背后的政治和社会背景。

再回到(二〇 15 暝)这首诗上来。关于末句中的"见清砧",南宋赵次公有言曰"末句,扉欲掩见清砧,则欲更掩其半扉之时,见己家之清砧"(《杜诗赵次公先后解辑校》戊帙卷八),依照明末王嗣奭所言,"此砧盖在家者"(同上),应该是指杜甫居所内的砧板。杜甫这句诗的成功之处,并非是使用了"见清砧"这一表述,而是因为"见"这个动作。不仅如此,这里的"清砧"就是杜甫实际生活中的事物,他是直接将之拿来写入诗作之中。

为何在杜甫之前,自古以来都是"听砧",而到了他这里却使用了"见砧"这样新颖的表述呢？对普通的读书人而言，在其生活范围内应该很少存在砧这种女性劳动用具。但是对杜甫而言，这样极具乡土气息的工具，却是他瀼西草屋周围就存在的。杜甫在瀼西就过着这样的生活，这也是他将身边生产工具写入自己诗作中最根本的原因。在杜甫眼中，"砧"这个工具所形成的固定观念已经得到解放。瀼西的生活方式，改变了杜甫的诗歌。瀼西时期的杜甫曾多次听到过砧声：

  天清小城捣练急 （一七 21 秋风二首）其二
  白帝城高急暮砧 （一七 23 秋兴八首）其一
  砧响家家发，樵声个个同。 （二〇 02 秋野五首）其四

对当地女性课税、劳动的辛劳，杜甫都寄托了自己的关怀。

第六节　结语

  以上，笔者紧紧围绕"狎楚童""赋敛归来的声响""见砧"这三个说法，指出这些表述是杜甫自己独创的新颖表述。他以事实为基础，原本原地进行描写，这些表述是对前人并未意识到的事项进行描写，作为结论，可以认为这些表述是杜甫诗歌的一个创新之处。

  杜甫之所以能够使用如此新颖的表述，一般认为乃是因为其诗人之特质、出身、成长、经历等，当然还包括思想、诗学等方面的影响。但是，笔者在这里分析所得，原因之一，乃是杜甫在瀼西与底层民众有过生活、居住等方面的深入交流，这也是根本原因。不仅如此，杜甫当时在夔州所过的生活，对于大历初期多数士族阶层的诗人而言，是未曾体验过的。

  存在决定意识，虽然是惯用的说法，但是如果援用这些说法，便能证明杜甫的生活方式改变了他诗歌的形式。

第四部

夔州期的农事

第一章

杜甫的橘子诗与橘园经营

第一节　绪论

在思考唐代农业诗的时候,杜甫的存在格外重要。可以说,唐代三百年中,通过一定的农业实践从而进行农业诗创作,杜甫乃是第一人。不仅如此,在对上述农业活动发生地点、年代、规模进行具体把握的时候,某种程度上,即便将陶渊明算在内,杜甫也应该是中国最早的农业诗人。

杜甫的农业生产经历,主要包括成都浣花草堂和夔州瀼西(东屯)草堂这两个时期。成都时期是在自家的菜园中从事蔬菜种植,而夔州时期除了种菜,还种植杂粮、根菜类作物,并且还栽培果树,除此之外,虽然不满一年,但杜甫还从事过水田经营、橘园经营等很多农业生产。本章特以橘子经营为例来探讨。

虽然这里使用了经营这个词语,对杜甫而言,未免有点儿太过夸大。何出此言?因为杜甫晚春时节才将果园(橘园)整体购入,收获工作结束后的第二年春天便早早将之转让给了别人。只收获了一季,所以不足以称其为经营。但是,除了收获工作之外,杜甫还从事过诸如除草、施肥、培土、除虫、防寒(甚至还采取了防盗措施)等若干必要的农事,在此期间杜甫对橘子种植表现出的关心比较突出,故此这里将橘子经营作为例子来探讨杜甫的农业经营行为也是妥帖的。

虽然如此,杜甫并非是将具体的农业生产写入诗歌当中。在杜甫与橘子相关的诗中,橘子是如何出现、如何被描写的?以下按照年代顺序进行回顾,在这里先予以说明。

第二节　按照年代划分的橘子诗

首先将杜甫言及橘子之诗,按照年代顺序罗列如下:
一、成都之前
(〇四 06 自京赴奉先县咏怀五百字)
(〇八 18 寄彭州高三十五适、虢州岑二十七长史参三十韵)
二、成都草堂时期(包含梓州、阆州时期)
(〇九 64 遣意二首)其一
(一〇 47 病橘)
(一二 16 甘园)
[一二 46 章梓州橘亭饯成都窦少尹(得凉字)]
(一二 59 放船 送客)
(一三 32 将赴成都草堂途中有作先寄严郑公五首)其三
三、离开成都草堂至夔州时期之前(包含忠州、云安时期)
(一四 47 禹庙)
四、夔州时期
1. 入夔州至西阁、赤甲
(一五 27 夔州歌十绝句)其四

2. 瀼西(包含东屯)
(1)春至夏
(一八 50 暮春题瀼西新赁草屋五首)其二
(2)秋
(一九 16 阻雨不得归瀼西甘林)
(二〇 40 即事)
(一九 24 树间)
(一九 25 白露)
(二〇 12 十七夜对月)
(一九 20 甘林)

（一九 39 秋日夔府咏怀奉寄郑监李宾客一百韵）第六段

（一九 44 峡隘）

（二〇 38 寒雨朝行视园树）

（二〇 36 季秋江村）

（二〇 30 从驿次草堂复至东屯二首）其一

(3) 冬至次年正月

（二〇 46 孟冬）

（二一 27 将别巫峡,赠南卿兄瀼西果园四十亩）

五、夔州之后

（二一 58 秋日荆南送石首薛明府辞满告别,奉寄薛尚书颂德叙怀,斐然之作,三十韵）

上面按照时间顺序将诗题予以罗列,据此可知,杜甫的橘子诗主要集中在夔州时期,特别是他搬到瀼西之后的当年秋天。因为是年杜甫在瀼西购买了果园,并且从事了橘园的管理和收获等重要工作。橘子自古以来就是巴蜀之地具有代表性的商品作物,自杜甫入成都以来,所到之处,应该都能看到橘子。虽然如此,这些水果却不常出现在杜甫诗中,直至迁居瀼西,橘子诗才突然多了起来,离开瀼西后又忽然消失了。当然,杜甫离开夔州后的晚年时光,是在湖北、湖南一带漂泊度过的,一共三年。两湖一带亦是著名的柑橘产地,但杜甫诗中却未曾描写过。从这一点来看,瀼西的橘园经营给予杜甫诗歌的影响是巨大的。

第三节　成都时期的橘子诗作

在夔州之前,杜甫诗歌中出现的橘子,大抵都是美食,或者被以四川风物诗的方式进行描写。从农业诗的角度来看,当中有一首特别值得注意。此诗作于上元二年(761)春,杜甫五十岁那年,诗为（〇九 64 遣意二首）其一。当中写道:

> 衰年催酿黍,
> 细雨更移橙。

杜甫乃是在蒙蒙春雨之中移植橙子。①

事实上,两年前的年末时分,杜甫便携带家眷,舟车劳顿,从秦州进入四川,落脚成都,次年春天便开始营建草堂。作为建设草堂的一个环节,要在草堂周围种植各式树木。因为当地乃是桃木产地,杜甫首先便从县令萧实那里讨得桃木百株种植(〇九 16 萧八明府实处觅桃栽)。其次,还曾向

---

① 关于橙子,在《柑橘总论》(岩堀修,门屋一臣编,养贤堂发行,1999 年)中写道:"二世纪编撰的《说文解字》和《尔雅》郭注中就出现了有关橙的词语,不过均言柚子比橙子酸。橙后来指甜橙,当时则明显是指橙子。……橙原产印度。大概是公元前二世纪左右从西边的国家引入中国。"(第 9 页)如此一来,在现代汉语中这个名称主要是指酸橙、甜橙等水果。但是,杜甫在这里所言的橙子,或许应该是《柑橘总论》中所言、后来被称为甜橙的水果。当时在日本称为甘橙,也就是现代汉语中称为甜橙、广柑、黄果、广橘的水果。在拙论中暂且使用甘橙。关于这些内容,还参考了以下书籍:《中国高等植物图鉴》补编一至二册(中国科学院植物研究所主编,科学出版社,1995 年)、《中国花经》(陈俊愉、程绪珂主编,上海文化出版社,1990 年)、《日本中国植物名比较对照辞典》(增渊法之,东方书店,1988 年)、《中日植物名称对照表》(增订版)(伊东知惠子编,中文同好会发行,内山书店发售,2000 年)。

除了这些橙类以外,杜甫亦将柑橘类加以区别使用。柑类使用了甘、甘树、甘子、黄甘、三寸黄甘等,而橘类则使用了朱橘、橘柚、丹橘等。关于橘园,虽然没有使用橘园、橘林等词语,却使用了甘园(柑园)、甘林、千甘、园甘等说法。在本章中,笔者总括将之称为橘子。

关于柑橘,《柑橘总论》中就曾言:"因此,柑橘种类众多。东汉恒帝(147—168)的时候,崔寔所著书中就出现了黄柑这一名称。这里的黄柑指的是甜橘。如前所述,湖南省在两千二百年前的坟墓中发掘出甜橘的种子。本种是从云南传到四川的,顺着长江又传到湖南、湖北,这是相当久远之前的事情了。"(第 9—10 页)因此,可以认为杜甫所言柑橘乃是甜橘。

关于橘和柑的区别,依据《广群芳谱》卷六十五中柑的记载,柑"树似橘,少刺,实亦似橘而圆大。霜后始熟,味甘甜。皮色生青熟黄,比橘稍厚,理稍粗……橘实可以久留,柑实易腐败。柑树畏冰雪,橘树略可耐。此柑橘之异也"。

关于橘,同样在《广群芳谱》卷六十四中记载道:"四月生小白花,清香可人。结实如柚而小,至冬黄熟,大者如杯。包中有瓣,瓣中有核。实小于柑,味甘微酸。"

另外,关于柑,同样在《广群芳谱》卷六十五中记载道,"柑未经霜时犹酸,霜后甚甜,故名柑子"(原《群芳谱》所引《开宝本草》)。(《授时通考》《本草纲目》《农政全书》《植物名实图考长编》等中均有相似记载。)

在《本草纲目》卷三十"橘"之条目中,记录了它们的不同。"夫橘、柚、柑三者,相类而不同。橘实小,其瓣味微酢,其皮薄而红,味辛而苦。柑大于橘,其瓣味甘,其皮稍厚而黄,味辛而甘。柚……如此分之,即不误矣。"

绵竹产地的绵竹县县令韦续处讨得绵竹种植（〇九 17 从韦二明府续处觅绵竹）。除此之外，还从绵谷县县尉何邕处得到桤树（〇九 18 凭何十一少府邕觅桤木栽），又从涪江县县尉韦班处得到松树苗（子栽）（〇九 19 凭韦少府班觅松树子栽）。除此之外，杜甫还曾前往一个叫徐卿的人那里求得一些李子和青梅苗木加以种植。（〇九 21 诣徐卿觅果栽）："草堂少花今欲栽，不问绿李与黄梅。"经过如此一番劳作，上元元年（760）春末，草堂初步完工（〇九 22 堂成）。

或许杜甫在种植了桃木和桤木（桦木科桤木）之后，便格外期待能早日结果和收获。日本有谚语"桃栗三年柿八年"一说，关于桤木，在（〇九 18）诗中亦曾有言"饱闻桤木三年大"，也就是说，只消三年，树木就会长大。种植绵竹、松树、李树、梅木等，则主要是出于供给实用方面的考量。

次年春天，在种植了上述苗木后，杜甫又种植了橙子，苗木移植一般都在春季进行，杜甫之所以会移植橙木，与其说是为了观赏，不如说是出于橙木作为食用果木的实用性。

从四川开始，沿长江中下游地区广泛种植橘类，作为商品作物，它们占据着重要地位，

这种情形并非当今才有①，而是已经有相当长的历史。在《史记》卷一百二十九《货殖列传》中就有"蜀汉江陵千树橘"这样的说法，也就是其中所

---

① 要特别说明的是，在今天的夔州附近，广泛栽培有橘子，这一点在上面所引《柑橘总论》一书中就有记叙，中国现在的柑橘主产地主要分布在四个地区，"第一个地区是从湖北宜昌沿长江向西逆流而上包含了四川的区域，此处是橙子产地。从重庆开始到宜昌沿三峡而下的沿岸地区分布有很多橘园。主要品种乃是从锦橙中选育出来的，这里亦种植了广柑和巴伦西亚橘，还有柚子"（第44—45页）。
另外，《长江流域》（内山幸久编，大明堂，2001年）第Ⅳ部第一章《长江三峡地区的土地利用》第二节《土地利用分类和类型》"果树园"条目中有如下说明："从果园来看，三峡地域的气候、土壤、排水条件适合种植柑橘，所以柑橘园占据了这里广阔的面积。农家周围亦零星栽培了柑橘。柑橘通常分布在海拔六百米以下的地区。另外，桃、杏、梅、李子、葡萄等暖温带果树亦有栽培。"（第280—281页）在第四节《耕作形态与自然植被》中同样写道，"三峡地区具有经济价值的树种有柑橘类、油桐树、野漆树、漆、茶等"（第283页）。在第五节《柑橘生产地区》中，有一段专门介绍柑橘类，"长江三峡地区是适合栽培柑橘的地域。……三峡地域能够种植的柑橘类品种丰富，具有很多优良品种"（第284—285页）。

说"此其人皆与千户侯等"。通过大规模栽培橘子,产生了相当数量的富豪。三国时期,吴国李衡将《史记》中这一说法予以实践,栽培了很多柑橘,其子孙每年得绢数千匹(《三国志》卷四十八《吴书·孙休传》,裴松之注引《襄阳记》)。另有西晋嵇含《南方草木状》卷下"果类"之"橘"项中记载,"自汉武帝,交趾有橘官,长一人,秩二百石,主贡御橘",由此可知,当时设置了专门管理橘子入贡的官吏,朝廷亦对橘子非常重视。这一制度到了唐代亦被继承下来,在与四川绵州巴西郡贡奉有关的记载中,便有"橘官"(《新唐书·地理志六·剑南道》)这样的记录。除此之外,依据江南越地南朝梁时任昉所著《述异记》,越地有橘之税,凡有橘园之农民,皆称橘橙户或橘籍,以此登记,每年纳税。综上可知,作为商品作物,朝廷亦关注橘子栽培并从中获利。

柑橘类之所以具有较高的商品价值,是因为在各个产地皆被指定为朝廷贡品。搜索《新唐书·地理志六·剑南道》有关橘子类贡品的记录,当中就列举了如下很多郡属:柑有眉州通义郡、简州阳安郡、资州资阳郡、悉州归诚郡、梓州梓潼郡、普州安岳郡、荣州和义郡,橙有合州巴川郡。《地理志五》中记载,淮南道中柑橘有苏州吴郡、温州永嘉郡,乳柑(味似乳酪)有湖州吴兴郡、台州临海郡、洪州豫章郡,橘有杭州余杭郡、越州会稽郡,朱橘有抚州临川郡等。

因为受到朝廷的重视,所以橘子种植在民间颇为广泛。西晋左思《蜀都赋》中就有"家有盐泉之井,户有橘柚之园"①的句子。民间亦有贩卖橘子的个体经营户。唐代一个叫龚播的人曾贩卖蔬菜水果,薛渔思《河东记》云:"龚播者,峡中云安监盐贾也。其初甚穷,以贩鬻蔬果自业。"(《太平广记》卷四〇一)三峡之中的云安,就是杜甫进入夔州之前曾经暂时滞留的地方。说起云安的水果,应该主要是橘子了。杜甫在成都草堂迎来第二年春天的时候,便移植了橘子作为个体经营的商品作物,这些橘子具有非常高的实用价值,也是四川代表性的果树。

清代黄生曾言:"《酿黍》《移橙》,皆为借以送老。然饮酒尚惟恐日不

---

① 中唐柳宗元在柳州亦种植过橘子,《柳州城西北隅种柑树》一诗中就有"手种黄柑二百株"的诗句(《柳河东集》卷四十二)。

足,种树又安能待其长成。自悲自笑,婉转曲尽。"(《杜诗说》卷六)杜甫认为橘子的收获该是多么现实之事,此处黄生稍有嗔怪。但是,橘子第二年就会结果,杜甫想必还是非常期待。从进入成都开始营建草堂,杜甫为何要在此地种植橘子,黄生应该没有意识到橘子作为商品作物的特殊性。

杜甫曾离开成都浣花溪草堂在梓州避难。当时是763年,是年春作(一二16甘园):

> 春日清江岸,
> 千甘二顷园。
> 青云羞叶密,
> 白雪避花繁。
> 结子随边使,
> 开筒近至尊。
> 后于桃李熟,
> 终得献金门。

四川的橘子栽培很广泛,各地有很多橘园。诗中所谓千株橘子、二顷之园者,也就是大约十公顷大小的橘园。三年前,杜甫还在陕甘,生平应该未曾见过如此宽广的橘园(三十年前的青年时期,杜甫曾漫游吴越之地数年,当时或许看到过)。看着眼前广阔橘园中的白色小橘花和铺陈开来的浓密绿叶,杜甫颇为感动。即便此时未成熟,想想最终会将橘子献给天子,这是桃李无论如何也不能比拟的,这一说法,似乎暗合了杜甫自己晚年的境况。此处的确有所寓意。不仅如此,也能看到杜甫将橘子作为花木来审美的态度,橘园能够生产良好的贡品,这也让杜甫颇为感慨,此处能够感受到杜甫从农业和经济两个层面看待橘子的眼光。

如上,杜甫饱含深情和好意地描写了在梓州看到的气派橘园,四年后的春天,他终于在夔州拥有了自己的橘园,这一点不知他是否预想过。

第四节 瀼西草堂、春天的橘子

永泰元年(765),杜甫离开成都沿长江而下,经过戎州、渝州、忠州抵达云安,并在此跨年。次年乃是大历元年(766),这年暮春,杜甫抵达了三峡入口处的夔州。不得已,杜甫在夔州逗留了一年零十个月,其间亦曾多次迁居。

在抵达夔州的第二年春天,杜甫搬到了瀼西,之后与橘子相关的诗歌便突然多了起来。最初的一首乃是五言律诗(一八50 暮春题瀼西新赁草屋五首)其二,这是767(大历二)年杜甫五十六岁时的作品。

> 此邦千树橘,
> 不见比封君。
> 养拙干戈际,
> 全生麋鹿群。
> 畏人江北草,
> 旅食瀼西云。
> 万里巴渝曲,
> 三年实饱闻。
>
> (一八50 暮春题瀼西新赁草屋五首)其二

正如清代浦起龙所言,其二这首诗乃是"拈出瀼西,明所以居此之故,为身计也"(《读杜心解》卷三之五)。这首诗明确了杜甫搬到瀼西是有经济方面缘由的。另外,按照南宋赵次公所言"首两句盖喜草屋之地有千株之橘矣"(《杜诗赵次公后解辑校》戊帙卷之二),杜甫搬家的理由之一便是为了经营橘园。一如司马迁所言,如果有千株橘园,就会成为大富翁,但是对于杜甫而言,即便在此地拥有了千株橘园,也不会成为富豪,仅仅是维持生计罢了……杜甫之诗想要表达的就是这一点。

虽然还不太清楚当中原委,但是在杜甫移居瀼西,抑或是他准备移居之时,却已经拥有了四十亩果园。下文中会列举杜甫的一首(二〇38 寒雨朝行视园树),其中有一句"柴门拥树向千株",非常明确地说明了当时的情形,瀼西草堂种植了近千株橘子树(千橘)。另外,是年初秋,尚余些许残暑,在杜甫的一首五言排律(一九39 秋日夔府咏怀奉寄郑监李宾客一百韵)中,就概括说明了瀼西的居所,诗曰:

> 甘子阴凉叶,
> 茅斋八九椽。

此处,橘园和瀼西草堂似乎已经成为一个整体。另外,在杜甫诗作(一八 50 暮春题瀼西新赁草屋五首)其三中,有"乾坤一草亭"句,也就是说,正是有了这个草屋,才有了后来的"细雨荷锄立",由此我们可以得知,当时的草屋是有附属田地的。

从此诗的描写方法来看,杜甫移居瀼西之后,对橘园的关心很大程度上是来自经济和经营层面的考量,而非出于观赏性的审美立场。关于这一点,简锦松先生认为此诗与(一九 16 阻雨不得归瀼西甘林)所写,乃是"种植橘子是杜甫在瀼西重要的工作","从这两首诗来看,他的橘园亦是商品作物,即所谓封殖(用土地栽培)。无论如何,他是非常重视橘园的"(《杜甫夔州诗现地研究》,第 186 页。可参照第三部第一章)。因为橘子是商品作物,当然是要用钱买卖的。杜甫也深知这一点。是年秋天,杜甫在准备离开夔州前往江陵的述愿诗(一九 44 峡隘)中这样写道:

> 闻说江陵府,
>
> 云沙静眇然。
>
> 白鱼如切玉,
>
> 朱橘不论钱。

如诗中所言,与夔州不同,江陵的橘子卖得便宜。通过这里的描写,也可以得知杜甫在夔州时期,经济观念非常强。

之后便进入了夏天,也不再有咏橘子的诗作了。(一九 03 园)和(一九 10 上后园山脚)两首诗均作于夏天,却没有描写橘子,这里就不再列举。

第五节　三寸黄橘

进入秋天,咏橘子的诗歌突然多了起来。在(一九 16 阻雨不得归瀼西甘林)这首诗中,杜甫描写了初秋七月,因秋雨导致河水上涨,不能从白帝城返回瀼西,因此担心橘园的情形。

> 三伏适已过,
>
> 骄阳化为霖。
>
> 欲归瀼西宅,

> 阻此江浦深。

上面是诗作开头部分,此诗乃是三十二句的长篇五言古诗。在第三段中这样写道:

> 园甘长成时,
> 三寸如黄金。
> 诸侯旧上计,
> 厥贡倾千林。
> 邦人不足重,
> 所迫豪吏侵。
> 客居暂封殖,
> 日夜偶瑶琴。
> 虚徐五株态,
> 侧塞烦胸襟。

诗中所言"封殖"者,依照字面意思,应该理解为给橘子植株根部培土,不过此处除了字面之意,应该还有施肥、除草、砍伐杂木等精心照料的意味。杜甫所购橘园的橘树,应该均是成木,一直无人照料,就这样荒芜着,这样是不能期待结出橘子的。不好生照料,便不能结出硕果(可参考宋韩彦直《(永嘉)橘录》以及下文中列出的农书)。

最后两句不好理解,按照仇注,"虚徐"乃是心中各种狐疑担心之意。"侧塞"一词,按照清代张远之注,乃是"甘树为风雨掩塞,故胸襟因之烦闷"(仇注引《杜诗会萃》),也就是杜甫在担心五株橘树是否会因风雨而倒掉……最后第四段写了雨停之后,回到瀼西这也要做,那也要做,诗曰:

> 条流数翠实,
> 偃息归碧海。

杜甫乃是想象雨后逐一清点那些还在枝头的青橘之数。

通过(一九 16)这首诗,我们可以得知,杜甫的橘园中有一种只能长到三寸大小的橘子品种,其商品价值也"如黄金"一般,极为昂贵。由于此地过去曾将这种橘子作为贡品大量向朝廷奉上,因此当地百姓恐惧官吏的横征暴敛,即便橘子经济价值很高,也无人种植。故此,杜甫应该知道自己园中所种这种橘子,因为物以稀为贵,所以经济价值就更高了。此诗就是杜甫以此为背景,描写自己如何管理橘园、关心橘子成长、担心雨后自家橘园情况的作品,向人们传达了杜甫对橘子的挚爱之情。

在下雨和三寸橘子这几点上,有一首与之颇为类似的七言律诗(二〇40 即事)。诗曰:

> 天畔群山孤草亭,
> 江中风浪雨冥冥。
> 一双白鱼不受钓,
> 三寸黄甘犹自青。
> 多病马卿无日起,
> 穷途阮籍几时醒。
> 未闻细柳散金甲,
> 肠断秦川流浊泾。

此诗在编年上与方才那首初秋之作大不相同。以第三句中所言不能钓到白鱼为线索,可以推定此诗乃作于仲秋八月秋社大祭之后的晚秋九月(仇注引张纯)。从第四句所言"三寸黄甘犹自青",能够看出杜甫盼望黄柑早日成熟的期待之情。藉此,将编年定在晚秋是行得通的。《(今注本)杜诗全集》更进一步,认为是稻谷收获之后,与全诗的整体基调相符,因此是讲得通的(卷三,第1729页)。

在这首诗中,主要描写了晚秋时节,归乡情切,在看不到任何希望的情况下,焦躁和失望交织在一起,杜甫陷入了悲观之中。正如王嗣奭所言,"前四句皆写目前萧条之景以起兴"(《杜臆增校》卷九),作为展示心象风景之物,尚未成熟的青色三寸黄柑映入杜甫眼中。除了稻米之外,作为支撑旅费的橘子如若不能收获,那么离开三峡的计划就不可能实现。在杜甫对橘子如此深切的情感背后,还能感受到些许喟叹之意。

第六节　月亮与夜露中的橘子

大约是仲秋八月前后的白露时节,橘子陆续出现在杜甫诗作中①。在五言律诗(一九 24 树间)中就这样写道:

岑寂双甘树,
婆娑一院香。
交柯低几杖,
垂实碍衣裳。
满岁如松碧,
同时待菊黄。
几回沾叶露,
乘月坐胡床。

两棵巨大的橘树,枝叶繁茂地长在瀼西宅狭窄的院落中,树枝仿佛要靠近地面一般,人穿行其中就会碰到,橘子硕果累累地垂挂在树枝上。院子里飘荡着橘子的清香,夜露凝结在常绿的橘叶上,在月夜中闪闪发光。面对眼前的一切,杜甫拿出坐垫,陷入沉思,想着到了晚秋九月菊花盛开的时节,橘子便会彻底成熟,他翘首等待着那天的到来……

在杜甫这首有点儿蹩脚的橘子称颂诗中,洋溢着橘子的情调。与其说

---

①　仇注本引南宋黄鹤关于成都诗作的编年,乃是依据了清代朱鹤龄的夔州诗编年。另外,仇注引用顾宸对此作之注予以反驳,认为此诗乃是成都时期杜甫在严武幕府时的作品。所以有关此诗的编年亦有很多不同观点。从宋代本开始就已经存在成都说和夔州说这两种不同说法。除此之外,元代高崇兰的《集千家注批点杜工部诗集》和《杜臆》等亦认为此作乃是杜甫在成都严武幕府时所作。根据乃是第二句中的"院"这一地点,认为与严武幕府内吻合。的确,杜甫在当时有作(一四 04 院中晚晴怀西郭茅舍)。而夔州说则有南宋《王状元集百家注编年杜陵诗史》,认为乃是大历二年秋天杜甫作于夔州。另有其他重要文献,如《读杜心解》《杜诗镜铨》《杜臆增校》《杜甫评传》等均认为作于夔州。特别是曹树铭,对严武幕府说进行了详细的批判。《王状元集百家注编年杜陵诗史》《读杜心解》《杜诗镜铨》及曹树铭等更将大历二年秋天作于夔州的具体地点认定为瀼西。这里就不再讨论,笔者亦赞成瀼西说。

这里展现了杜甫艺术的鉴赏之眼,不如说表现了杜甫等待眼前橘子成熟这一更为实际的想法。从某种意义上讲,杜甫也算是一个美食家,他真恨不得将眼前的橘子摘下来吃掉。诗中描绘了杜甫对橘子的无限爱惜之情,当然,从另一方面讲,与普通士大夫对待花木和果树那种情趣式的爱好迥然不同,这种感情是他从橘园经营中催生出来的。橘子收获之后,将成为其旅途盘缠的重要来源,出于现实考虑的潜在意识突显在整首诗作中。除了杜甫之外,怕是再没有诗人能在作品中对如此贴近自己日常生活的橘子饱含深情地进行歌颂了。

与此诗类似的还有一首五言律诗(二〇 12 十七夜对月),仍然是瀼西草堂之作,是杜甫以月为主题的十五夜、十六夜、十七夜三部曲之一,不过橘子只出现在这首《十七夜对月》当中。

> 秋月仍圆夜,
> 江村独老身。
> 卷帘还照客,
> 倚杖更随人。
> 光射潜虬动,
> 明翻宿鸟频。
> 茅斋依橘柚,
> 清切露华新。

之所以认为两首诗作相似,是从秋月、夜露和草屋附近的橘子这三点加以考量。只是前者以橘子为主题,此处则是以十七夜的月亮为主题。不仅如此,与前作中那种愉悦的心情不同,此处似乎蒙上了阴影,正如第二句"江村独老"所言那样,表达出一种孤独寂寥之感。第七句中所言"茅斋依橘柚",与其认为是瀼西茅屋依靠着橘树,不如理解为是杜甫依靠着橘树更为妥帖。当然,这里的橘子,乃是自己经营的橘子。对于无所依靠的杜甫而言,这些橘树仿佛张开怀抱一般将其纳入怀中,能依靠的,只有这些橘子树了。一旦收获,多少能收入一些现银。对杜甫而言,这些橘树值得信赖,这种心情,被杜甫无意识地在"茅斋依橘柚"这句诗中表现了出来。

第七节　收获前的橘园

在下面这首诗中,同样出现了橘子和露水的搭配,不过这次不是月夜,而是杜甫早晨骑马的时候。在(一九25 白露)这首五言律诗中,杜甫这样写道:

>　　白露团甘子,
>　　清晨散马蹄。
>　　圃开连石树,
>　　船渡入江溪。
>　　凭几看鱼乐,
>　　回鞭急鸟栖。
>　　渐知秋实美,
>　　幽径恐多蹊。

白露时节,也就是农历八月中旬左右,作者身在瀼西草堂,清晨骑马一边散步,一边爬到后山上开辟的橘园之中。朝南眺望,流入长江的草堂河上有船只往来。花了一整天巡视橘园,而后才返回瀼西家中。家中有池塘,里面亦有鱼儿,杜甫一边倚在自己心爱的靠椅上,一边看着池塘中的鱼儿①。因为适逢白露,快到橘子收获的季节了,他一边憧憬着甘美的橘子,一边还要提防有人前来偷橘……

在橘子逐渐成熟的时候,杜甫怀着愉悦的心情巡视橘园。"散马蹄"这句便表现出了他雀跃的心情。但是另外一方面,杜甫有些担心偷橘者。由此可以看出他作为橘园经营者的心情。

---

① 在这里并没有具体描写从何处来,要去往何处,乘坐什么去,又去做什么,果园、橘园、菜地、东屯之家、瀼西之家、(瀼西对岸)等位置关系也不甚清楚,故此一直以来才有各种不同的解读。代表性的观点可以分为两类:1. 从瀼西前往橘园,然后回来(浦起龙、杨伦)。特别是陈贻焮认为对岸亦有橘园和菜地。2. 从瀼西前往东屯,然后回来(仇兆鳌)。……这里可以从第三部分第一章介绍过的简锦松《杜甫夔州诗现地研究》(第294页)中所提到的"作者乘马在瀼水岸边散步,巡视橘园,所以没有必要乘船。第四句中的渡船乃是眼见之景色"这一点得到启发。

末句所言"幽径恐多蹊",是以《史记·李将军列传》中所载谚语"桃李不言,下自成蹊"为基础的。恰逢自己橘园中美味的橘子成熟,想来定会有以此为目标,悄悄潜入园中的偷盗者,杜甫有些担心此事,同时,他又用雅致的表达将自己心中的苦笑包裹起来,就像糖果外面的糯米纸一样。关于这一点,杨伦明确指出"言恐有人窃取"(《杜诗镜铨》卷十六),杜甫是在担心偷橘之人。但是,亦有一些意见,认为杜甫应该不会思考如此下作之事。仇注认为"幽径、多蹊,恐有窃取。亦爱甘而故为戏词耳"。因为爱惜橘子,因此才说出了如此的玩笑话。浦起龙则认为"'恐多蹊',收所以往视之故,篱缺须补也"(卷三之五)。这一观点的重点乃是设置防止小偷的围墙。赵次公则认为"末句公亦不自私其美实而许人采摘之"(戊帙卷之四),这是与仇注完全相反的意见,将杜甫引向博爱主义的方向。但是,这里似乎不会因为杜甫担心偷盗橘子之事,就破坏了他的形象。这里所要表达的,应该是杜甫对即将收获橘子所抱有的一份深情。

在创作这首诗前后不久,杜甫又写下了另外一首以"橘子林"为题的诗作(一九20 甘林)。在这首诗中,橘子、露水、马匹的搭配与方才的诗格外相似。因事进城的杜甫,从白帝城方向乘船顺着草堂河逆流而上,回到了瀼西。在埠头下船之后,骑马翻越山岗,便是自己的橘园,一来到这里,杜甫仿佛回到家中一般,立刻变得轻松起来。诗作就从这里开始写道:

> 舍舟越西冈,
> 入林解我衣。
> 青刍适马性,
> 好鸟知人归。
> 晨光映远岫,
> 夕露见日稀。
>
> (王洙本将"稀"改为"晞")
>
> 迟暮少寝食,
> 清旷喜荆扉。

进城的时候,杜甫总要衣冠整洁。由于交往的都是官僚层的人物,加之他当时还有检校工部员外郎这一朝廷郎官的职务(虽然不太清楚职位的虚实),以隐者风格的布衣装束出现肯定是不合适的。为了得到别人的尊重和各类必要的支援,这样的礼仪规范和威严是必需的。对于漂泊之身的杜甫而言,这也是关乎生死的问题。一如"入林解我衣"这句所言,解开让人拘束的衣装,抛却那些与达官贵人们小心翼翼应酬的记忆,杜甫的形象跃然纸上。不仅如此,(依据仇注)杜甫从喧嚣的城中归来,回到橘园中闲适安静的瀼西草堂,再次发出了这样的感慨:啊,这里才是我的乐土。

不过,让人觉得诧异的是,这首诗虽然以"甘林"为题,但是橘子在诗中却只字未提。此时的杜甫,从城中回到橘园,精神放松,心情愉快。这一阶段的杜甫,表现出少有的安定情绪,由此可以看出,收获前的橘林对改善他的情绪发挥了非常巨大的作用。

第八节 东屯诗中的橘子

进入晚秋九月,因为要收获稻米和橘子,突然忙了起来。此时,橘子又屡屡出现在杜甫诗作当中。在五言律诗连作(二○ 30 从驿次草堂复至东屯二首)其一中就这样写道:

峡内归田客,
江边借马骑。
非寻戴安道,
似向习家池。
峡险风烟僻,
天寒橘柚垂。
筑场看敛积,
一学楚人为。

实际上,为了管理好稻田,仲秋八月时分,杜甫从瀼西草堂搬到东屯茅屋之中,暂时往返于东屯和瀼西之间。此诗也是当时所作的其中一首。

晚秋某日,进城的杜甫返回瀼西(东屯)。是时,在白帝城方向的江边驿站借了马匹,首先在瀼西草堂住一晚(诗题中所言),然后才返回东屯茅屋。杜甫特意在这首诗中使用了与"船寻古人戴安道"不同的表达方法,可见返回东屯并不是乘船,而是骑马渡过了枯水期的瀼溪①。

从瀼西草堂到东屯茅屋,沿途景色萧条,杜甫刚刚从城里返回,在他眼中,这里更是偏僻之地。在这样的风景之中,橘子逐渐成熟,硕果累累地垂挂在枝头,杜甫发现了这样的风景。即便此诗中所见橘柚风景并非是杜甫瀼西草堂周围他自己的橘园,但夔州适合栽培橘子,故此,杜甫在返回途中随处都可以见到橘子,这也并不奇怪。不过,成熟的橘子映入杜甫眼中,让人意识到这时候正好是橘子的收获期。此诗最后一联中提及稻子的收获,笔者留意到,这里并非仅仅提到稻子的收割。所谓"天寒橘柚垂",并非单纯意义上歌咏目之所见的一般风景,这里一定也有橘园所有者的视点。

第九节　橘子收获

晚秋某日,雨后清晨,橘子即将收获。描写橘子收获的诗作是(二〇 38 寒雨朝行视园树)这首七言排律。

浦起龙认为此作乃是"大历二年秋冬之交瀼西作"(卷五之末),的确,诗中出现了"寒雨""清霜"等词语,据此推断,应该是从晚秋到初冬这一时期。按照农历的分期,晚秋乃是九月,初冬乃是十月。在对杜甫诗歌进行编年时,这一点(新旧历法)是比较难处理的。虽然如此,但是在杜诗中,却存有写有日期的作品,而且这些稻谷和橘子之诗基本都作于晚秋到初冬时节。如下所列,稻谷和橘子的收获哪个更早一些,在这些诗作中,哪些适合写上日期,杜甫采取了各种不同的编年方式。

首先介绍拙论所据仇兆鳌的编年:

　　二〇 32 茅堂检校收稻二首　(有"香稻三秋末"之句)
　　二〇 33 刈稻了咏怀
　　二〇 36 季秋江村　(有"登俎黄甘重"之句,橘子收获已经结束。)

---

① 上面提到过的简锦松书中第五章第三节中《季节性舟马轮替之交通特征》(第289—295页)部分可以提供线索。

二〇 38 寒雨朝行视园树 （有"林香出实垂将尽"一句，橘子正在收获中。）

二〇 44 大历二年九月三十日

二〇 45 十月一日

二〇 46 孟冬 （"破甘霜落爪,尝稻雪翻匙。"橘子和稻子已经收获了。）

仇注编年是合理的,首先,稻谷收获结束后,橘子的收获也结束了,此时正是九月三十日,晚秋时节。十月初一立冬。之所以认为仇注编年合理,因为前举(二〇30 从驿次草堂复至东屯二首)其一中就曾写道"峡险风烟僻,天寒橘柚垂。筑场看敛积,一学楚人为"。稻谷收获的时候,橘柚也成熟了(在杜甫橘园中应该种植了早生种和晚生种两种橘子,这里不予考虑)。

宋本之王洙本、郭知达本、草堂诗笺本、赵次公本、王状元本诸本则采用了如下编年[①]：

二〇 38 寒雨朝行视园树

二〇 36 季秋江村

二〇 32 茅堂检校收稻二首

二〇 44 大历二年九月三十日

二〇 45 十月一日

二〇 33 刈稻了咏怀

二〇 46 孟冬

此处乃是橘子收获之后紧接着收获稻米,稻米的收获在初冬时节完成。

另一方面,元代高崇兰《集千家注批点杜工部诗集》中则使用了如下编年：

二〇 46 孟冬 （未编入瀼西、东屯期,编入前年的西阁期）

二〇 36 季秋江村

[①] 王洙本按照古体、近体诗之别进行编集,当中大致是按照年代顺序予以排列的。这里探讨的七首收录在卷十五、十六中。郭知达本中所阐述亦与之相同,收录在卷三十到卷三十二中。四部丛刊本则按照主题和题材分类,故这里将其除外。

二〇 32 茅堂检校收稻二首
二〇 44 大历二年九月三十日
二〇 45 十月一日
二〇 33 刈稻了咏怀
二〇 38 寒雨朝行视园树

此处橘子乃是与稻谷交替出现。可以认为是在晚秋和初冬相交时节，稻谷和橘子前后相继收获。

另外，仇注参考清代朱鹤龄辑注《杜工部诗集》之后，编年则变成如下次序：

二〇 36 季秋江村
二〇 38 寒雨朝行视园树
二〇 32 茅堂检校收稻二首
二〇 33 刈稻了咏怀
二〇 44 大历二年九月三十日
二〇 45 十月一日
二〇 46 孟冬

首先收获橘子，然后是稻米，时间是晚秋结束，进入初冬。橘子和稻谷的顺序与仇注正好相反。笔者比较赞同仇注之编年，在这里稍做补充，先解读一下(二〇 38 寒雨朝行视园树)这首七言排律，然后再看(二〇 36 季秋江村)。下面是(二〇 38 寒雨朝行视园树)全诗：

柴门拥树向千株，
丹橘黄甘此地无。
江上今朝寒雨歇，
篱中秀色画屏纡。
桃蹊李径年虽故，
栀子红椒艳复殊。
锁石藤梢元自落，
倚天松骨见来枯。
林香出实垂将尽，
叶蒂辞枝不重苏。

>爱日恩光蒙借贷，
>清霜杀气得忧虞。
>衰颜更觅藜床坐，
>缓步仍须竹杖扶。
>散骑未知云阁处，
>啼猿僻在楚山隅。
>
>（二〇 38 寒雨朝行视园树）

第一联中的"千株"乃是依据《史记》中若拥有千树橘木，便等同于千户侯的叙述，草堂周围的果园中有近千株橘树。不仅如此，在这里，杜甫似乎有些自豪地写道，自己的橘园里还种植了当地都不太有人种植的丹橘和黄柑。"此地无"这句中，亦有版本将"此地"作"北地"。例如，南宋赵次公就认为"……甘橘自是楚地（笔者注：即南方）之所有耳，故曰'北地无'"（戊帙卷之八），赵次公在这里亦陈述了自己的理由（另有四部丛刊本）。的确，柑橘类在中国北方（长安等地）并不生长，这一解释也非常合理。但是，仅从杜甫橘子诗来看，还是"此地无"更为恰当。为何如此？因为杜甫在（一九 16 阻雨不得归瀼西甘林）中就曾言明，虽然橘子乃是当地特产，经济价值也很高，但是一旦种植，便会招来豪吏的不法榨取，故此农民们才不栽培。在解读此诗第一联的时候，杜甫略带自豪的说法并不牵强。

这个果园中并不单单种植了橘子。雨后，围栏仿若锦绣屏风一般散发着清新的气味，园子里面还有桃李古木、黄色的无花果、山椒的红色果实、垂到地面的紫藤、钻天般高大的枯松等。这一天，杜甫以一种愉悦的心情再次审视了自己果园的多彩情形。

但是，此日杜甫最关心的事情，还是诗题中所言"行视园树"，即穿行在园中清点橘子。"行视"是巡视、巡察的意思，是韵文中不常使用且有些生硬的套话。园内飘香的橘子现在似乎正是可以采摘的季节。稻米收获已经结束，橘子收获也进入最后阶段。但是，有一种橘子比较容易受到霜害之侵扰[①]。正如诗中"清霜杀气得忧虞"所言，在橘园中穿行巡察，是担心橘

[①] 清代《授时通考》卷六十五《农余·果三·橘》中引《文昌杂录》曰"南方柑橘虽多，然亦畏霜"，可为参考（《授时通考校注》第四册，马宗申校注，农业出版社，1995年，第77页）。

子是否受了霜害。此诗并不直接描写收获的喜悦。如果换作李白,或许会创作那样的作品。此诗末句流露出杜甫特有的忧愁。虽然如此,但是从七言排律这一诗体,却可以窥见该诗华丽轻快的格调。依据诗体的选择,亦可看出橘子收获前杜甫昂扬的精神状态。

下面这首诗中,主要描写了正在收获橘子。五言律诗(二〇 36 季秋江村):

> 乔木村墟古,
> 疏篱野蔓悬。
> 素琴将暇日,
> 白首望霜天。
> 登俎黄甘重,
> 支床锦石圆。
> 远游虽寂寞,
> 难见此山川。

忙碌的收获期结束了,晚秋时节,杜甫有了短暂的闲暇时光。冬天的活计,还得些时日才开始。稍微闲暇的杜甫弹着琴,打发着时间,在河边的小村中度过这晚秋时节。面对漂泊的人生,杜甫一定感受到一丝寂寥,但在这首诗中,似乎并未体现出那种忧愁,对身处山川风景中的自己,杜甫很满足。这些充实的满足感,有一半来自这个秋天收获的橘子。他现在正满心欢喜地看着祭台上多核多汁、沉甸甸的橘子。

第十节　转让橘园

下面这首五言律诗(二〇 46 孟冬)乃是大历二年(767)十月初冬之作。

> 殊俗还多事,
> 方冬变所为。
> 破甘霜落爪,
> 尝稻雪翻匙。
> 巫峡寒都薄,

>乌蛮瘴远随。
>终然减滩濑,
>暂喜息蛟螭。

秋天终于结束,冬天来了。诗中写道,一旦进入冬季,农活就与秋天不同,要做的事情就多起来。比如(二〇 37 小园)一诗中就写道"问俗营寒事",冬天的农活就是类似这里的"寒事"。此处的"寒事"具体指什么?按照王嗣奭所言,乃是指"园中之事,寒亦有之,如所云秋菜冬菁是也。素不惯习,则问俗而营寒"(卷九),可为参考。即便到了冬天,在温暖的三峡地带,种植冬季蔬菜的农活并不少。依据仇注中"在殊俗而犹多事,前此课督田园也"之言,此处并未限定在稻作管理经营上。

对于三峡冬天亦有很多农活要做这一点,杜甫绝不厌倦,甚至觉得挺新鲜,有些享受。稻谷和橘子都顺利收获了,如此一来,便有了许多干劲。在第二联中,杜甫极尽笔端之能,详细描写了是年秋天稻米和橘子收获的喜悦,可以说,收获后尝鲜的喜悦,成就了杜甫的名句。不过,杜甫在此并未完全使用脱离现实的诗歌语言。之所以使用"破甘"这个词语,是因为"柑与橘的明显分别在二者果实的不同。柑的果皮厚,难于剥离,食用时常须以刀破之",而"橘皮薄而松,易剥"。[①] 另外,在唐代有用匙子食用粟米的习惯。从"稻……翻匙"这一描写可以看出,杜甫用匙子掬起籁籁的米粒食用,这里的稻米不是黏糊糊的糙米,而是优质米[②]。

能够饱食如此美味的食物,一切看上去是那么幸福。贵州附近的热气逆江而上,保障了冬天的温暖,冬季的枯水期让长江的惊涛骇浪平静下来,行船的安全也令人高兴……诗在这里就结束了。此诗整体上洋溢着活力和喜悦,杜甫的兴奋之情似乎也感染到读者。他的兴奋,是顺利收获橘子和稻谷之后从内心自然流露的,这一点比较容易看出。虽然仅仅是小小的橘子,但是可以说,这一时期橘子对杜甫精神状态的影响是很大的。

新年过后,次年乃是大历三年(768)正月,杜甫终于决定要离开夔州,

[①] 见上面所举《授时通考校注》第四册卷六十五《农余·果三·柑》注部分(第 88 页)。

[②] 参考青木正儿《用匙吃饭考》。除了全集本之外,《华国风味》(全套版岩波文库,2001 年)收录的篇目很方便使用。

沿长江南下江陵。长年的计划终于要实现了。是年,杜甫虚岁五十七。晚年时光也就剩下不到三年。临出发之时,必须将长期滞留在夔州时的所有不动产予以安置。将自己辛苦经营的果园转让他人,杜甫颇为自豪。在这样的情况下,杜甫写下了五言排律(二一 27 将别巫峡,赠南卿兄瀼西果园四十亩)。下面亦举全诗:

苔竹素所好,
萍蓬无定居。
远游长儿子,
几地别林庐。
杂蕊红相对,
他时锦不如。
具舟将出峡,
巡圃念携锄。
正月喧莺末,
兹辰放鹢初。
雪篱梅可折,
风榭柳微舒。
托赠卿家有,
因歌野兴疏。
残生逗江汉,
何处狎樵渔。

虽然诗题中有言"瀼西果园四十亩",但诗中并未写到橘子。之所以认为这里的果园乃是橘园,只要留意一下前面列出的作品和同期诗作,便可认定为橘园。关于这些情况,研究者之间亦有微妙的不同①。既然是四十亩果园,那么究竟位于何处,大概是个怎样的情形,下面介绍仇兆鳌的说明:

> ……岂可云甘林又在果园之外乎?大抵分而言之,则甘林另为一区,合而言之,甘林包在果园之内。盖四十亩中,自兼有诸果也。　　　　　　　　　　(二〇 38 寒雨朝行视园树)注

果园中还有其他果树,橘园并非与之相互独立存在,而是被包含在果园的区划中。仇氏的观点是妥当的。

唐代的四十亩,相当于现在的两公顷,这在当时是怎样的规模?宋代苏轼《楚颂帖》曾写道"吾性好种植,能手自接果木,尤好栽橘。阳羡在洞庭上,柑橘栽至易得。当买一小园,种柑橘三百本"(《广群芳谱》卷六十四《果谱·橘》)。苏轼此处乃是想要购买一个能够种植三百棵橘子树的果园。关于面积,简锦松先生以上面所书为例,介绍了现在奉节县的实际栽种情况。据简氏的介绍,如果十平方米一株的话,那么以浅显的例子来说明,也就是相当于六叠榻榻米大小的面积上种植一株②。按照这一基准来看,橘子三百株就需要三千平方米,也就是不到六亩,如果这一面积减小一半,照此密度种植的话,就是近十亩(这一数字,与杜甫《二〇 38 寒雨朝行视园树》中所言"柴门拥树向千株",也就是四十亩的果园中种植了千株橘子是不一致的)。参考苏轼的例子来看,作为买卖对象的果园,十亩大小刚

---

①　《杜诗镜铨》认为瀼西草堂的橘园是另行购入的果园。在(一九 03 园)一诗中就有如下的注释:"盖瀼西之居近市,故别买果园以偿息资。"闻一多认为瀼西草堂有四十亩果园和数亩菜地,关于这里的果园,采用仇注,当中有橘园,种植了各种果蔬(第91页)。陈贻焮之说将散见各处的观点总汇如下:除了瀼西草堂中的橘园和果园以外,四十亩还包含瀼西对岸的果园。瀼西的橘园将草堂环绕起来,故此草堂乃是在橘园中。瀼溪对岸(东岸)的果园距离瀼西草堂不远,乘船可抵,种植了梨、梅、杏子、苹果等各种果树,四周亦种植了蔬菜(第 1123—1124、1168 页等)。简锦松认为四十亩果园就只有瀼西一处,是从河边开始围绕在草堂周围的。果园主要是橘园,除此之外,在草堂周围亦种植了梅、李、桃、枣、梨、栗等许多果树(第 284—288 页)。可参考本书第 198 页注①。拙论亦以简锦松说作为考察之立场。

②　请参考上面书目第 288 页。另有清代吴其濬《植物名实图考长编》卷十五《果类·橘·种治》曰"每株相去七、八尺",也是以这个间隔来劝人栽种[《中国学术名著第五辑·中国科学名著第二集》,台北:世界书局,1962 年(1964 年再版),第 825 页]。

合适。如果是四十亩,就是比较大的面积了。以上也只不过是一个大概的面积,杜甫曾经购买了如此规模的果园,现在要将之赠予他人。赵次公所言"果园四十亩而公直举以赠人,此一段美事而古今未尝揄扬"(己帙卷之一)。黄生所言"若在俗人,果园四十亩,必将襟府塞满。在公举以赠人,只与'馈桃''扑枣'同观"(卷十)等均以此为据,彰显杜甫无偿赠人的行为,认为是非常高尚的美事。

王嗣奭有言"赠而曰托,犹有不忍割之意"(卷九)。浦起龙曰:"前半皆作恋恋语,自尔情长"(卷五之四)。的确,从此诗来看,转让果园之时,杜甫的心情非常激动。可以说,杜甫对此果园有相当深厚的感情。按照其诗所言,"各种果树①的花儿搭配上杂蕊之红,就连那锦缎都比不上如此的美",虽然是在强调果园之美,实际上深层却蕴含着更为实际的经济理由,那就是橘子收获所带来的经济效益。

第十一节 结语

在杜甫诗歌中频繁出现的橘子,离开夔州之后却销声匿迹了。一开始就曾论述过,橘子之作仅集中出现在夔州瀼西从秋到冬的诗作当中,另有成都草堂时期的若干橘子之作,可以说,在杜甫一千四百余首诗作中,这一数量等同于无。虽然在瀼西频繁咏吟橘子,却不能认为杜甫自始至终一贯喜好咏吟橘子。这是杜甫橘子诗的一个特征。

杜甫诗中出现的橘子,抑或咏吟橘子的诗作,其中表现出的态度,并非自中唐以来宋代以后出现的趣味式花木鉴赏。对杜甫而言,具有更为实践性的意味,乃是在收获和经营橘子的立场上进行描写的。正如迄今所探讨的那样,杜甫的橘子诗作与其自身的农业生活密切相关。在瀼西草堂的农

---

① 虽然是果园之诗,却没有描写任何与水果相关的事宜,这让人觉得有些不足。黄生认为"蕊字当作果字",笔者在心理上想予以支持,但是,以王洙本为代表,王状元本、郭知达本、草堂诗笺本、四部丛刊本、(吴若本)等宋刻本系文本中均未记载上述异文,也就是说在版本上不够可靠,因此不予采纳。此处受到黄生观点的启发,将杂蕊理解为杂果之蕊。

业生活中,杜甫时常关注橘子的情况,祈求橘子能顺利成长,并在心中描绘晚秋时候的丰收情形。投入如此多的关切,能在日常生活中描写橘子的诗人,应该是不多见的。

　　橘园经营带给杜甫以希望,使他能够保有精神上的闲暇。故此,杜甫的橘子诗作总体上多是明朗、高扬的格调。杜甫的这些橘子诗中,古体诗较少,近体诗很多,这也反映了上述格调。说到杜甫,大家脑海中都会立刻浮现出他忧国忧民、沉闷、深刻的形象。但是在橘子诗中,杜甫稍稍从那样的形象中脱离出来。对他而言,橘子诗乃是其拓展诗风的一个侧面。依靠这些橘子农业诗,杜甫的诗风呈现出多彩的一面。对杜甫而言,夔州时期的农业诗作也具有这样的功能。

　　对杜甫而言,橘子是善之存在。无论是对其人生还是诗作,橘子都是正向积极的。对橘子而言,能被杜甫以诗作的方式写下来,也是幸运的①。如果收成不佳,想必橘子会对杜甫造成阴影。但是,幸运的是,既无天灾亦无人祸,橘子丰收了。对杜甫而言,能够在夔州这个自己最后的安居之地收获橘子和稻米,应该也是人生的一大快事。橘子对杜甫的人生和诗作产生了极大影响,发掘橘子与杜甫际遇的意义,也是小论的一个目的。

---

　　①　前面所列《柑橘总论》(第9—10页)曰:"从汉朝开始,经三国、晋、南北朝、隋、唐、宋等,在这一千多年间,湖南和湖北均有甜橙栽培,特别是唐代达到隆盛。当时就有很多赞颂柑橘的诗作。杜甫、韩退之、司马光等有名诗人均有歌咏,特别是苏东坡的《黄甘陆吉传》很有名。"

第二章

杜甫的蔬菜种植诗

第一节 绪论

夔州时期的杜甫,究竟与农事有何关联? 他是如何在诗歌中描写这些农事的? 通过这些描写,我们能从杜甫诗歌中明确些什么? 根据具体的描写去解读这些诗作,此乃拙论的立场所在。

成都时期的杜甫,依靠强有力者的支援,在郊外得到比较开阔的土地用以营建浣花草堂。在草堂,杜甫从事过蔬菜种植等相关农事,除了这些农活,他对草堂外围的工作也颇为上心。之所以会这样,是因为成都时期的杜甫没有自己的所有田,不具备农业经营的多余田地。

但是在夔州,情况有所不同。杜甫在夔州购入了带有田地的房屋和果园,并且亲自前往田间地头监督耕作和收获。因此,杜甫夔州时期参与农事的程度与成都时期有所不同。如果依照内容对杜甫夔州时期描写农业生活的诗歌进行分类,其中既有描写管理经营稻田和橘园的作品,又有歌咏蔬菜种植等农活之作,除此之外,还有描写各类琐碎外围工作的诗歌。在本部分的论述中,笔者主要以旱地为例,而在旱地的劳作,则主要是蔬菜种植。

中国诗人在归隐田园的时候,多少会从事一些农业生产,并将之写入自己的诗作。隐逸生活被诗化,在这些以歌咏隐逸生活为主题和题材的诗歌中,各种农业生产和农业景观不可欠缺。不吟咏这些,诗人们似乎不能过上隐逸生活。

但是,对杜甫而言,却存在着更为现实的动机,为现实生活所迫,这是一个背景。与那些所谓隐逸诗人创造出的空想浪漫田园诗、农业诗相比,杜甫的诗作具有一种鲜活的气息,领先一步,似乎进入了另一种空间。

杜甫的农业诗,亦是其生活诗重要的组成部分。生活诗大致上以陶渊明发端,到杜甫这里得以成长,经过中唐白居易的发展,到宋诗便开出花朵,即便是放到后世,也很难找出像杜甫农业诗这样内容充实的生活诗作。

杜甫的诗歌,具有情景再现般的具体描写、逼真性、不会让读者厌倦的故事性、难以预测的话题转换之妙,同时还有诗中蕴含的丰富感情、根植于现实生活的真情、暗藏的寓意、偶尔出现的戏谑性、背景中的思想深度,这些特点被杜甫缜密安排在诗作之中,在形式上达成统一,然后构筑在一首诗中。杜甫诗歌所具有的这些特征,在小论涉及的蔬菜种植诗中亦有充分发挥。在本论最后,会明确得出杜甫是多么喜欢蔬菜这一事实。

第二节 进入夔州及其农事计划

因为要赴任朝廷员外郎一职,杜甫离开成都的浣花草堂,在三峡小城云安,因病卧床不起。杜甫在云安滞留实际上有八九个月,永泰二年(766)(下面为方便起见,采用大历元年之年号)暮春,杜甫终于要离开云安了。距离他离开成都,业已过去近一年。春天要过去了,而杜甫已经五十五岁了。

顺利抵达夔州的杜甫,却并未因此表现出任何急于赶路的态度。(一五01 移居夔州作)是其到达夔州后最初的作品,在诗中,杜甫表达了地处三峡的夔州有很多平地,想要暂时安顿于此的想法。

禹功饶断石,
且就土微平。

如果要急于赶路,那么离开云安之后就该径直通过夔州,一路朝江陵而下,由此可以想见,杜甫最初就打算在夔州停留①。

不仅如此,从进入夔州开始,杜甫就表现出对农事的关心。上面所举诗句之前的句子写道:

> 农事闻人说,
>
> 山光见鸟情。

明末王嗣奭据此敷衍,做如下解释:

> "农事闻人说",盖已有为农之意。后来瀼西督耕本此。
>
> ……"土微平",正便于农也。　　　　　(《杜臆增校》卷七)

因为在云安意料之外的久病,杜甫可能把钱花光了。为了筹措盘缠,故此才有了暂时留在云安之必要,或许杜甫就是为此才着手进行橘子和稻谷等农业经营的。从仅仅两年的夔州滞留这一结果来看,大致是可以理解的。杜甫当初究竟对从事农业生产进行过多么具体的计划已不得而知,但只要通过下面的诗句,便能想象出杜甫的家庭经济状况与其在当地开展的农业经营密切相关。

抵达夔州的第二年,因为手头紧张,杜甫不得不将妻子的首饰典当。杜甫曾在诗中向自己的友人高官郑审、李之芳诉说过此事:

> 囊虚把钗钏,
>
> 米尽拆花钿。
>
> (一九 39 秋日夔府咏怀奉寄郑监李宾客一百韵)

另外,旅途上逼不得已,还曾向别人借银两使用:

> 久客藉黄金
>
> (一九 10 上后园山脚)

等到了次年春天,预备离开夔州之前,为了筹措盘缠上路出发,杜甫还写下了:

---

① 如此一来,杜甫本该匆匆赴任的检校工部员外郎期限又如何了呢?或许在云安生病滞留时,期限已经过了。陈尚君先生认为期限一共两三年(见本书第三部第一章第113页注③))。在(一五04客堂)一诗中,杜甫就曾写道:"尚想趋朝廷,毫发裨社稷。形骸今若是,进退委行色。"在考量这一阶段前后经纬的时候,此诗非常重要。但是,诗歌的创作时间有云安说和夔州说两种,并没有定论。包括此诗的编年,笔者也不甚明了。

> 春归待一金
>
> （二一 10 白帝楼）

通过这些诗句，我们可以得知，杜甫在夔州手头不太宽裕，而一旦上路，旅途上每日都有开销，因为没有足够的旅费，这才停留在夔州。

对旅途上的杜甫而言，夔州收获的稻谷，作为其生活之本是非常重要的。这一点从下面的诗句就能看出。在作于夔州第二年夏天的诗作（一九14 行官张望补稻畦水归）中，杜甫就曾写道，夏天辛劳地给稻田补水，才能为旅途中的自己补充干粮。

> 终然添旅食，
>
> 作苦期壮观。

另外，在秋天的诗作（一九15 秋，行官张望督促东渚耗稻向毕，清晨遣女奴阿稽竖子阿段往问）中，杜甫描述了主食大米的重要性，诗中写道：

> 谷者命之本，
>
> 客居安可忘。

不仅如此，杜甫更写道，看着作为主食的大米填满在粮仓里，就能慰藉他旅途的忧愁：

> 仓廪慰飘蓬
>
> （二〇 31 暂往白帝复还东屯）

以上作品均是杜甫抵达夔州第二年之后所作稻田经营之诗。夔州时期的杜甫人在旅途，通过诗歌，我们能够了解杜甫当时为稻谷收获和作为粮食的大米操碎了心。杜甫夔州时期对农业的强烈关注，首要之义，乃是为生活所迫。因此可以认定，他在进入夔州一开始，心中就有所期待。

但是从最根本上讲，杜甫并未将从事这些农事看作是无奈之举，他在诗歌中描写农事的时候，乃是以一种截然不同的色彩将之呈现在读者眼前，以此给我们以享受。

第三节　夔州第一年　夏天旱灾

如上所述，进入夔州之时，杜甫就曾想过从事一些农业生产，而夔州第一年的农事则主要以蔬菜种植为中心。

将杜甫诗歌中提及蔬菜种植的诗句串联起来,可以进行如下思考:杜甫抵达夔州后不久,就得到了一块田地,能够种植自家需要的蔬菜。但是,是年夏天旱灾持续,当初的预想落空了。到了秋天,虽然遭受了暴雨袭击,但亦下了些好雨,蔬菜长势还算不错。不仅如此,他还在自家的屋檐下种植了莴苣,但失败了。夔州第一年大致可以做如是推定。

夔州第一年,也就是大历元年夏天,异常的旱灾持续了很久。此事在杜甫(一五 24 雷)(一五 25 火)(一五 26 热三首)(一五 28 毒热寄简崔评事十六弟)等诗作中均有描写。当地还举行了独特的祈雨仪式,但是旱灾依然持续了三个多月。具体时间可以从(一五 32 七月三日,亭午已后,校热退,晚加小凉,稳睡……)中得知:

闭目逾十旬,

大江不止渴。

让人睁不开眼的旱灾持续了十旬,也就是一百多天,即便是长江这样的大河,也难以平复天干地燥的状态。

依据第一年夏天的诗作(一五 24 雷),在如此不可思议的大旱灾中,杜甫蔬菜种植的计划彻底落空了。在诗作的开头部分,杜甫写道:

大旱山岳焦,

密云复无雨。

南方瘴疠地,

罹此农事苦。

如若旱灾依旧持续,那么接下来的农业生产就要蒙受损失。在创作这首诗的前几日,雷声大作,刮起风来,本来还期待着能降场大雨,结果雨云被风吹散,一滴雨也没降下来。

昨宵殷其雷,

风过齐万弩。

复吹霾翳散,

虚觉神灵聚。

可见杜甫当时应该是受到了惊吓,这才创作了(一五 24 雷)这首诗。末尾处杜甫抱怨自己的不幸,作结如下:

>　　吾衰尤拙计，
>　　失望筑场圃。

所谓的建筑场圃，严格意义上讲，乃是沿袭了《诗经·国风·豳风·七月》这首诗中"九月筑场圃，十月纳禾稼"的句子。关于"场圃"，《毛传》中就说"春夏为圃，秋冬为场"，《郑笺》有言曰："场圃同地，物生之时，耕治之以种菜茹，至物尽成熟，筑坚以为场。"如此一来，场圃乃是一种土地重复利用的技术，春夏耕作为田种植蔬菜，秋冬加固土壤以为谷物的收获场地。藉此可以得知，上面所举是年夏天（农历四月到六月）所作的诗作当中，杜甫之所以要说自己因为旱灾失去了修筑场圃的希望，乃是因为比起一般的农活，夏天的蔬菜种植化为泡影，让人叹息。也就是说，杜甫在抵达夔州的第一年，就拥有了某种形式的菜地。

漫长的旱灾加上炎热的夏季，翻看日历，秋天终于要来了，一并带来的，还有些许清凉，但是依旧没有下雨。因此，菜地里的蔬菜就异常珍贵，不是那么容易就能采摘来满足餐桌上的需要。关于这一点，杜甫在前面所举的诗作（一五 32 七月三日，亭午已后，校热退，晚加小凉，稳睡……）中继续写道：

>　　退藏恨雨师，
>　　健步闻旱魃。
>　　园蔬抱金玉，
>　　无以供采掇。
>　　密云虽聚散，
>　　徂暑终衰歇。

这里所言"园蔬"者，并不能确定究竟是哪里来的东西，或许是杜甫菜地里的，亦可能是别人菜地所种。但是，在这样的旱灾中，蔬菜稀缺，无论何处的菜地应该都是一样，于是，杜甫在这里采取了比较模棱两可的写法，并未将两者严格区别开来。如此的暧昧，或许就是汉诗所谓的含蓄。下句中"无以供采掇"也采用了同样的说法，可以是杜甫家中的情况，亦可能是他处之状。如此来看，夔州第一年杜甫已经拥有了自家的菜地。通过杜诗，我们亦可得知这块菜地夏天遭受了旱灾，这个结论没有丝毫不妥之处。

第四节　夔州第一年　秋季的蔬菜

　　进入秋天,开始降雨,久旱得以缓解。杜甫为这久旱之后的喜雨高兴万分,以"雨"为题作诗二首。在其中(一五 35 雨)这首中,杜甫写道,因为久旱而干枯的农作物,也终于得惠于这次甘霖,重返生机:

　　　　亢阳乘秋热,

　　　　百谷皆已弃。

　　　　皇天德泽降,

　　　　焦卷有生意。

　　大旱后的降雨,使得杜甫菜地中的蔬菜也重焕生机,顺利长出了绿色的新叶。杜甫感动异常,想象也随意驰骋,一两个月后,晚秋稻谷成熟丰收的情形也已经浮现在他脑海中。

　　　　清霜九月天,

　　　　仿佛见滞穗。

　　　　郊扉及我私,

　　　　我圃日苍翠。

(一五 35 雨)

　　"郊扉"乃是指郊外的住所。"我私"乃是沿用了《诗经》中《大田》一诗所言"雨水滋润了公家的田地,也滋润了我的私田"这一句:

　　　　雨我公田,

　　　　遂及我私。

《诗经·小雅·甫田·大田》

　　如此一来,此处的"我私"就是指成为杜甫私人物产的农田。另外,从"我圃"这一表述来看,杜甫这里所言"我私"的农田,乃是归其所有的田地。也就是说,杜甫此时已经拥有了自己的菜地。

　　可以通过下面这句推出这样的结论,此处的田地不是稻田,而是菜地,杜甫接着写道:

　　　　恨无抱瓮力,

　　　　　　庶减临江费。

　"抱瓮"这一表述是沿用了《庄子·天地篇》汉阴丈人的故事。子贡过汉阴时，见一老人在筑"圃畦"，他将井水用瓮运来倒入圃畦之中。

　　　（子贡）过汉阴，见一丈人。方将为圃畦，凿隧而入井，抱瓮而
出灌。

　故事以此开始。这个故事被后来的诗人作为种菜和隐逸生活的象征性典故加以使用。关于庄子这里提到的"圃畦"，有各种解释，此处笔者想采用菜畦或者田埂这一说法。后世也多使用旱地或是菜地田埂等意思。例如杜甫推崇的同时代诗人元结就曾在诗中写道：

　　　　　筑塘列圃畦，
　　　　　引流灌时蔬。
　　　（《唐元次山文集》卷四《游潓泉示泉上学者》）

　"圃畦"这个词语，一般都会让人联想到菜地，不会是稻田。杜甫使用汉阴丈人"抱瓮"的故事，也表明了他当时拥有菜地这一事实。

　以上，我们了解了杜甫在抵达夔州后第一年，就拥有了自己的菜地这一事实。第二年他在瀼西亦拥有自己的田地是人所共知之事，而第一年就拥有自己的田地却不太为人所知，与其说不被大家所知，不如说未曾引起人们的注意。

　那么，杜甫的菜地位于什么地方？有首诗提示了这个地点。杜甫到达夔州后不久，便开始在山坡地带的居所饲养鸡仔。到了夏天，因为鸡长大了，它们踩踏盘食，搞得一片狼藉，因此杜甫便决定在院墙东侧的空地上编制竹篱以隔离饲养。他把这份工作交由长子宗文来监管，并在（一五 30 催宗文树鸡栅）一诗中描写了部分经过：

　　　　　自春生成者，
　　　　　随母向百翻。
　　　　　驱趁制不禁，
　　　　　喧呼山腰宅。
　　　　　……
　　　　　墙东有隙地，
　　　　　可以树高栅。

这块空地原本可以开垦为田地,在此诗中却变成了院墙东侧的"隙地"。隙地有空地的意思,在成都草堂居住的时候,杜甫便在这样的"隙地"上种植过药材。

药条药甲润青青,
……
根居隙地怯成形。

(一三41 绝句四首)其四

在下面这首白居易的诗中,"隙地"被开垦为农田:

隙地治场圃

(《白氏长庆集》卷十五《渭村退居,寄礼部崔侍郎、翰林钱舍人诗一百韵》)

从上面的例子来看,杜甫诗中所言"山腰宅"的"隙地"亦有可能是其菜地的一个备选地。

另据简锦松先生新近之说,此处的"山腰宅"似乎应该位于赤甲山的山腰处,头一年,杜甫曾在白帝山的西阁和赤甲宅两地居住,故此应曾往来于两地。①

第五节　夔州第一年　播种莴苣

夏天一过,便进入秋菜的播种期。唐末五代的农书《四时纂要》"初秋七月""中秋八月"条目中就记载了种植芥菜、蔓菁、蜀芥、芸薹、小蒜、莴苣、

---

① 此点可依据简锦松的新说《我怎样为杜甫夔州诗重订编年》(《国科会中文学门九〇—九四研究成果发表会论文》,彰化师范大学,2006 年 11 月 25 日)知晓。即:杜甫从夔州第一年早些时候开始,就在白帝城北侧的赤甲山南麓置宅,同时亦屡屡住宿在白帝山西坡的西阁中。也就是说,第一年是在两处地方居住的。此说与简氏提出的新说(《杜甫夔州诗现地研究》,台湾学生书局,1999 年)相同,认为瀼西并非现在奉节县梅溪河(西瀼水)西岸,而是指草堂河(东瀼水)西岸。对笔者而言,这是具有启蒙和划时代意义的学说。如果简氏的新说成立的话,那么夔州第一年的农事舞台就大致可以定位在赤甲宅,那么夔州四百多首诗作的编年将进行全面改编修正。如果简氏《杜甫夔州诗新注》出版(预计近期出版),便有可能产生一些对夔州诗作新的解读。

219

胡荽、葱和薤菜等。

在夔州，进入秋天，开始降雨，杜甫也在自己居所的前面开辟田地，播撒了莴苣①种子。但是，过了二十多天，莴苣依旧一株也没有发芽，反倒是野稗长满了院子。于是杜甫有感作(一五50 种莴苣并序)。

在诗的最开始，杜甫写道，是年夏天阳光炙烤，农作物大部分都枯死了。

> 阴阳一错乱，
> 骄蹇不复理。
> 枯旱于其中，
> 炎方惨如毁。
> 植物半蹉跎，
> 嘉生将已矣。

然后突然乌云密布，电闪雷鸣，刮起东风下起暴雨来。小小的溪流也仿佛瀑布一般，水量激增，一路注入长江：

> 云雷欻奔命，
> ……
> 雨声先已风，
> 散足尽西靡。
> 山泉落沧江，
> 霹雳犹在耳。

雨下了足足两晚，雨一停，便感受到秋日的清爽气息：

> 终朝纡飒沓，
> 信宿罢潇洒。

(一五 50 种莴苣并序)

接着，马上就要开始田间劳作。在诗的序文中，这样简单地写道：

> 既雨已秋，堂下理小畦，隔种一两席许莴苣。

诗中所写比较详细。地点、僮仆、种子、田地的面积、工作量等均有

---

① 诗题中所言的莴苣，日语名叫"tisya"，就是今天莴苣类的总称。在中国，最晚到唐代，就已经从西域传入了。对杜甫而言，莴苣究竟是吃叶子还是吃茎，这一点就不得而知了。此时的莴苣还不曾结球。

提及：

> 堂下可以畦，
> 呼童对经始①。
> 苣分蔬之常，
> 随事艺其子。
> 破块数席间，
> 荷锄功易止。
>
> （一五 50 种莴苣并序）

通过此诗，我们可以得知，杜甫在自己居所前按照大小不等的区划开辟出田地，叫来两个用人僮仆，开始翻土作业，并且按照顺序完成了莴苣的播种工作。

第二句中的"经始"，乃是以《诗经·大雅·灵台》中的"经始灵台，经之营之"为源头，指开始进行土木作业等工作。连田地都没有，却一开始就使用耕作这样让人感觉生硬的词语。南宋赵次公亦作"言初无畦而始经营之"（《杜诗赵次公先后解辑校》戊帙卷之五）之注。

前面提到那处位于"山腰宅"的"隙地"，并非是这里的莴苣田。一如杜甫诗中明确写到的那样，此处的莴苣田位于"堂下"，应该是在"山腰宅"院子附近。在序文中，杜甫将之称作"小畦"。"菜畦"将四周围成田埂，划分出长方形的灌溉菜园，如果在这里注水灌溉的话，这块地整体上都能漫灌到。② 通过"呼童对经始""隔种一两席许莴苣"这些内容可以推测，在这样狭长的田地中，杜甫吩咐两个僮仆各负责一块，将之相互连通起来。在《齐民要术》卷三第十七"种葵"中，记载了亦适用于其他农作物的"畦"之修筑方法（"凡畦种之物，治畦皆如种葵法"）。此处大小乃是"畦长两步，宽一步"，如果杜甫也按照如此大小来修筑的话，两块地合起来就应该有四叠榻

---

① 亦有"'对'谓对'堂下'"（清代杨伦《杜诗镜铨》卷十三）的解释，此处仇注乃是依从了"'对经始'，两童相对而治畦也"。

② 关于"畦"，参考了《（校订译注）齐民要术》上册（西山武一、熊代幸雄译，农林省农业综合研究院，1975 年）卷三第十七"种葵"译注二（第 131 页），《中国科学技术史·农学卷》（董恺忱、范楚玉主编，科学出版社，2000 年 6 月）第十二章第三节（三）《农田灌溉技术及有关问题》（第 293—296 页）。

榻米面积大小。杜甫莴苣田地的面积,我们做如此推定,也是可以的。

当然,这里并非杜甫自己亲自手握锄头开垦土地。原因当然并非夔州时期杜甫身体健康状况不允许。虽然汉代之前、六朝以后似乎是有一些先例的,但是基本上不存在士大夫手握农具下地流汗干活的情况①。这些士大夫所从事的应该仅仅是农业经营,抑或是到田地中监督农业生产。至于他们与实际生产和农民之间的距离,会因人而异,或近或远。杜甫应该属于前者。与农民的距离远近只是单纯量的问题,作为知识分子阶层,这两者应该存在着质的区别。但是,当接近到一定程度以后,无论其本人是否有所察觉,都会发生质的变化。夔州时期的杜甫就应该归入这类当中②。

以上情况暂且不论,杜甫的莴苣种植以失败告终。莴苣的发芽对环境要求很高,温度在 25 摄氏度到 30 摄氏度之间、光线良好的浅层覆土乃是基本条件。过热或者覆土过多,都不会发芽。这里不能确定杜甫是否知道这样的专门技术。但是按照诗中"随事艺其子"所言,杜甫似乎应该是知道这一栽培技术的。

莴苣的种子被埋到土中,却长出了茂盛的野稗。不知道这些未曾种植的野稗从何而来,杜甫亦觉不可思议:

两旬不甲坼,

空惜埋泥滓。

---

① 在北齐颜之推的《颜氏家训》(卷四《涉务篇第十一》)中,就论述了南朝士大夫(上层阶层)实际上并不从事农业生产的情形,曰:"江南朝士,因晋中兴,南渡江,卒为羁旅,至今八九世,未有力田,悉资俸禄而食耳。假令(力田)有者,皆信僮仆为之,未尝目观起一坡土,耘一株苗,不知几月当下(种子),几月当收。安识世间余务乎?"(《颜氏家训集解》,王利器集解,上海古籍出版社,1980 年)

② 拙论有考量过这一事例,请参考《生活底层之思绪——杜甫夔州瀼西宅》[载《立命馆文学》(清水凯夫教授退休纪念论集)特别号,2007 年 2 月],本书第三部第三章收录。

另外,六世纪中叶的《齐民要术》卷前《杂说》中亦引"莴苣",但一般认为卷前之《杂说》并非贾思勰原作,这里就不再列举。依据《齐民要术校释》第二版(后魏贾思勰著,缪启愉校释,农业出版社,1998 年 8 月)第 23 页,《(校订译注)齐民要术》上册(西山武一、熊代幸雄译,农林省农业综合研究院,1975 年)第 14、17 页。另外还有专论如米田贤次郎《论所谓〈齐民要术〉卷头杂说》(《中国古代农业技术史研究》,同朋舍,1989 年 3 月。原载《史林》四十八之一,1965 年 1 月)。

野苋迷汝来。
　　宗生实于此。
　　　　　　　　（一五 50 种莴苣并序）

不仅如此,面对眼前的野稗,杜甫仿若谴责一般地写道,别看你们现在长得如此茂盛,一到落霜的晚秋,就会枯萎掉:
　　此辈岂无秋,
　　亦蒙寒露委。
　　翻然出地速,
　　滋蔓户庭毁。

有趣的是,这是杜甫的失败经验。他将野稗当作死对头一般痛骂一番。也只有杜甫这样的诗人,才会对野稗这样的杂草进行一对一的说教。这里似乎暗藏着些许诙谐的趣味。可以说,这是宋代"以俗为雅"的先驱。在引经据典、古老正统风格的古诗文体中进行如此尝试,这种有意识脱离正统的用法,亦表现出杜甫的幽默。

但是,这里的杂草并不让人感到憎恶。好容易种下的莴苣,被野稗糟践了,面对眼前野稗旺盛的生命力,杜甫颇为惊讶,他甚至对杂草的生机有一种佩服之情。这小小的野稗也在努力生长,不,它们也有生存的权利。杜甫对万物所饱含的"慈爱"目光,在夔州期的这些杂草身上得以体现①。作为杜甫诗歌创作态度的体现,他对植物表现出的这些平等思想和特别感情也极具意义,不过这里就不进行具体讨论了。

下面想探讨的问题,乃是莴苣在八世纪后半叶,在中国西南一角,被一个读书人种植,并将此经过写入自己的诗作之中,这个事实我们究竟该如何来看待?

莴苣并非中国自古就有的物种,而是唐代之前从西域传过来的。文献上记载的"莴苣"这一称呼最早出现在陈藏器的《本草拾遗》(739 年)、王焘的《外台秘要》(752 年)中。之后,唐末五代韩鄂的《四时纂要》以及赵州从

---

① 例如在描写稻田管理经营的(一九 15 秋,行官张望督促东渚耗稻向毕,清晨遣女奴阿稽竖子阿段往问)一诗中,对杂草蒲稗就做了这样的描写:"上天无偏颇,蒲稗各自长。"另请参考本书第四部第三章的相关内容。

谂禅师《十二时歌》其六中亦有记载①。但是,以上均是医书、本草书、农书或者禅僧的颂偈等特殊文献。也就是说,莴苣这一菜名,到唐代为止,除了杜甫的诗作以外,并未出现在一般的诗文当中。

据此可知,有关莴苣这一舶来植物的文献史研究,杜甫的诗可作为非常珍贵的资料。但这并非拙论所要研究的问题。自莴苣出现在文献中还不到十年,杜甫就写道"苣兮蔬之常",可见在夔州就能得到莴苣的种子。一方面我们可以看出莴苣普及速度之快,另一方面,亦能知晓杜甫对蔬菜种植所持有的热切关注态度。

虽然到唐代为止,莴苣只在特殊文献中才能看到,但是到了宋代以后,就已经出现在诸如王之道《追和老杜种莴苣诗》等普通的诗文当中。可以说,杜甫的诗作对把莴苣推广到一般诗文中是有功劳的。到唐代为止,一般读书人是不会在诗作中描写莴苣的,这个词语也并非雅语。即便后来普及了,作为新近的蔬菜,在古典文献中也并无使用的例子。普通诗人在创作诗歌时,一般都会犹豫是否要使用诸如此类的题材,杜甫却特意为莴苣这种蔬菜单独创作了一篇作品,这体现了杜甫的诗歌创作态度,从中我们亦可以窥见杜甫诗歌创作的革新性。

第六节　夔州第二年　对农事的关注

如前节所言,杜甫在进入夔州之初,就对农事有所关注。不仅如此,进入夔州第一年,杜甫就有了自己的菜地,并且在房前播种了莴苣。

夔州第二年的晚春时节,杜甫从白帝山西阁、赤甲山山腰搬到了草堂河西岸的瀼西,这里是一处有着八九间宽敞房屋和四十亩果园田地的居所。之所以能得出这样的结论,是因为杜甫在(一八 13 瀼西寒望)这首作品中就叙述了自己搬家的计划:

瞿唐春欲至,

---

① 吴存浩在《中国农业史》(警察教育出版社,1996 年)中认为,有关莴苣的记载最早出现在初唐孟铣的《食疗本草》中,但这并不正确。开元年间出版的《食疗本草》(孟铣原著,张鼎增补)中所言乃是白苣,并非莴苣(卷下)。

第四部　夔州期的农事

> 定卜瀼西居。

等到了暮春,杜甫又写下了题为(一八 50 暮春题瀼西新赁草屋五首)的诗作。在歌咏自己果园的(一九 03 园)这首诗中,杜甫写道:

> 畦蔬绕茅屋

同样,在秋天给朋友汇报自己居所的作品(一九 39 秋日夔府咏怀……一百韵)中,他亦写道:

> 茅斋八九椽

在写给女婿的(二〇 22 简吴郎司法)诗中,有"古堂本买藉疏豁"的描述,在(二〇 37 小园)这首诗作中,杜甫又叙述了自己购买瀼西宅①和果园的缘由:

> 春深买为花

同时,在(二〇 38 寒雨朝行视园树)这首诗中,杜甫又描写了自己瀼西宅附近有近千株橘树的情形:

> 柴门拥树向千株

而在即将离开夔州的时候,杜甫写下了题为(二一 27 将别巫峡,赠南卿兄瀼西果园四十亩)这首诗作。

夔州第二年,杜甫在瀼西的住宅和土地上从事农业生产,以此为背景,创作了各类与农事相关的诗作。这里先行介绍杜甫描述自己对一般农事有过关注的诗作,接下来再分析杜甫如何在诗作中描写自己的田地。

晚春时节,杜甫创作了一首搬迁到瀼西前后的诗作,是占卜瀼西居所的内容,诗中写道:

> 云嶂宽江北,
>
> 春耕破瀼西。
>
> (一八 49 卜居)

杜甫想象着在瀼西春天以后要从事的农活。

紧接着是在瀼西新赁房屋后所作之诗,在稻谷和橘子没有收获之前,需要在这里滞留一年左右,必须从事一些农业生产。这虽然是杜甫自己的

---

① (一九 16 阻雨不得归瀼西甘林)一诗中"欲归瀼西宅"一句,使用了"瀼西宅"这个词语。"赤甲宅"这个词语杜甫并未使用过,在杜甫搬迁到赤甲的诗作(一八 47 入宅三首)中,使用了"宅"这个词语,笔者据此使用。

抉择,但是面对如此事态,必须积极应对。此处表达了杜甫当时复杂的心情:

> 身世双蓬鬓,
> 乾坤一草亭。
> ……
> 细雨荷锄立,
> 江猿吟翠屏。
>
> (一八 50 暮春题瀼西新赁草屋五首)其三

此处的"荷锄",不用赘言,是经陶渊明使用之后,成为表现农事和象征隐逸的诗语,后世诗人们常在诗歌中使用。

夏天,在拜谒诸葛亮庙时,杜甫想起了诸葛亮爱好农耕、吟唱梁父诗歌的故事。

> 欻忆吟梁父,
> 躬耕也未迟。
>
> (一九 26 诸葛庙)

那时,杜甫曾爬到瀼西宅北侧的果园中,回顾自己的前半生。他虽然未能像晋代隐者孙登那样有精湛的长啸,却表达了自己至少也要像诸葛亮一般吟唱梁父诗歌的愿望。

> 敢为苏门啸,
> 庶作梁父吟。
>
> (一九 10 上后园山脚)

梁父之吟代表着诸葛亮的躬耕时代,通过这样的表述,可以得知杜甫当时对农业生产的关注。

下面这首(一九 36 奉酬薛十二丈判官见赠),应该是晚秋时节,杜甫为了稻谷的收获临时移居东屯时的作品。诗中描写了杜甫从事各类农事和对当地地形的熟悉:

> 老夫自汲涧,
> 野水日泠泠。
> ……
> 卧病识山鬼,

第四部　夔州期的农事

为农知地形。

（一九 36 奉酬薛十二丈判官见赠）

入冬后，作（二〇 51 戏作俳谐体遣闷二首），表达了对当地风俗的不满：

治生且耕凿，

只有不关渠。

这里使用的"耕凿"这个词语乃是农耕的意思。杜甫对当地让其讨厌的事情从不过问，只一心埋头在自己的农事中。

如以上所列，杜甫在瀼西，也就是夔州第二年，创作了不少与农业生产相关的诗作，在这些诗作中，亦表现出自己对农业的关注。

第七节　夔州第二年　房屋周围的菜地

下面来看瀼西的农田。瀼西的农田，主要包括居所周围的菜地（可能和果园比邻），牛耕后种植了芜菁的数亩农田，与长老交谈过的豆子地等。只是这些农田究竟是分散的还是相互比邻，具体情形现在已不得而知。芜菁田和豆子地在后面会举例，这里想先探讨一下围绕在杜甫居所周围的菜田，介绍一下这些菜田在杜甫诗歌中是如何被描写的。

杜甫在瀼西购买的房子和果园中，有一片围绕在其房屋周围的附属菜园。之所以做如是推定，是依据了下面这首（一九 03 园）：

仲夏流多水，

清晨向小园。

……

畦蔬绕茅屋，

自足媚盘飧。

此诗乃是杜甫从夔州城中返回瀼西宅时的作品，诗题中所谓"园"和诗中所言的"小园"乃指瀼西的四十亩果园，"茅屋"指与果园一同购入的瀼西宅。此处所说的"畦"，正如诗中所言"畦蔬绕茅屋"，是围绕在房屋附近的菜园。这个菜园中种植的蔬菜足够杜甫一家之需，杜甫在诗中写道，这些蔬菜可以用来做美味可口的晚餐。由此可知,能在房屋周围种植新鲜的蔬菜,杜甫本人是颇为高兴的。

八年前,杜甫在秦州寻觅理想隐逸之地的时候,就曾收到当地隐者阮氏送给他的薤菜。当时杜甫一边想象着阮氏的居所,一边写下了诗作(〇八 16 秋日阮隐居致薤三十束),当中写道:

　　　　隐者柴门内,
　　　　畦蔬绕舍秋。

可以想见,对于在居所周围拥有菜地这样的好事,杜甫非常向往。

杜甫中意的还有一把折叠式椅子。某个秋日黄昏,他将椅子搬到瀼西宅北侧,然后眺望着自家屋后的田地。当时夕阳正好落到右手一侧的白帝城方向。于是在(二〇 19 孟仓曹步趾领新酒酱二物满器见遗老夫)一诗中,杜甫写道:

　　　　楚岸通秋屐,
　　　　胡床面夕畦。

当时,孟氏特意提着新酿造的酒水和酱油,从田地对岸的草堂河方向前来探望杜甫,杜甫和当地友人之间那种质朴而又暖心的交情,通过田地传达出来。

下面这首(二〇 05 向夕)作于大历二年冬天,仍然是瀼西之作。黄昏即将来临的时候,杜甫有些不安,不知道自己应该如何在这个与鸡同在的瀼西之宅度过漫长的冬夜:

　　　　畎亩孤城外,
　　　　江村乱水中。
　　　　……
　　　　鹤下云汀近,
　　　　鸡栖草屋同。
　　　　琴书散明烛,
　　　　长夜始堪终。

　　　　　　　　　　　　　　(二〇 05 向夕)

第一句中所言"畎亩"不是指水田,而是旱田。"畎"是旱田中挖掘的水沟,"亩"是堆泥高筑的田埂,原本是汉代以前修筑旱田的方法。① 在唐代,"畎亩"除了指代这种田地的修筑方法之外,更指代一般的农田,只不过这个词语很难让人想到水田。在这首诗的首联,杜甫概括描写了自己居所的位置,并说明了瀼西村中的田地位于白帝城外,夹在呈">"字形弯曲的草堂河当中。杜甫在诗中自言自语,正因为在如此之地有了琴和书的陪伴,才能度过孤独的夜晚。

进入晚秋,杜甫因为要监督稻子收割,故此暂时移居东屯,将瀼西宅租赁给了女婿吴郎。九月九日重阳节前日,吴郎到访东屯。对于女婿的到来,杜甫有些激动。关于当时的经过,杜甫将之写在了(二〇 24 晚晴吴郎见过北舍)中,诗的前半部分这样写道:

> 圃畦新雨润,
> 愧子废锄来。
> 竹杖交头拄,
> 柴扉扫径开。
>
> (二〇 24 晚晴吴郎见过北舍)

"圃畦"在第三节中亦有阐述,乃指菜地。这里应该是指杜甫瀼西宅附近的那块。杜甫暂时移居东屯之后将其交付给女婿吴郎打理。女婿和岳父一样,也忙于圩田筑地。从"愧子废锄来"这句就能解读出来。在如此的农忙时节,吴郎抽空到访东屯来看杜甫。此时下了一场好雨。杜甫正好忙着什么,所以对吴郎的探访,他稍微有些过意不去。

继续来看"圃",在第二年秋天所作(一九 25 白露)一诗中,杜甫亦将瀼西宅的田地写入诗歌中。这是一首描写某日清晨骑马到瀼西宅北侧山坡上宽阔果园的诗作。此时的杜甫,亦管理经营橘园。在诗的前半部分,杜甫写道:

> 白露团甘子,
> 清晨散马蹄。

---

① 可参考郭文韬等著(渡部武译)《中国传统农业与现代农业》第二章第二节之"畎亩法"(农山渔村文化协会出版,1989 年 9 月),《中国农业百科全书·农业历史卷》(游修龄主编,农业出版社,1995 年),《中国农史辞典》(夏亨廉、肖克之主编,中国商业出版社,1994 年)"畎亩法"条。

圃开连石树，

　船渡入江溪。

　　　　　　　　（一九 25 白露）

此处所写连石之树意思不明，但是能够看出，杜甫的田地紧挨果园。

通过上面诗作可以看出，杜甫对瀼西宅附近的田地有着非常深厚的感情，与果园和房屋相比，次年离开夔州的时候，杜甫对这块菜地更加不舍。在（二一 27 将别巫峡，赠南卿兄瀼西果园四十亩）这首诗中，杜甫这样写道：

具舟将出峡，

　巡圃念携锄。

以上所举的例子均是歌咏围绕在瀼西宅附近菜地的诗作，因为这块菜地与杜甫生活最密切，因此最能留存在他的记忆中。

最后，顺便介绍一下杜甫诗歌中描写的烧田（畬田）。

在中国西南地区，这种烧田原本就很流行。瀼西第二年晚秋，在临时移居东屯之作（二〇 08 自瀼西荆扉且移居东屯茅屋四首）其三中，杜甫就描写了与烧田有关的情节：

斫畬应费日，

　解缆不知年。

因为烧田作业要花费数日，因此便无从知晓自己乘船离开夔州的具体时间。依据周尚兵先生在《唐代南方畬田耕作技术的再考察》（《农业考古》2006 年第 1 期）中的考证，这里的"斫畬"，乃是指用斧头或锯子将树砍倒，然后将之燃烧的方法，据说是唐代以后才出现的新型烧田法。杜甫言及"畬"的诗作共有三首，均是夔州（瀼西）时期的作品。作为参考，下面将其余两首也一并列出：

畬田费火耕。（二〇 51 戏作俳谐体遣闷二首）其二

烧畬度地偏。（一九 39 秋日夔府咏怀……一百韵）

杜甫来到夔州，不仅对当地少数民族使用的烧田法非常关注，更亲自将之付诸实践。

在瀼西，"山田"亦进入杜甫的视线之中。事实上，这里的山田也是烧田之意。在（一八 57 晚登瀼上堂）一诗中，杜甫曾写道：

> 雉堞粉如云,
>
> 山田麦无垄。

这里的"山田"有烧田的意思,这一点从杜甫友人岑参的诗句"山田正烧畲"(《岑嘉州集》卷一《与鲜于庶子自梓州成都少尹自褒城同行至利州道中作》),和晚唐温庭筠的"山火烧山田"(《温庭筠诗集》卷三《烧歌》)等例子中亦可得知。杜甫在此诗中表达了对种植麦子的烧田(山田)没有修筑田埂的惊讶之情。

实际上,在烧田中亦可以种植小麦。这一点从中唐元稹《南昌滩》"畲余宿麦黄山腹"这句便可得知(《元氏长庆集》卷二〇,一作武元衡)。大泽正昭认为唐代烧田的主要作物有粟米、小麦、豆子、山芋、旱稻等,在此基础上,曾雄生又补充了甘蔗和姜等①。下面所举这首诗中的山田,亦可认为是瀼西诗作中的烧田。在(一九23 溪上)这首诗中,杜甫写道:

> 塞俗人无井,
>
> 山田饭有沙。

这里的饭,应该是指旱稻,若不然,亦有可能是粟米等杂粮之饭。此处的"山田"并非杜甫管理的烧田,但是可以看出,杜甫对当地农业景观亦有所关注。

以上列举的诗作中,杜甫多次言及自己的旱地。这些旱地不仅营造出杜甫在瀼西隐逸风格的农业生活氛围,同时,这些有关旱地的描写亦扩充了诗歌题材。

第八节　种植芜菁和牛耕

在上一节中,笔者列举了杜甫诗句中提到瀼西旱地的作品。但是,那

---

① 可参照大泽正昭《唐宋畲田行》(《日野开三郎博士颂寿纪念论集:中国社会制度文化史诸问题》,中国书店,1987 年),还有《唐宋变革时期农业社会史研究》第五章《唐宋时代的刀耕火种》(汲古书院,1996 年)第 180 页刊载。另外,还可参考曾雄生《唐宋时代的畲田与畲田民族的历史走向》(载《古今农业》2005 年第 4 期)。另外,关于唐宋时代夔州火田,佐竹靖彦《唐宋变革的地域性研究》第Ⅳ部第六章《宋代四川夔州路的民族问题和土地所有权问题》(第 647—729 页)有详细论述。

些仅是表现其农业生产的作品。在本节中,主要列举杜甫实际从事田间生产的诗作。一如前面提到的那样,虽然这里并非杜甫本人亲自下地牵牛犁地,但是能如此接近农业第一线的诗人已很少见。

去年秋天,杜甫种植莴苣失败了,于是今年便在"数亩"之田牵牛犁地,种上芜菁,杜甫是来监督这些生产活动的。这与去年在巴掌大的土地上种植莴苣这一有点小儿科的行为有所不同。

此时的杜甫身体亦恢复了。在这样的情况下,他创作了(一九21 暇日小园散病,将种秋菜,督勤耕牛,兼书触目)一诗:

秋耕属地湿,
山雨近甚匀。
冬菁饭之半,
牛力晚来新。
深耕种数亩,
未甚后四邻。

入秋后下了一场好雨,土地很滋润,附近田地中的牛耕和秋菜种植也一同开始了,在杜甫的地里,亦早早种上了芜菁。通过此诗,可以想象出当时的情形。

这里使用的牛乃是吴牛。在杜甫诗作(一九15 秋,行官张望督促东渚耗稻向毕,清晨遣女奴阿稽竖子阿段往问)中,就曾描写过东屯水田里的春日牛耕,诗曰"吴牛力容易"。如果是吴牛,杜甫一定认为它不耐热。一如"吴牛喘月"这则谚语所言,吴牛害怕炎热的太阳,看到月亮就已经开始喘息了。

第四句中所言"牛力晚来新",应该是指牛的力量在黄昏时候才焕发出来,为了避免日晒,白天便不用牛,等到日落之后,这才开始牛耕作业。元代王祯《农书》中记载"若夫北方,陆地平远,牛皆夜耕,以避昼热"(《农桑通诀五·畜养篇·养牛类》)。

但是,这句却存在无法忽视的文字之异,十世纪中叶的官书版本中

"晚"字乃作"晓"字①,于是这句就变成"牛力晓来新",也就是说,牛的力量在黎明时分才焕发出来。按照常识,这个官方版本的表述是合理的。宋代《陈旉农书》卷中有"牛说",当中记载"至五更初,乘日未出,天气凉用之,即力倍于常,……日高热喘,便令休息"②。

无论是在文本的差异还是内容层面,都无法断定牛之力量到底是在黎明时分强一些,还是在黄昏时分强一些。于是,因为解读的原因,我们便可品味这种差异带来的乐趣。

虽然此诗被认为是晚秋之作,但是笔者认为亦有可能作于暑热尚存的初秋到中秋时分。《齐民要术》卷三中关于蔓菁就记载曰,"七月初种之"。又《四时纂要·秋令卷之四》"七月"条目中亦写道"种蔓菁,地须肥良,耕六七遍,此月上旬种之",也就是说,在六世纪到十世纪的农书中,芜菁的种植均在初秋时节的农历七月上旬进行。如此,初秋种植的芜菁到了晚秋便长大了。此种情形在中唐诗人刘禹锡《历阳书事七十韵并序》一诗中亦有写到:

场黄堆晚稻,
篱碧见冬菁。

(《刘梦得文集·外集卷八》)

将晚稻收割,然后堆在脱谷场上,这是晚秋时节农村的风景。在这样的背景中,芜菁翠绿,长势很好,但是,这是比杜甫晚五十年后的事情。虽然同在长江流域,刘禹锡之作描写的却是下游和州(安徽省)之风景。

第五句中所说的"深耕"是指深度耕作,这是从春秋战国时代开始就广

---

① 仇注本和钱注本(卷六)中对"晚"均有"一作晓"之注,草堂诗笺本(卷二十九)中则为"晋作晓"。草堂诗笺本蔡梦弼之《杜工部草堂诗笺跋》中有"题曰晋者,晋开运二年(945)官书本也"。据此可知,写作"晓来新"并不能简单无视。"晚"和"晓"在文字上的异同在他处亦有不少,可以说"晚"和"晓"的文字替换有些像是习惯性错误。《钱注杜诗》附录中刊载的吴若《杜工部集后记》里有曰"称晋者,开运二年之官书也"。关于这里的"晋本",请参考黑川洋一《杜甫研究》第四章第三节《关于王洙本〈杜工部集〉的流传》第323—324页。

② 请参考大泽正昭所著《陈旉农书研究/十二世纪东亚稻作的到达点》(农山渔村文化协会,1993年)。这里引用了其中第170页的内容。又,第174页中亦引用了《王祯农书》相关条目,笔者也有参考。

为提倡的耕作方法。牛耕也同时开始了。此诗向我们传达了杜甫热心农业生产的姿态。

此处所言"数亩"究竟有多大？诗中所言的"数亩"究竟是否表述了实际的大小？这里是否使用了惯用的表现方式？按照实际大小来看，数亩相当于日本的二三反，也就是周长五十米大小。但是，在诗作中常出现"数亩宅""数亩居""数亩田"这样的说法。这是根据周代井田法确定的五亩园宅地这一规定(《孟子·梁惠王上·尽心上》《荀子·大略篇》)。到了唐代，这样的词语成为象征浓厚隐逸氛围居所的代称。杜甫从夔州搬到瀼西，还从事了农业生产。在夔州期间，杜甫诗作时常洋溢着隐逸的情调，此诗亦受影响。所以，杜甫在描写耕作数亩之田、种植芜菁的时候，思想上并未将实际的大小当作问题来看，一如诗题中所言"书触目"那样，杜甫只是将自己参与的农业生产以这样的态度写入诗中。因此，这里的数亩，亦可当作实际情形来看，他在瀼西拥有的田地正是这般大小。不过此处所言，是否包含在(二—27 将别巫峡,赠南卿兄瀼西果园四十亩)当中的"四十亩"里，就不得而知了。

第六句中，杜甫比较关注自己的农活是否晚于邻居们。此处应该表达了杜甫不愿意落后于邻居的心情，当然，也可能表现了他不想在蔬菜种植上失败的不安心情。因为去年自己种植莴苣就失败了，而且旱灾导致整个夔州地区的蔬菜种植蒙受损失，如果这次的秋菜种植再次失败的话，对于喜欢食用蔬菜的杜甫而言，来年春天就要陷入蔬菜不足的境地，如此的担忧掠过杜甫心头。此处，杜甫自说自话一般安慰自己，因为和邻居们保持了一致，应该没有大问题，可以看出他在尝试消除自己内心的不安。

对杜甫而言，在这里(译者按:夔州)从事农业生产，自己俨然是外行。因此，杜甫一直认为必须要学习当地的方法。他的这种想法在诗作中时常出现，比如这首(一八 01 偶题)中就写道：

　　　　稼穑分诗兴，
　　　　柴荆学土宜。

另外，在(二〇 16 晚)这首诗中，亦写道：

　　　　朝廷问府主，
　　　　耕稼学山村。

（二〇 30 从驿次草堂复至东屯二首）其一中亦有"筑场看敛积,一学楚人为"之句。在（二〇 37 小园）中,亦写道:

问俗营寒事

可以认为,"后四邻"表达了杜甫要学习当地农业方法,以消除自己身为农业门外汉的不安,当然,这里也表达了杜甫对蔬菜的执着之情。

不仅如此,通过"四邻"这一词语,可以得知杜甫田地周围亦是农田,杜甫的田地也是瀼西村的一部分。在第十节所举（一九 20 甘林）一诗中,杜甫亦写道"明朝步邻里,长老可以依",表明是与长老一起前往豆田。

第九节　为卖而种的蔬菜

牛耕数亩之田,田里种植的芜菁亦有可能是用来出售的。也就是说,如果只种植芜菁或者以芜菁为主,这数亩（译者按:相当于日本的二三反。反,日本的面积单位）芜菁之田作为供给自家食用就有些太大了。按照北魏时期的均田法,良口三口抑或是奴婢五口,除了一亩宅地之外,还能分到五分之一亩菜园①。杜甫一家,连同那些一直跟随的用人,拢共不过十人左右。如果对照北魏的均田法来看,虽然可能因为时代原因在亩数的大小上多少有些差异,但是这数亩芜菁,作为自家食用依然大大超过了标准。

杜甫四十岁前后一直在长安求取功名,自那以后,历经秦州、成都,到了夔州,直至最后在湖南度过自己的晚年,曾一直种植药材以贴补生计。所以,这里杜甫种植芜菁,除了自己食用以外,贩卖也不足为奇。一般认为《齐民要术》卷前之"杂说"乃是唐人所作,其中就记载了把自家多余的蔬菜运到城中贩卖是能够获得政府奖励的,其内容如下:"如去城郭近,务须多种瓜、菜、茄子等。且得供家,有余出卖。"因为杜甫的瀼西之田就在夔州城边上,故而采摘的蔬菜很方便拿到城里去卖。可以说,杜甫脑海中一定浮

---

① 《魏书》卷一一〇《食货志》曰:"诸民有新居者,三口给地一亩,以为居室,奴婢五口给一亩。男女十五以上,因其地分,口课种菜五分亩之一。"关于这个问题,可参看曾我部静雄《关于均田法的园宅基地》（《史林》四十卷二号,1957 年;以及《中国律令史研究》,吉川弘文馆 1971 年收录）。

现过这样的想法,那就是通过贩卖蔬菜以贴补家用。

除此以外,当时杜甫很可能想到了比自己年代早一些,通过卖菜贴补家用的著名诗人们。西晋的潘岳,回到故乡的庄园中,过着自己在诗中描述的田园生活,诗曰:"灌畦鬻蔬,供朝夕之膳;牧羊酤酪,俟伏腊之费。"(《文选》卷十六《闲居赋》)。颜延之亦描写了陶渊明的隐居生活,"灌畦鬻蔬,为供鱼菽之祭,织绚纬萧,以充粮粒之费"(《文选》卷五《陶征士诔》)。另外,和杜甫同时代的杨颜在一首名为《田家》的诗中,描写了卖菜得利的情形,诗曰"莳蔬利于鬻"。

通过小规模的蔬菜种植,亦能获得现金收入。大泽正昭在论文《唐代的蔬菜生产和经营》中举了很多例子,以说明这种情况,如"……无论民间还是宫廷,蔬菜贩卖都很昌盛。此时蔬菜类的需求量亦很大,是比较容易实现的收入来源","唐代《园圃业》中记载,大规模经营和零碎经营是并存的……"(后注①大泽氏同书第143页)。另外,张泽咸先生在《隋唐时期农业·巴蜀地区农业》中引用了《太平广记》卷四〇一"龚播"条中"其初甚穷,以贩鬻蔬果自业"的资料,认为"贩卖蔬菜这一情况,应能说明蔬菜生产在当地非常普及并被广泛推广的现象"②。在这里,依靠贩卖水果和蔬菜以维持生计的龚播乃是云安人。也就是说,在唐代夔州上游的城镇中确有其人。

如上,杜甫以出售为目的种植芜菁的可能性就非常高了,当然,这里仅是作为一种可能性来推定。

那么,这数亩之田中除了芜菁以外,还种植了哪些秋菜呢?(一九 21)中所言"冬菁饭之半",乃是指种植冬菁无疑。"冬菁"一词出自张衡《南都赋》中"秋韭与冬菁"(《文选》卷四)。"菁"指"蔓菁"(《周礼注疏》卷六"醢人"郑玄注),"蔓菁"是"芜菁"的别称,指油菜科的芜菁,是重要的秋冬蔬

---

① 请参照本章第十一节第242页注①。
② 张泽咸先生的书是1999年由文津出版社出版的,其中第70页所引《太平广记》的故事出自唐朝薛渔思的《河东记》。当中曰:"其初甚穷,以贩鬻蔬果自业。"

菜。所谓占了食材的一半①,不仅表明了杜甫的饮食以蔬菜为主,同时,芜菁作为食材也是非常有用的。发芽时候的叶子,冬天时候的根部,任何部位都可以随时食用。杜甫非常敬重三国时期的诸葛亮,他曾在蜀地让士兵种植芜菁以充军粮,所以此菜又被称为诸葛菜(唐人韦绚《刘宾客嘉话录》等)。杜甫之所以种植芜菁,想必是知悉上述故事的,他也充分了解它的这一优点。

除了芜菁以外,还种植了哪些蔬菜?杜甫仅在下面的诗句中有所提及:

嘉蔬既不一,
名数颇具陈。

(一九 21 暇日……将种秋菜,督勤耕牛……)

此处并未做任何具体说明。但是,不可能仅仅种植了一种蔬菜,这一点通过"嘉蔬既不一"就能知悉。那么究竟种植了些什么蔬菜?具体情况杜甫在下句中并未一一具体列举,而是说"颇具陈"。下面一联则写道:

荆巫非苦寒,
采撷接青春。

这里的气候并非苦寒,因此各类蔬菜相继成熟,可以一直持续到春季。最后一句,可以看出杜甫认为来年春天蔬菜不会短缺,显示出自我安慰的口气。

虽然此诗中并未出现芜菁以外的蔬菜名称,但是,通过接下来所列举的诗作,我们就能够得知杜甫具体种了哪些蔬菜。

---

① 宋代赵次公认为"饭之半,则以冬菁饭牛,是其刍之半也"。此处乃是以冬菁作为牛的饲料。的确,在《齐民要术》(卷三《蔓菁第十八》)的原注中亦记载说,给牛、羊、猪食用,要比喂大豆好些("细剉和茎饲牛羊,全掷乞猪,并得充肥,亚于大豆耳")。但是,冬菁作为人类的重要蔬菜,早在《后汉书》卷七《桓帝纪》诏中就记载曰"其令所伤郡国种芜菁以助人食",此处乃是救荒之物。《齐民要术》和《四时纂要》(《秋令卷四·七月》)中亦说明了它的种植方法。另外,以杜甫诗作为基础的宋代李复《种菜》诗亦曰:"芜菁饭之半,布艺广数匹。"(《潏水集》卷十)李复亦认为芜菁是人们食用的重要食物。因此,笔者认为,这里杜甫种植芜菁并非是为了给牛做饲料。

第十节 蔬菜种类

杜甫滞留夔州,迎来了第二年秋天。他最迟想要赶在次年春天离开夔州,因此对稻谷和橘子的收获准备工作丝毫不敢懈怠。同时,杜甫还种植蔬菜、捡拾松果、收集蜂蜜,从事了各类工作,每天还要调配中药,在瀼西宅迎来送往,进城参加社交活动,因为感到衰老而心情低落,痛感自己怀才不遇,对持续的战乱和贫穷的民众寄予愤忧。杜甫将每日发生的事情和感怀,全部写入自己的诗作当中。另一方面,他还联系了即将前往的江陵方面的友人和故知,推进自己离开夔州的计划。当中有两位杜甫尊敬和信赖的好友郑审和李之芳,他曾以洋洋长篇大诗送给以上二位友人,向他们述说了自己的近况和计划。在这首长达二百多行的诗作(一九 39 秋日夔府咏怀奉寄郑监李宾客一百韵)第六段结尾处,杜甫说郑李二人对自己的状况也颇为关心:

    雕虫蒙记忆,
    烹鲤问沉绵。

这里杜甫以回答二人的形式,在下面的第七段中述说了自己在瀼西宅的生活情形,其中列举了在自己居所能收获的食物,诸如芋、莲、梨、栗等,诗曰:

    紫收岷岭芋,
    白种陆池莲。
    色好梨胜颊,
    穰多栗过拳。
    敕厨惟一味,
    求饱或三鳣。

通过这首诗,可以看出杜甫饮食的简朴。关于这一点容后再述,这里先关注一下根菜类食材芋头和莲藕。

这首诗中所言岷山的紫色芋头,是被《史记·货殖列传》评价为"至死不饥"的四川岷山所产的芋头,是著名品种。"紫芋"在唐诗中也常被歌咏。

三年前,杜甫还在成都的时候,就曾在(一二 82 赠别贺兰铦)中写到"我恋岷(山)下芋"。在中国,山芋自古就被普遍种植,在成都开始营建浣花草堂的时候,杜甫就在南邻朱山人的农园中看到过。在以南边邻居为题的诗作(〇九 41 南邻)中,杜甫写道:

　　锦里先生乌角巾,
　　园收芋栗不全贫。

另外,一个叫王契的老友造访杜甫浣花草堂之时,贫穷中的杜甫,厨房正好有山芋和甘蔗,便以此待客:

　　偶然存蔗芋,
　　幸各对松筠。
　　　　（一三 31 赠王二十四侍御契四十韵）

也就是说,在山芋收获期的这个秋天,杜甫在夔州瀼西宅的田中收获了紫芋,这是非常有可能的事情。

在瀼西宅的荷花田中亦种植了白色的莲花。严格意义上讲,莲不是旱地作物,在本章中,笔者将其与杜甫的稻作进行对比,主要论述杜甫的旱地作物。这里也想论述一下莲,由于莲除了根部和莲子可以食用以外,其余大部分都可入药,因此对杜甫而言,是再合适不过的作物了。在唐代,莲亦被广泛栽培。唐代诗人非常喜欢把白莲写入诗作中①。杜甫此处所言陆池之白莲,乃是指吴地陆家所产白莲。南朝梁任昉的《述异记》卷上中亦有记载,曰"吴中有陆家白莲",同样是指上面提到的白莲。可以说,这是古典意义上白莲的名品。

无论是岷山的山芋,还是此处的陆家白莲,都表现出杜甫对食材品质的尚佳要求(好的方面来讲),引人思考。

除此之外,在杜甫瀼西宅附近还有豆田。(一九 20 甘林)一诗中,杜甫描写了初秋到中秋时节,结束了城里的社交活动,回到瀼西宅后放松的心情。次日清晨,杜甫与村中一位长老一同前往豆田,诗中描写了他们在田中的对话。首先,杜甫说要分食粮给长老,然后长老称呼杜甫为主人,询问

---

① 关于唐诗中的白莲,市川桃子做过考察,请参考《中国古典诗歌中的植物描写研究·莲的文化史》(汲古书院,2007 年 2 月)第 99—107 页。

战争何时结束：

> 明朝步邻里，
> 长老可以依。
> 时危赋敛数，
> 脱粟为尔挥。
> 相携行豆田，
> 秋花霭菲菲。
> 子实不得吃，
> 货市送王畿。
> 尽添军旅用，
> 迫此公家威。
> 主人长跪问，
> 戎马何时稀。

(一九 20 甘林)

此处的豆田，如今亦盛开着秋花。因为是秋季才开花，应该不是豌豆、蚕豆，而是大豆或小豆。大、小豆的栽培方法在《齐民要术》和《四时纂要》中均有记载，是当时代表性的豆种，但是，通过杜甫的诗歌，是不足以判定究竟是哪种豆子的。通过长老所言，这些豆子收获后会被征收为军粮，由此可见，此处的豆田并不一定完全为杜甫所有。但可以断定的是，在瀼西宅附近一定种植了豆子。

除此之外，还可以确认的是，杜甫在自己的田中还种植了冬葵。在晚秋稻谷收获结束后的连作诗（依据《杜臆》）中，就写到了枣子成熟后，冬葵生长在杂草之中。（二〇 02 秋野五首）其一写道：

> 枣熟从人打，
> 葵荒欲自锄。

此处的枣，长在杜甫和邻居家中间，看到家徒四壁的寡妇打落自家的枣子，杜甫佯装没有看见，并未惊动她（二〇 23 又呈吴郎）。所谓"葵荒"，荒是指荒芜、杂草丛生之态。不曾除草的葵田，处于放任不管的状态，所以此处杜甫才想是否要锄一锄草。杜甫曾在（一九 15 秋，行官张望督促东渚耗稻……）一诗中使用过这一说法，诗曰"田家戒其荒"。

冬葵在唐代亦常被种植。换到如今,冬葵不太容易被认为是蔬菜,在唐代却是为数不多的蔬菜。即便到了元代,冬葵依旧占据着"百菜之王"的位置(《王祯农书·白谷谱集之四·蔬属》)。关于冬葵的栽培方法,在北朝《齐民要术》卷三《种葵第十三》及唐末五代《四时纂要》春令正月"种葵"、夏令四月"剪冬葵"、六月"种秋葵"中均有记载。杜甫亦很喜欢冬葵,冬葵是其蔬菜诗作中重要的登场作物。所以,杜甫的田地中如果没有种植冬葵,便显得不合常理。唐代,人们常将其与粟、米一同搭配食用。

此时好生照顾的冬葵,应该后来生长得很好。之所以这样认为,是因为在稻谷收割结束之后,杜甫将新收获的白米和冬葵搭配起来食用。在(二〇 32 茅堂检校收稻二首)其二一诗中,就写道:

> 稻米炊能白,
> 秋葵煮复新。
> 谁云滑易饱,
> 老藉软俱匀。

年迈的杜甫,最喜欢绵软的食物。

如上所见,杜甫在瀼西宅的田地中种植了芜菁、山芋、莲、冬葵(赤甲山宅种植了莴苣)等,并将这些作物写入自己的诗作中。当然,杜甫应该还种植过其他作物。此处仅列举出能够直接确认的蔬菜种植(严格意义上讲,是对农事的监督,而非种植)。

第十一节　杜甫的蔬菜之爱

如前所叙,杜甫关注农事,拥有自己的农田,参与了几类蔬菜的种植。下面就杜甫对蔬菜之执着及其原因进行探讨。

杜甫的饮食素朴,比起肉类,主要以蔬菜为主。关于其饮食的素朴,在前节所举写给郑审和李之芳的诗中就有提到:

> 敕厨惟一味,
> 求饱或三鳣。

(一九 39 秋日夔府咏怀……一百韵)

此处所言并非真的有三只黄鳝,主要是因为上句中有"一味"的"一"这个仄声,为了与之相对,才使用了数字"三"这个平声,这是出于作诗的规则。从上下语境来看,是说偶尔也会奢侈一下,吃几条鱼。这里所言的鱼,是比泥鳅稍微长一些的黄鳝类。

关于以蔬菜为主,在上文所举监督秋菜牛耕的诗作中就有"冬菁饭之半"(一九21)的叙述。同样的情况在杜甫离开夔州后亦曾多次描写过。大历三年秋,杜甫在荆南(江陵)曾对援助自己的户部尚书薛景仙说明了自己的状况:

应讶耽湖橘,
常餐占野蔬。
十年婴药饵,
万里狎樵渔。

(二一58 秋日荆南送石首薛明府辞满告别,奉寄薛尚书颂德叙怀,斐然之作,三十韵)

"野蔬"指能够食用的山中野草,是与菜地种植的"园蔬"相对的说法。举例来看,应该指杜甫诗作中的苍耳之类(后面所引一九19 驱竖子摘苍耳)。但是,广义上来看,苍耳应该与肉类相对,归入蔬菜类中。这些蔬菜乃是杜甫在江陵时期的普通饮食。虽然杜甫离开夔州在江陵只住了半年,但那时已经不再拥有自家菜园,必须购买才能吃到蔬菜①。虽然比起肉食要便宜,但也要花钱购买,比起山野中采集的杂草,菜园中种植的商品作物价格也高。此处特意使用"野蔬"这样的表述,或许是因为这里食用的并非菜园中的冬葵或者莴苣这类比较高端的蔬菜,而是购买(采摘)所得蕨菜之类的山菜。

---

① 请参考大泽正昭《唐宋变革时期农业社会史研究》第四章第三部分《蔬菜生产和农业经营》(汲古书院,1996 年,第 142—146 页),原名《唐代的蔬菜生产和经营》(载《东洋史研究》四十二卷四号,1984 年 3 月)。另外,在吐鲁番阿斯塔那古墓出土的文书中就记录了唐朝开元年间只要花九文钱就能买到蔬菜的例子。唐长孺《吐鲁番出土文书》第八册(文物出版社,1987 年)《阿斯塔那一八四号墓文书"唐家用帐"》中记载"(买)菜用九文"(第 294 页)。再者,这一资料可以通过刘玉峰著《唐代商品性农业的发展和农产品的商品化》(载《思想战线》2004 年第 2 期)注(19)得知。刘玉峰先生的论文对我们了解什么样的作物曾经作为商品流通过是大有帮助的。

第四部　夔州期的农事

当时,蕨菜在市场上也有售卖,杜甫在诗中曾经写过。大历四年,杜甫从江陵乘船下至岳阳、长沙的时候,曾在(二二 38 遭遇)一诗中描写过一位为了交税而采摘蕨菜售卖的贫穷农妇。诗曰:

　　石间采蕨女,
　　鬻菜输官曹。

山中野草作为蔬菜占据了日常餐桌的大半,在离开长安的这十年中,依靠中药活下来,之所以食用蔬菜,是因为对病的治愈也有好处。虽然并非明证,但是这里应该表达了杜甫喜欢蔬菜乃是基于健康方面的考虑这一事实。

杜甫的饮食主要以蔬菜为主,所以总体上是有蔬菜需求的。夔州第一年的晚秋(初冬),柏茂琳成为夔州之长。因为二人关系要好,柏茂琳在各方面都曾对杜甫有所帮助,其中之一就是杜甫曾经从夔州府衙的菜园得到过蔬菜①,这在杜甫诗作(一九 05 园官送菜)和(一九 06 园人送瓜)中均有提及。前者曰:

　　清晨蒙菜把,
　　常荷地主恩。

　　　　　　　　　　　　(一九 05 园官送菜)

后者曰:

　　柏公镇夔国,
　　滞务兹一扫。
　　食新先战士,
　　共少及溪老。

　　　　　　　　　　　　(一九 06 园人送瓜)

柏茂琳在饮食方面对杜甫有所恩惠。他这种无微不至的关心,并非出

---

① 上页注①中提及大泽氏的著作中有写到:"因此,以宫廷为中心,中书省和州、县等官署中亦附设菜园,以充日常所需。……"(第 143 页),大泽氏之书注(75)中亦介绍了中书省、州府、县的相关资料。另外,陈伟明先生《唐宋饮食文化发展史》(台湾学生书局,1995 年)第一章"蔬食"中亦有相同的观点,认为"(以上资料)唐代上自皇室宫廷中书省,下及州县官署,皆设置菜园,以此来充实生活食用的需要"(第 19 页)。另外,第三章"追求蔬食"亦可为参考。

自作为一州之长的关心,而是由于需要蔬菜的杜甫曾特别有求于他。

但是,因为夔州第二年的"秋老虎",菜园蔬菜供应不足,上述所说的恩惠和州衙提供的供给也停止了。(一九 19 驱竖子摘苍耳)一诗就是以对此情况的说明开头的:

　　江上秋已分,
　　林中瘴犹剧。
　　畦丁告劳苦,
　　无以供日夕。

于是杜甫很苦恼,无奈之下,只得派用人少年(獠族阿段)前去采摘可以食用的山中野草(野蔬)。虽然降雨少,但是杂草并未枯萎,听说在石缝涌出清泉的地方,长满了野草苍耳(即卷耳)。

　　蓬莠独不焦,
　　野蔬暗泉石。
　　卷耳况疗风,
　　童儿且时摘。

因为是当地少年采来的野草,因此既有成熟的,也有尚未成熟的。将这些混在一起的野草做成膳食,添加了菜瓜和薤菜一同食用,吃起来有一点儿橘子的味道:

　　登床半生熟,
　　下箸还小益。
　　加点瓜薤间,
　　依稀橘奴迹。

　　　　　　　　　　　(一九 19 驱竖子摘苍耳)

杜甫对这道野蔬非常满意。在蔬菜供给不足的困难时期,总算找到了活路,因为这小小的替代之物,觉得生活也很幸福,这与自以为是的自我满足不同。面对难得的苍耳和发现苍耳这件事情,杜甫表现出天真烂漫的感动。这一点是鲜明的杜甫风格。

但是这里必须注意,杜甫此处食用苍耳,不单单是出于替代蔬菜这一目的,还因为其有"愈风"和"有益"等健康方面的功效。中国自古医食同源,这是毋庸置疑之事,通过此诗,可以看出杜甫喜欢食用蔬菜的一个理由,就是出于健康方面的考量。

在另外一首诗中,亦能看出杜甫以蔬菜为主的饮食习惯。那是到夔州第一年的事情,杜甫与一个叫苏徯的晚辈时隔五年再次相会,当时苏徯没有工作,杜甫曾鼓励他到湖南求职。在诗中,杜甫这样写了自己的事情:

> 乾坤虽宽大,
> 所适装囊空。
> 肉食哂菜色,
> 少壮欺老翁。

(一八 03 赠苏四徯)

诗中所言"菜色",主要指因为食素导致脸色变成了菜的颜色。杜甫将自己称为菜色,就是说自己几乎是光吃蔬菜的人。那么,吃素的理由是什么呢?依据最前面的诗句,因为旅行的时候,用来放置钱物的袋子(装囊)空了,也就是说,吃蔬菜是因为没钱了。另据杜甫所作肉食者嘲笑素食者的诗句,可以看出肉食者即富人、素食者即穷人这样的构成。与其如此分析,不如认为中国自古就存在肉食为富人、素食(亦称饭蔬、嚼蔬)为穷人的固有看法。所以,杜甫称呼自己为素食者,是常常将自己界定为穷人的形象,其中亦有经济方面的原因。

的确,杜甫食素是有这方面原因的,但是,他其实是非常喜欢蔬菜的。在方才介绍过的诗中,杜甫就曾写到房前屋后的蔬菜为自己餐桌增添了色彩:

> 畦蔬绕茅屋,
> 自足媚盘飧。

(一九 03 园)

在这首诗中,杜甫的居所被蔬菜包围,餐桌如果能够不断供应一些常见的蔬菜,杜甫就很高兴。那个"媚"字就表现出杜甫每天能够吃到蔬菜的喜悦心情。

首先,如果杜甫并非真心喜欢蔬菜,那么他便不会在诗作中如此详细地描写蔬菜及其种植。从杜甫谈及蔬菜和菜地的次数来看,表现的是杜甫对蔬菜关心程度之深。

杜甫对蔬菜的感情如此之深,这从其他提及菜地的诗作中亦可得知。

在(一九 39 秋日夔府咏怀……一百韵)中,描写了故园蔬菜,诗曰:

露菊斑丰镐,

秋蔬影涧瀍。

这里的"丰镐"指国都长安,"涧瀍"指流经洛阳的洛河支流涧水和瀍水。在夔州的第二年秋天,杜甫想象着洛阳附近自己庄园中的蔬菜成熟,映照在洛水之中,思乡的情绪蔓延开来。这里,菜园是被作为故乡的代表来使用的。

究竟何时离开夔州,往后如何打算,对此杜甫考虑了很多。在夔州第二年年初的时候,杜甫的二弟杜观到夔州下游江陵附近的当阳赴任。于是,杜甫计划在杜观结婚以后,一家住在当阳。其间经纬,杜甫曾在下面的诗作中叙述过:

(一八 55 得舍弟观书,自中都已达江陵,今兹暮春月末行李合到夔州,悲喜相兼,团圆可待,赋诗即事,情见乎词)

(一八 56 喜观即到,复题短篇二首)

(一九 30 舍弟观归蓝田,迎新妇,送示二首)

(二一 13 舍弟观赴蓝田,取妻子,到江陵,喜寄三首)

(二一 21 远怀舍弟颖、观等)

(二一 22 续得观书,迎就当阳居止,正月中旬定出三峡)

(二一 13)其三是第二年冬天的作品,如果一家能够住在当阳的话,杜甫梦想将自己的家建造成如汉代蒋诩那般的隐者风格。如果要开辟农田的话,最好能够像秦代遗臣邵平那样,在田中种植上菜瓜:

卜筑应同蒋诩径,

为园须似邵平瓜。

在梦想隐居住所的时候,其中必定亦有自己的家园。隐逸而居与开辟农田是分不开的。也就是说,对杜甫而言,在表现隐逸的众多意象中,开辟农田是最重要的一个。

当然,"为园"和"灌园"等是作为单纯的隐逸代用语使用的。在普通诗人看来,假设这样的实际情形不存在,就无从确认。但是,对于杜甫而言,在具备隐逸代用语功能的同时,我们也应该清楚地认识到,这些词语在这里也是具备了上述实际生活的状态。杜甫诗歌仅从字面意义上是不会感到任何空虚之感的,原因就在于上述实际状态潜藏其中。

夔州第三年的正月时节,杜甫终于离开夔州下到江陵。是年,杜甫有半年滞留江陵,晚秋时节,抵达公安,年末抵岳阳,次年沿洞庭湖南下,经由长沙(潭州)最后抵达衡阳,夏天又返回长沙。杜甫在长沙乃是从夏天一直居住到次年春天,经历了四季,至少有半年多。但是,杜甫后来又离开长沙,南下衡阳,经由衡阳前往郴州,途中折返,最后决定前往汉阳、襄阳方向。大历五年(770)秋天,时值杜甫五十九岁。在其(二三 45 登舟将适汉阳)一诗中,杜甫如下描写了自己居住半年多的长沙居所:

  春宅弃汝去,

  秋帆催客归。

  庭蔬尚在眼,

  浦浪已吹衣。

在诗中,杜甫将居住到春天为止的居所称作"汝",由此可见他对长沙居所的深厚眷恋之情,在回忆这一居所的时候,浮现在杜甫眼前的是院子里种植的蔬菜。

故乡洛阳的菜地,计划和弟弟一起居住的江陵菜地,晚年在长沙的菜地,如上,杜甫直到去世之前,一直惦记着自己故园的蔬菜。在杜甫择地与家人定居下来的地方,均附属了菜园。隐居与菜园,这两点是密不可分的。

杜甫至死一直惦记着蔬菜。杜甫吃菜的理由、必须吃菜的缘由有很多,既有健康层面的,也有生计层面的,除此之外还有这里没有论及的宗教层面的理由。但是,无论是什么理由,总体上说,杜甫是非常喜欢蔬菜的。

【补充说明】

笔者在本书中所采取的方法,是通过杜甫诗歌来解读他的生活事实,然后思考诗和生活的存在方式。对于西方人而言,这似乎是不可理解的读诗之法。诗歌是思想和情感的表现,是虚构的,这样一来才能形成诗歌。为何通过诗作能够拾取富有传记性的事实,又为何可以将诗人在诗歌中使用的语言视为事实描写呢?①

的确,从西方诗歌的常识来看,产生这样的疑问似乎也有一定道理。但是,不能把西方诗的存在方式与中国诗相互套用。当然,中国诗中亦有不描写具体事实,优先表现思想、感情的作品。但是"诗言志"这一自古以来的主张,却是中国诗歌的一个优秀传统。

中国诗还有另一个大的流派,即注重历史事实。文明发源早期留存下来很多史书资料,中国人身处这样的创作环境中,在对诗歌作品进行继承和鉴赏的时候,往往是从事实出发,在诗作中描写事实,继而通过诗歌来解读事实。实际上,杜甫以事实为中心创作的作品,能够唤起很深的文学感召力,当中就有如(〇五 23 北征)和(〇四 06 自京赴奉先县咏怀五百字)等为代表的作品。这些作品并非完全是叙事诗,但在韵文中,以重大的历史事件为题材进行创作也是中国诗歌的一个传统。作为前提,组诗往往是以这样的立场被创作和解读的。

本书中作为考察对象的杜甫组诗也是如此,如若读者认为杜甫在诗中描述的农事和日常生活均是虚构的话,不知杜甫会作何感想?杜甫远离国都,身处成都和夔州,被政治疏远,行将老去,他只是想在诗中将具体的农业生产事实予以述说。

我们以夔州时期为例来考察。杜甫当时悲哀、孤独、忧愁和悲愤慷慨

---

① 例如,加藤国安的《杜甫研究的现状与课题——以中国为中心》(载《中国社会与文化》第九号,1992 年 6 月)中就有这样的话:"按照宇文所安的说法,对西洋人而言,华兹华斯的诗作折射出的均是比喻和虚构的产物。……与之相对,杜甫的诗作绝对不是虚构。宇文所安说,这对于我们西方人来说是非常让人惊讶的。""与谢氏论文通过自传诗这一概念来捕捉中西诗歌的差异不同,可以说宇文所安采用的则是日记和经验主义这些关键词。"加藤氏论文中所引用的 Owen 是指 Stephen Owen(汉语译名宇文所安)的"Traditional Chinese Poetry and Poetics : Omen of the World. The University of Wisconsin Press, 1985"。谢论乃是指谢思炜先生的《论自传诗人杜甫——兼论中国和西方的自传诗传统》[载《文学遗产》1990 年第 3 期。后又在《唐宋诗学论集/新清华文丛》(商务印书馆,2003 年 3 月)中收录]。

顺便说一下,谢氏同书第 7 页中讲:"这种自传性是中国文人作家普遍具有的,杜甫只是其中一个最典型的代表。从这些作家的作品中可以解读出他们的人生,而他们的作品也只有与他们的人生经历对照才能够读懂。由此产生了为作家编写年谱和考稽诗歌本事的需要,而中国最早的诗人年谱即是由北宋吕大防为杜甫编纂的。"

所有这些感情,与夔州这样一个具体的风土环境和大历初期政治背景下的事件、官场、朝廷、被左迁的人们等都被写入作品。如果将这些感情用抽象的语言予以描写,那么四百余首的夔州诗作就成为千篇一律的无聊作品了。不仅仅是农业生产,三峡四季的不同景观、当地的民俗、在夔州与他人的相遇和别离、为了生存而进行的必要社交,杜甫描写了各种各样的事实,正是通过描写这种与感情不可分割的事实,杜甫的夔州诗作才能够具有内容丰富和变化多样的特征,才不会让读者感到厌倦。

但是,如果仅仅是列举毫无紧张度的生活事实和自我满足的话,诗作也会很无聊。当然,动用那种感情的冲动来表现或高昂或忧郁情绪的诗作,也会让读者感到疲倦。杜甫采取了与上述完全不同的创作方法。

第三章

杜甫的稻作经营诗

第一节 绪论

作为诗人,杜甫在现实生活中与农业有着怎样的联系?实际情况具体又是怎样的?这些问题笔者想通过杜甫的诗作予以解读,这也是笔者十年来一直关注的一个主题。

不仅如此,杜甫以自身农业生产为主题、题材创作的诗作,之于杜甫的文学、人生、中国文学又有怎样的意义?这些均是笔者想要探明的问题。

杜甫四十八岁退身官场,移居秦州。不久就南下成都营建浣花草堂,继而沿长江下到夔州,在瀼西草屋、东屯茅屋等地过着半隐居式的农业生活。在此过程中,杜甫反复将不同时期的农业生产和农村生活写进自己的诗作中。这些诗作在杜甫诗歌中占据了重要地位,也是杜甫诗作创作过程中最具特征的动机之一。但是一直以来,相关的杜甫研究却极少涉及。

到此为止,笔者回顾了杜甫在秦州的隐居生活和农业计划,次年在成都草堂的农业生活,五十五六岁在夔州的橘园经营和蔬菜种植等,连续考察了杜甫诗歌和农事的关系。但是,在夔州,还有一个部分不能忽视,那就是描写稻作的诗歌。

在本章中,笔者想以夔州时期杜甫的稻作经营诗歌为例,考察杜甫在诗中如何描写稻作,同时通过分析这些诗作,来看杜甫究竟关注些什么。

第二节 稻作经营的场所——东屯

位于白帝城东侧的东屯,是一处大面积种植水稻的地区,杜甫在抵达夔州后不久,就在自己的诗作中描写了稻作。他曾经分别从历史、民俗、景观等不同方面描写了自己对夔州的印象,形成了十首连作诗(一五 27 夔州歌十绝句),在其六中,就描写了东屯有百顷开阔水田,被从北侧流来的谷川滋养灌溉。

> 东屯稻畦一百顷,
> 北有涧水通青苗。
> ("青苗"有青苗陂一说,此处不予采纳)

关于夔州,杜甫有太多想要在诗中描写的事情,其中之一,便可以东屯为例。有证据表明,东屯的水田给杜甫印象深刻。

因为三峡一带土地狭小,一般不适合开辟稻田,而夔州东屯很久以前就有种植水稻的历史记载。依据《读史方舆纪要》卷六九"夔州府·大瀼水"条引用南宋《舆地纪胜》的记载,东汉时代的公孙述就曾在东瀼水流域开辟了水田[1]。杜甫诗作的很多注释均引用了公孙述的开垦之说。但是,究竟此处"杜甫诗作中的东屯即公孙述的开拓田"是否正确呢?简锦松先生对此有详细论述[2],认为此乃宋人的传说,笔者赞成这一观点。

"东屯"这个词语原先并非是固有名词,在杜甫的诗中乃是按照东之屯的意思使用的。无论怎样考证杜甫诗歌中所描述的东屯,似乎都与后汉的公孙述没有关系。在杜甫之前诗人的作品中并不曾出现东屯这样的表述,但是到了杜甫这里,竟一下子出现了八次。另一方面,在有关公孙述割据

---

[1] 《读史方舆纪要》卷六十九《四川四·夔州府·奉节县》"大瀼水"条引《舆地纪胜》曰:"公孙述于东瀼水滨垦稻田,因号东屯。东屯稻田,水畦延袤,可得百许顷。前带清溪,后枕崇岗,树林葱蒨,气象深秀,去白帝城故城五里而近,稻米为蜀第一……"

今本《舆地纪胜》中欠缺夔州部分。这部分在陆游《东屯呈同游诸公》注释中亦有引用(钱仲联校注《剑南诗稿校注》,上海古籍出版社,1985 年),关于这一点,简锦松先生认为"不知注者从何处得此"(第 226 页,注 77)。或者就是这里提到的《读史方舆纪要》所引。

[2] 简锦松《杜甫夔州诗现地研究》(台湾学生书局,1999 年)第四章《东屯茅屋》第153—252 页。该书乃是将杜甫诗中描写的景观与夔州当地的实际测量和情况调查相互对照进行研究,特别是对瀼西、东屯和赤甲山的位置进行了再次确认,这些考证颠覆了数百年来的旧说,是划时代的研究。这里没有一一列举,关于夔州各地的地理位置和实际情况,拙论均依据了简氏的研究成果,这里予以明示,也对简锦松先生的研究工作表示感谢。请参照本书第三部第一章。

夔州白帝城的史料中,并未有其开辟东屯的任何事迹。如此一来,杜甫诗作中的东屯就是公孙述开拓田这一说法,其实是毫无依据的。

文学作品中描写的场所,有些并非是真实地名,但是经由某人的书写会变成固有地名,这在古今中外是常有之事。具体到杜甫而言,秦州"东柯谷"、成都"浣花溪"、夔州"瀼西"均可以作为例证①。这些地方因为被杜甫写入诗作之中,到了后世均变成了固有名词或地名。

先不讨论此处的水田是否由公孙述开垦而成,杜甫抵达夔州以前,广阔的水田已经存在,这些水田并非一日之内就可开垦而成,而是有很长的开垦历史。夔州自古就是兵家必争之地,不难想象,这些稻田是被作为边境的军事据点开垦出来的。杜甫到达夔州之时,应该是知道东屯稻田的。因此,在第二年秋天行将结束的时候,杜甫移住东屯,想到自己竟漂泊至此,便随口吟出下面的诗句:

抱病漂萍老,
防边旧谷屯。

是夜,杜甫一夜未眠,直至清晨:

日转东方白,
风来北斗昏。
天寒不成寐,
无梦寄归魂。

最开头所举的例子(一五 27 夔州歌十绝句)中曾写到东屯有稻田百顷,究竟有多大？一顷是百亩,百顷就是一万亩,也就是五六百公顷。可以想象,应该是这样的风景:一个边长两公里多的正方形原野。大概就是一条河流两侧各有宽五百米的水田延展在河谷平原上,前后绵延五六公里。但是,依据简锦松先生对东屯的现场调查来看,唐代东屯的稻田面积只有两千三百到三千五百亩左右(简氏上述著作第 197 页),也就是三十顷

---

① 关于"东柯谷""浣花溪""瀼西",请参考拙论《秦州期杜甫的隐逸计划及其对农业的关注》(载《中唐文学会报》第十一号,2004 年)、《浣花草堂的外在环境与地理景观》(载《中唐文学会报》第九号,2002 年)、《关于杜甫诗中描写的瀼西宅位置——白帝城东、草堂河西》(载《中唐文学会报》第十三号,2006 年)。这些文章分别收录在本书第一部第一章、第二部第一章和第三部第一章中。

左右。

当然,此处的百顷有可能是夸张的表述。因此,如果要夸张的话,这里使用"万顷"(与"百顷"相同的仄字连用)也是可以的。事实上,在宋诗中,使用"万顷"作为诗语的情况占了压倒性的大多数,而在唐诗中却基本未曾使用过。或许这是时代的喜好问题,但这个诗语多少反映出宋代江南水田飞跃式开发的情况。

暂且不论这些,杜甫在描写东屯稻田的时候,就多次使用了"百顷"这一词语。

> 香稻三秋末,
> 平田百顷间。
> （二〇 32 茅堂检校收稻二首）其一

另外还有:

> 东屯大江北,
> 百顷平若案。
> （一九 14 行官张望补稻畦水归）

在偏远之地,三峡山谷间的小城夔州,有着让人意想不到的广阔水田。对此杜甫感到高兴,觉得自己有了依靠。

另一方面,东屯的水田位于长江干流偏北,突出在白帝城东侧,东瀼水(现在的草堂河)自北而来,流入其中,东瀼水在中游地区与石马河汇合。水田就位于这两个支流相夹的部位(关于东屯地点的特定性,乃是依据简锦松的考证),也就是说,滋润水田的河水均是自北边流入。前面列举的"东屯大江北"和"北有涧水通青苗"等皆在陈述东屯稻田的这一位置关系。如此看来,下面这首(一八 49 卜居)上句中所指,就是东屯水田。

> 云嶂宽江北,
> 春耕破瀼西。
> （一八 49 卜居）

"云间耸立着群山,在被群山包围的长江北岸,东屯平原开阔。我打算以瀼西为根据地,春天开始从事农业生产了……"此诗作于杜甫抵达夔州的第二年春天,是从城里返回瀼西时候的作品。

半年后,杜甫从瀼西搬到东屯,在(二〇 08 自瀼西荆扉且移居东屯茅

屋四首）其一中,杜甫描写了位于山间开阔地带的东屯景观,诗曰:

> 白盐危峤北,
>
> 赤甲古城东。
>
> 平地一川稳,
>
> 高山四面同。

如此看来,种稻之地东屯,是一处沿着长江北侧支流的河滩地带,这里被高山包围,望上去有一百多顷,是一处广阔的平原地带,杜甫将其作为具有悠久历史的水田地带写入诗作之中。

第三节 灌溉和除草的诗作

杜甫在诗中是如何描写稻田的,这一点我们在前一节中已经探讨过了。下面主要来看稻作农事是如何被他描写在诗作当中的。

在杜甫与稻作有关的诗作中,并未描写从春耕到收获的全部过程。杜甫诗作中涉及的主要农事有灌溉、除草和收获(收稻谷)这三点。其中以灌溉和除草为主题的两首诗(一九14 行官张望补稻畦水归)和(一九15 秋,行官张望督促东渚耗稻向毕,清晨遣女奴阿稽竖子阿段往问)乃是重点所在。

由于这两首诗的登场人物是相同的,因此提前说明一下人物和背景为宜。这里将历代注释和宋以后诗文中提及的传闻类予以排除,只记录以杜甫诗作为中心进行的严密解读。也就是说,像杜甫诗作这样拥有千年漫长注释史的作品,其注释一定颇为丰富,可能最初的注释只不过是某位注者的一个臆测,但是到了下一个时期,则变成了既定事实。这样的情况不在少数。

首先,东屯水田有公私田之分。杜甫拥有一些私田,从中收获的稻米自然就成为杜甫的私有之物。他并不是在管理经营公田,在杜甫诗作中很难解读出这样的印记①。

在这两首诗中,出现了表示人名和人物的一般名词,关于这些名词的所指,历代的注释家有着不同的解读。若将这些不同予以比较,是颇为烦琐的,下面仅陈述笔者的解读,关于其他解读之可能,请参照相关的注释书。

登场人物只有行官和婢仆。第一人是在(一九 14)和(一九 15)题目中出现的"行官张望"。张望乃是人名。行官是官名,是隶属地方政府的下级官吏,这里指夔州府所属官员。在诗中使用古雅的说法,称"家臣"。行官

---

① 曹幕樊先生亦云"但玩杜收稻诗口气,完全是私人的事情,丝毫无监收公粮意味",否定了公田监督说。但是,依据南宋陆游《东屯高斋记》和与陆游同时期的于炅《修夔州东屯少陵故居记》中的记叙,杜甫拥有一块"十一亩"的私田,笔者并不赞同这一观点。请参考曹氏《杜诗杂说》(一)第五章《杜甫在夔州东屯的经济状况》(四川人民出版社,1981 年,第 58—67 页)。

上面陆游和于炅的两篇作品收录在《古典文学研究资料汇编·上编·唐宋之部·杜甫卷》(华文轩编,中华书局,1964 年)之第 661—618、693—694 页中。

另外,笔者亦认为杜甫是拥有私田的,虽然并不清楚拥有方式和所有形态。关于稻田,并未留下任何如果园和瀼西宅时期买卖和赠予的诗歌。按照夔州刺史的分配,或者是将公田临时作为私田借贷给杜甫这样的所有形式。即便如此,却也并不能在杜甫的诗作中看到任何有关私田的认知。比起实际的具体情况,笔者在这里更关注杜甫如何在诗作中进行描写。

职务杂多,还包括去地里巡视农田①。当时是大历二年(767),如此看来,行官张望应该是夔州府长官柏茂琳的属下。在这里,行官张望与杜甫达成了一种契约关系,负责杜甫私田的管理工作。顺便提一下,杜甫当时与夔州长官柏茂琳关系密切,如若没有柏茂琳的介入,杜甫要想获得东屯的私田也是不可能的。第二个出场人物乃是杜甫的私人奴婢和仆人,獠族人阿稽和阿段,就是(一九 15)诗题中出现的"女奴阿稽竖子阿段"。

行官张望自不用说,杜甫的奴婢仆人们并非直接从事农业生产。杜甫私田中直接的农业从事者,不是作为良民阶层的一般均田农民,其直接从业者究竟是什么身份不得而知。实际上应该是与农奴比较接近的隶属农民一样的存在,在这里,我们直接称呼其为农业从事者,或者简单称呼为农夫。

在本论中列举的杜甫稻作经营诗,并不是描写农业从业者具体农业生产的诗作,而是记录知识分子阶层的一个落魄诗人在中国西南一隅接触稻作经营的事实。下面就以此为前提,从杜甫的灌溉诗作(一九 14)开始解读。

一、灌溉之诗 第一句至第二十句

(一九 14 行官张望补稻畦水归)

---

① 关于唐代的行官,孙继民先生有如下论述:"……其职责非常复杂,有行田、信使、传令、送行、草粮检验、马匹等的运输管理等。地位并不高。安史之乱以前还曾有过一些地位和官品,之后便不存在了。"见《唐西州张无价及其相关文书》(《魏晋南北朝隋唐史资料》第九、十合期,1988 年 12 月)。

冻国栋先生在孙继民研究的基础上,又增添了几条研究资料,进行了如下论述:"……唐代节镇、州府中有行官之职,其职务除了孙继民所举之外,还有对葡萄园等的巡察、押马(马匹的监管)、参与军兵部署以及州府、使府的军事防御等。除此之外,还有差事、差征、免放等有点儿类似里胥和典正的职务,还有财物收纳等相关事务,其职非常宽广……"见《旅顺博物馆藏唐建中五年(784)〈孔目司帖〉管见》(《魏晋南北朝隋唐史资料》第十四辑,1996 年 6 月)。

另外,刘安志、陈国灿两位所著《唐代安西都护府对龟兹的治理》(载《历史研究》2006 年第 1 期)中亦对上述两位有关行官职务的学说予以支持。

此外,邓绍基的《读杜随笔二则·行官考释》(载《中华文史论丛》总第 17 辑,1981 年第 1 期)中亦有论及杜甫诗歌中的行官。认为行官是官府中的属员、小吏,柏茂琳命令行官张望为杜甫从事田间的都领工作,这一点笔者是赞成的。但是,他认为"家臣"不是行官张望的观点,笔者不太同意。

插秧结束之后,灌溉管理和除草就成为重要工作。六月的一天,行官顺利完成稻田的灌溉,归来了,其实这天还进行了一项特别的灌溉工作。由于进展顺利,杜甫很高兴,如此一来,秋天的收获就有了保障,心中的石头也落地了。开头四句主要描述了东屯的位置、景观和季节:

> 东屯大江北,
>
> 百顷平若案。
>
> 六月青稻多,
>
> 千畦碧泉乱。

此时刚结束了插秧工作,紧接着就要进行灌溉了,诗中如下写道:

> 插秧适云已,
>
> 引溜加溉灌。

诗中所写农历六月晚夏时节结束插秧,在时间上稍微有些晚。故此,有农业史学者认为杜甫此处所种植的品种乃是晚稻。李根蟠先生在《长江下游稻麦复种制的形成和发展——以唐宋时代为中心的讨论》[①]中就认为,唐代南方主要种植的是晚稻,杜甫在此诗作中所写的插秧时间亦非常晚。如此,这些地点和时间非常明确的杜甫诗作,也可为农业史研究提供一些资料。

---

① 载《历史研究》2002 年第 5 期。

大泽正昭通过唐诗的用例,认为插秧(插田)在唐代中期就普及了。这应该是正确的。请参考《唐宋变革时期农业社会史研究》第Ⅲ部《稻作经营论》第六章《唐代江南的水稻种植和经营·插秧之法》(汲古书院,1996 年,第 202—204 页)。

考察《全唐诗》中秧、苗、插等词语,插秧最早出现在至德二年(757)高适的《广陵别郑处士》一诗中:"溪水堪垂钓,江田耐插秧。"然后是大历元年(766)岑参的《与鲜于庶子自梓州成都少尹自褒城同行至利州道中作》:"水种新插秧,山田正烧畲。"第三首就是杜甫这首大历二年的诗了。另外,在韵文中用秧来表示稻苗乃是从唐诗开始的。

唐代以前,是否有插秧之事呢?如果有,就其依据,应该会有农学史专家的争论。应该大致上是从唐代开始的,米田贤次郎在《中国古代农业技术史研究》(同朋舍,1989 年)中持"汉代开始说"的观点。曾雄生先生认为,插秧技术最早可见的文献资料应该是后汉时期崔寔的《四民月令》,六世纪前半期的《齐民要术》中也出现过,陶渊明诗句"或植杖而耘耔"亦可视为在水田中插秧。江南地区插秧广泛推行乃是中唐之后了。(《江南稻作文化中的若干问题略论——评河野通明〈江南稻作文化与日本〉》,载《农业考古》1998 年第 3 期)

紧接着,杜甫描述了灌溉的情形:

> 更仆往方塘,
>
> 决渠当断岸。
>
> 公私各地著,
>
> 浸润无天旱。

"更仆"之句,因为杜甫派了自己的用人阿段前往东屯的方形蓄水池,故此行官便得以交接返回。不仅如此,杜甫还可以从行官那里问询很多事情。这也是为何诗歌题目要定为《行官张望补稻畦水归》的原因。"决渠"具体究竟指什么,这里不得而知,或许应该是杜甫的用人们随意筑起堤坝,导致水渠的水不能流过来了。正如诗中所写,公私田均可使用灌溉用水,这也是夔州刺史柏茂琳交付给属官张望的职务之一[①]。

行官结束了灌溉的工作,从田间返回,这里的行官,亦可以看作是夔州刺史的"家臣"。杜甫向他询问了稻田中的情形,于是在杜甫的脑海中就浮现出了如下的田园风景:……云横在空,被高山环抱的河畔上是开阔的稻田,在反射着闪闪光芒的水田中,绿色的叶子尖上,稻谷生机勃勃,空中有雪白色的沙鸥在旋舞……这里的沙鸥,对杜甫而言,是从官场脱离之后自由的象征。

> 主守问家臣,
>
> 分明见溪伴。

---

① 在上面所引大泽正昭著作第Ⅲ部第六章之二"关于水利灌溉"中,他引用了白居易的例子来说明唐代灌溉用水的管理权是属于国家的。

白居易担任杭州刺史的三年期间有过管理钱塘湖水的经验,在下一任刺史就任之前,他将自己的这些经验刻在了石头上。这就是常说的《钱塘湖石记》,这是长庆四年(824)的事情。请参考汪家伦、张芳编著《中国农田水利史》(农业出版社,1990年,第247—248页)。

大泽氏将白居易留下的石刻记录概括为:"藉此,在准备放水的时候,军吏二人分别站在湖畔和田地中,胥吏和农民依据所有面积,计算出预计放水的日期和水量,然后进行放水作业。"

其原文如下:"凡放水溉田,每减一寸,可溉十五余顷,每一复时(即二十四小时),可溉五十余顷。先须别选公勤军吏二人,一人立于田次,一人立于湖次,与本所由田户据顷亩,定日时,量尺寸,节限而放之。若岁旱,百姓请水,须令经州陈状。刺史自便押帖,所由即日与水。"(《白居易集笺校》卷六十八)

> 芊芊炯翠羽，
>
> 剡剡生银汉。
>
> 鸥鸟镜里来，
>
> 关山雪边看。

杜甫的想象继续展开。虽然刚刚结束水田的灌溉工作，杜甫就开始想象着秋天的收获和早餐时候烹饪新米的情形。依据唐诗中的情形来看，在唐代，一般种植的是非常香郁的红米，也是受到欢迎，民众喜欢食用的品种。另外还有精米，在唐代则指菰米蒸制的米饭，也时常出现在唐人的餐桌上，就是所谓的雕胡米。

> 秋菰成黑米，
>
> 精凿传白粲。
>
> 玉粒足晨炊，
>
> 红鲜任霞散。

（一九 14 行官张望补稻畦水归）

最后"红鲜"一句不好理解。依据清初仇兆鳌"红稻霞散，此即遗穗也"的注释，可以理解为红米的稻穗落在田地里的样子。的确，现今的红米，从稻穗开始就呈现出红色。但是落穗是在下一段中出现的，在这一段中，杜甫是在描写精米和食用米饭的情形。

"霞散"是基于南朝时期谢朓的"余霞散成绮"（《文选》卷二十七《晚登三山还望京邑》）之句的表达。在这里，谢朓将红色晚霞蔓延在西方天空的样子描写为"余霞散成绮"。为了表现出烹饪红色玄米时的淡红色，杜甫借用了前人的诗句。南宋赵次公所注"饭红润之色"（《杜诗赵次公先后解辑校》戊帙卷之三）是妥帖的。或者这里是将精白后的大米与红色的玄米混合在一起烹饪。另外，关于玉粒与红鲜的关系，会在第八节中论述。

二、灌溉之诗　第二十一句至第二十四句

最后一段中，杜甫用自诫式的语言做结尾，表达了自己对稻米丰收的期待和将落穗让与穷人的愿望。

> 终然添旅食，
>
> 作苦期壮观。
>
> 遗穗及众多，

我仓戒滋蔓。

(一九 14 行官张望补稻畦水归)

"添旅食"这句,表达了客居夔州,供给食品的意思。杜甫一家近十口人要养活。但是,稻米的收获还有一个目的,那就是为次年的出行做准备。次年春天,杜甫一家乘坐着装载了家当的船只从夔州出发了,可以想见,当时船上一定储存了供家人食用的稻米。杜甫先到江陵,之后又过洞庭湖,然后在长沙周边徘徊。当时还曾将船上的稻米分给船家舵手们享用。

第三句中的"遗穗"乃是遗落在杜甫私田中的落穗,此处是说这些落穗可以与大家一起分享。表达同样心情的还有在开始收获稻谷的秋季所作:

筑场怜穴蚁,

拾穗许村童。

(二〇 31 暂往白帝复还东屯)

反复提到如何处理落穗的约定,可见杜甫当时真的让穷人们捡拾过落穗。虽然并未留下任何能够说明收割稻谷结束后达成约定的诗作,但是在下面这首收割之后的作品中,却写到让鸡和猪来吃的情景。在(二〇 33 刈稻了咏怀)这首诗中,杜甫写道:

稻获空云水,

川平对石门。

寒风疏落木,

旭日散鸡豚。

(二〇 33 刈稻了咏怀)

在人们捡拾结束后放出家禽家畜,这里所言让家禽家畜吃落穗,也就表明这年秋天稻子没有遭受灾害,顺利收获了。

落穗不为农田主人所有,留给寡妇和穷人捡拾,这是中国自古就有的成规。在《诗经·小雅·大田》一诗中就写道:

彼有不获稚,此有不敛穧,

彼有遗秉,此有滞穗,

伊寡妇之利。

也就是说,收割之后剩下的零碎稻谷,收割后还未捆绑的稻谷,忘记收拾的稻束、落穗等均成为寡妇之物。

现实与理想之间总是会有差距,这一点杜甫完全知晓。不仅如此,像杜甫这样将落穗任人捡拾之事予以实践的人物也是少有的。所以,如此微小的美德立即能得到好评。或许亦有人会觉得这是伪善,笔者不赞同这种观点。面对自己小善之为可能遭受的非议,杜甫应该也难以承受。所以,在下面所举的这首除草诗作(一九 15)中,杜甫如是写道:

> 西成聚必散,
>
> 不独陵我仓。

这是他对自己反复自诫之言,不仅如此,在下面的诗句中,面对自己可能受到的评价,杜甫采取了一种回避的态度:

> 岂要仁里誉,
>
> 感此乱世忙。
>
> (一九 15 秋,行官张望督促东渚耗稻⋯⋯)

并非希望得到好的评价,只是这个纷乱的世界让人心酸。

以上是对(一九 14)这二十四句诗做出的整体解读,虽然题目是写稻田补水,但并未过多描写具体的过程,而是主要描写了对收获的期待、自诫和食用大米时候的情形。这与下面要介绍的除草诗作(一九 15)一样,表现了杜甫稻作相关诗作共通的特征。那么,其原因究竟为何呢?

一个原因是,杜甫并未直接前往现场,是依据传闻和想象叙述的,属于士大夫(读书人)的诗作。

另一个原因是,杜甫之所以会在诗作中反复描写不独占收成的自诫之情,乃是因为这与种米、种菜和种植橘子有所不同,稻田的劳作颇为辛苦,或许因为很容易让人觉得是在榨取私田中劳作的农夫,于是采取了这样的自诫式写法。稻米是人的主食,也是收税的对象。在安史之乱前后,荒芜的农村中纳税之后所剩无几的农民亦有很多。杜甫深切地知道这一点⋯⋯这在下一节中也会进行考察。

第四节　除草之诗

在讨论了灌溉之诗后,紧接着在本节中来看杜甫的除草诗。

（一九15 秋，行官张望督促东渚耗稻向毕，清晨遣女奴阿稽竖子阿段往问）

"督促东渚耗稻"中的"东渚"乃是东屯的替换说法。"耗稻"是比较少见的，依据赵次公和仇兆鳌的观点，是指清除稻田中蒲稗等杂草的意思。这里是由行官来督促除草工作，是针对直接的农业从业者的。在杜甫的水稻种植诗作中，这类人并未出现过。此处能够稍微感受到一些他们的存在。

题目中的季节是秋天，那么该是秋天的什么时候呢？在杜甫的诗中有记录过灌水是在六月，那么这首诗该是在仲秋时节的八月左右了。即便假定是在九月，距离割稻子也还要一段时间。

这里有两三点理由。在诗作中，杜甫描写了最后除草结束的时间点：

肃肃候微霜

按照岁时的一般常识，霜降是在晚秋九月，如今是等待霜降的时节，想必是在仲秋八月。这里的"候微霜"是指等待霜降之后收割稻子。

纵观杜甫在夔州的诗作，晚秋九月是割稻的时节。提及这一点的诗句有：

清霜九月天，

仿佛见滞穗。

（一五35 雨"行云"）

在搬到东屯之后，有描写监督清点收成的诗句：

香稻三秋末，

平田百顷间。

（二〇32 茅堂检校收稻二首）其一

除此之外，还有描写收获时期云朵的诗作：

收获辞霜渚，

分明在夕岑。

（二〇43 云）

因为是霜降之时，所以除草之诗描写的均是等待收割稻子的阶段，据此可以看出应该是在八月。

另外，杜甫所言"蟋蟀近中堂"，乃是沿袭了《诗经·豳风·七月》的诗句：

> 七月在野，八月在宇。
>
> 九月在户，十月蟋蟀入我床下。

初唐孔颖达在《毛诗正义》中注释道：

> 蟋蟀之虫，六月居壁中，至七月，则在野田之中，八月在堂宇之下，九月则在室户之内……

据此可以得知，蟋蟀到堂下是在八月。这也是我们认为杜甫除草之诗作于仲秋八月左右的证据。以八月为背景创作这一事实，不言自明，笔者为何还要在这里费口舌论证？这是为了说明，即便在如此细小的时间点上，杜诗与其他作品相比，也是没有矛盾、比较严密地保持了整体性的。

一、除草之诗　第一句至第八句

首先来看开头两句，杜甫描述顺利种下了稻子，剩下就是等待成熟了。

> 东渚雨今足，
>
> 伫闻粳稻香。

此处能闻到稻谷的香气，是因为种植了被称为香稻的红米系品种①。诗句中伫立而闻稻香的描写，向人们传递出杜甫翘首以盼稻谷成熟的内心豪情。

接下来的六句，叙述了水田除草的必要性和除草的方法。依据杜甫的思想，对人类有用的稻谷及有害的蒲稗等杂草，作为植物，均有平等享受造物主恩惠和共生的权利。那么，为何人类只取稻谷而抹杀了蒲稗呢？"抹杀"，对世界上的生物使用这样的词语，杜甫想必是不能接受的。农家之人之所以要除去田中的蒲稗，是因为水田是为稻谷而开辟的，容不得稻子以外的有害异物存在。

> 上天无偏颇，
>
> 蒲稗各自长。

---

① 关于这一句和"落杵光辉白，除芒子粒红"（二〇 31 暂往白帝复还东屯）之句，天野元之助曾说"推测这里应该是有芒的红粒香稻"。请参考《中国农业史研究》（增补版）第一篇第三章《中国稻考》第七节《中国香稻》（御茶水书房，1989 年，第 112 页）。另外，亦可参考同书第八节《中国赤米》，以及第二篇第一章《水稻种植技术的展开》第五节《唐代的稻作方法》。

>人情见非类，
>
>田家戒其荒。
>
>功夫竞掯掯，
>
>除草置岸旁。

为何水田中会长有蒲稗，为何要将之除去，杜甫费尽口舌对此予以说明。即便是面对蒲稗这样的杂草，杜甫也怀有一份歉意。

同样的内容在后面亦反复出现。针对前面所言造物主毫无偏见地呵护万物，蒲稗也可以成长的说法，杜甫在后面有意避开，说明上天赐予万物生命，生活在这个世界上的所有生物都有生长的权利，但是，对稻谷生长有害的，就应该予以提防。

>有生固蔓延，
>
>静一资堤防。

并非有意识地攻击对方，也并非连根消灭。因为对稻子成长有害，所以不得已而为之，要予以防卫。杜甫万物博爱的思想，在如此细微的诗句创作中得以充分体现。

回到诗句中来，第五句中所言"功夫"，有的注释书解释为农夫。如此一来，就可以比较容易地和下句联系起来来理解了。但是，在唐诗中，由于使用"功夫"的例子很少，所以将之视为指代人是不太妥帖的。因此，这里解释为描写劳作时的样子。如此一来，就可以看出此诗并非杜甫亲眼看见农业从事者们，也并非是在太阳下的除草现场创作的，据此，可以反映出此诗应该是杜甫一边想象着东屯的情形，一边在瀼西宅中写下来的。

不过，杜甫描写的处理杂草的方法很有意思。虽然在农业生产中有将水田中拔除的杂草埋在泥中腐烂为肥的方法，但是杜甫这里并没有采用这一做法。正如大泽正昭指出的那样，因为这种农业方法还没有普及①。

---

① 上引大泽氏著作第Ⅲ部第六章之四"关于除草"中，依据杜甫诗作的这一部分和宋代《陈旉农书》中所言"……今农夫不知有此，乃以其耘除之草，抛弃他处，而不知和泥渥浊，深埋稻苗根下，沤罨既久，即草腐烂而泥土肥美，嘉谷蕃茂矣"的相关内容，认为唐代还未曾实行杂草的肥料化。请参考第 205、226 页。

关于《陈旉农书》的训读，乃是依据大泽正昭著《陈旉农书研究／十二世纪东亚稻作的到达点》(农山渔村文化协会，1993 年)第 134 页。

二、除草之诗　第九句至第十八句

在下面的段落里,诗歌是从说明自己为何要在客居途中进行稻米种植开始的。自春天开始就马不停蹄地着手准备,经过牛耕和插秧,灌水也顺利进行,现在到了最后的除草阶段,诗中描述了上述过程:

> 谷者命之本,
> 客居安可忘。
> 青春具所务,
> 勤垦免乱常。
> 吴牛力容易,
> 并驱动莫当。
> 丰苗亦已概,
> 云水照方塘。
> 有生固蔓延,
> 静一资堤防。

吴牛并头而耕,就是所谓牵着两头牛耕作的耦犁,这是从汉代就广泛使用的牛耕方式。在唐代的江南地区,这种被称为"二牛抬杠"的牛耕方式被广泛使用。充满活力的耕牛轻轻地牵引着犁具,如此的春耕情形和现实农村并不一定完全一致,杜甫身在瀼西宅中,心中对未来收获充满了无限的期待,这应该是他想象中的情形。如果举一个极端些的例子来看,晚唐五代颜仁郁的《农家》一诗,就描写了大清早瘦弱的牛儿痛苦耕田的情形:

> 夜半呼儿趁晓耕,
> 赢牛无力渐艰行。
> 时人不识农家苦,
> 将谓田中谷自生。

(《全唐诗》卷七六三)

如果颜仁郁看到杜甫的诗,大概会认为杜甫先生一定觉得"田中谷自生",会嘲笑他的。

在中唐以后的诗作中,出现了描写衰敝农村的例子,与之相比,杜甫的稻谷种植诗歌具有浓郁的牧歌风格和浪漫情调。这与盛唐时期诗人的时代背景有关,杜甫所处的时代背景,对其创作这首诗时的心情亦是有影响的。

在三峡溪谷中的小城云安,杜甫遭遇了意想不到的长期滞留,在夔州迎来了第二年秋天。他应该有考虑早些离开这里,但是,无论如何,旅费是一切的保障。万事都进展顺利,不久,地里的稻米就能收获。想到这里,杜甫眼前浮现出这样的场景:牛儿轻快拉犁,秧苗种满水田,稻田中的水面波光粼粼。杜甫不是不了解安史之乱后贫穷而衰败的农村,甚至可以这么说,像他这样为现实而痛心的诗人应该是未曾有的。但是,在创作这首诗歌的时候,杜甫并没有任何通过诗歌揭露社会现实的心绪。

三、除草之诗　第十九句至第二十六句

接下来的八句是呼应题目的内容,因为不太信任除草监管员,故此派用人阿稽和阿段前去察看。这里可以看出,杜甫对行官并非想象得那般信赖。与之相反,对阿稽和阿段,杜甫则表现出一种超越了身份的强烈依赖之情①。

>督领不无人,
>提携颇在纲。
>荆扬风土暖,
>肃肃候微霜。
>尚恐主守疏,
>用心未甚臧。
>清朝遣婢仆,
>寄语逾崇冈。

此处表达了对行官的不信任和相应的应对办法。这应该才是他创作此诗的主要动机。好容易到了这一步,不能因为行官漫不经心的工作,让顺利生长的稻米在最后关头有所闪失,杜甫心中产生了如此的担心。对行官不信任的强烈程度,恰好反映出他对稻米收获期待的强烈程度。这里,杜甫与行官和用人间的关系,如同小说一般颇耐人寻味。但是,在这里,我们依然能看到由行官监督和统领,没有具体容貌描写的农业劳作者形象。

---

① 请参考拙论《支撑杜甫农业生活的用人和夔州时期的生活诗》(载《中唐文学会报》第七号)。收录在本书第三部第二章中。

最后一句中,描写了从瀼西宅回到东屯的路径,并非是乘船经由草堂河逆流而上,而是选择了翻越瀼西宅北侧的山岗。

四、除草之诗　第二十七句至第三十四句

接下来是最后一段。这一段的前半部分主要在想象秋天收获时的情形,表达了即便是落穗也不会独占的自诫心理。这一点在前面已经讨论过了,这里就予以省略。不过杜甫对穷人的恩惠,不仅体现在落穗上,应该还有稻米。对于这一点,在这里稍做补充。

这一段的最开头部分,杜甫写道:

　　西成聚必散,

　　不独陵我仓。

这里应该有两种解释,一种是仅仅让捡拾落穗,一种是包括施予谷物的恩惠。旧注本中并未写明,这里大概是暗示落穗,而清代仇兆鳌采取了后者,即施于穷人谷物之恩惠。

　　乱世之人,每多穷促。故散粟以周邻里,即前章(一九 14)
"遗穗及众多"意。

仇注如是说,解释为将谷物施于邻居们,是为恩惠。

不仅如此,杜甫还有(一九 20 甘林)之作,大大提高了后者(谷物说)的可能性。此诗与除草之诗相同,均作于瀼西宅中,乃是初秋到中秋时节所作,杜甫在诗中描写了将玄米分给村里长老(参考前章第十节):

　　明朝步邻里,

　　长老可以依。

　　时危赋敛数,

　　脱粟为尔挥。

距此两年之后的大历四年(769),在从岳阳前往长沙的旅途上有作(二二 39 解忧)一诗,当中亦有写到将干粮稻米分与自己的船头,这在前面已经提到了:

　　减米散同舟,

　　路难思共济。

不仅有米,杜甫在诗中屡屡提及将自己的食物分与他人。例如在一年之前,用人信行曾在仲夏酷暑之中往返山道,前去为杜甫修理送水的竹渠。

当时,杜甫感激于他,便将自己的菜瓜和饼子分给他食用:

> 浮瓜供老病,
> 裂饼尝所爱。

(一五 29 信行远修水筒)

另外,在种植稻米同一年的诗作中,杜甫还描写了削减自己碗中口粮,用以喂食河鱼的情景。

> 盘飧老夫食,
> 分减及溪鱼。

(二〇 02 秋野五首)其一

此外,大历四年冬天,杜甫在长沙所作的寓意诗中,将自己比作是红色的凤鸟。凤只会落在梧桐树上,只吃竹子的果实。在诗作(二三 20 朱凤行)中,杜甫写到将自己的饵料竹子果实分给蝼蚁:

> 愿分竹实及蝼蚁

面对自己的食物,杜甫都具有自我牺牲行为和博爱的思想,从这点来看,这里的稻作除草诗,他能将落穗和脱谷米分给别人也是有可能的。如若这样,那么最后这句,便不是单纯用以修饰门面了:

> 岂要仁里誉,
> 感此乱世忙。

这首三十四句的长诗,以下面四句结束。到收获为止,杜甫便只是静候时日。

> 北风吹蒹葭,
> 蟋蟀近中堂。
> 茌苒百工休,
> 郁纡迟暮伤。

事实上,在这部分,用以表现季节推移的词语北风→蒹葭、蟋蟀→堂中、百工休等,均是以《礼记·月令》为基础的岁时用语,杜甫不过是将之进行罗列。但是,在杜甫这里,丝毫不会让人有套用之感,这是足以展示杜甫诗歌魅力的作品。

不过最后那句自悲晚景(岁暮)的词语值得注意。杜甫准备充足,自春天开始,为了种植好稻米,牛耕、插秧、灌溉、除草等一系列农事均进展顺利,距离秋日的收获就剩最后这一步了。可以看出,这是杜甫在最期待收获的时间节点上创作的诗歌。但是到了这最后一句,不知为何突然悲伤寂寥起来,如此极端的感情落差,或可认为是杜甫诗歌"沉郁顿挫"风格的一个体现。

清代杨伦也曾提出过同样的疑问。他认为稻谷的除草工作结束,因此闲暇起来,加上年末将至,故此才会有此感怀:

> 结四句,向毕,则因务闲岁暮,遂自伤迟暮也。(《杜诗镜铨》卷十六)

的确,杨伦所言是妥当的。想来杜甫的忧郁应该是读书人共有之物,是对人生境遇的忧郁之感。在杜甫这里,还有其自身所特有的深邃忧愁。四十八岁放弃对仕途的追求,然后用诗歌来描绘这个世界,表达自己的思想。虽然已经决意要以诗人身份来生存,对朝廷的关注却一直未曾减弱。在他迎来五十六岁的晚秋时节,面对如此的自己,那种对人生的悲伤,使得杜甫心情郁郁,仿佛被阴云笼罩。

笔者认为,如果杜甫能够直接前往田间地头,在那些茁壮成长的绿色稻穗中看着为除草而忙碌的农夫们,然后指点着行官,在此情境下创作此诗歌的话,人生忧虑便可以被遮蔽起来,或许此诗会变成另一种色彩,成为一首明快的作品。

第五节　移居东屯

在杜甫为种植的水稻灌水和除草之后,紧接着就搬到了东屯。大历二年晚秋时节,杜甫从瀼西宅搬到了东屯。此事可通过诗作(二〇08 自瀼西荆扉且移居东屯茅屋四首)知晓。

搬家的原因,乃是为了种植水稻。在上述诗作其二中,杜甫明确写出了搬家的目的,诗曰:

> 来往皆茅屋,
> 淹留为稻畦。
>
> (二〇08 自瀼西荆扉且移居东屯茅屋四首)其二

在(二〇31 暂往白帝复还东屯)一诗中亦记叙了此事。当时杜甫从东屯暂时到白帝城所在的城里去,后又返回东屯:

> 复作归田去,
> 犹残获稻功。
>
> (二〇31 暂往白帝复还东屯)

杜甫在诗中写到,之所以返回稻田所在地,是因为还有收获的工作。对他而言,稻谷的收获是不能委托他人或者利用闲暇时间去完成的。对他而言,稻谷的收获是促成其必须搬家的重要原因。

搬家的时间应该是在晚秋。在下面的诗作中就有提及,诗曰:

> 烟霜凄野日,
> 粳稻熟天风。
>
> (二〇08 自瀼西荆扉且移居东屯茅屋四首)其一

通过诗歌,我们能得知搬家的时间,是在霜降、稻穗成熟的时节。稻子成熟收割的时期,杜甫曾在夔州诗作中有所提及,乃是晚秋九月,这一点在第四节中已经叙述过了。

那么,搬家之后,在东屯待到什么时候?是收获结束之后返回瀼西宅的吗?这些问题现在无从知晓。虽然杜甫在夔州时期的诗作中经常会描述生活,但是再次返回瀼西宅的情节,在现存诗作中未曾发现有明确叙述。杜甫移居东屯后将瀼西宅租赁给了自己的女婿吴郎,这一点大家都知晓。

次年的正月中旬,杜甫离开夔州,或许是要在城里做出发前的准备工作。在搬到东屯后的九月初直至次年一月中旬,杜甫这四个多月究竟住在什么地方,这点已经无从得知。一直以来,关于这一问题,传记类的记录也比较模糊。但是,从留存下来的诗作来看,可基本认定的是,这一时期杜甫是在以东屯为中心的范围内活动,收获结束之后,杜甫根据需要往返于东屯、瀼西和白帝城这三个地点。如此来看是相对稳妥的。

在移住到东屯之后,杜甫主要从事了什么样的农业生产?将这些诗作举出来看,均是有关收获的作品。当中已经有前面列举过的,这里不厌其烦再次罗列:

> 筑场看敛积,
> 一学楚人为。

（二〇 30 从驿次草堂复至东屯二首）其一
　　复作归田去，
　　犹残获稻功。
　　筑场怜穴蚁，
　　拾穗许村童。
　　　　　　　　（二〇 31 暂往白帝复还东屯）
　　稻获空云水，
　　川平对石门。
　　　　　　　　（二〇 33 刈稻了咏怀）
　　收获辞霜渚，
　　分明在夕岑。
　　　　　　　　　　（二〇 43 云）

在这里使用了"收获""稻获""刈稻了""获稻功""筑（脱谷）场""敛积（稻）"等词语，但是这些表述均非具体描写收获情形，因为杜甫在最开始就没有打算以田间地头的具体农活为内容来创作诗歌，因此这是理所当然的。

一如诗中所写，"看敛积"是杜甫旁观稻谷收获的用语。这是杜甫水稻种植的"农事"。这里再强调一遍，并非杜甫自己亲自下田拿着镰刀收割水稻。因为对多病的杜甫而言，身体状况是不允许他亲自上阵的。在中国传统封建王朝体制内，知识分子阶层的读书人一般是不会直接从事谷物生产等体力劳动的。当然，也有一些例外（作为后世文人趣味，风雅的花卉栽培和具有隐逸风情的蔬菜、药材种植则另当别论）。

第六节　关于检校

杜甫在东屯所从事的农活是"检校收稻"。（二〇 32 茅堂检校收稻二首）将"检校"这个词用在了题目中。"检校收稻"的"检校"一词是比较少见的用法，在唐诗中，杜甫不仅是第一个使用，而且基本上也只有他在使用（中唐王建诗作中"检校花"是唯一一个与之相近的例子）。那么接下来就探讨一下这里的"检校"究竟是何意思。

"检校"在唐诗中基本上不太使用,大约四年前,杜甫身在四川的时候,成都的浣花草堂空置了一年有余,他派了自己的弟弟杜占回去察看草堂的情况。是时曾作(一二 78 舍弟占归草堂检校,聊示此诗),在诗题中,杜甫使用了"检校"。派人去"检校"空置的草堂,相关内容如下:

> 鹅鸭宜长数,
>
> 柴荆莫浪开。
>
> 东林竹影薄,
>
> 腊月更须栽。
>
> (一二 78 舍弟占归草堂检校,聊示此诗)

察看自己院子里饲养的家禽数量、门是否锁好、竹林是否茂盛等,如此的检查和管理工作,杜甫称之为"检校"。

从杜甫自己的例子来看,使用"检校收稻",可以认为此处乃是表示检查和管理自己稻田的收获劳作。对于"检校"这个特殊的词语,到了宋代,杜甫诗歌被当作权威的时期,便产生了很多的模仿者。比如下面的诗作就是例子:

李彭《季敌检校南村田》 (《日涉园集》卷八)

洪适《检校园花》 (《盘洲文集》卷三)

范成大《家人子辈往石湖检校暮归》 (《石湖居士诗集》卷二十五)

杨万里《立春检校牡丹》 (《诚斋集》卷三十六)

赵蕃《检校竹隐竹数三首》 (《淳熙稿》卷二)

方岳《检校坞中》 (《秋崖集》卷七)

在这些诗歌中,诗人们均对自己个人的田园和花卉类使用了检校这个词语。

同时,在很多的传记当中,还记载了杜甫曾经管理过东屯的公田。但是,事实究竟是怎样的呢?

杜甫的传记是以其诗歌中描述的生活为材料编辑而成的,这些诗作是杜甫最为基本的传记资料。但是,在杜甫的诗歌当中,并未有任何迹象能够帮助我们解读出他曾经在东屯管理过夔州府的公田。之所以会产生杜甫管理公田这一类臆说，主要原因应该是这一诗题中所言"检校收稻"的说法。

之所以会产生这样的结论，是因为"检校"还有另外一个用法，是官场的专门术语。与管理和检查农田相比，这个官场的术语更加常用一些。比如杜甫在成都严武幕府时期，就曾接受过朝廷授予的"检校工部员外郎"一职。这里将"检校"使用在官名之前，是暂定任命这一官职的意思。

如此一来，"检校"这个词语便洋溢着公家的气氛，这或许就是人们容易将"检校收稻"这一题目误解为管理公田的原因所在。

一、红米、脱谷壳、精米

在前一节中，讨论了（二〇 32 茅堂检校收稻二首）这一诗题。本节进入对内容的讨论。

第一首的前半部分，主要以素描一般的手法勾勒出收获前的晚秋九月，在东屯人家稀少的开阔水田里，也有杜甫的稻田。

> 香稻三秋末，
> 平田百顷间。
> 喜无多屋宇，
> 幸不碍云山。

后半部分中，杜甫并未记叙收获的情形，因为这项工作很早就已经结束了。天气渐渐冷了起来，想起自己乃是客居之身，他便不由得焦虑起来，如果能吃上这样的新米，就不用再担心了。

> 御夹侵寒气，
> 尝新破旅颜。

后半部分的最后两句，杜甫记叙了这次收获了很多稻米，心中的石头落地了，内心的喜悦之情，如下所叙：

> 红鲜终日有，
> 玉粒未吾悭。

（二〇 32 茅堂检校收稻二首）其一

只是，这句中"红鲜"和"玉粒"的关系是不太明确的。有人认为此处的"红鲜"和"玉粒"乃是指红稻和白稻两种大米。但是，笔者认为这里的红鲜应该是指红米在糙米时候的状态，而玉粒则是加工成精米后的白色状态，是同一品种的两种状态①。"红鲜"在这里应该指被称为红米或红稻的赤米系大米,这是南方广泛种植的一种香米(香粳、香秔、香稉)。杜甫用"红鲜"这个词语来指代其呈现出的颜色状态。但是,用"红鲜"这样的词语来形容红米是非常少见的。在杜甫之前,"红鲜"经常被用来形容芙蓉花。

"玉粒"并非大米的品种,而是精加工后呈现的白色状态,之所以这样认为,是参考了宋代陆游的例子。陆游在诗作《醉中作》里就曾写道:

名酝羔儿拆密封,

香粳玉粒出新春。

(《剑南诗稿》卷六十九)

香粳,也就是将红米的糙米加工后得到的所谓玉粒。陆游在《家居》一诗中使用了同样的表述:

获稻黄云卷,

舂粳玉粒新。

(《剑南诗稿》卷五十九)

在这里,"玉粒"也是指糙米精加工后呈现的状态。

另一方面,南宋赵次公曾注曰:

红鲜似言鱼,玉粒则为舂稻米,其白如玉。(戊帙卷之八)

将"红鲜"说成鱼,是不太容易理解的。但将"玉粒"看成舂加工后所呈现出的白玉状态,这一点笔者是赞同的。

"红鲜"和"玉粒"还曾以对偶的方式出现在前面所举灌溉的诗作当中。这里再列举如下,诗曰:

玉粒足晨炊,

红鲜任霞散。

(一九 14 行官张望补稻畦水归)

关于这里的"玉粒"和"红鲜",清初王嗣奭以下文中提到的"落杵光辉白,除芒子粒红"(二〇 31)为依据,认为:

---

① 亦有人认为此诗中所言"玉粒"乃是指水稻品种"齐头白"。胡安徽《从〈全唐诗〉看唐代的水稻品种及分布》[载《古今农业》2006 年第 1 期;后收录于卢华语主编《全唐诗经济资料辑释与研究》(重庆出版社,2006 年 12 月)中]。的确,将"玉粒"当作品种来看是不错的,但至少在杜甫的诗作中,应该是指精白后的大米。

总是一谷,肤红而米白也。

《杜臆增校》卷九

这里所说的大米,乃指去除糙米表皮后的精制米。王嗣奭在这里亦认为玉粒和红鲜乃是同一物。

杜甫水田中所种红米稻香馥郁,因此将其称为香粳。从是年晚秋开始,到初冬时节,杜甫一直在瀼西宅门前舂制这种香粳。

柴扉临野碓,

半湿捣香粳。

(二〇 53 雨四首)其一

虽然此处并未提及米的颜色,但是这里加工出的稻米想必一定也是白色的。

在诗作(二〇 31 暂往白帝复还东屯)中,描述了将红色糙米精制为白米的情况:

落杵光辉白,

除芒子粒红。

虽然这里将上下句有所颠倒,但是如此读来比较容易理解。首先是下句,将脱谷后的稻壳取出,便得到了红色的糙米。然后再看上句,将这些糙米用杵子进一步加工为白色的精米。

在杜甫的诗作中,还有专门描写方才提及的精米和脱去谷壳之后的作品。

将糙米加工为精米,这在中下层士大夫家庭中决然不是什么稀奇的生活场面,在诗作中也屡被提及。糙米时常出现在杜甫的视线中,"脱粟"和"粝"也屡次出现在他的诗作之中。夔州时期,杜甫从朝廷那里能得到配给的糙米["朝班及暮齿,日给还脱粟"(二〇 65 写怀二首)],而市面上一般流通的也是糙米(在储藏方法上,主要有连壳储藏和糙米储藏两种)。

但是,脱壳在一般的诗作中并未有过描写。除了上面提到的杜甫诗作以外,能够搜寻到的就只有元稹的诗句了。元和五年(810),元稹被流放到江陵府做士曹参军,他曾在给白居易的回信中列举了当地收成不佳的很多情况,其中就有如"火米带芒炊"(依据元稹自注,"火米粗粝不精")(《元氏长庆集》卷十《酬翰林白学士代书一百韵》)这样的句子。

因为在当地烧田中收获的旱稻糙米不太好去壳,故此时常会在蒸制过程中出现连壳一起烹饪的情况,元稹在诗作中所写,就是向白居易诉说此事。

杜甫应该是在东屯第一次如此近距离地看到脱谷后夹杂了谷壳的稻米,也是第一次目睹如何将稻谷脱壳加工成糙米[①]。从"除芒子粒红"这句的口吻不难看出,因为初次所见,杜甫颇觉新鲜。

以上是第一首的解读,虽然诗作是以收获时进行检查为题目创作的,但是没有涉及任何有关收获的事宜,杜甫从东屯稻田的远景开始描写,记

---

① 脱谷作业亦有在湿田或者边远地区的稻田中割完水稻后直接就地进行的情况,但一般方法乃是在晾晒干燥或者堆积干燥后将其运到脱谷场,依据时日,在年底前完成。

脱谷后,利用风将其和不良米分离开来,这才得到糙米。接下来要将糙米放置一段时间,根据情况还要进行碾压作业。另外也有不进行脱谷,直接以稻藁方式保存的。在入仓长期保存的时候,一般有直接保存未脱壳的米和保存糙米这两种方法。

原始的做法乃是要使用杵臼等工具同时进行脱壳和精制,部分少数民族至今依然沿用。另外,后来出现的水力碾也能够完成上述工作。首先将未脱壳的稻米碾压,让米和壳分离,之后利用风将糙米和稻壳分离,将糙米筛选出来,然后再次使用水碾加工得到精米。

专门用来脱壳的工具,在出土文物中石磨盘是比较古老的,据此发展而来的则有后汉时期的砻。再往后推移,到了元代王祯的《农书·农器图谱集之九·杵臼门·砻》中,则记载了如下内容:"䃲谷器,所以去谷壳也。……状如小磨。……破谷不至损米。"

另外,依据《天工开物·粹精第四·攻稻》,脱谷亦用"木砻""土砻"这样的工具。适度干燥后的稻米用木砻不会碾碎,因此,向国家大量上缴的军粮、官粮及用以运输和储藏的稻谷均使用木砻来碾压。木砻须强壮的男性在户外使用。……土砻则妇女亦可用,在小户人家的室内亦可完成上述工序。

如果是一般的士大夫阶层,应该不太有机会看到这样的脱谷作业场景。即便是在室外进行,亦很难区分。杜甫在东屯也是第一次亲眼看见稻谷脱壳的情形。

与杜甫相同,在《枕草子》第九十九段中清少纳言也描写了稻谷脱壳的情形。长德四年(998)五月,清少纳言在京都郊外观看了明顺朝臣重现的打谷和脱壳作业。此处可参考河野通明《平安时代的籾摺臼》中所述。"摺臼是安置在房子的土间当中,据此可知打谷和脱壳基本上是在室内进行的,路人听闻室内的声响和歌声,则可推断出当中的氛围,但是要直接目睹如此作业,机会还是很少的。因此,明顺朝臣才在并非应季的农历五月夏天特别呈现了如此少见的农活。"(大阪大学文学部日本史研究室编《古代中世社会和国家》,清文堂出版,1998年12月,第325—343页)(转下页)

叙了自己试吃新米,表达了收获稻谷之后内心的踏实之感。

二、黄秋葵、播种稻谷

下面来看第二首。在前四句中,杜甫乃是将新米和黄秋葵搭配起来食用。新米洁白柔软,秋葵新鲜润滑,对于上了年纪的杜甫而言,这样的食物是靠得住的。

> 稻米炊能白,
>
> 秋葵煮复新。
>
> 谁云滑易饱,
>
> 老藉软俱匀。
>
> (二〇 32 茅堂检校收稻二首)其二

杜甫在这里关注的是大米的颜色、口感和菜肴。秋葵曾被作为蔬菜广泛栽培,杜甫亦在瀼西宅中种植过,并将大米和粟米搭配上秋葵一起食用。咏唱菜园中所种秋葵的唐诗并不少,但将其作为下饭菜并具体描写口感的,杜甫乃是第一人。杜诗总是在这些细微之处超越了同时代一步。白居易就曾直接引用过杜甫关于秋葵的描写。

来看白居易《烹葵》这首诗。此诗作于元和十二年(817),是白居易被贬为江州司马时期的作品:

> 贫厨何所有,
>
> 炊稻烹秋葵。
>
> 红粒香复软,

---

*(接上页)除此之外,笔者亦参考了手边所有的如下文献:《天工开物·粹精第四·攻稻》,王祯《农书·农器图谱集之九·杵臼门·砻》,曾雄生《江南稻作文化中的若干问题略论——评河野通明〈江南稻作文化与日本〉》(载《农业考古》1998 年第 3 期),章楷编著《中国古代农机具》(人民出版社,1985 年),陈文华编著《中国古代农业科技史图谱》(农业出版社,1991 年),陈文华编著《中国农业考古图鉴》(江西科学技术出版社,1994 年),姜彬主编《稻作文化和江南民俗》(上海文艺出版社,1996 年),夏亨廉、林正同主编《汉代农业画像砖石》(农业出版社,1996 年),赵荣光《中国古代庶民饮食文化》(商务印书馆国际有限公司,1997 年),周昕《中国农具史纲及图谱》(中国建材工业出版社,1998 年),尹绍亭著(李溪译,上江洲均监译)《云南农耕文化的起源》(第一书房,1999 年),张春辉编著《中国古代农业机械发明史(补编)》(清华大学出版社,1998 年),陈文华《农业考古》(文物出版社,2002 年)。

绿英滑且肥。

（朱金城《白居易集笺校》卷七）

这里,白居易几乎与杜甫使用了同样的说法,蒸好红稻米,煮好秋葵,大米松软,秋葵润滑。"秋葵"在《全唐诗》中仅有杜甫和白居易使用过。白居易在语言使用方面照搬杜甫是很明显的①。他在杜甫稻谷诗作的细微表述中发现了杜诗的新意,然后以一种四两拨千斤的气势重新写成诗作。白居易是中唐时期重要的杜甫发现者,事实上,他在各方面都曾学习过杜甫。只有白居易这样的时代先导者,才能发现杜甫诗歌的意义,作为一位诗人,正是由于他具有了这样的诗歌灵性,才能够对杜诗进行运用和发展。

但是到了宋代,就算不是白居易这样的人物,普通人都可普遍使用。想必杜甫绝对不曾想过,自己在如此偏僻之地从事农业生产,陷入落魄之时创作的生活之诗,会领先时代一二百年。杜甫农业诗、生活诗的历史意义,在这一点上被具体体现出来。

后半部分提及稻子的品种,诗人沉醉在白色稻米的美丽之中:

种幸房州熟,

苗同伊阙春。

无劳映渠碗,

自有色如银。

(二〇 32 茅堂检校收稻二首)其二

诗中所言"房州熟"和"伊阙春",在宋代以后的旧注中均指稻子的品种,笔者也沿用此说。房州位于夔州之北,和夔州一样,在唐代同属山南东道,伊阙是伊水龙门的别名,靠近杜甫故乡洛阳。在这里提及稻谷的品种,足见杜甫有关水稻种植的知识是丰富的。

笔者怀疑,杜甫在这次的水稻种植上,应该还参与过选种的工作。如此一来,关于稻作的计划,应该在一年前的大历元年冬天左右就已经在杜甫脑海中成形,但是很遗憾,这里似乎无法做出上述解读。按照第一句中

---

① 在创作此诗的两年前,也就是元和十年,白居易应该已经读过杜甫的诗集了,这一点从《读李杜诗集,因题卷后》的诗作中可以明确得知(《白居易集笺校》卷十五)。另,在一年前的元和十一年,《与元九书》中亦提到"杜诗最多,可传者千余首"(《白居易集笺校》卷四十五)。

"种幸房州熟"的说法,"幸"体现出的是偶然得到的喜悦之感,也就是说,在杜甫的稻田中,偶尔还会种植"房州熟"这样的品种。这里的"幸",无论怎么解读①,都传达不出杜甫亲自选种的语感来。无论如何,杜甫应该不是从选种就开始参与的。

另外,是年冬天,杜甫有感于精制大米之白,写下了如下的诗句:

破甘霜落爪,

尝稻雪翻匙。

（二〇 46 孟冬）

以上就是对其二的解读,与其一相同,杜甫均未直接描写稻谷收获的情形,而是以食用新米和歌咏喜悦之情为主。我们没有必要纠结于诗题,可以说,这不是农业诗,应该将之视为饮食之诗。

第七节 卖米

最后,笔者想要探讨一个情况,即杜甫有无可能将当年收获的大米拿去贩卖。

之所以这样认为,是因为有两首诗描写了这种可能。首先是（二〇 65 写怀二首）,此诗是杜甫自述内心感怀的五言古诗。在第一首的开头部分,杜甫这样写道:

劳生共乾坤,

何处异风俗。

世人皆为生存而劳苦,杜甫以这样的认知开头,描述了夔州的境况,表达了自己想要暂时沉浸于隐居生活中的意愿。第二首中,又写了世人之所以要过如此劳苦的人生,皆是为名利所困,然后表达了自己达观、超脱的心境。要理解杜甫的人生观,这两首诗是非常重要的。

问题在第二首的开头一段中,结束收获后的这年冬天,杜甫身在东屯

---

① 据《唐五代语言词典》（江蓝生、曹广顺编著,上海教育出版社,1997 年）第 394 页"幸"。

（或者是在瀼西），某夜到天亮也一直未能睡着。太阳终于升起来了，世间万物有着千丝万缕的联系，相辅相成孕育出生机。杜甫亦觉自己和家人也恰似这万物中的一员：

> 夜深坐南轩，
> 明月照我膝。
> 惊风翻河汉，
> 梁栋日已出。
> 群生各一宿，
> 飞动自俦匹。
> 吾亦驱其儿，
> 营营为私实。

可以说，这里是将第一首开头部分的"劳生"替换后的结果。

笔者注意到问题是，最后一联中杜甫差遣自己儿子时使用的"私实"这个词语。"私实"是一个非常少见的词语，甚至让人觉得是杜甫首用。依据清代浦起龙和杨伦等的观点，此处"私实"的"实"乃是以《国语·楚语》韦昭注"实乃财也"为据，表示财产的意思。如此一来，"私实"就是"私财"的意思。

浦起龙对刚才所举的四联，给出如下的解释：

> 起四，以夜引晓，"群生""飞动"兴下"驱儿""为私"，即前篇"采药"等事。

（《读杜心解》卷一之六）

也就是说，这里乃是使用天亮了、早晨到来了、群生飞动等表达来引出杜甫差遣孩子赚取私财之意。在前篇第一首诗中，更是将赚钱的行为描写为：

> 编蓬石城东，
> 采药山北谷。

（二〇 65 写怀二首）

这里的赚钱，主要是通过采集中草药来实现的。

浦起龙认为"驱儿""为私"等指采集药材，与之相对，清初的黄生则有不同的解释，曰：

"吾亦"四句,似命其子以贸易之事。　　　(《杜诗说》卷二)
这里的贸易之事,应该就是指买卖东西。

笔者在此进一步将买卖之物具体化,认为应该是指当年秋天收获的稻米。之所以如此认为,乃是依据同时期的作品(二〇 60 锦树行),在这首诗中,杜甫描写从东屯(或者瀼西)的居所往城内送信,疑似在买卖大米。诗中具体描写为"飞书白帝营斗粟"。这里先提出结论,下面对理由做一说明。

诗作(二〇 60 锦树行)是在讽刺安史之乱后黑白颠倒的世相,传统身份的没落、飞扬跋扈者凭借武力横行于世这一事实。这首诗分为两段,此处仅列举相关的前半部分。在前段中,时值岁末,杜甫感慨着时光的流逝:

今日苦短昨日休,
岁云暮矣增离忧。
霜凋碧树作锦树,
万壑东逝无停留。

后段则描写了夔州东屯孤寂的居所:

荒戍之城石色古,
东郭老人住青丘。
飞书白帝营斗粟,
琴瑟几杖柴门幽。
青草萋萋尽枯死,
天马跋足随牦牛。
自古圣贤多薄命,
奸雄恶少皆封侯。

进入正题前的部分有些冗长,杜甫在这里将自己称呼为住在青丘上的东郭老人。提起东郭,就让人想起《史记·滑稽列传》(褚少孙补记)中的东郭先生。有几个旧注也举了这个典故。的确,后来出任郡守的东郭先生,亦曾有过饥寒交迫的贫穷时期,但是似乎与这里没有关系。

头一句"荒戍之城石色古",这里的荒城乃是指白帝城①。东郭在这里不是指东侧城郭,而是指城郭之东侧。因为创作此诗时杜甫居住在东屯(瀼西),位于白帝城东侧。之所以将居住在东屯(瀼西)说成是住在青丘,是因为东是表达青色的关系语(赵次公注)。赤甲山山脚下的瀼西宅北坡上,有四十亩橘园,即便是冬天,依然长着青青的树叶。方位与山坡上的景观非常匹配。正是住在这里,杜甫才匆匆给城里寄去一封信,也就是他诗中所言的"营斗粟"。

那么,如何来解释这里的"营斗粟"呢?宋代以来的注释书中,对这个关键部分均不见提及。清初王嗣奭则非常坦诚地说自己也不太清楚:

"飞书白帝"亦公(即指杜甫)自谓,而不知所指。

《杜臆增校》卷九

南宋蔡梦弼则注释为"谓有所请求"(《草堂诗笺》卷三十四)。近年很多注释书均认为是向城里的友人们乞求作为粮食的大米,此处应该正是依据了蔡梦弼的观点。即便如此,这里所谓乞求的说法,似乎与迄今为止所探讨的杜甫诗歌相去甚远。杜甫在诗作中反复描写了自己收获的喜悦、让穷人捡拾落穗、让鸡猪来吃、品尝收获后新米等喜悦之情,在这种状况下,刚刚收获不久的杜甫就向人乞求大米,是非常不合常理的。

"营斗粟"这一说法,在杜甫其他诗作中几乎没有出现过。笔者认为,此诗乃是杜甫收获不久后作于东屯(或者瀼西),在先前曾举过同时期的诗作中亦有描写"差遣自己孩子从事商品买卖"的部分,据此可知,"营斗粟"应该是杜甫将剩余的稻米拿到城里去卖的意思。

如果将两种表现对照一下,会发现两者的气氛相互叠加。

吾亦驱其儿,营营为私实。 (二〇 65 写怀二首)

飞书白帝营斗粟 (二〇 60 锦树行)

孩子拿了父亲加急的信飞马前往城里,继而又很快返回,藉此可以看出,杜甫是依据市场行情来卖米的。这里差遣送信的长子十八岁,次子十五岁。

---

① 夔州期杜甫诗作中使用的"石城"和"东城"亦皆指白帝城。请参考拙论《关于杜甫诗中描写的瀼西宅位置——白帝城东、草堂河西》(载《中唐文学会报》第十三号,2006 年 10 月)注(16)。本书第三部第一章收录。

带着家人长途跋涉的杜甫,自然对大米的价格,也就是物价非常关注。在抵达夔州的那年,杜甫就曾表达了想要去往江南的愿望,亦对当时的物价很关注,留下了这样的诗句:

商胡离别下扬州,

忆上西陵故驿楼。

为问淮南米贵贱,

老夫乘兴欲东流。

(一七 26 解闷十二首)其二

杜甫如今正在为次年春天出三峡做事前的旅费准备。这在前节《杜甫的蔬菜种植诗》中亦曾提及,此处只引用相关部分,同时期的诗作中亦有:

……

春归待一金

(二一 10 白帝楼)

终然添旅食,

作苦期壮观。

(一九 14 行官张望补稻畦水归)

原本是为了积攒旅途的资金才经营橘园的,稻田的经营管理也是出于这一目的。

另外,在前章叙述过,杜甫在瀼西宅贩卖剩余蔬菜的可能性也是有的,更有直接参与药材买卖的证据。从求取功名的长安时期开始,为了赚取生活费,杜甫就采集药材,在秦州时还以卖药维持过生计,到了成都,杜甫更有了自己的药材园①。为了生存,杜甫很早就开始从事这些经济活动了,也

---

① 中药的采集、栽培、贩卖是足以成为生业的,这点毋庸置疑。宫下三郎《隋唐时代的医疗》中就介绍了安史之乱爆发前西域的药价(依据吐鲁番文书),一览表中共计五十多种药材。普通药材的价格行情如何,他做了如下换算:"如果按照一个处方六味各三小两来计算,极普通的生药需要一百文左右。在玄宗时期,唐代粮食丰收的情况下,一斗(现在的 3.9 升,约 5.5 千克)二十文左右,也就相当于五斗(27.5 千克),这在当时恐怕是高价了。"请参考《中国中世科学技术史研究》(薮内清编,角川书店,1963年,第 285—286 页),真柳诚先生《眼观汉方史料馆(八十五)·唐代的药价记录·吐鲁番出土物价(市估)文书》(载《汉方临床》四十二卷六号,1995 年 6 月,第 658—660页)。

就是说，他并非单方面完全依赖高官和朋友们的经济援助。

我们更应该关注为了养活自己而努力寻找活路的杜甫。当然，辞官后的杜甫，后半生不得已要依靠他人的援助来生活，但是通过采集药材、种植蔬菜、经营橘园和稻田等，可以看出杜甫为了维持生计而表现出极为自立的一面。这对考量杜甫的精神层面具有重要意义。精神的自立也是杜甫诗歌存在方式的一个重大问题，这也是我们探明杜甫农业生活实际状态的意义，亦是研究杜甫农业诗歌的意义。

如上所叙，杜甫卖新米只不过是一种可能而已，但是并非没有根据，诗中表达出的几点就具有重要意义。当然，在诗歌中留下如此记录的诗人，杜甫乃是第一位。

第八节　结语

综上，本章中列举了杜甫的稻作相关诗歌，并且尽可能具体解读诗人杜甫是如何进行稻谷生产的。

杜甫在东屯的水田地带，临时拥有过几块私田，在这些私田中，他种植了红稻这种晚熟品种。杜甫的水田管理主要由夔州府的张望担任。由于不太信赖张望水田管理的能力，在几个重要环节上，杜甫曾派自己雇佣的当地少数民族用人前去检查。秋末，为了监督稻谷的收获，杜甫从瀼西移居东屯。收获之后，任由穷人捡拾落穗，享用新米的美味，差遣孩子们到城里去卖米，以此来筹措旅费。关于杜甫的稻谷种植，诗中主要描述了以上生活情形。

杜甫将日常生活的实际描写在诗作中，经由这些实际生活，他的诗思得以扩充。因此，通过诗歌的描写方法，能够得知杜甫在稻谷种植上抱有怎样的态度。

杜甫稻谷收获诗的一个重要特征，并非是描写收获情形本身，而是通过描述食用新米的情形来实现的。当然，作为饮食诗也是很精彩的。通过这次的稻谷种植，不仅解决了吃饭问题，也为自己的旅费提供了保障。杜甫表达了想要尽快离开夔州的想法，而这些想法则是通过祈祷收获表现出来的。此时,在杜甫心中,收获的喜悦,就变成能够吃到新米的喜悦。为了获得这种喜悦,杜甫做了相当的努力。

那么,在东屯种植水稻的杜甫,由于是稻田的拥有者,就摆脱不了榨取农夫这一嫌疑。如若是别的诗人,一定不会在意这一点,想必会坦然在诗作中进行描写。杜甫则不同,如今他知晓自己所处的境况和立场,故此,他并未在诗中对私田劳作的农夫进行任何写实的描写,也没有打算独自霸占收获的成果,这也是为何杜甫在诗中反复提及自己这一决心的理由之一。

或者说,也存在这样的背景,那就是:农业劳作的具体描写、挣扎在残酷劳作和贫困中的农夫形象乃是中唐以后诗歌的主题和题材。在杜甫的时代,对上述具体劳作和农夫形象进行描写则并非风气。同时,在灌溉和除草等诗作中,杜甫并未身在田间地头,而是通过想象进行创作的,与这种创作手法也有关系。

如此一来,能够亲自实践稻谷经营,并将种植水稻的相关事宜具体描写在诗中,以此表达自己思想和感情的诗人,即便算上被称作田园诗人和隐逸诗人的陶渊明的部分稻作诗,杜甫的诗作也是空前的。不仅如此,在杜甫的稻作诗中,我们能够发现一些其他诗作看不到的,在某些地方与众不同的味道,这便是杜甫的诗歌和他的人生。对于中国传统社会的士大夫而言,能够在自己拥有的水田中种植和经营水稻,并在诗作中描写这些生产劳作,可以说杜甫是最高的实现者,也是划时代的。

附录一 相关地图

杜甫相关地图

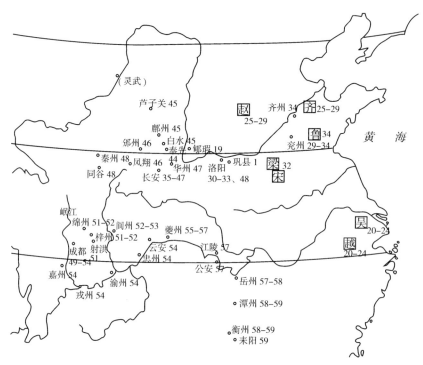

*仅记录杜甫经过和停留的地点。其余地点用( )标示。
*地名右侧是按照虚岁计算的杜甫当时的年龄。

附　录

瀼西宅相关地图

（请参考本书第 121 页）

草堂河　　　　　石马河

东屯
旱八阵

唐代的赤甲山

梅溪河＝西瀼水

瀼西宅　瀼东
马岭
奉节县城　夔州府　草堂河＝东瀼水
今日的奉节县　　瞿唐驿　**白帝山**　　**唐代的白盐山**
鱼复　白帝城
长江　水八阵　　　　　　　　　瞿
　　　　　　　　　　　　　　　塘
　　　　　　　　　　　　　　　峡

附录二　杜甫年表

玄宗先天元年(712)　一岁
生于河南巩县(一说洛阳)。其祖上乃是西晋著名的武将、春秋学者杜预。祖父杜审言是著名的宫廷诗人,尚书膳部员外郎(从六品上)。其父杜闲,是地方的中层官员。母亲崔氏乃是名门。因为家道中落,杜甫之后,在正史中不再留存传记。杜甫虽然排行老二,但因其兄早逝,故此实际上是长兄,有四个弟弟和一个妹妹。亲母早亡,父亲再婚,被派往地方为官。杜甫幼年时期被寄养在父亲一方的伯母家中。

玄宗开元元年(713)　二岁

开元四年(716)　五岁
幼年时曾患重病,在伯母的照顾下,保住了性命。

开元六年(718)　七岁
始作诗文。

开元八年(720)　九岁
习大字之书。

开元十三年(725)　十四岁
在洛阳加入文人行列,得到岐王李范(睿宗第四子)的召见,进出其邸。

开元十四年(726)　十五岁
身体颇为健壮。

开元十八年(730)　十九岁
踏上游学之路。游郇瑕(山西省临猗县)。

开元十九年(731)　二十岁
游吴越(江苏、浙江)。

开元二十三年(735)　二十四岁
从吴越返回洛阳。参加科举考试,落第。

开元二十四年(736)　二十五岁
依据邝健行最新的观点,前年在故乡巩县参加乡试,在洛阳参加了河南府试,均合格。本年一二月间,在长安参加进士考试,结果落第了(《杜甫新议集》,第44页)。

游齐赵(山东、河北),结交苏源明,并与之成为终生好友。

开元二十八年(740)　二十九岁

继续留在齐赵。

前往父亲杜闲任兖州司马所在地,并登上兖州城楼。

开元二十九年(741)　三十岁

返回洛阳,修建陆浑庄,仲春时节祭祀先祖杜预。此时与杨怡之女结婚,至死相从。

玄宗天宝元年(742)　三十一岁

人在洛阳。从小照顾杜甫的伯母(万年县君)去世,作墓志。

天宝三年(744)　三十三岁

继续留在洛阳。

五月,祖母(范阳太君)去世,葬于偃师,作墓志。

夏天,在洛阳与是年被宫廷放逐在野的李白相知。

秋至梁宋(河南商丘一带),与李白、高适同游。

游道教圣地王屋山,欲学道,未成。

天宝四年(745)　三十四岁

游齐鲁(河南、山东)。

夏日,北海郡太守李邕(《文选》注为李善之子)来齐州,杜甫得见。秋后至兖州,时李白避归东鲁,公与同游,情好益密。在鲁郡东石门与李白道别,后终生仰慕之。

天宝五年(746)　三十五岁

自齐、鲁归长安。从汝阳王琎(睿宗帝之孙)游,作(〇一 26 春日忆李白)(〇二 01 饮中八仙歌)。

天宝六年(747)　三十六岁

在长安参加制科考试,受李林甫之谋影响,所有考生均落第。

天宝七年(748)　三十七岁

在长安。屡上诗韦济(祖父杜审言好友韦嗣立之子),求汲引。又上诗给很多达官之友、贵人,以求功名。

天宝八年(749)　三十八岁

在长安。冬日,归东都,因谒玄元皇帝庙。

天宝九年(750)　三十九岁

返回长安。初遇郑虔,后为终生之友。

为求取功名,曾向玄宗皇帝上诗(二四 08 雕赋)。长子宗文出生。

天宝十年(751)　四十岁

在长安。进三大礼赋(二四 02 朝献太清宫赋)(一四 03 朝享太庙赋)(二四 04 有事于南郊赋)。玄宗奇之,命待制集贤院。杜甫终生为之自豪。秋,病疟。是年,在杜位宅守岁。此时作(○二 11 兵车行)。

天宝十一年(752)　四十一岁

在长安。暮春,暂归洛阳。秋与高适、岑参、储光羲等登慈恩寺塔。

天宝十二年(753)　四十二岁

在长安。夏,同郑虔游何将军山林。次子宗武约生于此年秋。

天宝十三年(754)　四十三岁

在长安。向玄宗进(二四 06 封西岳赋)。为求取节度使幕府书记官一职,向哥舒翰送诗。自东都洛阳移家至长安,居南城之下杜城。秋后,淫雨害稼,物价暴贵,公生计益艰,遂携家往奉先,馆于廨舍。

天宝十四年(755)　四十四岁

在长安。九月,至奉先看望妻儿。十月,归长安,授河西尉(河西县故城在今云南河西县境),不拜,改右卫率府胄曹参军(正八品下)。十一月,又赴奉先探妻子,因饥荒,丧幼女。

〔十一月,安禄山之乱在范阳爆发。〕〔十二月,洛阳陷落。次年正月,安禄山在洛阳称帝,号大燕皇帝。定国号为燕。〕

天宝十五年(756)　四十五岁

岁初,在长安。正月与家人在奉先县度过。不久返回长安,复为右卫率府。初夏,至奉先避难,携眷来往白水,寄居舅氏崔少府高斋。离开白水,与远亲王砅混入难民,一起北逃。过白水县东北六十里彭衙古城。暂住同家洼孙宰家中。六月,又自白水取道华原,经三川,赴鄜州(今陕西富县)。到达后将家人安顿在羌村。

〔六月,叛军至长安。玄宗逃往蜀地。〕

〔七月十三,皇太子李亨在灵武即位(肃宗皇帝)。改年号为至德。〕

闻肃宗即位灵武,即留妻子于三川,子身从芦子关(今延安市西北)奔行在所。途中为安禄山所捕,遂至长安。因为地位低下,在长安城中行动相对自由。作(〇四 14 月夜)。

肃宗至德二年(757)　四十六岁

在叛军占领的长安城内作(〇四 21 春望)。〔二月,肃宗皇帝由灵武县移驾凤翔。〕四月,自金光门出,间道归凤翔。五月十六日,在凤翔拜左拾遗(从八品上)。是月,房琯得罪,公抗述救之。肃宗怒,诏三司推问,或有死刑之难。〔安庆绪杀禄山。张巡、许远战死。郭子仪复东京。史思明等降。〕春,杜甫陷贼中。在长安时从赞公苏端游。宰相张镐、御史大夫韦陟、崔光远、颜真卿等救之,仍放就列。六月一日,赦免后,向肃宗皇帝上谢表。回复左拾遗一职。六月十二日,同裴荐等五人荐岑参。闰八月,墨制放还鄜州省家。在羌村与家人再聚,卧病数日。作《北征》。十一月,自鄜州至京师。

至德三年(758)　四十七岁

在长安为左拾遗。〔二月改元为乾元。〕春,与中书舍人贾至、王维、岑参皆在谏省,时共酬唱。三月贾至左迁,六月,房琯、严武左迁,杜甫受牵连,坐琯党,出为华州司功参军。是秋九月,尝至蓝田县访崔兴宗、王维之别业。冬末,以事自华州归东都陆浑庄。

乾元二年(759)　四十八岁

在故乡遇卫八处士。春,杜甫自洛阳归华州(陕西华县)就任,途中作"三吏""三别"六首。遂于七月弃官携家(小弟杜占亦同行)西去。度陇,赴秦州(甘肃天水)。后再未返回长安、洛阳。在秦州尝为西枝村之胜,因作计卜居。置草堂,未成。遂于十月,离秦州赴成州同谷。至同谷,居栗亭。后移凤凰村。居不逾月,十二月一日又赴成都。以就道,岁终至成都,寓居浣花溪草堂寺。

乾元三年(760)　四十九岁

闰四月改元,杜甫在成都。春,卜居成都西郭之浣花溪,开岁始事,季春落成,即所谓浣花草堂(成都草堂)是也。〔闰四月,改元为上元。〕秋,旧友高适至蜀州为任,与会之。亦与同乡韩十四会。秋,游蜀州东南新津,晤裴迪,与游新津寺。冬,复在成都。

上元二年(761)　　五十岁

开岁,又往新津,未能与裴迪会面。二月,归成都。秋,为生计计,至青城,期待落空,旋又归成都。八月,台风(亦有学说认为是夏天的暴雨)刮走了草堂屋顶的茅草,草堂前的大楠树亦被刮倒。成都少尹(副长官)徐九持厚礼造访草堂。冬,高适代行成都尹,至成都,尝同王抡过草堂。召至蜀州,以祝阜江竹桥完工。十二月,友人严武为成都尹,高适归任蜀州刺史。在蜀州迎接归任的高适。后归成都。

代宗宝应元年(762)　　五十一岁

杜甫自春至夏居草堂。与严武唱和甚密,在其到任初期,亦曾听从杜甫建议,实施了不少仁政。〔四月,玄宗驾崩,改元为宝应。继之肃宗驾崩,代宗即位。〕五月,严武再访草堂。受其邀请,杜甫赴成都。六月,严武被朝廷召回。七月,送严武还朝,以舟至绵州,抵奉济驿,登陆,遂分手而还。是月,高适任成都尹、西川节度使(至次年十二月)。徐知道在成都反,道阻,住涪江东津公馆。受汉中王李瑀之照顾,离开绵州,入梓州。秋末到冬初,回成都迎家至梓。十一月,往射洪县,寻陈子昂读书堂遗迹。为生计旋复南之通泉县。此时杜甫沿三峡而下,东游之兴颇浓。冬末,归梓州。〔十二月,剑南西山诸州均为吐蕃占领。〕

宝应二年(763)　　五十二岁

正月,在梓州。〔历时七年零三个月的安史之乱结束。〕闻此报,便欲下襄阳而还都,俄而复思东下吴楚。春,游牛头、兜率、惠义诸寺。是季离梓,过盐亭,往阆州,复归梓州。又至绵州,往汉州。复经涪城,春末返回梓州。夏,在梓州。〔七月改号为广德,河西、陇右落入吐蕃之手。十月,长安曾一度被占领。代宗避难。十二月,松、维、保三州亦为吐蕃所领。九月,严武为京兆尹。〕九月中旬,复别梓赴阆,祭房琯(八月去世)。代王阆州刺史作表,上奏代宗吐蕃之政策(为防吐蕃,可由严武代替高适任剑南西川节度使)。十月、十一月均在阆州。十二月,得妻子家书,知女病,因急归梓(时隔三个月)。欲去蜀沿长江而下,梓州刺史章彝为其举办了盛大的送别宴会。冬末,携家眷从梓州至阆州,在阆州跨年。

广德二年(764)　　五十三岁

〔正月,剑南东川、西川合并为一道。严武为节度使。西川节度使高适被召回京。〕在阆州,多有游览。会朝廷召补京兆功曹参军(正七品下),不赴召。二月,闻严武将再镇蜀,大喜,遂改南下之计赴成都(暮春)。自春至夏,在草堂。作(一三 36 绝句二首)"江碧鸟逾白"。

六月,严武表为节度参谋(按照通说,此时杜甫被推荐为检校工部员外郎),住成都城内。秋,居幕中,颇不乐,遂得乞假暂归草堂。弟颖访草堂,得杜观、杜丰、五姑健在之消息,颖又归齐州。初冬,又得假归草堂,后又归幕府。

代宗永泰元年(765)　五十四岁

正月初三,辞幕节度参谋一职,归浣花溪。(依据陈尚君之说,不久之后就被推荐为检校工部员外郎。)正月,友人高适死。四月,杜甫最重要的支援者和友人严武去世。五月,携家离浣花草堂南下岷江(汶江)。(依据陈尚君之说,为了就任工部员外郎一职,在严武去世前最迟到暮春三月就已离开浣花草堂。)五月五日前,至嘉州(四川乐山),是月十五日过犍为。六月初,至戎州(四川宜宾)。自戎州至渝州(重庆)。候严六侍御,不到,先下峡。入秋,七月自渝州至云安(重庆云阳),因病,遂留居云安并跨年。自渝州至云安坐船,中途遇见搭载了严武灵柩返回故乡的船只。〔闰十月,郭英乂(严武去世后剑南节度使之后任)为崔旰所杀。柏茂琳、杨子琳等举兵讨伐崔旰,蜀中一时大乱。〕

永泰二年(766)　五十五岁

春,杜甫在云安。住在云安县长官严氏的水阁之中。暮春三月,移居夔州。自入夔以来至次年春天均住在白帝山之西阁(客堂)。(一说乃是初寓山中客堂。秋日,移寓西阁。)在宅院中饲养鸡。夏天旱灾持续。入秋,种植莴苣,以失败告终。秋后,柏茂琳为夔州刺史,公颇蒙资助。〔十一月改为大历元年。〕夔州期乃是创作旺盛期,留下了很多诗作。

代宗大历二年(767)　五十六岁

终年在夔州。春,自西阁移居赤甲。依据简锦松之说,自进入夔州以来很早就已经住在赤甲(现今子洋山南麓),亦曾多次住在西阁。不久后的晚春三月,迁居到白帝城以东、东瀼水西岸(亦有可能是北岸)的瀼西草屋。(按照通行的说法,瀼西乃是位于白帝城以西的西瀼水,即今日梅溪河的西岸。)一开始是租赁的,后来购入了附宅果园四十亩、蔬圃数亩,又有稻田若干顷,在江北之东屯,开始了自己的稻作经营。六月,行官张望因补水归来,遂作诗以记之。夏日,为防虎患,修理栅栏。秋,以牛耕,始种芜菁。仲秋八月,作稻田除草诗,又作(二〇 26 登高)。断酒,左耳失聪,牙齿掉了一半。因要收获稻谷,暂自瀼西移住东屯。适吴司法自忠州来,以瀼西草堂借吴居之。收获柑橘。是年,弟杜观来见,后与蓝田(陕西)之女结婚,住在江陵附近的当阳。向江陵高官和友人寄诗,预备下江陵。冬天,下了罕见的大雪。

大历三年(768)　五十七岁

正月中旬,去夔出峡。临去,以瀼西果园四十亩赠南卿兄。三月,经峡州(今宜昌)、宜都、松滋至江陵。暂托家眷于当阳杜观处。夏日,暂如外邑。留江陵,复又回江陵。秋末,携家眷离开江陵,移居公安县。年末,离公安,南下至岳州(今之岳阳)。作(二二 28 登岳阳楼)。在岳阳跨年。

大历四年(769)　五十八岁

正月,离岳州往潭州(今长沙)。入洞庭,宿青草湖,又逆江(湘江)而上,宿白沙驿。过乔口、铜管渚,又经新康、双枫浦,晚春三月清明前后抵潭州(湖南长沙)。访岳麓山。发潭州,次又经白马潭、磐石浦、津口、空灵岸、花石戍、晚州。入衡山境,望南岳,遂抵衡州(衡阳)。然故人衡州刺史韦之晋转任潭州刺史,不久后的四月去世。杜甫闻讣告于潭州。夏,又返潭州。曾下船暂居江阁之上,又或上船而居,亦居城中。度岁于潭州。

大历五年(770)　五十九岁

春,在潭州。作(二三 31 江南逢李龟年)。三月二日,清明前日之小寒食,于舟上过。次日,游岳麓山。夏四月,湖南兵马使臧玠叛乱,为逃兵火,避乱入衡州(今衡阳)。托代行郴州刺史者崔伟,欲往郴州,因至耒阳,于方田驿遇洪水,被困五日,船不能行,食料短缺,耒阳令摄氏知之,送杜甫酒肉,助脱困。未抵郴州,复回衡州。六月,臧玠之乱平,去衡州归潭州。经汉阳至襄阳,欲归长安,晚秋,发潭州。冬,客死于潭州与岳州之间。

(主要以仇注本、闻一多《少陵先生年谱会笺》、陈欣怡《杜甫评传》为基本文献,适当参考其他。年号统一使用了年而未用载。月份和日期乃是农历。)

附录三　初次发表一览①（按照年份顺序）

《支撑杜甫农业生活的用人和夔州时期的生活诗》[《中唐文学会报》，中唐文学会，好文出版（东京）第七号，2000年10月]

《杜甫的橘子诗与橘园经营》（《佐贺大学文化教育学部研究论文集》第六集第一号，2001年12月）

《浣花草堂时期杜甫对农业的歌咏》[《中国读书人的政治和文学》，《林田慎之助博士古稀纪念论集》编辑委员会编，创文社（东京），2002年10月]

《浣花草堂的外在环境与地理景观》[《中唐文学会报》，中唐文学会，好文出版（东京）第九号，2002年10月]

《秦州期杜甫的隐逸计划及其对农业的关注》[《中唐文学会报》，中唐文学会，好文出版（东京）第十一号，2004年10月]

《杜甫与蕹菜——以秦州期的隐逸为中心》[《中唐文学会报》，中唐文学会，好文出版（东京）第十二号，2005年10月]

《关于杜甫诗中描写的瀼西宅位置——白帝城东、草堂河西》[《中唐文学会报》，中唐文学会，好文出版（东京）第十三号，2006年10月]

《生活底层之思绪——杜甫夔州瀼西宅》[《立命馆文学》（清水凯夫教授退休纪念论集）五九八号，2007年2月]

《杜甫的蔬菜种植诗》[《未名》第二五号，中文研究会（神户大学），2007年3月]

《东屯的稻田一百顷——诗人杜甫的稻米种植诗》（《佐贺大学文化教育学部研究论文集》十二至二十号，2008年1月）

---

① 本书中部分章节原为作者论文，此处列出其初次发表的刊物与时间。

后记

一定有很多人会对本书题目中杜甫与农业诗这一组合感到奇怪,想必农业诗这个说法也很少听闻。这里,笔者想就为何使用这样的题目做一下说明。如此,方能快速知晓笔者的研究立场和意义。

知道汉诗中有描写农业的诗作已经是三十年前的事情了。当时笔者还是本科生,读了新刊《汉诗散步道》(一海知义编著),这是一本书名有些奇特的入门书,通过阅读,知道了在唐诗中也有一些描写为农业和苛捐杂税而痛苦的诗作,内心颇为震撼。笔者亦是农民出身,学生时代,亦曾在农忙时节缺课回家,帮助家中插秧割稻。

面对这样的学生,恩师林田慎之助先生曾说:"你们是老百姓!"(农忙时节缺课的还有其他两位同学)。"古川君是老百姓",先生如此率直的言语,让我一直觉得非常高兴。这句话仿佛紧紧攥住了我的灵魂一般。"研究农业很好,很适合你。"二宫博氏曾这样给过我建议。他是我研究生时代的同学,也是当时要好的朋友,我们经常在一起讨论中国文学。但是,当时我们并未觉得可以以这样的题目来研究中国文学。最开始,我们甚至认为这样的论文,在学会上是不能发表的。实际上,在那之后的二十年间,我自己也再未曾想起过农业文学,学术界似乎也没有发表过农业诗相关的文章。

十年前,我曾以"农业诗简介"其一、其二为副标题,发表了《唐诗中所咏穷困的农民像》和《惧怕征税官吏的农民们》两篇论文。或许这两篇文章是日本冠以农业诗这一题目的最初成果。因为农业诗这一概念还不成熟,当初的发表也是怯生生的。某位友人曾问我:"什么是农业诗?有这样的研究吗?"大家都觉得不可思议。

近十年以来,逐渐有了各种声音,说"农业诗"是古川君提出来的。在中国文学的学会上,这类研究也出现了,大家也逐渐接受了。

如今想来,近代以前的中国诗人,均是士大夫阶层出身。虽然有大中小地主之分,但其中大半在经济上属于地主阶层。他们的思想和文学也是以农业社会为基础构建的,其中许多与农业有关。在近代以前的中国,纯粹的都市文学并未发展。官僚士大夫最终的理想归宿,常常是农业社会。

笔者认为,民本思想、农本主义是中国古代哲人创造出来的贤良思想。对于从小开始接受如此古典教养的士大夫阶层而言,必然会对农业和农民有所关注,可能在程度上有差异,但他们终生都不曾失却对农业的关注,更何况中国自古以来就是举世闻名的农业大国。对农业的态度,有时候是衡量他们思想和价值观的一个标尺。生活在这样的社会中,知识分子们创造出的文学作品便不可能与农业无缘。

如此看来,在研究近代以前文学的时候,以农业的视角来研究是一个行之有效的方法。笔者也是如此激励着自己一直为之努力。

自那以后,笔者又写了以农业诗为主题的论文《唐诗中所咏农民像的变迁》。也就是从那时候开始,笔者注意到杜甫作为歌咏农业之诗人的重要性。杜甫在诗歌中揭露了为兵役所苦的农民的实际生存状态和因为战争、重税而荒废的农村,这已是人所共知的事实,笔者亦因为职业的关系,读过这些作品多遍。

笔者在重新审视杜甫农业诗的过程中,发现了新的杜甫,从第三者的立场出发,这位杜甫不是批判政治、社会的官僚士大夫杜甫,而是直接与农业相关的当事者——诗人杜甫。

作为当事人,杜甫与农业实践的关系极为密切,在中国文学史上,杜甫是第一个将具体的农业实践全部融入自己的诗歌创作中的诗人,这真是一份新鲜的惊喜。不仅如此,杜甫将自己的思想和人生、喟叹和喜悦写进这些诗作中,作为"诗圣",他的才华淋漓尽致地发挥出来,可以说,每一首诗都是杰作。

比起杜甫那些揭露社会矛盾、同情农民的初期作品群(这些都是被后世传颂的名篇),笔者觉得其成都时期,特别是移居夔州后亲自参与农业实践的诗作要有趣得多。在此基础上,笔者对杜甫的认知也发生了变化,从内在觉察到了杜甫的有趣之处。

杜甫其实一直被人误解，大家只解读了杜甫的一个侧面。在人们心中，杜甫永远是那个忧国、漂泊、流泪、充满苦涩和忧愁的形象。

但是，在农业生产中与生活搏斗的杜甫却呈现出另外一种状态。时而厚脸皮，时而又充满说教意味，时而自豪，又突然变得气馁，有严肃的时候，也有幽默的时候，从中可以窥见杜甫丰富的原生感情。在那里，杜甫摘下了"诗圣"的帽子，以普通人的方式屹立在大地上。毕竟，杜甫也是十月怀胎所生的普通人。

笔者发现了新的杜甫，亦通过论文将之传达给读者，我们一起共享这份感动，这也是笔者最高兴的事。

如此，作为弥补唐代农业诗研究的一个环节，笔者的杜甫研究就沿着这个有趣的路径展开，在促成唐代农业诗研究成果的同时，笔者推出了《杜甫农业诗研究》这一著作。

去年秋天，在完成最后一篇杜甫稻作论文之后，紧接着进入了论文的修改阶段。经过很多的修改并几易其稿，这一工作就花了大半年时间。在此过程中，笔者尽最大可能摄取了当初阅读论文之人的很多反馈意见并修正了自己的错误之处。此处不一一列举，但是笔者想借此机会对大家表示最真诚的感谢。

另外，还要衷心感谢那些与我同年抑或比我年轻的学者，自有关杜甫研究的论文发表以来，他们给了我很多的鼓励，并且提出了很多宝贵的建议。对于一介书生的我而言，他们关于杜甫的各种研究都是我的宝贵财富。

今年春天，在完成了修改稿之后，我便将其呈送给知泉书馆的小山社长。过了四个月，又写下了这篇后记。自第一篇关于杜甫的论文发表，已经过去了八年。这期间，还是中学生的女儿一晃都要大学毕业了。不禁又想起杜甫在诗中所写"别家长儿女"和"远游长儿子"的句子来。杜甫所言孩子的成长，确实是衡量时间长短的最佳尺度。

这本书我想让当了六十多年农民的母亲第一个阅读。我想让她知道，在一千三百多年前,中国的一个代表诗人在失意的境遇中是如何从事农业生产的。对为农所苦、为农所生、为农所养、为农所乐的母亲而言,如若这样的阅读能够成为一份欣慰,便是我的至喜了。

身为农民,母亲的生存模式和其他农妇、农夫是相同的。所以,我也想让所有从事农业生产的人都能了解杜甫的农业诗。对支撑着日本农业的这些人而言,我所能做的,也就只有在以前的文化遗产中挖掘出有关农业的一二话题,提供给他们阅读了。

除此之外,对于那些不从事农业但亦认为农业非常重要的人,我亦想让他们知晓杜甫的存在。如果能从中获得哪怕一丁点儿的启发,对我而言,也是喜出望外的幸福了。

最后,要向承接了我的杜甫论著,并且在内容构成、索引、地图制作等方面给予指导的知泉书馆小山社长表示最衷心的感谢。

古川末喜
2008 年 7 月　写在母亲九十五岁生日一个月后

译后记

中国是农业大国，农耕传统延续的时间可谓久远。但是，农业与诗歌的关系，总显得有些疏离。或许一提到中国诗歌，人们总会将之与言志或是文人们风雅的万般情怀联系起来。农业是面朝黄土背朝天的辛苦之业，无论如何，怕都不能成为诗歌吟咏的对象。在翻译本书前，我亦抱了这样的"偏见"。但是，随着翻译工作的展开，我的"偏见"改变了。

杜甫向来被人们冠以"诗圣"的美誉，亦有"忧国忧民"的情怀。在古代，农业乃是国之大业，加之民以食为天，"忧国"者，自然要担忧国之大业，因此，靠天吃饭的农民们的疾苦，就成为杜甫担忧和同情的对象。

古川先生这本书贯穿了两条基本主线，即隐逸和农业。可以说，这本书是沿着杜甫隐逸的历程来探讨他与农业的关系。通过翻译，我与杜甫有了更深层次的对话和交流，也促使我开始进一步思考隐逸与农业之间的关系。从陶渊明到杜甫，从杜甫到苏轼，农业究竟在他们的文学创作过程中发挥了怎样的作用？三位中国历史上著名的大诗人，由仕而隐，陶潜的决绝之隐，杜甫和苏轼的半仕半隐，这些现象背后究竟隐藏着什么样的社会因素和文化背景？农业对古人的隐逸生活究竟发挥了怎样的作用？在此，要向古川先生及其农业诗研究著作表示衷心感谢，如果没有这本书，我怕是不会认真思考这些问题的。

古川末喜先生应该是日本研究农业诗，特别是研究杜甫农业诗歌的第一人了。诚如先生在后记中所写的那样，自己是农民出身，对于农业诗有着强烈的身份认同感。在翻译本书的过程中，古川先生给我邮寄了很多相关资料和书籍，不厌其烦地回复我提出的问题和设想。对于排版和翻译格式的诸多问题，先生给予了我和出版社莫大的信任，要向古川先生表示最衷心的感谢。

两年前的初秋，西北大学文学院的高兵兵先生和我商量，希望我可以翻译古川末喜先生的这本著作。说实话，一听是农业相关的内容，最初有些迟疑,怕自己不能胜任。后来高先生告诉我,内容是农业的,但主要是以诗歌研究为主,属于文学类,应该可以胜任。在高先生的鼓励下,我终于下定了决心,承担起了这个翻译的工作。要向高先生的信任和鼓励表示衷心的感谢。

除了感谢古川末喜先生和高兵兵先生,我还想感谢本套丛书的总策划李浩先生,记得读硕士研究生的时候就阅读过先生的《唐诗美学》。作为西北大学原副校长,李浩先生在唐诗与美学、唐诗与园林研究等诸多方面取得了丰硕的成果。为了进一步挖掘和拓展中日学者关于唐代文史的学术成果,先生积极策划并主持了这套翻译丛书。能成为本套丛书译者之一,我倍感荣幸。

译稿完成后,我的博士师兄,河南师范大学教授孙士超先生在百忙之中承担了日语审校工作,在此也要表示衷心的感谢。

本书的责任编辑,西北大学出版社张红丽女士亦付出了艰辛的劳动,也要向她表示感谢。

爱妻是本书的第一位读者,她是中文专业科班出身,对于本书的翻译和出版,寄予了很大期望,也给予了我莫大的支持和信任,并时常督促我的翻译工作,对当中个别地方的用词和表达亦提出了很多宝贵意见,总让我想起杜甫那句"自去自来梁上燕,相亲相近水中鸥"来。可以说,这部译著,亦有爱妻的一份功劳。

仔细想想,在这样一个时代,我们究竟该如何告慰杜甫的在天之灵?

看着眼前即将交付的书稿,我想再写几句补充的话。杜甫出生在河南,活动在长安,逃亡过程中曾路过延安附近的芦子关,在邻邦日本亦有着广泛的影响。这本书由日本学者古川末喜著成,生于延安的我将之翻译为中文,河南出生的师兄担任了翻译审校,马上就要由位于昔日长安的西北大学出版社编校付印。跨时空、跨国别的多方协同,促成了这本书的出版。冥冥之中,似乎一切都是缘分的安排。

老杜在天有灵,当欣慰矣!

译者水平有限,不足之处,期待专家学者提出宝贵意见。

董 璐
2017 年 6 月